Saga

Saga

A história de quatro gerações
de uma família japonesa no Brasil

INOUE RYOKI

EDITORA GLOBO

Copyright © 2006 by Editora Globo S.A. para a presente edição
Copyright © 2006 by Ryoki Inoue

COORDENAÇÃO: Kanji Editoração
REVISÃO: Márcia Menin
PROJETO GRÁFICO E DIAGRAMAÇÃO: Manacá Design
IMAGEM DA CAPA: Tela *Anjo da noite*, 1960, Coleção Roberto Marinho
(foto de Pedro Oswaldo Cruz)

Todos os direitos reservados. Nenhuma parte desta edição pode ser utilizada ou reproduzida – por qualquer meio ou forma, seja mecânico ou eletrônico, fotocópia, gravação etc. – nem apropriada ou estocada em sistema de banco de dados, sem a expressa autorização da editora.

Saga – A história de quatro gerações de uma família japonesa no Brasil é uma obra de ficção. Embora alguns dos personagens aqui retratados tenham relação com a época da imigração japonesa, as caracterizações dos mesmos são produto da imaginação do autor.

EDITORA GLOBO S.A.
Av. Jaguaré, 1485 – São Paulo, SP, Brasil
05346-902
www.globolivros.com.br

Dados Internacionais de Catalogação na Publicação (CIP)
(Câmara Brasileira do Livro, SP, Brasil)

Inoue, Ryoki
Saga : a história de quatro gerações de uma
família japonesa no Brasil / Ryoki Inoue. --
São Paulo : Globo, 2006.

Bibliografia.
ISBN 85-250-4201-3

1. Romance brasileiro I. Título.

06-4545   CDD-869.93

Índices para catálogo sistemático:
1. Romances : Literatura brasileira 869.93

Impressão e acabamento:
Cromosete Gráfica e Editora

Sumário

Prólogo 7

Primeira Parte • *Gaijin* 21

Segunda Parte • *Issei* 70

Terceira Parte • *Nissei* 128

Quarta Parte • *Sansei* 182

Quinta Parte • *Yonsei* 243

Epílogo 364

Prólogo

I

Caminhando com certa dificuldade pelo jardim, o doutor Carlos Masakazu Fukugawa procurava aproveitar ao máximo a manhã ensolarada daquele início de novembro.

Médico pneumologista, aposentado havia mais de vinte anos, era verdadeiramente apaixonado por aquele lugar. Orientara ele mesmo o paisagista quando da construção do jardim, exigindo que estivesse absolutamente dentro das normas – em seus mínimos detalhes – de um autêntico jardim japonês em estilo *Tsukiyama*[1]. O resultado, depois de mais de três anos de paciente trabalho, ficara formidável. O extenso jardim tornara-se um local onde imperava o equilíbrio e a convivência harmônica do homem com o meio ambiente, propiciando a contemplação e a meditação. Em cada canto percebiam-se a reverência à Natureza, a sintonia de formas, a tranqüilidade e a beleza da miniaturização de paisagens que pretendiam – e conseguiam – representar campos, montanhas, riachos e fontes.

---

[1] O jardim em estilo *Tsukiyama* procura mostrar a Natureza em miniatura, com montanhas, lagos e riachos.

Com um sorriso a lhe iluminar o rosto bastante vincado, quase pergamináceo em seus 94 anos, o velho médico sentou-se num banco de bambu diante de uma delicada fonte à beira do lago. As carpas coloridas, já acostumadas com sua presença e com a certeza de ganharem um petisco, aproximaram-se da margem, bem junto à superfície.

Do bolso na manga do quimono[2] Masakazu tirou alguns pedaços de pão e atirou-os à água, observando com satisfação a disputa dos peixes pelas mínimas migalhas.

"Até parece que não comem há dias!", pensou, divertido.

Daquele banco onde se encontrava, na realidade o local que lhe era predileto em todo o jardim, podia observar a construção residencial principal, cerca de 50 metros a sua direita, imitando uma mescla de santuário xintoísta[3], *toshogu*[4], e de um castelo no estilo dos tempos do período Sengoku[5], a era das guerras feudais. A sua esquerda, Masakazu podia ver o tori[6], o portal de entrada de sua propriedade, símbolo da auto-suficiência de um templo xintoísta.

E era por esse portal que ele esperava ver seu neto, Sérgio Ryumi Marins Fukugawa, chegar a qualquer momento. Ryumi era seu grande orgulho, seu único neto e a grande razão de sua vida. Sim, Ryumi era mimado. Sem dúvida, o rei da família, o sol em torno do qual tudo quanto estivesse relacionado com a família Fukugawa deveria girar. Muitas vezes o avô tinha sido criticado, até pelo próprio filho e pela nora, pelo excesso de carinho que dedicava a Ryumi. E a explicação era simples: além de ser o único neto, seu pai, o filho mais velho do doutor Masakazu, tinha sido transferido – ele era oficial da Força Aérea, na época ainda em início de carreira – para Belém menos de um ano após seu nascimento, o que implicara a necessidade de um apoio maior e mais ostensivo a sua mãe, Simone.

"Teria sido diferente, sem dúvida alguma, se Simone tivesse tido outros filhos...", pensou Masakazu. "Mas, depois de tantas complicações no pós-parto, a conseqüência tinha de ser essa mesmo. Ela não

---

[2] Forma aportuguesada de *kimono*. Veste típica japonesa, tanto masculina quanto feminina.
[3] Relativo ao xintoísmo, ou xintó, religião tipicamente nipônica.
[4] Construção principal. O termo aplica-se mais adequadamente a santuários, mas pode ser usado com o significado de "casa senhorial".
[5] Período da história do Japão em que as artes foram muito valorizadas.
[6] Portal-símbolo de um santuário. Representa a divisão entre o mundo terreno e o mundo divino.

pode engravidar outra vez. Eu mesmo aconselhei a laqueadura..."

Na verdade, porém, ele não tinha de dar satisfação a ninguém, sobretudo no que dizia respeito a mimar ou não seu neto!

Carlos Fukugawa era o patriarca, aquele que construíra a formidável fortuna familiar, e via-se no indiscutível direito de pensar, falar e agir como bem entendesse. Ele tinha de ser – e era, de fato – respeitado por todos, fossem familiares diretos ou parentes colaterais, o que, de certa forma, fazia com que fosse nada mais, nada menos do que um verdadeiro *joshu*[7], ou seja, um autêntico daimiô[8].

Mas com Ryumi, então com 27 anos, tudo era muito diferente. Não que o neto não o respeitasse, ao contrário. Porém o velho Fukugawa não se incomodaria de se dobrar a uma vontade do rapaz.

Ryumi era o alimento de sua vida, seu estímulo maior. Costumava dizer que não poderia morrer antes de conhecer pelo menos um filho de seu neto, um bisneto seu.

E, no final das contas, Ryumi fazia por merecer tanto carinho e admiração. Desde muito pequeno fizera questão de se aprofundar nos conhecimentos da cultura nipônica e nunca escondera o orgulho de pertencer a uma das 178 famílias que chegaram ao Brasil em 1908 a bordo do *Kasato Maru*[9]. E cedo ele descobrira que seu avô era a mais preciosa fonte de informações que ele poderia ter, informações essas que lhe eram importantíssimas para a construção de sua identidade de *yonsei*[10].

Por isso, Ryumi não perdia uma só oportunidade de "explorar" o avô, aprendendo com ele tudo quanto podia sobre as raízes familiares e, o que lhe parecia ser mais importante ainda, sobre a cultura e a tradição nipônicas.

"Pena que ele tenha estado tão ocupado durante o último ano", pensou Masakazu. "Veio para a fazenda só quatro vezes, neste tempo todo!"

Sorriu intimamente e, atirando mais um pouco de pão para as carpas, murmurou:

---

[7] Senhor e proprietário de um castelo. Todo *joshu* é um daimiô, embora nem todo daimiô seja um *joshu*.
[8] Senhor feudal, grande proprietário de terras no Japão anterior à Era Meiji.
[9] Navio que transportou a primeira leva de imigrantes japoneses para o Brasil.
[10] Quarta geração de família japonesa nascida em país estrangeiro.

— Simone disse que ele está namorando uma mulher muito bonita... Talvez seja isso. Para que Ryumi haveria de perder tempo com um velho se ele tem como companhia uma mulher bonita?

Naquela manhã, o doutor Fukugawa esperava mais uma vez pelo neto, e sua ansiedade era maior do que das outras vezes, já que, na véspera, Ryumi dissera, ao telefone, que tinha uma grande surpresa para ele.

Surpresa, aliás, que o velho Masakazu imaginava o que poderia ser...

II

Os dois homens sentados no banco dianteiro do Omega viram ao mesmo tempo a jovem se aproximar de seu automóvel, com as chaves na mão. Ela abriu a porta do carro, um elegante Honda Fit, jogou a bolsa no banco do carona, sentou-se ao volante e, depois de fechar a porta, deu partida ao motor.

— Lá está ela! — exclamou o motorista para seu companheiro.

E, virando um pouco a cabeça, disse para os outros dois que se encontravam no banco de trás:

— Ei, acordem aí! Ela acabou de entrar no carro!

O homem que estava sentado ao lado do motorista ajustou o cinto de segurança e falou:

— Não perca tempo, Raimundo... Vamos seguir a bichinha! Não podemos pisar na bola!

Raimundo fez um sinal de assentimento com a cabeça e, ligando o carro, arrancou bem devagar, de forma a dar tempo à moça de se posicionar no trânsito imediatamente a sua frente.

— Ela vai entrar à direita na Rua da Consolação e, depois, seguirá para a Avenida Paulista — falou Raimundo. — Vamos passar a sua frente, conforme o chefe mandou! — Dando uma rápida olhada no relógio digital do painel do automóvel e sem se voltar para o companheiro, acrescentou: — São 11 horas, César... Antes de meia-noite estaremos com o "trabalho" realizado.

Sem pressa, ultrapassou o Honda e seguiu o trajeto que já sabia ser o caminho que ela tomava para voltar do apartamento do namorado para sua própria casa às quintas-feiras.

— São engraçados esses dois — comentou César. — A troco de que ela tem de voltar para casa todas as quintas-feiras? Por que ela vai dormir lá de quinta para sexta, todas as semanas? Por que não fica de uma vez na casa do namorado?

Raimundo soltou uma risada e indagou:

— E por que você se incomoda com isso?

— Porque é estranho... — respondeu o outro. — Estudamos a vida dessa mulher por mais de dois meses, analisamos toda a sua rotina... e chegamos à conclusão de que a única coisa realmente rotineira acontece justamente nas noites de quinta-feira. E ela vai para sua casa simplesmente por ir... Não vai se encontrar com ninguém, não vai fazer nada de especial! E o idiota fica lá, no apartamento, enquanto a mulher vai embora!

— Pode ser que seja estranho — concordou Raimundo —, mas é bom para nossos planos. Tudo seria muito mais complicado se nem isso acontecesse!

Ficaram em silêncio por alguns instantes e, olhando pelo retrovisor, Raimundo murmurou:

— Por enquanto tudo está acontecendo exatamente como o previsto... Ela está seguindo como imaginávamos, está fazendo o mesmo caminho que nós.

César voltou-se para o banco de trás e perguntou para os dois homens que ali estavam:

— E vocês? Estão com tudo pronto? Sabem exatamente como devem proceder?

— Não somos amadores, César — protestou o que estava imediatamente atrás do motorista. — Você já sabia disso e por esse motivo nos contratou. Pode acreditar que, no que depender de nós, tudo dará certo!

— É bom mesmo, Kleber... — rosnou Raimundo. — Vocês sabem muito bem o que poderá acontecer se cometermos algum erro!

— Vai dar tudo certo — garantiu Kleber. — Não é a primeira vez que fazemos um "trabalho" como este!

Sempre vigiando pelo retrovisor, Raimundo entrou no estacionamento do supermercado 24 horas e viu, com um sorriso de satisfação, que o Honda fazia exatamente o mesmo. Estacionou e César desceu, dirigindo-se para a entrada do estabelecimento, precisamente no instante em que a moça saía de seu carro e acionava o controle remoto para trancar as portas e ligar o alarme.

Praticamente entraram juntos no supermercado. César viu-a rumar para a gôndola de frutas e escolher duas maçãs e um mamão papaia. Depois ela apanhou, no balcão refrigerado, um litro de leite e, já se encaminhando para o caixa, pegou um pacote de torradas.

Por sua vez, César comprou uma barra de chocolate, pagou-a rapidamente e voltou para o carro.

— Ela já está vindo — disse ele, sentando-se ao lado de Raimundo.
— Pode ligar o motor.

O motorista resmungou um "Não estamos com pressa, vamos deixar que ela pelo menos chegue ao carro" e, alguns segundos depois, deu partida e começou a fazer o Omega rolar para a saída do estacionamento.

Ao voltar para a rua, viu pelo retrovisor que o Honda se encontrava novamente logo atrás.

— Daqui até a casa dela não são mais do que cinco minutos, a esta hora — falou ele. — Vou acelerar...

Assim dizendo, aumentou um pouco a velocidade e entrou na primeira rua à esquerda, saindo da trajetória que a moça presumivelmente faria. Acelerando ainda mais, chegou à esquina da rua onde ficava a residência da jovem antes que ela tivesse tempo de virar a anterior.

— Vamos! — ordenou para os dois homens do banco de trás. — Desçam depressa! Não é bom que ela nos veja agora!

Kleber e Rogério desceram e rapidamente dirigiram-se para a casa que durante os últimos dois meses tinham visto e vigiado quase todos os dias.

Sem qualquer dificuldade, fazendo uso de uma chave especial, Rogério abriu a porta para que ele e seu companheiro entrassem e, em seguida, voltou a trancá-la, dessa vez por dentro.

Enquanto isso, a moça estacionou seu Honda, apanhou as compras que fizera no supermercado e abriu a porta de sua casa.

Ao acender as luzes da sala, levou um susto: um homem encapuzado ali se encontrava, apontando-lhe uma pistola, ao mesmo tempo que levava o indicador à altura da boca, ordenando-lhe silêncio. Em seguida, entregou-lhe um bilhete, em que ela leu, escrito em letras de forma:

"Não diga uma palavra. Obedeça. Ponha algumas roupas numa valise e faça o que lhe for ordenado".

Ela tentou fixar os olhos do encapuzado e percebeu que havia neles um brilho de nervosismo que poderia estar beirando o pavor.

Preocupada, pensou: "Estou sendo seqüestrada... E esse bandido está muito nervoso, por qualquer coisa é capaz de puxar o gatilho da arma...".

Procurando executar seus movimentos da maneira mais lenta possível, ela pôs as compras que fizera sobre a mesinha de centro, na sala, e fez um sinal com a cabeça, indicando o andar superior.

O homem moveu a arma mostrando-lhe a escada e ela, sempre bem devagar, subiu os degraus, dirigindo-se para seu quarto.

Por um breve instante, pensou em bater a porta, trancá-la por dentro e, pelo telefone, pedir socorro. Porém não sabia há quanto tempo aquele bandido estava ali, não podia adivinhar se ele tinha desligado ou não a linha e, principalmente, não era capaz de antecipar qual seria sua reação. De mais a mais, bastaria um pontapé para arrombar a delicada porta de seu quarto... Com certeza, não teria tempo para ligar; aquele homem não lhe daria a menor oportunidade de pedir auxílio.

Assim, achou mais prudente obedecer. Lembrou-se das incontáveis vezes em que ouvira dizer que seqüestradores profissionais não costumam maltratar as vítimas, e a única coisa que ela queria, naquele instante, era estar lidando com um desses e não com um nervosíssimo amador que certamente nao hesitaria em matá-la ao menor sinal de perigo.

Sempre deixando que o homem visse tudo o que estava fazendo, abriu uma maleta e pôs em seu interior algumas roupas que imaginou serem-lhe úteis num provável cativeiro. Depois, numa bolsa grande de couro colocou um par de sandálias, seus tênis, um envelope de comprimidos para dor de cabeça e dois livros que escolheu na estante ao lado da cama. Pegou um terceiro livro, olhou-o pensando se valia a pena levá-lo ou não e acabou deixando-o, virado de borco, sobre seu travesseiro. Hesitou em apanhar um par de sapatos de salto, desistiu e largou-o sobre a cama. Fez o mesmo com um cachecol. Terminou e olhou para o bandido, que, sempre em silêncio e com o cano da pistola, apontou-lhe a porta, ordenando que saísse.

No piso inferior, ela começou a se dirigir para a porta de entrada, mas o homem segurou-a pelo braço e mostrou-lhe a porta de acesso para a garagem, onde ela deixava seu outro carro, um pequeno mas resistente Suzuki Vitara, usado apenas em alguns fins de semana, quando decidia ir a algum lugar de estradas ruins.

Ela ficou surpresa ao perceber que a porta estava destrancada e mais espantada ainda ao ver que outro encapuzado se achava ao lado do jipe.

— Você dirige — disse ele, abrindo-lhe a porta do motorista. — E não tente nenhuma bobagem se quiser continuar bonita e... viva!

A moça obedeceu, sentou-se ao volante do carro e viu que os dois homens se instalavam no banco traseiro.

— Suba os vidros do jipe e abra a porta da garagem. Saia devagar e vá para a Avenida Brasil.

Com um sinal afirmativo com a cabeça, ela fez o que lhe mandaram e, assim que o carro estava fora, o primeiro bandido falou:

— Não esqueça de fechar a garagem, moça... — E, com uma risada sarcástica, acrescentou: — Esta cidade está cheia de ladrões...

III

Ryuiti Fukugawa tomou mais um gole de saquê[11] e, sem mexer a cabeça, viu Yoko servir o *takikomi-gohan*[12], um arroz branco misturado com ervilhas, pedacinhos de frango e de brotos de bambu, em seu *meshijawan*[13] de porcelana e sorriu com tristeza.

Tudo havia mudado, e muito, desde que o imperador Meiji assumira o poder. Antes, eles podiam dispor de vários serviçais, e Yoko servia o marido apenas em ocasiões muito especiais.

No entanto, desde que Meiji mudara a capital de Kyoto para Edo, depois rebatizada como Tóquio, os privilégios dos samurais tinham terminado. Simultaneamente à mudança da capital, o imperador

---

[11] Forma aportuguesada de *sake*. Bebida fermentada de arroz.
[12] Espécie de risoto japonês. Geralmente é uma mistura de arroz branco e restos de outros pratos.
[13] Recipiente próprio para se comer arroz. Geralmente é de porcelana, mas pode também ser de laca.

Meiji fez promulgar uma Constituição, estabelecendo uma legislatura bicameral e abolindo as antigas classes sociais que, até então, vinham dividindo a sociedade.

A realidade que Ryuiti enxergava – aliás, opinião igual à de outros antigos samurais – era diametralmente oposta àquela que o mundo inteiro via.

Desde 1868 o Japão atravessava, sob a mão de Meiji, um dos períodos mais notáveis de sua história. Em apenas algumas décadas o país realizou o que o Ocidente levara séculos para desenvolver, e surgia no panorama mundial como uma nação em franca fase de industrialização, com instituições políticas modernas e um novo modelo de sociedade, que contrastava frontalmente com o longo período de comando dos Tokugawa, iniciado em 1600, quando o xogum Ieyasu Tokugawa derrotou Hideyori, herdeiro de Hideyoshi Toyotomi, morto em 1598, e iniciou a unificação do Japão.

Na chamada Era de Edo, que compreendeu todo o tempo do xogunato Tokugawa, a classe dos samurais podia ser considerada como a mais respeitada e importante, logo abaixo dos daimiôs, os verdadeiros senhores feudais. Durante 265 anos, de 1603 a 1868, os samurais desempenharam, além de sua inerente função guerreira, inúmeros cargos administrativos, servindo e defendendo o governo central, ou seja, o xogunato.

Porém, apesar de o governo Tokugawa ter conseguido a unidade nacional e grande progresso social no Japão, ele pecou clamorosamente no que dizia respeito à política externa do país, que se isolou a ponto de serem proibidas tanto a chegada de estrangeiros quanto a saída dos autóctones. Assim, ainda que internamente tenha acontecido um formidável crescimento, relativamente aos outros países e especialmente em relação ao Ocidente, o Japão não evoluiu.

Com o advento de Meiji, houve a reformulação da sociedade e, como seria de prever, aconteceu o fim da era feudal, o fim do tempo dos samurais.

Essas profundas mudanças administrativas, que incluíam a reforma agrária, permitindo que os camponeses passassem a ter direito de acesso à propriedade de terras, tiveram seu preço: trouxeram, como conseqüência, um violento processo inflacionário que era preciso combater, e, na época, a solução encontrada foi uma política deflacionária que provocou uma vertiginosa queda nos preços, principalmente dos produtos agrícolas. Com isso, a situação no campo, que já estava crítica, ficou ainda pior.

Dessa maneira, enquanto o Japão se entusiasmava com o progresso social e industrial nas regiões urbanas, na zona rural uma importante fatia da população se desesperava e enfrentava incríveis dificuldades. Em resumo, os daimiôs perderam o poder e levaram de roldão os camponeses que para eles trabalhavam e tiravam seu sustento de um sistema estabelecido havia séculos.

Enquanto isso, nas cidades, os antigos samurais, destituídos de sua influência e restringidos a viver das parcas pensões que o governo central pagava, sentiam-se acima de tudo diminuídos e humilhados.

E era exatamente assim que Ryuiti Fukugawa estava encarando a vida e o futuro: sem outras perspectivas senão envelhecer de forma improdutiva, simplesmente engordando e deixando que seus músculos, outrora fortes e ágeis, se deteriorassem com seu espírito.

Ryuiti recebeu o *meshijawan* das mãos de Yoko, serviu-se de um pouco de *mushimono* – um prato com ovos, vegetais e peixe, um sábio reaproveitamento do jantar da véspera – e, mais uma vez, lembrou-se do que lhe dissera Yoshiro Kasai, outro antigo samurai, também abandonado à própria sorte:

– Este não é o governo que juramos defender. Aliás, nem adianta querer lutar em defesa de alguém, uma vez que não existe mais quem mereça ser defendido. Estou sinceramente achando que não há mais razão alguma para permanecermos aqui.

Ryuiti olhara surpreso para o amigo e indagara:

– O que está querendo dizer, Yoshiro? Terei entendido que está pensando em aproveitar a abertura para a emigração?

– Sim... Ando pensando nisso. E soube que o Brasil está precisando de gente, de sangue novo.

De fato, a política Meiji deixara sem função, sem trabalho e efetivamente sem sentido de existência nada menos que 2 milhões de samurais, que, no correr dos nove anos seguintes à vitória sobre o xogunato Tokugawa, foram se deixando diluir e desaparecer entre as dezenas de milhões de japoneses que começavam a se preocupar com a produção e a competitividade tanto no âmbito interno quanto externo. O Japão precisava se equiparar ao Ocidente, o que implicava a necessidade de braços trabalhando e não mais apenas manejando o *katana*[14]. O governo Meiji tratou de dar-lhes ocupação: propôs que se dedicassem à agricultura e, com isso, teriam um novo tipo de batalha pela frente, a batalha diária no campo, em muitos aspectos mais dura do que as lutas a que estavam acostumados.

A imensa maioria dos samurais, tendo consciência de que não haveria alternativa, aceitou. Porém aqueles que durante o período de glória tinham conseguido juntar e guardar dinheiro – não mais do que 15 mil ou 16 mil homens – não quiseram sujeitar-se ao que consideravam o cúmulo das humilhações. Alguns, possivelmente por intermédio de padrinhos políticos, conseguiram ser convocados para o novo exército que o governo Meiji estava formando. Outros nem isso aceitaram – jamais conseguiriam se submeter à dura disciplina e à rígida hierarquia copiadas do sistema militar prussiano – e permaneceram em suas casas, apenas gastando a fortuna que lhes restara.

A maior parte dos samurais que não quiseram ir para a lavoura ou para o exército acabou por formar, em Kyiushu[15], um grupo de teimosos que labutavam para manter vivas as tradições guerreiras da classe e, para tanto, montaram cursos de artes marciais e de *kenjutsu*[16]. Esses homens, que insistiam em ser simplesmente guerreiros, eram liderados pelo ex-marechal Takamori Saigo, que tinha sido comandante da Guarda Imperial e que, desgostoso com o governo central por este ter evitado o confronto com a Coréia quando de seu rompimento de relações comerciais e diplomáticas com o Japão, rebelou-se e, em 1877, comandou a última rebelião dos samurais. Derrotado, suicidou-se praticando o *seppuku*[17]. Foi a sacramentação do fim dos samurais.

Ryuiti Fukugawa, Yoshiro Kasai e alguns outros antigos samurais que não quiseram mudar-se para Kyiushu nem participar desse levante – mesmo porque estavam conscientes de que seria um levante sem qualquer futuro – viram suas posses evaporarem aos poucos e começaram, se não a passar por reais dificuldades financeiras,

---

[14] Espada japonesa, símbolo dos samurais.
[15] Importante ilha do arquipélago japonês.
[16] Luta com espadas com características guerreiras e militares. Arte marcial precursora do *kendô*.
[17] Forma de suicídio. Difere do haraquiri por envolver apenas o suicida; neste, há sempre a participação de um amigo fiel do suicida.

pelo menos a ter de reduzir drasticamente o padrão de vida, o que constituía, em seu entender, uma humilhação diária.

Era exatamente assim que estavam se sentindo Yoshiro e Ryuiti naquela tarde, na casa de chá de Norie Kikawa, uma das gueixas[18] mais famosas da época.

– Se continuarmos assim, dentro de mais alguns meses não mais poderemos vir aqui – falara Yoshiro.

Ryuiti nada dissera. Sabia que o amigo estava falando a verdade e isso lhe era extremamente doloroso. Na realidade, nem queria pensar nesse problema; preferia tentar esquecer.

– Soube que o Brasil está precisando de gente, de sangue novo – repetira Yoshiro. – Acho que poderíamos ir para lá.

IV

A paisagem era desoladora. Os cafezais, sem limpa e abandonados à própria sorte, mais pareciam uma capoeira do que uma plantação. A pastaria, que havia muito tempo não era roçada, já estava se transformando num carrascal difícil de ser varado até mesmo pelo pouco gado que restava, faminto e quase alongado, tão selvagem se tornara. O pomar, antes produtivo, também estava abandonado. Apenas as jabuticabeiras e algumas laranjeiras insistiam em dar frutos, embora mirrados e com aspecto doentio. Da horta, que outrora sustentava não somente a família dos proprietários, mas grande parte dos camaradas, nada mais restava além de alguns pés de abóbora-menina, uma ou duas leiras de batata-doce e meia dúzia de pés de couve já estiolados pela falta de manejo. A própria sede da Fazenda Santa Isaura, um casarão que fora construído por seu primeiro proprietário, José Antônio de Medeiros e Albuquerque, Visconde de Brotas, na primeira metade do século XIX, estava se deteriorando, o reboco caindo, o madeiramento bichado em muitos lugares, o assoalho ressecado e começando a se encher de cupins. Na grande va-

---

[18] Mulheres treinadas para fazer companhia especialmente a homens. Não eram prostitutas, ao contrário do que se pensa e do que se divulga. Elas sabiam dançar, cantar, tocar o *shamisen* e eram especialistas em etiqueta e bom comportamento. Para se tornar gueixa, a mulher tinha de freqüentar escolas especiais e adquirir ampla cultura geral.

randa da parte dianteira da casa, o telhado mostrava incontáveis telhas quebradas e as colunas, feitas de toras lavradas de jequitibá, eram as únicas partes que permaneciam incólumes à ação do tempo e à total falta de manutenção.

Apoiado na balaustrada dessa varanda, Joaquim Antônio Rodrigues de Albuquerque, neto do visconde, olhou mais uma vez para aquele panorama triste e disse para Pedro Andrade, seu cunhado:

– Acho que não há outro jeito. O melhor é vender a Santa Isaura. Sem ter quem trabalhe a terra, isto aqui só vai continuar dando desgosto e prejuízo. – Com um gesto, mostrou o enorme terreiro atijolado, já cheio de buracos, e falou, com entonação de despeito na voz: – No tempo de meu avô esta fazenda era a melhor de toda a região. Havia centenas de escravos trabalhando, tudo produzia, o dinheiro entrava a rodo...

– Sim – ponderou Pedro –, você disse tudo... Havia escravos. Naquele tempo, seu avô não tinha problemas com mão-de-obra.

– É verdade... Depois da Abolição, as coisas começaram a ir mal. Primeiro, o visconde morreu, certamente de desgosto ao ver que todos os seus negros partiram e a fazenda ficou sem ninguém. Papai bem que tentou, contratando um bando de imigrantes italianos. – Meneou negativamente a cabeça e prosseguiu: – Foi uma desgraça... No começo, eles até que trabalharam bem. Mas, logo depois da segunda colheita, aqueles carcamanos, já com os bolsos bem recheados com o dinheiro que tinham recebido, simplesmente abandonaram tudo e foram para a cidade. Preferiram virar açougueiros, carpinteiros, marceneiros, alfaiates... Qualquer outra coisa que não lavradores! E a Santa Isaura ficou outra vez abandonada. E definitivamente, pois nunca mais conseguimos encontrar quem viesse trabalhar decentemente aqui.

Pedro nada disse. Ele sabia muito bem a razão de tal dificuldade. A família Albuquerque era conhecida por tratar mal todo mundo. Por esse motivo, quando da Abolição, os negros foram embora, ao contrário do que acontecera em muitas fazendas, onde os escravos, mesmo alforriados, fizeram questão de continuar trabalhando como meeiros ou como camaradas. O mesmo aconteceu na Santa Isaura com os colonos italianos. Ainda que recebessem seus salários e suas cotas na colheita de café – os Albuquerque pagavam corretamente, nem tanto por retidão de caráter ou por honestidade, mas muito mais para não darem motivo a falatórios –, eram tratados num nível muito pouco acima dos escravos. Assim, na primeira oportunidade, trataram de dar o fora da fazenda, pouco se importando em deixá-la às moscas.

Ele mesmo, Pedro Andrade, sempre fora maltratado pela família, com exceção de Maria Luíza, sua mulher, e de Joaquim Antônio, que fora seu colega na Faculdade de Direito e companheiro de farras. Para conseguir casar com Maria Luíza, teve de esperar a morte do pai da moça, pois este não admitia a possibilidade de sua filha se casar com alguém que não estivesse ligado umbilicalmente ao café.

– Pois será uma pena vender estas terras – murmurou Pedro.

Joaquim Antônio olhou para o cunhado e sugeriu:

– Por que você não compra a Santa Isaura? Sempre gostou daqui... E eu, pessoalmente, não faço nenhuma questão de ser fazendeiro. Meu negócio é São Paulo, o fórum, a política... Papai cometeu um erro enorme ao deixar, em seu testamento, estas terras para mim. Eu teria preferido a chácara de Santana, que ficou para Maria Luíza e para você.

– Não tenho recursos para um negócio tão grande, Joaquim – retrucou Pedro –, e não posso sugerir trocar a chácara pela fazenda, uma vez que Maria Luíza gosta de lá e não a vejo morando aqui...

Os dois ficaram em silêncio. Depois de alguns instantes, Pedro, com um sorriso, sugeriu:

– O que posso propor é um arrendamento. Eu poderia lhe dar uma parte das colheitas que conseguisse e arrumaria um jeito de tocar a Santa Isaura. – Fixando o olhar do cunhado, acrescentou: – O que acha da idéia? Eu arrendaria a Santa Isaura por vinte anos...

Joaquim Antônio refletiu um pouco, coçou a ponta do nariz, como costumava fazer quando estava concentrado em algum pensamento, e, por fim, respondeu:

– Você sabe que estou precisando de dinheiro, Pedro... Os negócios não vão bem, estou sempre descapitalizando...

Pedro sorriu intimamente. Ele sabia perfeitamente dos motivos que levavam o cunhado a estar sem dinheiro, apesar de todo o patrimônio que o visconde deixara e que, bem ou mal, pelo menos em parte tinha sido mantido pelo pai de Joaquim Antônio. Em primeiro lugar, seu amigo e cunhado jamais fora dado ao trabalho. Assim, era mesmo de esperar que suas burras acabassem por se esvaziar. Além disso, havia a Polaca...

Primeira Parte
Gaijin

I

Katharina Banyai não era polaca, mas sim húngara. No fundo, isso não queria dizer nada. Para todos os efeitos, ela era a "Polaca"; assim era conhecida, assim tornara-se famosa no meio da elite paulistana no início do século XX.

Como muitas outras mulheres, ela tinha sido aliciada pela poderosa organização Zwi Migdal[19], de origem judaica e com sede em Buenos Aires, para vir para o Brasil com a promessa de se tornar uma grande atriz em São Paulo. Porém tudo não era mais do que um grosseiro engodo e essas moças acabavam sendo obrigadas a se prostituir para poder garantir o mínimo necessário a sua subsistência.

Com Katharina aconteceu quase exatamente assim. Na Hungria, não tinha perspectiva sequer de se aproximar de sua ambição maior: ser atriz de teatro. Aos 18 anos de idade, percebeu claramente que, se continuasse ali, às margens do lago Balaton, seu destino, no máximo, seria casar-se com um camponês e, a partir de então, poderia

---

[19] Essa organização aproveitou-se do excesso de mulheres na Europa no período imediatamente após a sucessão de guerras que atingiram o Velho Continente, "exportando" prostitutas para os Estados Unidos e Brasil.

esperar aquela vida monótona, sem graça e sem futuro que já estava cansada de ver em seu vilarejo: teria o marido para cuidar, uma porção de filhos, muito trabalho doméstico e... nada mais.

Não era esse o objetivo de Katharina. Talvez intuitivamente ela soubesse que existia outro tipo de vida além dos limitados horizontes que sua cidadezinha permitia enxergar. E ela queria sair dali a qualquer preço. Não suportava a idéia de se transformar numa gorda matrona como eram sua mãe e suas tias, não podia admitir a idéia de ter a seu lado, todas as noites, um camponês – arranjado como seu marido por uma combinação entre as famílias – que ia para debaixo dos lençóis do mesmo jeito com que tinha acabado de sair do cercado das ovelhas, ou seja, sem nem mesmo o cuidado e a consideração de tomar um banho.

Tinha sido assim com Lazlo, o filho mais velho de um dos vizinhos de seu pai, com quem Katharina tivera suas primeiras experiências sexuais. Melhor dizendo, com quem ela tentara apagar um pouco o fogo interior que sentia desde os 15 anos. Ela jamais poderia dizer que não gostara de "brincar" com Lazlo. No entanto, ao mesmo tempo que ansiava pelos encontros furtivos e quase diários, nos fundos da propriedade paterna, detestava o fato de o rapaz estar sempre sujo, cheirando a suor ou – o que era pior – a esterco de vaca...

Logo depois de completar 18 anos, Katharina estava prestes a desistir de sonhar e já quase se conformava com o que a vida a obrigava. Sua maior preocupação passou a ser se o marido que seus pais lhe arranjariam – com certeza não seria Lazlo, uma vez que este era pobre demais – seria suficientemente ingênuo para não desconfiar que ela já não era mais virgem.

Foi justamente num desses dias em que Katharina se encontrava mais triste, deprimida e desesperançada que surgiu aquele homem em sua cidade.

Era um indivíduo atraente, simpático, muito bem vestido, que falava o idioma magiar com o sotaque típico das pessoas que vinham do Oeste europeu.

Katharina estava cuidando da horta, na pequena propriedade de sua família, quando ele apareceu, numa charrete, pedindo-lhe um pouco de água para si e para os cavalos.

– Você é muito bonita – disse ele, depois que Katharina lhe deu de beber. – Como é seu nome?
Depois de um breve instante de hesitação, ela respondeu:
– Katharina... Katharina Banyai.
Com um sorriso e sem mais rodeios, o homem indagou:
– Já pensou em sair deste lugar?
Por um breve instante, a moça pensou seriamente em correr dali. Afinal, tinha sido educada para não conversar com estranhos... e, ainda por cima, com alguém que lhe fazia tal pergunta!
Mas aquele homem era diferente. Ele aparecera para pedir água e, depois... ele era tão atraente, tão educado! Katharina, sentindo-se corar, respondeu:
– Nasci aqui... É difícil ir embora...
– Mas você deveria! – exclamou o homem. – Aqui, você está perdendo tempo, está desperdiçando grandes oportunidades!
– Meu pai não deixaria... – murmurou ela, afastando-se.
O homem foi embora e Katharina ficou guardando consigo a lembrança daquele indivíduo simpático, atraente e envolvente, dizendo-lhe: "Você é muito bonita... Está perdendo tempo aqui... Está desperdiçando grandes oportunidades!".
Nas duas semanas que se seguiram, a jovem não pensou em outra coisa. Quais seriam essas oportunidades a que ele se referira? Será que um lugar como atriz estaria incluído nelas? Como poderia fazer para ir embora, para mudar aquela existência tão sem futuro? Por mais que tentasse, não conseguia deixar de sonhar com a vida numa cidade grande, com seu nome nos cartazes anunciando peças de teatro... Budapeste! E por que não Londres? Por que não Paris?
Contudo, Katharina sabia que eram sonhos irrealizáveis. Para começar, ela não tinha um só centavo! E não adiantava tentar roubar de seu pai; ele também não tinha um tostão... Assim, mais uma vez, ela foi se conformando, se convencendo da triste realidade: estava destinada a ficar ali, a ser levada ao altar por seu pai e entregue a um camponês bronco que, apesar de trabalhador, apesar de dedicado, jamais conseguiria fazê-la feliz.
Disso, aliás, ela tinha certeza: jamais seria feliz.
Passou-se pouco mais de um mês. Num final de tarde de abril, Katharina estava sentada num tronco caído à beira do lago, com os

olhos perdidos na paisagem que o Balaton lhe oferecia naquele meio de primavera, quando escutou uma voz a suas costas:

– Sim... É muito bonito. Pena que este lugar só lhe possa dar essa beleza natural!

De imediato, a moça reconheceu a voz e, voltando-se com um sorriso, encarou o mesmo homem que lhe tinha aparecido para pedir água e... adubar-lhe as idéias que havia muito vinham nascendo em sua cabeça.

– Sei disso – falou a moça, sem esconder a tristeza –, mas não posso fazer nada! Nasci aqui e sei que morrerei aqui.

– Só se você quiser – retrucou ele.

Katharina ia abrindo a boca para replicar, para dizer que ela não queria, na realidade, continuar aquela vida insossa, porém o homem interrompeu-a, dizendo:

– Não importa se seus pais não a deixam ir embora. Eles não têm o direito de prendê-la, não têm o direito de forçá-la a uma vida que não quer! – Baixando a voz, como se receasse ser ouvido por alguém, completou: – Fuja! Simplesmente pegue suas coisas e suma daqui!

A moça balançou a cabeça negativamente e disse:

– Não posso fazer isso... Em primeiro lugar, para sair daqui precisaria de dinheiro, pelo menos para apanhar o trem para Budapeste. E depois... – Num lampejo de consciência, acrescentou: – Não saberia sobreviver longe daqui. Não sei fazer nada senão cuidar de hortas e de porcos, além de cozinhar. Qual seria meu futuro numa cidade grande? Não quero deixar a casa de meus pais para fazer a mesma coisa ou quase a mesma coisa em Budapeste ou em qualquer outro lugar! – Novamente com expressão sonhadora, revelou: – Meu sonho é ser artista de teatro... Se fosse para isso, aí sim, eu fugiria de bom grado! Seria capaz até mesmo de ir a pé!

O homem sorriu, pousou a mão sobre o ombro esquerdo da jovem e falou:

– Você não precisa ir a pé a lugar nenhum. Se tiver coragem de vir comigo para a capital, poderei fazer de você uma artista famosa! E não será em Budapeste nem mesmo em Paris... – Fixando com intensidade os olhos muito azuis de Katharina, indagou: – Já ouviu falar do Brasil?

Katharina sacudiu negativamente a cabeça e ele prosseguiu:

– É um país novo, muito rico. Lá, estão precisando de artistas e as ofertas são muito boas. Se você quiser... – Sem lhe dar tempo para responder, falou: – Meu nome é Miguel. Miguel Jimenez. Estarei na hospedaria de Lelle. Pense bem no que eu lhe disse e, se quiser, venha me procurar à noite. – E, despedindo-se, finalizou: – Venha bem tarde, não é bom que a vejam. Estarei esperando.

II

Ao voltar para casa, Katharina já tinha tomado sua decisão. Ela fugiria. Deixaria para trás aquele lago, aquela paisagem, aquela vida. Sabia perfeitamente que não poderia nem mesmo pensar em pedir autorização a seu pai para partir; ele jamais permitiria e ainda seria bem capaz de prendê-la dentro de casa, depois de lhe aplicar uma tunda de criar bicho... Não... A única solução seria mesmo a fuga.

Esperou pacientemente que todos fossem deitar e que o silêncio reinasse na casa. Então, apanhou uma pequena valise – que já tinha deixado pronta com algumas roupas – e saiu. O pouco ruído que fez ao abrir a porta não despertou nenhuma desconfiança em ninguém, uma vez que o banheiro – na realidade, o vaso sanitário – era do lado de fora, como na maioria das casas de camponeses.

Assim, Katharina se viu, pouco depois, caminhando pela estrada, sob a luz da lua, rumo à cidade de Lelle, a pouco mais de três quilômetros dali.

Jamais ela poderia definir o que estava sentindo naquele momento. Medo? Talvez estivesse um tanto quanto receosa. Porém não era a respeito do futuro, um futuro que antevia ainda longínquo. Esse receio nada tinha a ver com o que poderia vir a lhe acontecer, longe dali. Tinha medo de que alguém a visse. Isso, sim, era o perigo maior, e, para evitar qualquer possibilidade de ser vista, saiu da estrada e passou a caminhar pelo campo, buscando a proteção dos arbustos que ladeavam o caminho. Ansiedade? Sim, Katharina estava ansiosa. Ansiosa por começar uma vida nova, a vida com que ela sempre sonhara.

Mas a jovem não escondia de si mesma a preocupação que sentia com o futuro bem imediato. Assim, ela não deixava de pensar na possibilidade de não encontrar Miguel, de este simplesmente ter ido embora, cansado de esperar.

"Ele disse para ir bem tarde", pensou, numa tentativa de animar-se. "Ele deve estar esperando!"

Efetivamente, esse era seu maior medo. O que faria se chegasse à hospedaria e ele já não estivesse lá? Como poderia voltar para casa? O que diria para seu pai?

Concluiu que, acontecesse o que acontecesse, não voltaria. Dali mesmo, de Lelle, seguiria para qualquer outro lugar, desde que fosse bem longe da casa paterna, do lago Balaton e daquela vida sem qualquer perspectiva ou tempero que levara até então.

"Conseguirei encontrar trabalho. E não precisarei voltar!"

Entretanto, essa preocupação desapareceu por completo assim que Katharina chegou à porta da hospedaria. Miguel ali estava, do lado de fora, com um enorme sorriso nos lábios e uma pequena mala no chão a seu lado.

— Eu tinha certeza de que você viria, Katharina... Uma moça bonita e inteligente como você não perderia essa oportunidade — falou ele. — Pegando-a pela mão, continuou: — Venha... Não podemos perder tempo, temos muita estrada a percorrer e o trem passa por Kanizsa às 4 horas da manhã. Precisamos estar na parada de Csele antes das 2 horas. — Apressando o passo, ordenou: — Vamos até a estrebaria; minha charrete já está nos esperando.

— Mas... poderíamos embarcar no trem aqui mesmo — ponderou a jovem. — Ele pára aqui na estação à meia-noite! Só teremos de esperar um pouco!

Muito sério, Miguel explicou:

— Não podemos correr esse risco, Katharina. Você poderia ser vista por alguém que a conheça e isso poria a perder nossos planos.

Miguel ocultou a causa principal de pôr Katharina na charrete e rumar o mais depressa possível para a parada de Csele: ele temia que, de repente, ela se arrependesse e resolvesse voltar para casa. Isso, sim, faria com que seu plano fosse por água abaixo.

Como ele dissera, a charrete já estava pronta, esperando. Rapidamente, Miguel ajudou a moça a subir na boléia, tomou lugar a seu lado e, o mais silenciosamente possível, tocou os dois animais na direção da saída para Kanizsa.

— Procure ficar com a cabeça abaixada — recomendou. — Não nos interessa nem um pouco que você seja reconhecida.

Katharina não estranhou essa recomendação. Ela também sabia que o pior que lhes poderia acontecer naquele momento seria o azar de serem vistos. Se ela fosse reconhecida – o que não seria difícil, pois numa região pequena como aquela todos eram conhecidos entre si –, seu pai seria avisado e... Bem, era melhor nem pensar nessa possibilidade.

Miguel parecia ter engolido a língua; não trocou uma só palavra com Katharina até chegarem, perto de 2 horas da madrugada, à parada de Csele, um lugar ermo onde o trem fazia uma escala para se abastecer de água. Mais uma vez, a moça não estranhou essa atitude, atribuindo o comportamento do companheiro de viagem à preocupação que ele demonstrava em apressar os cavalos. Era bastante justo, pois teriam de percorrer quase 40 quilômetros em menos de cinco horas, tarefa bastante difícil numa estrada irregular e em más condições.

Uma surpresa – a primeira de uma incrível série – aguardava Katharina ao chegarem a Csele. Um homem com um trole rápido os estava esperando e, enquanto este ajudava a moça a descer da charrete, Miguel disse:

– Aqui nos separamos, Katharina. Isaac vai se encarregar de levá-la a Kanizsa e, de lá, outra pessoa vai acompanhá-la até Trieste.

– Mas... Por que você não vem? – quis saber a jovem, começando a ficar apavorada. – Não foi isso que pensei!

– Não posso ir – respondeu Miguel secamente. – Isaac estará com você, e pode acreditar que tudo dará certo.

Sem outras palavras, estalou as rédeas e partiu.

Katharina sentiu-se absolutamente perdida. Contudo, dominando o pânico que ameaçava se apossar de sua mente, procurou refletir. Sabia que não poderia regressar à casa paterna, estava consciente de que tinha iniciado uma viagem sem volta. Pelo menos, não poderia retornar antes de ter conseguido realizar seus sonhos, ou melhor, antes de vencer. E não seria deixando-se levar pelo medo que haveria de chegar a algum lugar. Portanto, tinha de admitir que não havia qualquer outra opção a não ser continuar aquela aventura, que, de um momento para o outro, estava se mostrando ser mais louca do que poderia ter imaginado.

Olhando para Isaac e juntando todas as forças que ainda possuía, ela conseguiu balbuciar:

– Muito bem, Isaac... Já que não há mais nada a fazer, vamos embora! Quanto antes sairmos daqui, melhor!

III

Como Miguel informara, em Kanizsa Isaac entregou-a para a pessoa que a acompanharia, no trem, até Trieste. Era uma mulher já de meia-idade, extravagantemente vestida, muito pintada e de gestos exagerados. Katharina já tinha visto, numa revista de Budapeste que lhe chegara às mãos, uma mulher com esse jeito e ela se lembrava muito bem do que seu pai havia falado a respeito de pessoas assim. Portanto, não precisou fazer nenhum esforço para adivinhar o que lhe estava acontecendo. Tudo quanto tinha escutado dizer a respeito de moças que eram enganadas e levadas para bordéis e prostíbulos veio-lhe à memória no momento em que a tal mulher – Mme. Pierrette, segundo se apresentara – sentou-se a seu lado no vagão de primeira classe do trem para Trieste.

Naquele instante, Katharina sentiu medo do futuro, teve certeza de ter errado ao aceitar a sugestão de Miguel. Porém mais forte do que esse medo era o desejo de se ver livre, a ânsia de poder vislumbrar novos horizontes. E ainda mais forte do que esse desejo era a raiva que sentiu de Miguel, do fato de ele a ter iludido e se aproveitado de sua ingenuidade.

"Nem que leve uma vida inteira", pensou, mordendo os lábios para conter as lágrimas, "eu hei de me vingar!"

No entanto, ao mesmo tempo, estava curiosa. Ciente do que a estava esperando, bastaria ter saltado do trem numa das muitas estações por onde passaram. Certamente nem voltaria para a casa de seu pai, isso era ponto pacífico, mas bem que poderia tentar encontrar um trabalho qualquer ou, simplesmente, ir para algum outro lugar. O fato de estar sem dinheiro não a assustava; se quisesse fugir, encontraria um meio de conseguir o mínimo necessário.

Todavia, Katharina não estava nem mesmo pensando nessa possibilidade. Ela queria ver, sentir, viver o que estava para acontecer e, estranhamente, excitava-se com tudo aquilo.

Além disso, Mme. Pierrette mostrou-se atenciosa e até mesmo carinhosa para com ela, não lhe deixou faltar nada e, o tempo todo até Trieste, falou-lhe da vida nas metrópoles, contou-lhe sobre os muitos amores que tivera, fantasiou-lhe uma existência que, a acreditar em suas palavras, teria realmente de ser maravilhosa.

Quando Katharina foi levada para o hotel onde aguardaria o embarque para o Brasil, já se convencera completamente de que não estava indo obrigada, já tinha certeza de que era aquela a vida que desejava – ou que, pelo menos, estava mais do que disposta a aceitar.

– Sua ambição é o palco, minha filha – disse-lhe Mme. Pierrette. – Pois fique sabendo que esse é o caminho mais curto para ser atriz. Você terá de se submeter a muita coisa, não há dúvida. Mas a recompensa será grande e você nunca terá motivo para se arrepender.

Não teria sido necessário dizer isso para Katharina. Ela sabia que jamais haveria de se arrepender, principalmente porque deixava para trás, relegava ao passado uma vida de camponesa, na qual ela sabia que jamais estaria realizada. Além disso, estava embarcando numa vida que, acreditava, lhe permitiria ganhar muito dinheiro. E então voltaria, coberta de jóias e de glória, para mostrar a seu pai que havia outro mundo além do Balaton, daquelas montanhas e planícies. Havia um mundo onde era possível mostrar quem ela era, quanto valia e quanto poderia ter.

No momento em que pousou sua pequena valise no chão ao lado da cama de hotel, Katharina não estava mais pensando em se vingar de Miguel – talvez até lhe agradecesse a oportunidade, se viesse a encontrá-lo – nem preocupada com o que teria de fazer para alcançar seus objetivos. Ela queria ser rica e haveria de consegui-lo; ela queria ser famosa e o seria, custasse o que custasse.

IV

A viagem de Lelle até o Brasil foi uma verdadeira escola para Katharina Banyai.

Ela aprendeu, entre muitas outras coisas, que jamais poderia confiar em ninguém e que, se quisesse ao menos sobreviver, teria de ser esperta, fria e objetiva, não deixando que o coração falasse mais alto do que a razão. Também compreendeu que nunca deveria se desviar da meta colimada. E isso ela já tinha feito: seria rica, poderosa e famosa, não se importando com o preço que – ela sabia que nada no mundo viria de graça – teria de pagar.

Ao mesmo tempo, deu-se conta de que, para conseguir realizar seus sonhos, deveria depender única e exclusivamente de si mesma, jamais se deixando dominar por quem quer que fosse.

Porém, mais importante do que qualquer outra coisa, a moça aprendeu – e compreendeu – que os sonhos, quaisquer que sejam, são mutáveis, passíveis de serem alterados.

Segundo o que lhe dissera Mme. Pierrette, "é preciso ter uma meta; o sonho tem de ser encarado como um caminho para atingir essa meta, e caminhos, minha filha, existem vários!".

Foi no navio que a trouxe de Trieste para o Brasil, um cargueiro que possuía uma pequena ala para acomodar passageiros em camarotes piores que a média das segundas classes de quaisquer outras embarcações, que Katharina descobriu onde estava seu verdadeiro potencial para vencer a dura batalha que se impusera. E, melhor que tudo, percebeu que, se soubesse usá-lo convenientemente, talvez essa luta não fosse tão árdua assim.

O navio, de bandeira italiana, era comandado pelo capitão Giuseppe Fratelli, um homenzarrão de quase 2 metros de altura e forte o bastante para erguer do chão um homem em cada braço, embora os cabelos já grisalhos e a pele tisnada pelo sol e pelo sal mostrassem que já beirava os 50 anos.

Esse lobo-do-mar, apesar do nome tipicamente italiano, era húngaro, filho de um soldado calabrês que fugira para a região do Szerencz, juntara-se com uma cigana e com ela tivera um filho, justamente Giuseppe, que, quando crescido, decidira ser grumete num cargueiro de bandeira grega.

Inteligente, ladino e bastante forte, muito depressa conseguira galgar todos os degraus até se tornar capitão e receber o comando daquele navio.

Uma das qualidades e vantagens de Giuseppe Fratelli era sua capacidade de falar perfeitamente vários idiomas, entre eles o húngaro. Assim, ao descobrir que a única passageira que teria de levar para o Brasil – e, por coincidência, uma das mulheres mais bonitas que vira até então – tinha sobrenome húngaro, ele tratou de forçar uma aproximação e, logo na primeira noite a bordo, convidou-a para sentar-se a sua mesa.

A princípio, Katharina sentiu-se bastante inibida e encabulada, não achava graça nenhuma em ser o centro de todas as atenções, especialmente quando vinham de mais de vinte homens, todos eles – incluindo o próprio capitão – parecendo despi-la com os olhos.

Entretanto, em pouco tempo a jovem percebeu que poderia tirar bom proveito de sua situação, pois viu que todos eles estavam dispostos a rastejar a seus pés, ansiavam por satisfazer seu menor desejo, pulariam no mar por um sorriso seu.

Durante a refeição, ouviu Giuseppe falar sobre a vida a bordo, sobre as tempestades que enfrentara e, principalmente, sobre a solidão a que os homens do mar sempre estão sujeitos.

Servindo um copo de vinho para sua convidada, Giuseppe perguntou:

– O que está achando de suas acomodações? Ficará confortável nesse camarote?

Na verdade, Katharina não teria do que reclamar. Estava sozinha numa cabine que teoricamente seria destinada a quatro pessoas, com banheiro privativo e espaço de sobra para guardar as poucas coisas que havia trazido em sua valise. O único inconveniente era que esse camarote ficava muito perto da sala de máquinas e, portanto, era um pouco barulhento. Porém sua intuição lhe disse, naquele momento, que ela deveria aproveitar a oportunidade de alguma forma.

A moça refletiu um pouco e falou:

– O camarote não é ruim... Pena que seja tão barulhento. Não sei se vou conseguir dormir à noite...

O capitão fez uma expressão preocupada e, depois de alguns instantes, disse:

– O único camarote silencioso é o meu, por ficar na proa do barco. – Deu um sorriso sem graça e acrescentou: – Não é minha culpa, não construí este navio... – Tomando um grande gole de vinho, falou: – Infelizmente, não posso convidá-la para repartir meus aposentos... Só tenho uma cama e, de mais a mais, não seria de bom-tom você dormir com um homem...

Katharina sentiu o sangue subir-lhe às faces. Controlando-se, retrucou:

— Sim... É pena... Terei de me acostumar com o barulho das máquinas...

O jantar terminou, os marinheiros que estavam de serviço reassumiram seus postos, os outros foram descansar nos alojamentos e Giuseppe, oferecendo cavalheirescamente o braço para Katharina, convidou-a para visitar a ponte de comando.

— Talvez a única vantagem de viajar num navio cargueiro como este seja a possibilidade de um convívio maior entre tripulação e passageiros. Depois de uma viagem como esta, que será bem longa e demorada, é impossível que não se criem profundos laços de amizade. — Olhou intensamente para Katharina e murmurou: — E eu gostaria muito de me tornar seu amigo...

A moça não respondeu. Contudo, naquele momento teve certeza de que seria muito fácil fazer o que bem quisesse com Giuseppe Fratelli.

V

Com efeito, o barulho das máquinas era bem perceptível, apesar de as paredes do camarote em que Katharina se encontrava serem forradas com cortiça, numa tentativa de fazer um simulacro de isolamento acústico.

Mas não era esse ruído que a estava impedindo de dormir. Bem ao contrário, era um som repetitivo, monótono, até mesmo hipnótico. O que estava fazendo com que a moça permanecesse acordada, os olhos fixos no teto da cabine, era a lembrança de uma das últimas coisas que Mme. Pierrette lhe dissera, quando a deixara no hotel:

— Você terá tudo o que precisar aqui, enquanto tiver de permanecer em Trieste, aguardando o embarque para o Brasil. Serão poucos dias, não se preocupe. Agora, minha querida, não há mais a menor possibilidade de você desistir. Você não poderá deixar o hotel a não ser na hora de partir definitivamente. Nem adianta tentar sair, pois o pessoal daqui tem ordens expressas para não deixá-la passar da porta de entrada. Quando chegar o momento, alguém do próprio hotel irá com você até o porto. Você será entregue ao capitão do navio e este ficará responsável pelo que lhe possa acontecer. Ao desembarcar no Brasil, haverá uma pessoa a sua espera. – E, com uma expressão séria e ameaçadora, Mme. Pierrette finalizara: – O navio fará muitas escalas. Não tente fugir. O capitão tem ordens de pô-la a ferros se tentar escapar. E posso lhe garantir que não será nem um pouco agradável viajar no calabouço de um cargueiro, normalmente cheio de imundícies e de ratos!

Assim, desde aquele momento Katharina teve consciência de que era uma prisioneira e que, se não tomasse providências muito sérias e urgentes, seus sonhos de liberdade e realização estariam fadados a jamais se realizar.

Era esse pensamento que a fazia ficar acordada, os olhos fixos no teto da cabine, sentindo apenas o balanço do navio.

Ali, no meio do mar, ela realmente não teria para onde fugir e, mesmo quando o barco atracasse em algum porto, isso de nada lhe adiantaria, uma vez que não tinha documentos de espécie alguma – ela já sabia que precisaria de documentos – e não tinha dinheiro nenhum. De mais a mais, ela só falava húngaro, não conseguiria se comunicar com ninguém.

Portanto, nada mais lhe restava a não ser se conformar com sua situação, pelo menos por enquanto. Com calma, pensaria numa solução.

Já sabia que estava sendo levada para a prostituição, o que, na verdade, não a incomodava. Katharina chegara a invejar as jóias e as roupas que Mme. Pierrette estava usando, assim como tudo o que ela lhe contara sobre os muitos amantes que tivera, os presentes que ganhara, os lugares que freqüentara... Ela gostaria de ter uma vida assim. Pelo menos no começo, até que seria muito bom.

Depois, se ainda quisesse tornar-se atriz, haveria de saber como usar seus "predicados" para alcançar esse objetivo. E, segundo o que lhe dissera aquela mulher, seria mais fácil chegar aos palcos pelas camas. Talvez fosse necessário passar por muitas delas, mas isso... Ora! Isso deveria fazer parte de todo aquele jogo. Além do mais, com certeza ganharia um bom dinheiro desse jeito... E isso era o mais importante, o mais imediato: ganhar muito dinheiro! Com dinheiro, ela poderia ser rica, famosa e... poderosa!

Katharina estava ciente – Mme. Pierrette fora bastante clara nesse ponto – de que teria de trabalhar muito.

– Mas você vai gostar desse tipo de trabalho, minha querida – dissera a mulher, com um sorriso. – No fundo, é uma maneira muito prazerosa de ganhar a vida! E de ganhar muito bem, principalmente no Brasil, onde o dinheiro está sobrando, onde os homens não sabem o que fazer dele. – Depois de dar uma risada estrepitosa e escandalosa, acrescentara: – Mas nós, mulheres, sabemos muito bem o que fazer com o dinheiro deles! E, melhor, sabemos como fazê-los nos dar o que quisermos!

Sim, Katharina estava perfeitamente disposta a enfrentar tudo aquilo. Mas daí a ser uma prisioneira, uma escrava...? Isso ela não queria de jeito nenhum!

Teria tempo para encontrar uma solução. Segundo o que lhe dissera o capitão, a viagem até o Rio de Janeiro, onde alguém a estaria esperando, levaria aproximadamente três meses, tempo suficiente para se tornar amiga de Giuseppe e, de alguma maneira, levá-lo a ajudá-la.

Aliás, Katharina já desconfiava – na verdade, tinha certeza – que Giuseppe seria seu primeiro "cliente"...

Fechou os olhos, tentando adormecer e, nesse instante, ouviu baterem à porta da cabine.

VI

Giuseppe estava ali, com um sorriso meio encabulado, segurando uma garrafa de licor e dois cálices.

– Imaginei que você gostaria de um licor antes de dormir.

Katharina afastou-se um pouco para permitir que ele entrasse e disse:

– Parece que você adivinhou, Giuseppe... E será muito bom conversar mais um pouco. Desde que saí de casa, mal tive com quem conversar.

O capitão serviu um pouco de licor em cada um dos cálices e, entregando um deles para a moça, murmurou:

– Nunca tivemos uma passageira como você, Katharina. Uma mulher bonita e inteligente...

— Não gosto de ficar sozinha. A solidão não me faz bem, leva-me a pensar em coisas tristes.

— Pois prometo que vou me esforçar para alegrá-la um pouco — falou Giuseppe, erguendo o cálice num brinde.

Katharina sentou-se na beirada da cama e o capitão tomou lugar a seu lado.

Ficaram em silêncio por alguns instantes, ele pensando no que poderia dizer e ela simplesmente aguardando que ele falasse exatamente o que ela estava esperando.

Sim, pois Katharina sabia muito bem o que ele diria e o que aconteceria em seguida. E sentia-se excitada com essa idéia.

Porém sua excitação não era apenas algo físico-fisiológico, não era somente a vontade de realizar e materializar um desejo sexual. Ela estava ansiosa para começar sua batalha na vida, naquela vida que lhe havia sido imposta e que ela, ainda que um tanto quanto involuntariamente, tinha se disposto a aceitar e enfrentar.

Sua luta começaria com Giuseppe. Seria a primeira batalha e Katharina tinha certeza de sair vitoriosa. Dominaria o capitão da mesma maneira que dominara Lazlo, em Lelle. Ela o tornara tão dependente de seus carinhos que o pobre moço, ao perceber que jamais conseguiria se casar com ela, decidira ir para um mosteiro de beneditinos em Budapeste.

Depois de servir mais licor em ambos os cálices, Giuseppe finalmente perguntou:

— Onde você estava trabalhando? Como foi que a Zwi Migdal descobriu você?

Katharina franziu as sobrancelhas. Ela estava esperando que ele lhe propusesse uma sessão de sexo, no mínimo um beijo e alguns carinhos mais ousados... No entanto, Giuseppe estava lhe perguntando algo sobre o que ela não tinha a mínima idéia.

Olhando com surpresa e curiosidade para o capitão, disse:

— Não sei quem é essa Zwi Migdal... Nunca trabalhei em lugar nenhum a não ser na propriedade de meu pai. E não entendo o que você quis dizer com "descobriu"...

Foi a vez de Giuseppe se surpreender. Arregalando os olhos, falou:

— Mas você foi trazida ao meu barco por Mme. Pierrette! E ela é uma das principais agentes dessa companhia!

Como Katharina continuava a olhar para ele com expressão de quem não estava entendendo nada, o capitão explicou:

— A Zwi Migdal é uma companhia com sede em Buenos Aires, na Argentina. Ela é especializada em descobrir... prostitutas... principalmente na Áustria, Polônia e Hungria e levá-las para os Estados Unidos ou para o Brasil...

— Nunca fui e não sou prostituta! — protestou Katharina, mostrando-se enfurecida e ofendida, muito embora já soubesse que era exatamente esse o destino que a esperava. — Aceitei uma proposta que me foi feita para ser atriz!

Giuseppe sorriu tristemente e continuou:

— É assim que eles conseguem as mulheres. Fazem promessas mirabolantes, propostas irrecusáveis. Depois, o que existe de verdade é um quarto com uma cama de casal e uma penteadeira num bordel qualquer. — Fez um gesto para que Katharina não o interrompesse. — Normalmente, os agentes da Zwi Migdal agem junto aos bordéis, arregimentando prostitutas profissionais. Por isso eu perguntei onde você estava trabalhando e como foi descoberta. É raro os agentes dessa companhia pegarem moças de família. Eles acham que é uma manobra muito arriscada.

Katharina meneou a cabeça em sinal de assentimento. Estava explicado o motivo de Miguel ter tomado tanto cuidado, de não querer pegar o trem em Lelle nem acompanhá-la até Trieste. Se ele desaparecesse da cidade ao mesmo tempo que ela, seria fácil levantar suspeitas. Da maneira como agira, ou seja, voltando para Lelle de forma a ser visto na cidade no dia em que o desaparecimento de Katharina fosse notado, ele jamais seria considerado suspeito.

Giuseppe olhou para a moça com curiosidade e compaixão, perguntando:

— Quer dizer que você nunca... nunca...

Sentiu-se encabulado de repente e Katharina veio em seu auxílio:

— Não é bem assim... Já estive com um homem antes. Sei o que é. Mas isso não quer dizer que eu seja prostituta! Nunca fiz isso... profissionalmente! Apenas estive com um namorado. Isso quer dizer, simplesmente, que não sou mais virgem.

— Pois isso não tem importância nenhuma, pelo menos para mim

– falou Giuseppe, segurando a mão da jovem. – E, se eu já não gostava desse pessoal da Zwi Migdal, agora então passei a odiá-los!

Katharina apertou um pouco a mão de Giuseppe e indagou:

– Então estou neste navio trazida por essa companhia?

O capitão confirmou em silêncio.

– Fui vendida para alguém? Ou ainda serei "negociada"?

– Isso não sei responder – murmurou Giuseppe. – Mme. Pierrette não entrou em detalhes. Mas ela disse que, ao chegar ao Rio de Janeiro, alguém estará esperando no porto e eu deverei entregá-la para essa pessoa.

Katharina encostou-se um pouco mais ao capitão e sussurrou:

– Então, já sou uma "mercadoria negociada". – Sorriu e, esticando o pescoço para beijar a face de Giuseppe, acrescentou: – Pelo menos terei o tempo desta viagem para poder gozar o que me resta de liberdade... E pode apostar que isso eu saberei muito bem como fazer!

VII

Giuseppe Fratelli foi, efetivamente, o primeiro homem da vida de Katharina. Logo naquela primeira noite a bordo de seu cargueiro, ela percebeu que as experiências que tivera com Lazlo de nada valeram. Foi Giuseppe que a ensinou a sentir prazer desde o momento de se despir até o paroxismo dos verdadeiros orgasmos. Foi ele que lhe mostrou que o ato sexual não estava restrito à mera penetração, mas sim a todo um ritual em que o prelúdio, no final das contas, era a melhor parte. Katharina estremeceu com a sensação de ter seus seios beijados pela primeira vez, vibrou ao sentir a língua ágil do capitão a lhe percorrer todo o corpo...

Sim... Aquele era um homem de verdade, um homem insaciável e incansável que era capaz de passar praticamente a noite toda num tresloucado jogo de amor e, no dia seguinte, ao levantar o sol sobre o Atlântico, já estar de pé, dando ordens e ajudando seus homens até mesmo nos trabalhos mais pesados.

Giuseppe também foi seu grande professor. Ele lhe ensinou não apenas a ser uma amante sem limites, mas também a viver no mundo dito civilizado. Disse-lhe que, se fosse sempre sincera, jamais chegaria a qualquer lugar e que era fundamental ser hipócrita e mentirosa para poder vencer.

– Talvez um dia – falou ele – você venha a encontrar um homem com quem queira dividir a vida. Porém é preciso você saber se pode fazer isso com essa pessoa. Nunca se dê a ninguém a menos que tenha a segurança de estar recebendo algo em troca. E tenha sempre em mente que qualquer homem que se aproxime de você estará querendo justamente *aquilo*. Você está atravessando quase metade do mundo para sobreviver e, quem sabe, enriquecer. Pois faça valer essa sua determinação. Valorize-se! Tenha sempre certeza de que você vale muito mais do que qualquer outra pessoa!

Poliglota por ser um verdadeiro cidadão do mundo, Giuseppe ensinou-lhe os rudimentos do português, dizendo-lhe que, como estava indo para o Brasil, ela precisava saber pelo menos o mínimo necessário para não passar fome.

Por sua vez, Katharina soube como agradecer tanta dedicação e consideração. Durante aqueles meses de viagem, Giuseppe recebeu da moça mais carinho do que ele jamais poderia esperar.

E não foi apenas na cama que ela demonstrou sua gratidão. Katharina remendou suas roupas, cozinhou pratos húngaros cujo paladar ele até já havia esquecido e portou-se como uma companheira dedicada e sempre pronta para lhe satisfazer os menores desejos.

Possivelmente, se Giuseppe soubesse fazer outra coisa além de navegar, teria proposto à moça que se casasse com ele e, de bom grado, viveria com ela em terra firme. Sim, em terra firme, pois estava cansado de saber que o mar, os navios e as mulheres não fazem uma boa combinação. Pelo menos, não formam uma combinação estável. Primeiro, porque as mulheres necessitam de terra firme, de cidades, de ambientes de compras e de sociedade. Segundo, porque uma mulher a bordo de um cargueiro com uma tripulação de homens relativamente jovens nada mais seria que o estopim de uma bomba cuja explosão traria conseqüências inimagináveis.

Assim, Giuseppe sabia que, ao atracar no Rio de Janeiro, aquele paraíso chegaria ao fim. E o que lhe estava perturbando a paz de espírito era o fato de saber que o paraíso terminaria tanto para ele quanto para Katharina.

– Para você, certamente será pior do que para mim – falou ele para a moça, quando lhe expôs sua preocupação. – Você será levada para algum bordel, para o desconhecido. Eu simplesmente voltarei para o mar.

Katharina nada disse. Ela sabia perfeitamente disso tudo e não deixava de ter – talvez em nível um pouco maior do que o de sua curiosidade – receio do que lhe estava reservado.

Foi na véspera de o navio atracar no porto do Rio de Janeiro que Giuseppe, durante mais uma noite de amor desenfreado, disse-lhe:

– Chegaremos ao Rio de Janeiro pela manhã. Eu tenho a obrigação de entregá-la para o representante da Zwi Migdal que a estará esperando no porto. – Fixando ansiosamente os olhos da moça, continuou: – Você sabe o que a espera e, ao que parece, está preparada para enfrentar sua nova vida. Sabe que será uma vida dura, muitas vezes triste e dolorosa. – Medindo bem as palavras, falou: – A escolha é sua. Se quiser desembarcar, saiba que dificilmente conseguirá se livrar da Zwi Migdal e seus agentes. Porém, se quiser fugir deles, você terá uma única oportunidade.

Tomou fôlego e prosseguiu:

– Posso escondê-la no navio enquanto estivermos atracados no Rio de Janeiro. Não será um lugar confortável, mas garanto que ninguém conseguirá encontrá-la. Levantaremos ferro no fim da tarde e você desembarcará em Santos. – Entregou-lhe uma valise de couro. – Qualquer que seja a sua escolha, este é um presente que lhe faço. São as economias que juntei durante todos estes anos no mar. Jamais terei como gastar esse dinheiro sozinho e não pretendo nem mesmo procurar alguém. Durante estes três meses você foi, para mim, muito mais do que uma amante. Foi uma companheira, uma amiga de verdade e alguém que poderia ter mudado minha vida se eu a tivesse conhecido antes. Aí você tem 5 mil libras esterlinas. É muito dinheiro. Você poderá começar uma vida honesta e nunca precisar se prostituir. Este é o meu objetivo. E é por isso que eu gostaria muito que você aceitasse desembarcar em Santos.

Deixou escapar um suspiro e finalizou:

– Porém, se você quiser ficar no Rio de Janeiro e viver a desgraça da vida de uma prostituta, como já lhe disse, a escolha será sua e com esse dinheiro você poderá comprar a sua liberdade quando quiser.

Katharina pegou a valise, deu um longo, carinhoso e agradecido beijo em Giuseppe e falou:

– Eu tinha certeza de que você me faria uma proposta assim, querido. Não me enganei. É claro que não vou desembarcar do navio para ser escrava dessa companhia... Só não quero lhe causar problemas. Se, para me esconder, você tiver de correr qualquer tipo de risco...

O capitão abriu um sorriso cheio de felicidade e disse:

– Qualquer risco será compensado pela certeza de que você será uma mulher livre, Katharina! Fique sossegada que eu saberei como fazer!

VIII

Giuseppe não exagerara ao dizer que Katharina não estaria instalada confortavelmente em seu esconderijo. O capitão parecia estar até constrangido quando a colocou num cubículo abaixo da linha d'água cuja única ventilação era um tubo que se comunicava com o castelo de popa.

– Isto aqui é a cadeia do navio – explicou Giuseppe. – Quando um marujo bebe demais, manifesta algum tipo de indisciplina ou se comporta mal em terra, é metido aqui até que pense no que fez e se arrependa. – Verificou o catre cujas cobertas ele tinha acabado de mandar trocar e acrescentou: – Será por pouco tempo. Vou trancá-la por fora para que não caia na tentação de sair e estragar tudo. Procure não fazer nenhum barulho. Virei avisá-la assim que passar o perigo.

Deixando-a, Giuseppe subiu à ponte de comando para estar em seu posto durante a atracação, pois certamente despertaria suspeitas se não estivesse ao lado do prático, que poderia muito bem ter sido comprado pelos homens da Zwi Migdal com o objetivo de espioná-lo.

Confirmando suas suspeitas, o prático comentou:

– Soube que você está transportando uma "carga" especial, desta vez...

Giuseppe sentiu o coração se acelerar um pouco, mas, mantendo o controle, respondeu:

– Estava... Ela caiu no mar ao largo de Las Palmas.

O homem olhou feio para o capitão e rosnou:

– Fuentes não vai gostar de saber disso... A "mercadoria" já esta-

va vendida, deveria ser entregue ainda hoje para Mme. Antoinette.
— Não posso fazer nada. Atracamos em Las Palmas e ela estava a bordo quando levantamos ferro. Também estava a bordo à hora do jantar. Porém, pela manhã, ela não estava em lugar nenhum. Deve ter caído da amurada durante a noite.

O prático nada disse, limitando-se a fazer uma careta de desagrado. Terminou seu trabalho e, contrariando as normas de praxe, desembarcou antes do capitão, antes mesmo que terminassem completamente a amarração do navio, e correu para a porta de entrada do armazém diante do qual a embarcação se encontrava.

Menos de cinco minutos depois, quatro homens mal-encarados subiam a bordo.

— Vamos revistar o navio — disse o que parecia ser o chefe deles, um indivíduo vermelho chamado Heinrich.

— Pois estejam à vontade — respondeu Giuseppe, acrescentando, em tom ameaçador: — Mas vão se arrepender amargamente por não acreditar em minha palavra.

Heinrich olhou atravessado para o capitão, depois olhou a seu redor e viu que ali havia pelo menos uma dúzia de marinheiros, todos eles segurando pedaços de correntes e com aspecto nada amigável.

Giuseppe percebeu que a "coreografia" começava a surtir efeito e falou:

— Meus homens não gostam de estranhos a bordo. Principalmente quando estão querendo revistar seus aposentos.

Mostrou um deles, um homenzarrão de mais de 2 metros de altura e pelo menos 130 quilos de puro músculo, cuja fisionomia com os olhos muito juntos e a testa estreita teria sido um formidável campo de estudo para o legista César Lombroso em sua tese sobre a relação entre os traços fisionômicos e a personalidade das pessoas, e acrescentou:

— Igor, por exemplo, não deixa nem mesmo o taifeiro fazer a limpeza de seu camarote, tão ciumento ele é de suas coisas.

O rosto do gigante que Giuseppe chamara de Igor contraiu-se num esgar que, se ele tinha tentado sorrir, mais pareceu o arreganhar ameaçador de dentes de um gorila enfurecido.

Já com outro tom de voz, bem mais manso, Heinrich murmurou:
— O senhor disse que a passageira caiu no mar... Nesse caso, ela

deve ter deixado suas coisas a bordo. – Sorriu sem a menor vontade e pediu: – Poderia, por favor, entregar-nos seus pertences? Assim, poderemos convencer Fuentes. – Quase como se pedisse desculpas, justificou-se: – Sabe como é... Ele pode achar que nós ficamos com a "mercadoria"...

Giuseppe concordou com um sinal de cabeça e levou-o até o camarote destinado a Katharina, que, aliás, tinha sido pouco ocupado por ela, visto que a moça ficara a maior parte do tempo nos aposentos do capitão.

– Como pode ver – disse este –, tudo ficou exatamente como ela deixou. Ela deve ter caído no mar de camisola, usando por cima apenas um roupão...

Heinrich recolheu a valise com as roupas de Katharina – aquela que continha o dinheiro dado por Giuseppe estava com ela, no porão, por determinação expressa do capitão – e, acompanhado por seus três guarda-costas, tratou de desembarcar e se afastar o mais depressa possível dali. Afinal de contas, ninguém tinha a menor disposição de enfrentar aqueles marinheiros e, certamente, levar uma respeitável coça. Simplesmente entregaria os pertences da moça para Fuentes e ele que se arrumasse para conseguir uma substituta para ela.

Giuseppe viu o quarteto desaparecer na esquina do armazém, sorriu e foi comandar o desembarque da carga cujo destino era o porto do Rio de Janeiro.

Katharina estava salva e ele sentia-se plenamente realizado e feliz.

IX

A jovem ainda teve de amargar sua "prisão" até o anoitecer. Contudo, não reclamou nem se desesperou, pois estava ciente de que aquele sacrifício seria muitíssimo bem recompensado. A reclusão naquele cubículo abafado e malcheiroso acabaria cedo ou tarde e a partir de então ela seria, finalmente, uma mulher livre e – o que era melhor – em condições de realizar seus sonhos. Estar ali era o preço que estava pagando por sua liberdade e, quem sabe, por sua vida.

Giuseppe calculou e manobrou a viagem de forma a possibilitar a chegada ao porto de Santos no meio da noite. Isso evitaria – como de fato evitou – que os homens de Fuentes, o representante no Brasil da Zwi Migdal, vissem Katharina desembarcar. Ainda assim, ele tomou alguns cuidados especiais e fez com que ela deixasse o navio dentro de um baú de marinheiro, que Igor carregou nos ombros até uma hospedaria pouco menos do que asquerosa, mais afastada da zona portuária. Ao amanhecer o dia, o gigante a pôs no trem para São Paulo, apenas com a roupa do corpo e a valise com as 5 mil libras esterlinas que Giuseppe lhe dera.

A viagem, subindo a Serra do Mar pela Estrada de Ferro Santos–Jundiaí – a famosa Inglesa, inaugurada em 1867 –, apesar de todo o seu encanto, mal foi notada por Katharina, tão preocupada a moça estava em proteger seu dinheiro e em vigiar as pessoas que estavam naquele vagão Pullman. Qualquer um parecia-lhe suspeito, todos lhe traziam uma sensação de ameaça.

Ela apenas escutava o ruído das rodas sobre os trilhos e o som monótono das roldanas que deixavam correr o cabo de aço que puxava a composição serra acima.

Segurando a alça da valise com quanta força tinha, Katharina procurava recapitular as últimas recomendações de Giuseppe:

– Uma vez em São Paulo, procure uma pensão que não seja muito longe do centro. Peça informação sobre isso ao chefe da estação. Não mostre seu dinheiro para ninguém. Depois que estiver instalada, vá ao endereço que vou lhe dar, onde você deverá encontrar um homem, meu amigo, chamado György Endredy. Ele é húngaro e, assim, você não terá dificuldade de comunicação. Fale com ele em meu nome. Endredy deve-me um grande favor e não vai se recusar a ajudá-la. Ele vai arrumar os documentos necessários para você poder viver em paz no Brasil. Depois disso, leve o dinheiro para um banco. O próprio Endredy deverá se encarregar de indicar o melhor estabelecimento e acompanhá-la. A partir de então, você poderá começar a procurar o que fazer. Lembre-se de que estas 5 mil libras esterlinas um dia acabarão. Por isso, você tem de ter um trabalho, uma renda que lhe garanta a sobrevivência. O Brasil oferece várias possibilidades, principalmente em São Paulo. Há muitas famílias ricas que pagarão bem para uma empregada européia. Deixe o dinheiro guardado para fazer um investimento, comprar um imóvel ou simplesmente deixe-o render para que você não fique desamparada mais tarde.

O capitão entregara-lhe um papel com o endereço de Endredy e uma carta de recomendação destinada a ele. Abraçara-a carinhosamente e, despedindo-se, dissera:

— Como já lhe falei antes, se eu fosse vinte anos mais novo e soubesse fazer outra coisa além de viver no mar, iria com você. Você é a mulher mais maravilhosa que conheci. Tenho certeza de que seria imensamente feliz ao seu lado, gostaria de me casar com você, de lhe dar filhos, de constituir uma família. Mas é muito tarde para pensar nisso. Já estou velho e não conseguiria sobreviver em terra firme. Você tem todo o futuro pela frente e, se souber aproveitar sua beleza e sua inteligência, certamente chegará muito longe.

Katharina não insistira para que ele abandonasse tudo e seguisse com ela. Ainda que gostasse muito de Giuseppe e lhe fosse imensamente grata, ela sabia que o capitão jamais seria o homem de sua vida, jamais seria capaz de acompanhá-la na luta por alcançar seus objetivos. De mais a mais, Giuseppe realmente tinha idade para ser seu pai e, se estivesse definitivamente a seu lado, representaria um sério impedimento a tudo quanto vinha sonhando. A começar pelo simples fato de ela perder, com sua companhia, uma significativa fatia do que imaginava ser a liberdade.

"Tenho de estar sozinha", pensou ela, quando o trem já estava se aproximando de São Paulo, as primeiras casas surgindo ao lado da estrada de ferro. "Será difícil, mas hei de conseguir vencer!"

Encontrar um trabalho! Qualquer trabalho! Essa era sua primeira meta. Porém não sabia nem mesmo onde procurar e, cada vez que pensava sobre isso, sentia um aperto em seu coração.

"Minha esperança é esse amigo de Giuseppe", pensou, "esse tal de Endredy. Talvez ele possa ajudar, indicar-me a alguma família... No mínimo, sei cozinhar e limpar uma casa."

No entanto, em seu íntimo, Katharina sabia que não era bem esse tipo de vida que almejava. Se fosse tão-somente para lavar, passar, limpar e cozinhar, teria ficado em sua casa ou aceitado casar-se com qualquer camponês de sua região.

Ela queria muito mais do que isso. Ainda que já praticamente tivesse apagado o sonho de ser atriz, a jovem tinha plena consciência do que *não* queria fazer. E o trabalho doméstico estava incluído nessa lista.

Por outro lado, também estava ciente de que não havia alternativa a não ser começar justamente por esse caminho. Teria de aceitar um serviço doméstico pelo menos até que estivesse suficientemente familiarizada com sua nova vida para poder procurar algo mais próximo de suas ambições.

X

Instalada numa pensão perto dos Campos Elíseos, no final daquele mesmo dia foi procurar pelo amigo do capitão.

Dando graças a Deus por Giuseppe ter tido paciência de lhe ensinar um pouco de português, não teve muito trabalho para encontrar György Endredy.

Sua residência, uma pequena e aconchegante casa na Rua Frederico Abranches, nas proximidades da Avenida Angélica, portanto não muito distante dali e onde ele vivia sozinho, era limpa e bem cuidada, cercada por um jardim florido que imediatamente lembrou à moça a primavera às margens do Balaton, quando todas as flores desabrochavam ao mesmo tempo, colorindo os campos.

György Endredy era um indivíduo de estatura um pouco abaixo da mediana, já completamente grisalho e encurvado pelos anos vividos, provavelmente muito sofridos. Era simpático, falante, possuía uma expressão que demonstrava inteligência e vivacidade.

Katharina não precisou se esforçar para perceber que era um homem metódico, organizado e rotineiro. A forma como decorara sua casa mostrava essas suas características: havia uma infinidade de objetos, de bibelôs, de quadros, tudo perfeitamente limpo e arrumado.

Endredy leu a carta que a moça lhe entregou e disse:

– Há muitos anos, ainda na Hungria, minha mulher me traiu. Por causa disso, cometi um crime e tive de fugir. Foi Giuseppe que me trouxe para o Brasil, escondido a bordo de um cargueiro onde ele era, ainda, apenas um marinheiro. Devo muito a ele e nunca pude pagar o imenso favor que me fez, mesmo porque ele jamais me pediu nada. Agora, finalmente, Giuseppe me pede, nesta carta, que eu a considere como minha filha. Na verdade, é muito pouco, perto do que ele fez por mim. Além disso, ter como minha filha uma moça bonita como você é um prazer, nunca uma obrigação ou o pagamento de um favor. Você já é minha filha. Não tem nenhum cabimento estar numa pensão podendo ficar aqui comigo. Só lhe peço que espere até amanhã para se mudar para cá; preciso ajeitar as coisas de forma a lhe deixar um quarto bem confortável. Amanhã mesmo vou cuidar disso. – Muito sério, acrescentou: – Ele também me pede que providencie documentos para você e que cuide do dinheiro que possui. Não se preocupe quanto a isso.

A jovem fez um sinal afirmativo com a cabeça e conversou mais um pouco com Endredy dando-lhe notícias de Giuseppe e contando-lhe como tinham sido suas aventuras e desventuras desde que saíra de Lelle. Antes de se despedir, prometeu que no dia seguinte, logo pela manhã, estaria de volta com todas as suas coisas.

– Não tenho nada – disse ela, em tom queixoso –, só esta valise.

– Imaginei que fosse assim – falou ele, com um sorriso. – E também sei o que tem nessa valise, minha querida. Amanhã mesmo vamos tomar providências quanto a esse detalhe. Separe algum dinheiro para que possamos trocá-lo e o restante vamos depositar num banco.

– Poderia ficar com a valise desde já? – perguntou a moça. – Naquela pensão, não tenho nenhuma confiança...

– Não – respondeu Endredy, com certo constrangimento. – Sou um velho doente. Quando vou dormir, nunca tenho certeza de acordar na manhã seguinte. Se você deixar essa valise aqui e se me acontecer alguma coisa durante a noite, como você fará para provar que ela é sua?

Katharina não discutiu e voltou para a pensão, sempre agarrada a sua valise. Tomou a rala e miserável sopa que lhe ofereceram como "jantar" e foi dormir, sentindo-se satisfeita e com mais esperanças.

Afinal, tudo estava correndo bem, e mudar-se para a casa de Endredy seria excelente.

– Mesmo que isso me obrigue a lhe fazer uns carinhos – murmurou ela, com um sorriso, imaginando o velhote derretendo-se por ela. – Só não vou me oferecer... Mas, se ele pedir... por que haveria de negar?

Depois de uma noite maldormida – a cama era péssima e havia o permanente medo de que alguém entrasse em seu quarto para lhe roubar a valise com o dinheiro –, Katharina voltou para a casa de Endredy, já com o firme propósito de não mais voltar para aquela pensão. Se, por acaso, o velhote desistisse de hospedá-la, procuraria outro lugar.

Porém Endredy parecia estar ansioso a sua espera e fez questão de lhe preparar um farto desjejum, dizendo:

– Sei como são as pensões. Você não deve ter comido mais que um pedaço de pão. Precisa se alimentar, pois teremos muito que fazer durante o dia.

Katharina sentou-se, maravilhada, diante da mesa com pães, café com leite, queijo, manteiga, ovos mexidos...

Enquanto ela se fartava de comer, Endredy foi buscar os documentos que, segundo ele, um amigo tinha preparado durante a noite.

– Pode usá-los sem medo. Não há como dizer que foram fabricados agora... Esse meu amigo, também húngaro, Csaba Toth, é especialista! Já fez mais de 2 mil documentos para imigrantes ilegais.

Em seguida, os dois saíram, pois o húngaro queria que Katharina depositasse o dinheiro no banco quanto antes e, além disso, que ela comprasse roupas.

– Você precisa estar bem vestida – disse ele. – A aparência é muito importante quando se procura trabalho. Ninguém confia numa pessoa que esteja maltrapilha, suja ou simplesmente desleixada.

XI

Muito depressa Katharina percebeu que Endredy não tinha a menor intenção de ter, com ela, qualquer relação que extrapolasse o amor e o carinho verdadeiramente paternais.

E nem que tivesse... O velho húngaro era realmente um homem doente, não teria energia para qualquer tipo de aventura. Havia muito ele vinha sentindo cansaço, qualquer escada parecia-lhe o Everest, até mesmo andar no plano custava-lhe sacrifício. Contudo, ele não se queixava; esforçava-se ao máximo para não demonstrar – principalmente para Katharina – que não estava bem e fazia de tudo para que ela se sentisse feliz.

Ao mesmo tempo, gastava horas dando-lhe conselhos sobre como deveria agir no Brasil, especialmente em São Paulo.

— Não tenha pressa em arrumar uma ocupação. Já andei comentando sobre você com vários conhecidos e, assim que aparecer algo realmente bom, eu a levarei lá. Na verdade, não a vejo como uma empregada doméstica. Você tem potencial para muito mais!

Katharina, por sua vez, não estava nem um pouco aflita ou apressada. Depois de quase um mês na casa de Endredy, estava adorando a situação, aprendendo rapidamente tudo quanto se relacionasse com São Paulo e aprimorando seu português. De fato, era melhor não se afobar e aguardar que um trabalho bom e seguro aparecesse.

— Estou cuidando disso com todo o carinho — garantiu Endredy. — Não quero que você aceite qualquer emprego, não há nenhuma necessidade de agir assim. Pode apostar que antes de três meses terei conseguido uma boa colocação para você. Eu prometo!

No entanto, o destino não quis que Endredy pudesse cumprir essa promessa.

Quando já estava para fazer dois meses que Katharina vivia em sua casa, ele acordou durante a noite com muita falta de ar. Parecia que alguém lhe estava apertando o pescoço; tinha a impressão de que as paredes do quarto o estavam oprimindo.

— Preciso de ar! — ofegou. — Preciso respirar!

Com dificuldade, foi até a janela e abriu-a, tentando encher o peito com o ar da madrugada.

Conseguiu respirar uma, duas, três vezes...

De repente, sua vista escureceu, ele sentiu que as pernas não mais conseguiam sustentá-lo e, tentando em vão se amparar no parapeito da janela, foi ao chão.

No quarto ao lado, Katharina despertou sobressaltada.

Pareceu-lhe ter escutado alguma coisa, um baque surdo... Lembrou-se da saúde frágil de Endredy e, preocupada, levantou-se e correu para o quarto do velho. Encontrou-o caído ao lado da cama, os olhos muito arregalados, a língua de fora, a respiração ofegante e difícil.

— György! — exclamou ela, apavorada. — O que aconteceu?

Abaixou-se a seu lado, sentindo que algo de muitíssimo grave estava acontecendo, antevendo a tragédia.

— Por favor, György... — disse ela, segurando a cabeça dele. — Pelo amor de Deus, fale comigo!

Porém ele já não podia escutá-la.

A respiração foi ficando cada vez mais fraca e, de repente, Endredy estrebuchou e... morreu.

XII

Àquela altura dos acontecimentos, os vizinhos já conheciam Katharina e sabiam que ela era uma espécie de filha adotiva do velho húngaro e que ele não tinha mais ninguém neste mundo. Por isso, ninguém estranhou quando, cerca de quinze dias após seu enterro, foram chamados como testemunhas da transferência de seus bens – aquela casa, tudo quanto estava lá dentro e uma respeitável soma em dinheiro – para Katharina Banyai. Endredy, que já sabia estar esperando a visita da Morte a qualquer momento, tivera o cuidado de elaborar e registrar um testamento nomeando-a sua herdeira universal.

E assim, de repente, a jovem se viu quase milionária naquela cidade de São Paulo de 1905.

Ela poderia ter investido em imóveis, ter aceitado uma das muitas propostas de casamento que recebera – algumas até bastante interessantes – ou simplesmente viver da renda que todo aquele dinheiro lhe proporcionava.

Porém os sonhos de Katharina, mais uma vez, falaram-lhe mais alto. Ela voltou a querer ser atriz, a querer brilhar. Ser rica, uma vez que tinha conseguido alcançar essa meta tão sem querer, com tanta rapidez e facilidade, já não lhe bastava.

Katharina queria o brilho da fama, queria ser reconhecida quando andasse na rua, quando estivesse num salão de chá...

Com tal idéia em mente e sabendo que, se ficasse em casa à espera de que um anjo lhe aparecesse oferecendo-lhe um papel no teatro, jamais conseguiria sair da inércia, decidiu que, se desejava realmente tornar-se atriz, teria de se fazer conhecer pelos empresários do ramo.

Começou a pesquisar. Passou a freqüentar lugares considerados caros e refinados, a aparecer.

Não foi difícil descobrir que o Café Boulevard, na esquina da Rua Líbero Badaró com a Avenida São João, era um dos pontos de reunião dos intelectuais de São Paulo. Mais fácil ainda foi se fazer notar e despertar as atenções e desejos dos que ali se encontravam, já em sua primeira aparição.

No entanto, logo percebeu que "daquele mato não haveria de sair nenhum coelho".

Os chamados "intelectuais" que ali se encontravam na realidade não passavam de meros pseudo-intelectuais, que apenas fingiam saber das coisas e conhecer pessoas. Pior ainda, não tinham dinheiro nem mesmo para pagar suas bebidas... Estavam ali exatamente como ela, à espera de uma oportunidade, aguardando que um mecenas desgarrado aparecesse e lhes oferecesse alguma coisa, pelo menos um drinque.

Contudo, como "mesmo num saco de joio sempre há de se encontrar um grão de trigo", nem tudo podia ser considerado perdido para Katharina.

Foi justamente no Boulevard que ela teve a primeira oportunidade de – além de amortecer um pouco seu fogo interior, aquele fogo que, desde que deixara a cama de Giuseppe no navio, a vinha consumindo todas as noites, provocando-lhe insônias e calores – provar a si mesma que uma noite de seus carinhos poderia valer muito dinheiro.

E esse dinheiro veio das mãos de Bento de Araújo, grande fazendeiro da região de São Carlos, que, ao ver Katharina tão bela, tão sozinha e tão "desfrutável", não resistiu.

Bento, naquela época, já tinha passado bem dos 50 anos e, destes, pelo menos os últimos 35 tinham sido dedicados ao trabalho árduo da fazenda, o que facilmente se percebia em seu rosto bastante enrugado, queimado pelo sol, e na aspereza de suas mãos. Era rico, razoavelmente educado, mas um homem rude, muito pouco acostumado aos refinamentos dos lugares mais condizentes com sua conta bancária. Preferia ir ao Boulevard, onde ficava por alguns momentos tomando conhaque, porque ali ele era considerado importante. Além do mais, sempre havia algumas mulheres que facilmente trocavam um drinque por poucos carinhos e alguns trocados por uma ou duas horas de amor mercenário.

Porém nenhuma das mulheres que encontrara por ali nos últimos anos poderia ser comparada àquela que estava junto ao balcão, a menos de 2 metros de distância de sua mesa, fosse por sua beleza, fosse por sua altivez.

— Mas o que faz tão bela princesa aqui? – perguntou ele, aproximando-se da moça.

— Estava aborrecida em casa – respondeu Katharina com um sorriso, com seu ainda bem forte sotaque. – Decidi sair um pouco para ver o movimento...

Bento sorriu. Percebeu, pela maneira de falar, que se tratava de uma polaca, certamente bastante refinada e, portanto, provavelmente especialista na arte do amor.

— Posso lhe oferecer um drinque?

— Aceitarei com prazer – respondeu Katharina, sentando-se a sua mesa.

Com satisfação, Bento notou os olhares invejosos dos outros homens, especialmente de Francisco Faria, o corretor de café com quem negociara durante a tarde e que acabara de entrar no Boulevard.

— Você não perde tempo, Bento! – comentou o recém-chegado, ao cumprimentar o fazendeiro. – Mal sacou o dinheiro no banco e já está aqui, torrando-o!

Bento não respondeu, apenas sorriu e, voltando-se para Katharina, sugeriu:

— Acho que deveríamos ir jantar... procurar um lugar menos movimentado. O que acha?

— Não é má idéia – murmurou a mulher com voz sedutora. – E o lugar mais sossegado que conheço também serve um ótimo jantar...

Um tílburi de aluguel levou-os para a Rua Frederico Abranches, para a simpática e aconchegante casinha que Katharina tinha herdado de Endredy.

— Sempre achei que o melhor restaurante é a nossa própria casa – disse ela, entrando na sala de estar. – Além do mais, aqui podemos gozar de uma intimidade que nenhum outro lugar ofereceria...

Bento olhou, cheio de admiração, a seu redor e, já pela decoração daquela sala – tão diferente do peso rústico de seu casarão na Fazenda São Carlos –, ele pôde perceber que não se enganara: aquela polaca era mesmo refinada e a noite prometia ser das melhores...

Katharina tirou o xale desnudando os belos ombros arredondados, atirou-o sobre um sofá em estilo vitoriano estofado com couro de cavalo e, afastando uma tapeçaria que representava uma cena de cavalgada, disse:

– Por favor, Bento... Espere um pouco... Vou mandar que a criada prepare o jantar. Volto em dois minutos. – E, com um sorriso, indagou: – Gosta de carneiro? Posso mandar preparar um *entrecôte d'agneau au vin rouge*...

O fazendeiro jamais ouvira falar desse prato – na verdade, estava muito mais interessado no que certamente viria depois do jantar. Assim, ele assentiu com um breve sinal de cabeça e, enquanto a Polaca desaparecia no interior da casa, sentou-se no sofá, apanhou o xale que ali estava e aproximou-o do nariz.

Que perfume! Que doçura! Nada havia daquele cheiro acre de suor e pouca higiene das mulheres com que estivera anteriormente! Tampouco havia aquele odor de fumaça e de gordura das roupas de Marieta, a cozinheira da fazenda que, além de lhe preparar a comida, servia-lhe de consolo nas horas mais solitárias, desde que nhá Venância, sua saudosa esposa, falecera vítima de uma doença que médico nenhum soubera diagnosticar e, muito menos, tratar.

Um grande relógio de carrilhão, na parede a sua frente, soou as 7 horas da noite e Bento, tirando do bolso do paletó sua tabaqueira, começou meticulosamente a enrolar um cigarro de palha.

Foi nesse instante que Katharina voltou para a sala.

Por muito pouco, o fazendeiro não deixou cair o tabaco no chão, os olhos esbugalhados diante do que via.

A Polaca tinha trocado o vestido verde-musgo que estivera usando por um penhoar de cetim branco com alguns poucos adornos em dourado, que lhe modelava perfeitamente as formas e permitia perceber que sob o tecido nada mais havia a não ser ela mesma, sem outra coisa a não ser a nudez com que viera ao mundo...

– Temos tempo para um drinque – disse Katharina. – Que tal continuarmos com o conhaque?

Movimentando-se de modo cada vez mais sedutor, a Polaca tirou uma garrafa de conhaque de um armário e dois cálices. Entregou um para Bento, juntamente com a garrafa, e pediu:

– Sirva-nos, Bento... Mas não exagere... Ainda teremos um excelente Bordeaux e, depois...

Era exatamente esse *depois* que estava pondo Bento nas raias da loucura. E mais louco ainda ficou quando Katharina, ao se inclinar para a frente para pousar o cálice sobre a mesa de centro, deixou-o vislumbrar um de seus seios quase por inteiro.

Bento não resistiu mais. Deixando escapar de sua garganta um som que mais parecia o rugido de uma fera, agarrou-a e começou a beijá-la.

Primeiro, beijou-lhe o pescoço e, em seguida, abrindo-lhe quase com brutalidade o penhoar, beijou-lhe os seios, os mamilos, o colo...

A Polaca, evidentemente, não lhe ofereceu qualquer resistência, muito pelo contrário... Retribuiu-lhe os carinhos com volúpia e, ajudando-o a se desvencilhar das calças, murmurou:

– Isso, Bento... Assim mesmo... Quero-o todo... Mate-me o desejo!

O fazendeiro não se fez de rogado e, quando, cerca de uma hora depois, Benedita, a criada, afastou a tapeçaria que separava a sala de visitas da sala de jantar para avisar que a mesa estava servida, encontrou-os nus e ofegantes, ambos com o aspecto característico de quem tinha galgado até o último nível os paroxismos oníricos do prazer.

Jantaram, refizeram-se e a Polaca, ao se erguer da mesa, disse, cheia de sedução:

– Vou pedir para Benedita levar o café e o licor ao meu quarto... Você me acompanha, Bento?

– Acompanho-a até o inferno, se me pedir! – exclamou o fazendeiro, pondo-se de pé num salto. – Você me fez voltar aos 20 anos de idade! E isso, pode acreditar, não há dinheiro no mundo que pague!

Katharina sorriu. Lembrou-se das palavras de Giuseppe quando lhe dissera que ela jamais deveria se entregar por inteiro a um homem, a menos que tivesse certeza de um retorno efetivamente palpável.

E foi justamente o que aconteceu na manhã seguinte.

Depois de se vestir, Bento entregou-lhe um maço de dinheiro dizendo:

– É o que tenho aqui... Mas o que você me fez sentir desde o momento em que a encontrei no Boulevard vale muito mais! Voltarei a São Paulo no fim do mês que vem e faço questão de repetir tudo... Telegrafarei avisando de minha chegada.

Katharina sabia, porém, que seu futuro jamais estaria nas mãos de Bento. Por mais dinheiro que ele pudesse lhe dar, não haveria de levá-la aos palcos, como pretendia. No entanto, não jogaria pela janela uma amizade tão rica, com certeza. Tanto assim que ainda o recebeu em sua casa várias outras vezes e, em todas elas, sorriu agradecida ao receber o pagamento por seus préstimos – dinheiro que, somado, possibilitou-lhe comprar uma bela chácara em Santana.

Uma vez que sua idéia ainda era tornar-se uma estrela dos palcos e como percebeu que o Boulevard não era, nem de longe, o ambiente adequado para travar conhecimento com dramaturgos e teatrólogos de verdade, mudou de ares. Passou a tomar chá – sozinha – no Luxor, que, segundo fora informada, era o ponto de encontro de pessoas ligadas às artes dramáticas.

– Lá você conhecerá os milionários que não medem despesas para levar ao público uma boa peça – disseram-lhe.

De fato, suas idas ao Luxor renderam-lhe alguns frutos. Nada relacionado com o teatro e muito menos com a carreira que desejava... Mas, em compensação, resultaram em muitos contos de réis e vários presentes caros, tais como brincos de brilhantes, solitários, gargantilhas de ouro, broches...

Tudo isso deixava feliz a Polaca. Ela enriquecia cada vez mais, ampliava seu poder econômico – o próprio gerente de seu banco garantia esse fato – e ficava cada vez mais famosa.

Eram poucos os homens da elite de São Paulo que não a conheciam. Pelo menos de ouvir falar, uma verdadeira multidão de cavalheiros aumentava a cada semana.

Até que, um dia, alguém comentou que ela deveria aparecer na Villa Kyrial, de José Freitas Valle, na Rua Domingos de Moraes, número 10, Vila Mariana, o reduto da aristocracia e da alta burguesia paulistana naquele início de século XX.

Segundo as informações que Katharina conseguira obter, seria justamente ali, na Villa Kyrial, que teria maior possibilidade de encontrar alguém do meio cultural que lhe pudesse abrir as portas do estrelato. Sim, pois era na casa de Freitas Valle que se reunia, quase diariamente, a nata da *inteligentzia* paulistana, num verdadeiro coquetel de milionários e intelectuais, devidamente temperado com os indefectíveis – e por vezes indispensáveis – políticos.

Como seria de esperar, a Polaca logo despertou muitas atenções – e desejos – entre o público masculino que lá ia, nos finais de tarde e inícios de noite, para tomar um drinque, conversar, às vezes jantar e, quase sempre, assistir a algum recital de piano, de um quarteto de cordas ou mesmo de uma orquestra de câmara.

Freitas Valle era refinado e extremamente caprichoso. Quis – e de fato pode-se dizer que tenha conseguido – criar na São Paulo do início do século XX um lugar como o palacete parisiense de Jacintho de Thormes, o famoso 202 da Avenue Champs Elysées. Escolhia cuidadosa e criteriosamente os felizardos a serem convidados para suas *soirées* regadas a champanhe e vinhos franceses acompanhando pratos sofisticados cujos ingredientes vinham de Paris.

Katharina esteve por lá em quatro ocasiões. Não foi nada fácil ser incluída na lista de convidados. Nas duas primeiras vezes, só o conseguiu por intermédio do diretor do banco onde tinha seu dinheiro. E não foi unicamente por causa do invejável montante de sua conta, mas sim porque o sorriso com que presenteara esse diretor era carregado de promessas... que não resultaram em realidade. O terceiro convite foi arranjado pelo advogado que cuidara da herança de Endredy. Mais uma vez, o já bem maduro causídico ficou sonhando com os favores que Katharina deixara entender que teria de sua parte. Já o convite para a quarta *soirée* na casa de Freitas Valle... a moça o obteve na manhã seguinte a uma noite passada na cama com o doutor Antônio Campos Barros, médico de uma prima do anfitrião, que não se contentara apenas com sorrisos e olhares promissores.

Nas quatro vezes em que esteve no Kyrial, Katharina se esforçou bastante para parecer uma grande dama. Porém os paulistanos, acostumados com a imagem arquetípica das prostitutas do elenco das casas de libertinagem que, havia cerca de dez anos, começaram a surgir na Avenida São João, logo viram: ali estava mais uma ave de arribação, que, certamente, estaria muito mais à vontade na famosa Casa de Adelaide, na esquina do Largo do Paissandu.

— É uma polaca – qualificaram. – Não deveria estar aqui.

E fingiam desprezá-la. Apenas fingiam, pois bastaria que ela estalasse os dedos para que qualquer um daqueles homens viesse ajoelhar-se a seus pés, ansioso por satisfazer-lhe as vontades. Contudo, eles faziam parte da alta sociedade, não podiam mostrar que se interessavam por uma reles polaca...

Pelo menos, essa era a imagem que faziam questão de transmitir. Seria a vergonha das vergonhas se alguém falasse, lá fora, que um Carlos Eduardo de Souza Lima, um Mário Ribeiro Mascarenhas ou um Jerônimo Antônio Faria Camargo estivera acompanhando ou simplesmente conversando com uma mulher como Katharina, ali na Villa Kyrial!

Ninguém diria nada, nenhum comentário desairoso seria feito se esses mesmos cavalheiros fossem vistos entrando ou saindo da Casa de Adelaide... Mas ali, no reduto da mais alta casta paulistana?! Ali não era lugar para uma polaca se exibir!

Katharina não precisou mais do que essas quatro visitas ao Kyrial para compreender que, realmente, não estava em seu lugar. E, naquela sua última ida à chácara de Freitas Valle – como tivera trabalho para conseguir ser convidada, o doutor Campos Barros não lhe dera sossego a noite inteira! –, convenceu-se definitivamente de que jamais obteria qualquer coisa ali.

Era engraçado... Todos olhavam para ela, todos sorriam e, logo que ela lhes dava as costas, teciam comentários... Comentários que ela ouvia, entendia perfeitamente e que a deixavam profundamente magoada.

– Ela estaria melhor num bordel...

– Freitas não está bom da cabeça... Imagine convidar uma mulher como esta!

– Isto aqui está degenerando... Agora, temos polacas freqüentando o Kyrial!

Katharina podia ser uma polaca... mas era, também, uma mulher de incrível beleza. E foi essa beleza, esse seu esplendor que chamou a atenção do neto do Visconde de Brotas, Joaquim Antônio Rodrigues de Albuquerque.

XIII

Joaquim Antônio era um assíduo freqüentador do Kyrial e lá ia sempre acompanhado pela esposa, Maria das Dores, uma mulher sem qualquer beleza ou tempero, mas extremamente sofisticada e filha única de Bento Carlos Pacheco de Almeida Machado, filho do Barão de Cabreúva.

O casamento tinha sido resultado de uma combinação entre as famílias Albuquerque e Almeida Machado, ambas ditas da aristocracia paulista, ambas tidas como riquíssimas, muito embora a realidade fosse bem outra: com a morte de Bento Carlos e de Alfredo Antônio, pai de Joaquim, as fortunas deixadas em herança estavam se exaurindo muito rapidamente.

Joaquim Antônio não era homem de ganhar dinheiro, e sim de gastá-lo. Fazia questão de não perder uma só das reuniões de Freitas Valle. Dizia que era ali que "montava" seus negócios e, principalmente, estabelecia as alianças políticas tão necessárias para alimentar e manter sua posição na alta sociedade paulistana.

Tal manobra – assim como muitas outras que ele alegava serem indispensáveis por idênticos motivos – custava-lhe um verdadeiro rio de dinheiro, que fluía, sem a menor possibilidade de retorno, das contas bancárias onde estavam depositados os montantes auferidos pela venda da quase totalidade dos bens imóveis herdados pelo casal.

Maria das Dores nada entendia de negócios; suas preocupações estavam resumidas a tudo quanto tivesse relação com a sociedade e, conseqüentemente, com as futilidades da época. Deixava aos cuidados do marido a administração de tudo e jamais lhe passara pela cabeça ao menos indagar a quantas andava o saldo econômico familiar.

Para Joaquim Antônio, então já perto dos 40 anos de idade, mas eterno *bon vivant*, a situação era muito cômoda. Não tinha de dar satisfação a ninguém e, acostumado que estava a ter os bolsos sempre cheios, não possuía o hábito de efetivamente cuidar de seu dinheiro. Gastava-o, simplesmente, sem peias ou remorsos.

Era um emérito dom-juan, um conquistador inveterado. Porém, como a conquista no seio da sociedade que freqüentava não era das atitudes mais aconselháveis – as mulheres, belas ou não, estavam sempre estreitamente vigiadas, além de serem falsa ou verdadeiramente discretas e recatadas –, Joaquim Antônio tinha seus "campos de caça" localizados em lugares outros que não aqueles como, por exemplo, o Kyrial. Assim, muitas e muitas vezes, depois do jantar e dos recitais, levava Das Dores para casa e, dando a desculpa de que precisava encontrar um cliente, rumava para o Clube dos Girondinos ou para a Casa de Adelaide, onde poderia encontrar mulheres que de fato lhe despertassem o apetite, coisa que sua Das Dores não conseguia fazer.

Desde a primeira ida de Katharina ao Kyrial, ela chamou-lhe a atenção. Nunca vira mulher tão bela, tão desejável e, melhor, que deixasse transparecer de maneira tão evidente tanta sensualidade e sedução.

Nas três primeiras vezes que a vira por lá, não teve a menor oportunidade de se aproximar, fosse porque Das Dores estivesse a seu lado, fosse porque Katharina estivesse conversando com outro homem, fosse por mera e estranha inibição de sua parte.

Sim, estranha, pois Joaquim Antônio jamais se deixara encabular por mulher alguma e, no entanto, aquela conseguia fazê-lo sentir-se como um adolescente que tentava, em vão, um contato com um amor ainda secreto.

Naquela noite – a quarta e última visita de Katharina ao Kyrial – ele notou que a moça não estava tão alegre e comunicativa como das outras vezes em que a vira.

Bom caçador, logo percebeu a fragilidade da presa, o que poderia facilitar-lhe as coisas. Além do mais, tinha escutado alguns comentários a respeito da inconveniência de uma polaca estar ali, no meio da mais alta esfera da sociedade de São Paulo. Outro ponto a seu favor: com as polacas ele era o rei, sabia como lidar com elas.

Diante dessa importante constatação, aquela incômoda e inexplicável inibição que sentira desapareceu e, num momento em que Das Dores estava distraída numa conversa com amigas, ele deu um jeito de se aproximar da Polaca.

Dispensou as formalidades de praxe, que incluíam a apresentação por algum conhecido mútuo, e disse:

– Creio que o Kyrial jamais teve freqüentadora tão bela!

Katharina agradeceu com um sorriso e, com falsa timidez, baixou os olhos.

– Gostaria de conhecê-la melhor, mas estou com um grupo que me ocupa o tempo todo. Ainda vai demorar por aqui? Assim, quando conseguir me livrar dessa obrigação...

A moça disfarçou um sorriso. Ela também já tinha notado aquele senhor, sempre muito bem vestido, sempre conversando com pessoas que ela já sabia serem importantes, sendo tratado com extrema deferência por todos. Também sabia que aquela mulher gordote, baixinha e bastante parecida com um sapo era sua esposa e que, obviamente, era o tal grupo que o impedia de uma aproximação maior.

– Devo ficar pelo menos mais uma hora... – respondeu ela, com um sorriso cheio de sedução. E, piscando os olhos de longos cílios, acrescentou: – Se não aparecer algo mais interessante para fazer, é claro.

Essa frase foi determinante para Joaquim Antônio. Resmungou qualquer coisa semelhante a "não poderá haver nada de mais interessante do que estarmos conversando a sós" e se afastou, já imaginando o que diria para Das Dores que a fizesse largar as amigas, não assistir ao recital de piano prometido para aquela noite e deixar que a levasse para casa.

"Será uma tarefa bem difícil!", pensou ele.

Porém naquela noite ele estava com sorte. Ao se aproximar da mesa, viu que seu cunhado, Pedro, levantava-se e começava, juntamente com sua irmã, Maria Luíza, a se despedir das senhoras que conversavam com Das Dores.

Vendo aí a oportunidade de ficar sozinho no Kyrial, apressou o passo e, dirigindo-se à esposa, falou:

– Você bem poderia aproveitar que Pedro e Maria Luíza estão indo embora...

A mulher olhou surpresa para o marido e este, sem lhe dar tempo para qualquer protesto, continuou:

– Acabei de encontrar José Cândido Pedreira Dias... Ele quer conversar comigo a respeito do espólio do pai. Terei de ficar mais tempo, não sei quando vou poder me liberar...

Das Dores franziu as espessas sobrancelhas, fechou a cara, mas não reclamou. Como toda esposa daquela época, tinha sido educada para não contestar as decisões do marido e jamais questioná-lo. O que o homem da casa dissesse estava dito e ponto final. Ela sabia muito bem que tudo o que ele falara não passava de uma ridícula mentira destinada a afastá-la dali. Só não conseguia entender a razão de ele estar com tanta pressa de se livrar dela. Afinal, poderia perfeitamente esperar que a conversa terminasse, talvez até mesmo o recital de piano, levá-la para casa como fazia todas as vezes e, depois, voltar para o Kyrial ou ir para onde quisesse!

– Está certo – murmurou ela, um tanto quanto amuada. – Amanhã continuamos...

Pedro conteve, com esforço, um sorriso. Ele vira Joaquim Antônio conversando rapidamente com a Polaca e adivinhara as intenções do cunhado. Contudo, discreto como sempre fora, não comentou nada e, levando pelo braço as duas mulheres, deixou o salão.

Joaquim Antônio ainda esperou cerca de dez minutos para ter certeza de que eles não voltariam por uma razão qualquer e regressou para perto da Polaca, alegre como um menino, ansioso como o caçador que avista a presa e engatilha a arma para o disparo fatal.

XIV

O tórrido caso de Joaquim Antônio e Katharina principiou naquela noite.

No começo – nas duas primeiras horas –, era apenas uma aventura para ambos: para a jovem, a oportunidade de apagar um pouco o intenso fogo que lhe inflamava as entranhas e que o doutor Barros tinha acendido e, embora sua insaciabilidade, por algum motivo não conseguira apagar; e para Joaquim Antônio... bem... ele nunca tinha estado com uma mulher como aquela!

Katharina era um verdadeiro vulcão, sentia e respondia a cada carícia, exigia, entregava-se por inteiro, fazia com que o homem tivesse certeza de estar no sétimo céu.

Além do mais, ela não se comportava como as outras polacas com quem Joaquim Antônio já estivera. Para começar, ficava inteiramente nua, deixava que ele a visse da mesma forma como Deus – ou o diabo – a pusera no mundo, coisa que as outras mulheres não permitiam, fazendo questão de mostrar um pudor descabido, um falso recato cuja finalidade única, de fato, era não deixar que o homem visse seus... defeitos.

Mas Katharina não tinha qualquer defeito. Seu corpo era absolutamente perfeito, suas curvas o enlouqueciam, seus seios despertavam-lhe desejos por vezes absurdos...

Acordaram já em pleno dia, o sol entrando pela janela escancarada do quarto da mulher.

Ele nem mesmo se preocupou com o fato de ter passado a noite ali e de ter de encontrar algo para dizer à esposa quando voltasse para casa. Aliás, Joaquim Antônio chegou a desejar que Das Dores o repudiasse definitivamente. Ele mudaria de imediato para a casa de Katharina e pouco estaria se importando com o que pudessem falar. O que interessava era o fato de que jamais sentira tanta satisfação e felicidade.

Katharina é que era mulher! Depois de uma noite com ela, qualquer homem teria certeza de que jamais conseguiria estar com qualquer outra!

Qualquer homem! E isso, sim, era assustador.

A possibilidade, na verdade a certeza, de que Katharina não seria só dele, teria outros homens e que a cada um haveria de se entregar da mesma forma, com a mesma intensidade e o mesmo fogo, caiu sobre a cabeça de Joaquim Antônio como uma rocha despencando de um barranco. Não! Ele jamais poderia aceitar isso! Aquela polaca teria de ser só sua, teria de ser exclusiva!

Por sua vez, Katharina também ficara bem impressionada com Joaquim Antônio. Em primeiro lugar, pelo formidável desempenho daquele homem que, apesar de já amadurecido, conseguira fazer com que ela recordasse os bons momentos que passara na cama de Giuseppe. Depois, por seu cavalheirismo e delicadeza, tão diferentes do doutor Barros, de Bento e de tantos outros que, nos momentos de maior arrebatamento, chegavam a ser quase estúpidos e brutais.

No entanto, o que mais fizera com que Katharina ficasse bastante atraída por Joaquim Antônio fora sua conversa.

Ele falara sobre seu bom relacionamento com o mundo do teatro, mostrara conhecer muitas pessoas importantes no meio cultural, e era isso que mais a interessava. Ela "usaria" Joaquim Antônio para chegar aos palcos, para realizar seus objetivos mais elevados.

Com facilidade, percebeu que aquele homem já estava completamente fisgado e que poderia conseguir dele o que bem quisesse. No terceiro encontro – exatamente três noites após aquela primeira vez –, sem maiores rodeios, disse-lhe que não poderia recebê-lo com tanta freqüência, uma vez que era preciso deixar espaço em sua agenda para alguns diretores teatrais com quem estava negociando papéis.

Joaquim Antônio teve a sensação de que o mundo fugia de sob seus pés.

Não era possível! Katharina não poderia trocá-lo por qualquer diretor de teatro mambembe, nem mesmo pelo principal diretor da Ópera de Paris! E, de mais a mais, ela nunca poderia ser atriz, pois, se tal acontecesse, com certeza teria de ir para a cama com muitos outros homens! E ele não admitiria a idéia de dividi-la com quem quer que fosse.

Prometeu-lhe que haveria de lhe facilitar um encontro com o dono de um dos mais importantes teatros de São Paulo. Mas havia uma condição: ela seria só sua, não seria de mais ninguém.

Esperta, Katharina não disse sim nem não. Tinha de pensar; afinal de contas – falou ela –, ser atriz era a única coisa com que sonhava e tinha medo de desperdiçar qualquer oportunidade.

– Você não estará desperdiçando nada comigo! – protestou Joaquim Antônio, quase em desespero. – Farei de você a maior atriz do Brasil, pode ter certeza!

A partir daquele dia, a partir daquela promessa – que Joaquim Antônio sabia que jamais cumpriria, fosse porque não tinha poder para tanto, fosse porque não tinha realmente nenhum interesse em cumpri-la –, o "caso Polaca" assumiu a posição de objetivo de vida para o neto do Visconde de Brotas. Ele tinha de mostrar para a moça que estava fazendo de tudo para colocá-la no palco e, ao mesmo tempo, impedir que ela se tornasse atriz, pois sabia que, se ela de fato entrasse para o estrelato, não seria mais sua "propriedade", sua exclusividade.

Além do mais, uma empreitada desse porte não custa barato. Era preciso convidar pessoas, gastar com presentes, com jantares... E era fundamental fazer com que Das Dores não o aborrecesse, não o arrastasse para suas reuniões insossas com mulheres que não o interessavam nem jamais poderiam interessá-lo. Especialmente depois de Katharina.

A solução era fazer com que a esposa fosse viajar. Uma viagem bem longa... Ora, havia muito que ela vinha propondo uma viagem ao redor do mundo. Era a oportunidade de que ele precisava.

Sugestão feita, a própria Das Dores se incumbiu de encontrar duas amigas que a acompanhassem, mesmo porque ela também queira se afastar de Joaquim Antônio – ela sabia que o marido estava enrabichado por alguma outra, só não sabia quem era, nem queria saber – e uma viagem de vários meses só lhe poderia fazer bem.

Custaria muito? Sem dúvida. Mas dinheiro era coisa que jamais fora problema. Das Dores ainda se lembrava muito bem das palavras de seu pai, já doente e prestes a se encontrar com Deus:

– Você terá dinheiro para o resto de sua vida, de seus filhos, de seus netos. Se há algo que jamais há de faltar, é dinheiro.

Portanto, foi sem a menor preocupação ou remorso que ela partiu, levando em sua mala nada menos que 6 mil libras esterlinas – e sem nem mesmo desconfiar que essa importância esvaziava bem as finanças da família.

XV

Pedro olhou para o cunhado e, depois de alguns instantes, perguntou:

– O que você está querendo dizer?

– Você teria de me adiantar uma parte desse arrendamento, Pedro. Não posso ficar esperando por uma colheita, daqui a um ano ou mais, para receber.

– Mas a Santa Isaura não está rendendo nada! É o mesmo que você não a possuir! Se eu a arrendasse, pelo menos poderia ter a possibilidade de, mesmo que fosse dentro de um ano ou pouco mais, receber alguma coisa... – protestou Pedro.

– Tem razão – admitiu Joaquim Antônio. – Mas sempre poderei vendê-la nesse intervalo de tempo. – Com um sorriso nos lábios, acrescentou: – O Fasoli, dono daquela confeitaria na Avenida São João, mandou-me uma proposta por intermédio de seu advogado. Bastante tentadora, por sinal.

– E por que não vendeu?

– Simplesmente porque não posso conspurcar a memória de meu avô. Ele não toleraria ver a Santa Isaura nas mãos de um carcamano.

Pedro balançou a cabeça, desanimado. Joaquim Antônio jamais trairia o sangue dos Albuquerque. Poderia estar morrendo de fome, mas não perderia a pose, não baixaria a crista e não deixaria de lado todos os preconceitos que sempre caracterizaram a chamada "nobreza do café". E estava precisando prementemente de dinheiro, isso ele sabia, assim como grande parte de seus amigos comuns. No entanto, ninguém fazia qualquer comentário; todos apenas ficavam esperando, maldosamente, a queda definitiva do pinheiro. Queda essa, aliás, que não demoraria, muitos já se perguntando como ele fazia para continuar a levar o mesmo trem de vida dos tempos em que podia contar com várias dezenas de milhares de libras esterlinas a sua disposição.

De fato, havia já quatro anos que Joaquim Antônio arrastava seu romance com a Polaca... Já não era segredo para ninguém, como também não era segredo que aquela mulher sugava-lhe o sangue de todas as maneiras. Assim, aquilo que era esperado estava acontecendo: Joaquim Antônio estava quebrando. Seria apenas uma questão de tempo e ele seria obrigado a vender até mesmo as obras de arte que tinha herdado do pai.

– Prefiro arrendar a fazenda – prosseguiu Joaquim Antônio. – O problema é que realmente preciso de alguma coisa imediatamente.

Os dois homens voltaram a ficar em silêncio e, depois de acender um caríssimo havana que Pedro sempre se perguntara como o cunhado conseguia comprar, este falou:

– Resta-me, é claro, a alternativa de hipotecar as terras... Mas isso não ficaria bem para a família. – Voltando a perder o olhar pela propriedade abandonada, disse: – Pense, Pedro. Pense e faça-me uma proposta até o fim do mês. Terei paciência de esperar. Depois, se nada tivermos combinado, procurarei Jacob Stehrmann. Tenho certeza de que ele fará uma hipoteca decente sobre a Santa Isaura e saberá guardar sigilo a respeito da transação.

Pedro não pôde deixar de pensar que seria uma pena. Stehrmann executaria a hipoteca e ficaria com a fazenda, uma vez que Joaquim Antônio jamais teria condições de saldar a dívida. Isso era ponto pacífico. Ele teria de dar um jeito de arrendar aquelas terras e, posteriormente, comprá-las.

Viu o cunhado soltar uma baforada de fumaça para o alto e falou:

– Vou ver o que consigo, Joaquim. Talvez, se eu raspar o tacho, possa arrumar alguns contos de réis...

Joaquim Antônio sorriu. Sabia que o negócio estaria fechado assim que regressassem a São Paulo. Pedro tinha dinheiro. Afinal de contas, não gastava quase nada a não ser uma ou outra vez que ia ao Kyrial... O resto do tempo ele passava em casa, com a família, ou então trabalhando como um mouro escravo para os grandes fazendeiros que queriam ramais das estradas de ferro dentro de suas propriedades e, para isso, necessitavam de um representante em São Paulo. Logo, deveria estar ganhando bem e juntando muito dinheiro, já que Pedro não sabia fazer outra operação aritmética a não ser a adição. Subtração era considerada leviandade, verdadeiro pecado.

O neto do Visconde de Brotas tinha tanta certeza de já ter vendido a Santa Isaura que, no dia seguinte ao do retorno a São Paulo, foi procurar o joalheiro Fernando Achilles, no Largo do Arouche, com o objetivo de encomendar uma caríssima gargantilha de brilhantes e esmeraldas para dar à Polaca.

– Ficará linda no pescoço dela... – murmurou, quando Achilles lhe mostrou o modelo da jóia. – E ela bem que merece!

O joalheiro sorriu. Aquela gargantilha era a mais cara de todas as jóias que Joaquim Antônio adquirira de suas mãos. E ele sabia muito bem quem ele queria presentear.

Aliás, da elite paulistana, poucas pessoas não tinham conhecimento da existência da Polaca e de sua relação com Joaquim Antônio. Até mesmo Das Dores deveria saber, muito embora fizesse questão de fechar os olhos. Para ela, pouco interessava que o marido tivesse ou deixasse de ter uma ou mais amantes.

– Essa mulher deve ser mesmo especial... – comentou Achilles, com um sorriso maroto.

– Pode ter certeza disso, meu amigo! – exclamou Joaquim Antônio. – Ela é muito mais do que especial!

Foi ao cair da noite, quando ele e Pedro foram ao Café Parisiense tomar um conhaque, que o cunhado lhe disse:

Olho... Andei conversando com Maria Luíza, fiz umas contas, apertei o cinto, raspei o tacho, como lhe falei. E acho que posso lhe fazer uma proposta. E é uma proposta de compra.

Joaquim Antônio exultou. Não poderia ter recebido melhor notícia. Vender a Santa Isaura para o cunhado era quase o mesmo que não vender, pois poderia voltar a usufruir a fazenda depois que Pedro a tivesse posto novamente para render, a ter café da melhor qualidade para oferecer aos amigos...

— Só não posso lhe dar muito dinheiro este ano — disse-lhe o cunhado. — Apenas uma parte. Dentro de dois anos, depois da colheita, aí sim, creio que dará para pagar mais uma parte da dívida, e espero que em cinco ou seis anos eu a tenha saldado integralmente. Se você aceitar...

Com um sorriso, Joaquim Antônio ergueu o cálice num brinde e disse:

— Pois o negócio está fechado! Amanhã mesmo vou pedir ao tabelião Arnaldo para lavrar a escritura de compromisso...

— Não! — exclamou o cunhado. — Não terei recursos para mais essa despesa! — Esvaziou o cálice de um só gole e completou: — Estamos em família, Joaquim... Não há necessidade de nada disso. Quando eu terminar de pagar a Santa Isaura, aí sim, trataremos de assinar a escritura definitiva.

XVI

Bem se diz que "Deus põe e o Diabo dispõe".

Pedro caiu doente no mesmo mês em que entregara o dinheiro da primeira parcela da compra da Santa Isaura para o cunhado.

Uma tosse desagradável acometia-o à noite. Ele nem mesmo conseguia caminhar cem passos sem se cansar terrivelmente. Começou a inchar. Primeiro os tornozelos se transformaram em bolotas doloridas. Depois as pernas...

Os médicos receitaram-lhe sangrias, chás de digitalina, tiraram-lhe o açúcar da comida, proibiram-no de usar sal.

Depois de mais de três meses de sacrifícios e privações, Pedro logrou uma pequena melhora.

— Preciso ir para a fazenda — falou ele para Maria Luíza. — Tenho de fazer com que ela produza, precisamos desse dinheiro para pagar seu irmão.

Porém, se tocar uma fazenda já é um trabalho duro e pesado para um homem são, para alguém que se encontra doente e debilitado é tarefa simplesmente impossível.

Pedro não demorou muito para se convencer de que jamais conseguiria fazer coisa alguma com aquelas terras. Daquele jeito, não seria capaz de extrair um só tostão da Santa Isaura.

E não que estivesse acontecendo uma falta aguda de dinheiro para investir na propriedade. Pedro tinha calculado o negócio de forma a sobrar alguma coisa para as despesas que ele sabia serem obrigatórias. O grande problema que ele estava enfrentando, na realidade, era a falta de braços para trabalhar decentemente a terra. E isso o resto de verba que ainda tinha não conseguia solucionar.

Desesperado, a cada semana Pedro via suas reservas minguarem e nada se modificar para melhor na Santa Isaura.

Quando já estava para regressar a São Paulo, desistir e devolver a fazenda para o cunhado, recebeu a visita de um fazendeiro vizinho, coronel Sebastião Medeiros do Prado, que soubera que ele não estava bem de saúde e resolvera levar-lhe sua solidariedade.

Como sempre acontece quando dois fazendeiros se encontram, comentaram sobre os trabalhos no campo, as possibilidades de colheita e principalmente sobre os problemas que cada um deles estava enfrentando.

– Minha maior dificuldade está sendo com mão-de-obra – comentou Pedro. – Cada vez é mais difícil encontrar quem queira trabalhar na terra.

– Pois eu resolvi esse problema – falou Medeiros. – E, se depender de mim, a solução é definitiva!

Pedro olhou para o vizinho com curiosidade e este explicou:

– Pus um bando de japoneses como meeiros. Eles plantam, cuidam, colhem e ficam com a quarta parte da colheita. Em troca, eu cedo a terra pronta para o plantio, as sementes e o transporte da colheita para o mercado. Eles trabalham como nunca vi! Logo no primeiro ano, a fazenda estava com outro aspecto e a primeira colheita foi simplesmente o dobro da anterior!

Pedro, de fato, já tinha ouvido falar sobre os japoneses que estavam trabalhando com o coronel, mas o assunto não o interessara porque achava que importar mão-de-obra sairia caro demais para seus já parcos recursos.

– É verdade que fui obrigado a gastar um pouco – admitiu o vizinho –, mas compensou, e muito! Esses japoneses, além de trabalhar de meia, fazem todos os outros serviços da fazenda. Onde quer que eles possam ganhar alguma coisa, estão trabalhando. Às vezes até parece que estão em dois ou três lugares ao mesmo tempo! – Com uma risada, acrescentou: — E como todos são quase iguais, todos têm a mesma cara, o mesmo tamanho, essa impressão ainda é mais forte!

— Mas como funciona esse sistema? — quis saber Pedro, começando a perceber que os imigrantes japoneses poderiam ser a solução também para seu problema. — Como você conseguiu trazê-los para a fazenda?

— Quando começou essa história de imigração, quase dois anos atrás, também achei que não daria certo e não me interessei em fazer um contrato de alocação de imigrantes japoneses. Porém, com o passar do tempo, fui observando que eles realmente trabalham, e bem. Arrependi-me de não os ter chamado antes. Há pouco mais de um ano, um grupo de japoneses veio me procurar. Queriam trabalhar de ameia em minhas terras. Ora, minha fazenda estava indo mal, eu estava com problemas simplesmente terríveis com mão-de-obra e começava a ver a ruína se aproximando. Pensei, comigo mesmo, que não tinha mais nada a perder e aceitei a proposta que me fizeram. Eu teria de pagar-lhes o sustento para prepararem a terra, as sementes, as mudas e a manutenção até a colheita. Aí eles ficariam com a sexta parte da colheita. Nas colheitas seguintes, eu já teria menos despesas, pois pagaria somente o preparo da terra, as mudas, as sementes e o transporte da colheita. Em compensação, eles ficariam com a quarta parte.

Medeiros tomou fôlego e prosseguiu:

— Gastei meus últimos recursos, mas fui bem recompensado. E, ao contrário do que me disseram alguns, não tive nenhum trabalho com os japoneses. Nunca houve uma briga entre eles ou com quem quer que seja, bem diferente de quando eu tinha colonos italianos, que viviam se batendo, houve até uma morte por causa de uma mulher... Os japoneses são quietos, submissos, pacíficos e extremamente bem-educados e respeitadores. E, sobretudo, são trabalhadores incansáveis. Muitas vezes eu os vi trabalhando à noite, à luz de lampiões, para aproveitarem a lua certa para o plantio de mudas.

— Mas eles sabem plantar? — perguntou Pedro. — Sabem alguma coisa sobre café e gado?

— Sim, eles sabem plantar — respondeu Medeiros. — Conhecem técnicas de agricultura que nós nem de longe desconfiávamos. Contudo, tive de ensiná-los quase tudo a respeito de café. É compreensível, pois lá na terra deles o café não existe. Quanto ao gado... Nesse ponto eles não são bons. A lida com os bois não é para eles, não gostam disso. Em matéria de animais, no entanto, são ótimos criadores de galinhas e de porcos. Não sei como fazem, mas as galinhas desses japoneses põem muito mais ovos e crescem mais depressa. E os porcos não engordam: eles estufam!

Fez uma pequena pausa e disse:

– Vou conversar com Tanaka-san. Hiroshi Tanaka. Ele é o líder dos japoneses que estão em minhas terras. Talvez conheça um grupo que possa vir trabalhar aqui com você. Pode apostar que não vai se arrepender.

Segunda Parte
Issei

I

Havia poucos dias, veiculou-se uma notícia de que o governo central decidira mudar sua política referente à emigração – até então absolutamente proibida –, visando aliviar a situação de miséria no campo. Em resumo, o governo reconhecia a necessidade de "esvaziar" um pouco o Japão e, para tanto, era necessário admitir e até mesmo fomentar a emigração, especialmente de pessoas ligadas ao universo agrícola que não mais trabalhavam com a terra e que, por essa razão, estavam transformando o campo num dos maiores problemas sociais de Meiji, tanto do ponto de vista econômico quanto do demográfico.

E isso porque, quando o governo fez a reforma agrária, tirando as terras dos daimiôs e entregando-as para os camponeses, estes não dispunham de recursos para desenvolver adequadamente as plantações. Uma nova tentativa fora feita com o objetivo de atrair os antigos samurais, que, pelo menos teoricamente, dispunham de reservas para investir na agricultura. No entanto, também isso não deu certo, uma vez que os samurais sabiam lidar com o *katana*, jamais com a enxada.

Coincidentemente, no Brasil, os fazendeiros de café reclamavam da falta de mão-de-obra. A escravidão tinha sido abolida e a imigração de italianos, proibida. Os resultados, como seria de esperar, foram uma súbita e crítica escassez de trabalhadores rurais e uma intensa pressão por parte dos cafeicultores para que o governo liberasse a imigração de estrangeiros. Não importava de onde eles viessem; o que interessava era que se dispusessem a trabalhar no campo e não fizessem como os italianos, que, depois de um curtíssimo período na lida dos cafezais, logo se mudavam para as cidades e passavam a trabalhar em qualquer outra coisa desde que não tivesse a menor relação com a enxada.

No fundo, não havia motivo para que a imigração estivesse parada. Floriano Peixoto já tinha sancionado a Lei nº 97, de 5 de outubro de 1892, possibilitando o acesso de asiáticos à imigração no Brasil. Foi com base nessa mesma lei que, em 5 de novembro de 1895, o ministro das Relações Exteriores e o ministro plenipotenciário do Japão no Brasil, respectivamente Gabriel de Toledo Piza e Almeida e Arasuke Sone, assinaram o Tratado de Amizade, Comércio e Navegação entre o Brasil e o Japão.

Contudo, esse tratado ainda não regulamentava nem autorizava a imigração de japoneses no Brasil. A corrente migratória teve de esperar mais treze anos para iniciar, marcada pela chegada ao porto de Santos em 1908 do vapor *Kasato Maru*, que trazia 781 imigrantes lavradores em 163 famílias, já contratados para o trabalho nas fazendas de café do Estado de São Paulo – que, aliás, subvencionara as passagens de todos eles.

Ryuiti ergueu os olhos para o amigo, refletiu um pouco e falou:

– Não quis ir para Hokkaido quando Yamanaga-san nos ofereceu terras para cultivar. Seria a mesma coisa que dar um par de *hashi*[20] e um *meshijawan* para um cachorro. Ele jamais saberia como utilizá-los. Eu não tenho nenhuma familiaridade com a agricultura; provavelmente comeria a semente que me fosse entregue e não conseguiria plantar nada. – Muito sério, fixou o olhar de Yoshiro e completou: – E sei perfeitamente que o mesmo se dá com você. Sabe tanto de lavoura quanto eu...

– Não estou dizendo que seremos agricultores no Brasil – interrompeu Yoshiro. – Teremos de entrar lá como lavradores, mas nada nos obrigará a continuar nessa atividade. Poderemos fazer qualquer outra coisa, até mesmo dar aulas de *kenjutsu*. Além do mais, estare-

---

[20] Palitos de madeira, marfim, laca ou nácar utilizados pelos orientais à guisa de talheres.

mos mantendo vivas nossas tradições, no mínimo vigiando para impedir que elas venham a morrer!

Ryuiti meneou a cabeça em sinal de dúvida. Mais realista que Yoshiro, não acreditava em sonhos e projetos que considerava mirabolantes.

– Trata-se de um país com usos e costumes completamente diferentes do que vimos até hoje – falou. – Não creio que consigamos nos adaptar.

– Não temos de nos adaptar a nada – replicou Yoshiro. – Vamos viver entre nós, não vamos nos misturar, não deixaremos que nosso modo de vida se deturpe, e faremos com que os outros japoneses jamais esqueçam suas origens! – Fez uma pequena pausa e, muito sério, disse: – Estou decidido a partir. Seria muito bom se você fosse comigo, mas eu irei de qualquer maneira. Como já falei, não tenho mais nada a fazer aqui. Meu dinheiro está acabando; não demora estarei sem nada. Prefiro ir embora e começar uma nova vida a ter de agüentar a humilhação de ser obrigado a pedir esmolas.

Ryuiti não pôde deixar de sorrir. Yoshiro estava dramatizando um pouco. Ele jamais teria de pedir esmolas para sobreviver; o próprio governo garantia um mínimo como pensão, como meio de subsistência. Mas ele podia muito bem compreender o amigo. Ser obrigado, todos os meses, a comparecer à tesouraria da cidade, fazer *odjighiri*[21] para um burocrata insolente e prepotente que tratava os antigos samurais como se estes fossem pedintes... era, de fato, muita humilhação!

– Prometa que vai pensar sobre esse assunto – insistiu Yoshiro. – E pense logo! Temos pouco tempo pela frente até a partida do navio que vai levar nossos patrícios para o Brasil!

II

Ryuiti Fukugawa, antigo samurai pertencente à categoria *shizoku*[22], olhou com um carinho melancólico para seu *daisho*, o conjunto de *katana* e *wakisashi*, a espada menor, e pensou:

---

[21] Reverência que se faz inclinando a cabeça e o busto para a frente. A inclinação é tão mais pronunciada quanto o grau hierárquico ou importância da pessoa a ser cumprimentada.
[22] Categoria mais elevada dos samurais, que correspondia à aristocracia. Seus membros eram os verdadeiros guerreiros e repudiavam qualquer trabalho burocrático-administrativo.

"Talvez Yoshiro tenha razão... Não há nada mais que nos prenda aqui. Duelos, combates, glória... Tudo isso já pertence ao passado! O Japão está trilhando o caminho da modernidade e isso certamente acabará por condenar nossas tradições ao esquecimento. Assim como Yoshiro e todos os samurais que sobraram, fui criado para lutar pelo Japão e pelo imperador. Essa luta pode ser vista de uma forma diferente... Talvez não precise fazer uso do *daisho*, mas sim de minhas mãos e de minha cabeça para fazer com que o Japão e nosso imperador continuem sendo respeitados e honrados, ainda que estejamos do outro lado do planeta".

Foi arrancado de seus pensamentos pela voz da esposa, que lhe perguntou:

– Está pensando no que Kasai-san lhe disse? – Antes mesmo que Ryuiti tivesse tempo de responder, ela falou: – Acho que é uma boa idéia.

Ryuiti olhou surpreso para Yoko. Na véspera, tinha comentado com ela sobre a conversa que tivera com Yoshiro e ela, simplesmente, chorara.

– Ontem não me pareceu que tivesse gostado do assunto – comentou ele.

– Tive tempo para pensar – retrucou Yoko. – Aquilo que no princípio me pareceu um pesadelo hoje de manhã já tinha a aparência de um sonho. E um sonho que gostaria muito de realizar.

– Mas não entendemos nada de agricultura! – ponderou o marido. – Além disso, não sabemos nada sobre o Brasil, nem sequer desconfiamos como seremos recebidos lá!

Yoko sorriu e baixou a cabeça respeitosamente, dizendo:

– No entanto, sabemos como estamos sendo tratados aqui e pelo menos desconfiamos que nosso futuro e o de nossos filhos são incertos. Lá, imagino que possamos ter um pouco mais de esperança.

Ergueu os olhos para o marido e acrescentou:

– Ninguém nasce sabendo e sempre é tempo para aprender. Indo para o Brasil, em pouco tempo aprenderemos tudo o que eles sabem sobre a terra e, em troca, podemos ensinar-lhes o pouco que conhecemos sobre a vida.

Ryuiti sorriu e segurou as mãos de Yoko com carinho. Ele estava precisando ouvir sua esposa dizer exatamente aquelas palavras, tinha necessidade de sentir seu apoio e, ao mesmo tempo, admirava a coragem que ela estava demonstrando.

– Você sabe que teremos uma vida dura por lá? – perguntou.

– Sim – respondeu Yoko –, e não me assusto nem me preocupo com isso. O que dá medo é ver nossa situação aqui. Dentro de pouco tempo estaremos reduzidos à pensão que o governo lhe paga. E eu sei que você não vai suportar a idéia de estar relegado ao esquecimento e à inutilidade. O que me preocupa é vê-lo olhando para seu *wakisashi*... E o que me assusta é lembrar que tantos de seus companheiros praticaram o *seppuku*... – Abraçou o marido e, em lágrimas, pediu: – Não faça isso você também! Se para não perdê-lo for preciso atravessar o mundo, quero ir agora! Não suportaria viver um minuto sem você!

III

Depois dessa conversa com Yoko, Ryuiti decidiu: iria para o Brasil e reconstruiria sua vida, bem como a da família, que, naquela época, era constituída por Yoko e a filha do casal, Haruko, de 6 anos de idade. Naquele mesmo dia, tratou de comunicar a decisão a Yoshiro.

Na semana seguinte, começaram os preparativos para a grande viagem.

Havia alguns obstáculos a serem vencidos, o primeiro deles a idade dos dois chefes de família: ambos já tinham passado dos 35 anos, e tanto o governo japonês quanto o brasileiro estavam dando preferência para os mais jovens. Outra dificuldade foi o preenchimento de um questionário sobre técnicas agrícolas que pareciam grego arcaico para Ryuiti e Yoshiro. Das 28 perguntas, nenhum dos dois soube responder a mais do que cinco... E, por último, havia o problema do tamanho das famílias: o governo brasileiro – aliás, a empresa que estava cuidando da emigração e imigração – dava franca preferência a famílias numerosas, que contassem com mais homens do que mulheres e crianças. Não era, absolutamente, o caso das famílias Fukugawa e Kasai, cada uma delas composta por apenas três pessoas, das quais somente um homem.

Porém Ryuiti e Yoshiro tiveram a sorte de encontrar pela frente um burocrata cujo tio também tinha sido samurai e, assim, o prestígio da classe falou mais alto que o tamanho da fila para embarcar e que as pequenas e mesquinhas normas estabelecidas.

A grande e dolorosa verdade, no entanto – e ninguém tinha qualquer interesse em divulgá-la, sobretudo para os antigos samurais –, era que o governo japonês queria "esvaziar" o país principalmente daquelas pessoas que poderiam representar qualquer tipo de risco para a estabilidade do regime que Meiji estava tão arduamente estabelecendo. Os antigos samurais eram considerados um perigo em potencial e, assim, qualquer esforço para que deixassem o Japão era perfeitamente válido, até mesmo passar por cima de algumas regras e amolecer os representantes das empresas de contratação de mão-de-obra para o Brasil.

Dessa forma, as duas famílias tiveram a permissão de emigração e o contrato de trabalho devidamente firmado com uma companhia de mão-de-obra para lavouras de café no Estado de São Paulo.

Em 24 de abril de 1908, embarcaram no vapor *Kasato Maru* rumo ao porto de Santos, aonde chegariam em 18 de junho, após inúmeras escalas, incluindo Cingapura e Cidade do Cabo.

IV

Os 55 dias de viagem tinham sido traumáticos sob todos os aspectos.

Em primeiro lugar, os japoneses vinham com passagens pagas pelo governo de São Paulo, dinheiro estatal manuseado por homens que até pouco mais de vinte anos antes estavam acostumados a enxergar os trabalhadores rurais como escravos. A imigração italiana, ou seja, a chegada dos pejorativamente denominados "carcamanos", não modificou de imediato esse modo de pensar e os fazendeiros continuaram a achar que a mão-de-obra para o campo jamais poderia ser considerada qualificada e que esses trabalhadores não eram muito diferentes de animais. Em resumo, não era preciso prover-lhes mais do que suas necessidades básicas mínimas: um local para dormir, água e comida – aliás, não muito farta. O restante, eles que se arrumassem como bem pudessem!

Essa mentalidade transparecia em tudo, inclusive nas condições que foram dadas aos imigrantes a bordo do *Kasato Maru*, comandado pelo capitão Stevens, inglês – o que quase automaticamente significava que o modo aristocrático britânico de tratar a "plebe" imperava a bordo.

Assim, os japoneses viajaram mal acomodados, amontoados e misturados, sendo obrigados a comer coisas a que não estavam acostumados e a se submeter a uma disciplina altamente discriminatória que os mantinha isolados, praticamente aprisionados num pedaço do navio – evidentemente, o pior.

No navio havia outras famílias, além das Fukugawa e Kasai, que, no Japão, pertenciam a classes sociais diferenciadas.

Era o caso, por exemplo, de um grupo familiar liderado por Matsunosuke Kira, constituído por quinze famílias, todas elas antigas proprietárias de terras que tinham sido literalmente arruinadas pela evasão dos trabalhadores rurais para os centros em fase de industrialização. Sem braços para o trabalho agrícola, as terras deixaram de produzir e seus proprietários empobreceram rapidamente, sendo obrigados a vender as propriedades para sobreviver.

Ora, o que deixara de ter valor para os próprios donos também não poderia valer grande coisa para quem desejasse comprar. Os eventuais – raríssimos, na verdade – compradores só estavam interessados em investir, pois tinham plena consciência de que seria impossível tentar produzir alguma coisa sem mão-de-obra. As terras, mesmo aquelas que eram especialmente boas para o arroz, perderam quase todo o valor e o dinheiro auferido em sua venda era tão pouco que, muito depressa, aqueles que se desfaziam de suas propriedades viam-se novamente sem um tostão.

Essas famílias de classe social mais alta no Japão, obrigadas a emigrar, desde sempre souberam que teriam de enfrentar terríveis dificuldades e, certamente, muitas humilhações. Porém, entre saber que haverá humilhações e efetivamente sofrê-las existe um longo, árduo e triste caminho a percorrer. E, para a mentalidade dos japoneses – principalmente daqueles cujas origens estavam no *katana*, os antigos samurais, e daqueles cujas raízes familiares remontavam aos palácios dos velhos daimiôs –, não havia maior humilhação do que serem considerados, de alguma maneira, seres inferiores.

Foi exatamente o que aconteceu durante a viagem, e o martírio era multiplicado pelo fato de eles nada terem para fazer a bordo além de sentir-se muito mal por causa do balanço do navio.

A cinetose[23] atingia praticamente todos e era impossível de deter, ou seja, não dependia absolutamente da vontade deles, estava acima de sua capacidade de controle, ainda que esta, nos japoneses, seja extremamente desenvolvida. Todos enjoavam, todos vomitavam. E todos se sentiam humilhados por mostrar o que para eles não passava de uma fraqueza.

Para agravar, nada do que tinha sido prometido ou simplesmente dito pelos agenciadores de mão-de-obra responsáveis pelos contratos de trabalho estava acontecendo.

Disseram para os emigrantes, por exemplo, que haveria acomodações confortáveis e limpas para todos. Não era verdade. Fukugawa e Kasai tiveram de dormir no chão, sobre os acolchoados que tinham trazido, para que as esposas e filhas pudessem ter uma cama – um incômodo e estreito beliche. Também o asseio a bordo era bastante precário: havia racionamento de água e os emigrantes não podiam tomar mais do que dois banhos por semana. Esse fato, associado à cinetose, que os fazia vomitar a todo momento, acabava por criar uma situação verdadeiramente caótica.

E o cúmulo dos cúmulos acontecia a cada dois dias, quando os marinheiros, comandados pelo capitão Stevens, apareciam com mangueiras e bombas de pulverização com creolina para desinfetar as dependências onde estavam os japoneses – incluindo as pessoas –, mais ou menos da mesma maneira que se faz para desinfetar chiqueiros, galinheiros ou currais.

Outra promessa dos agenciadores que não foi cumprida dizia respeito à alimentação. Haviam garantido que a eles não faltaria absolutamente nada, que até chegariam gordos ao Brasil. Entretanto, a comida a bordo era malfeita e intragável, quase sem verduras e legumes, com carne salgada e... pouca água.

Para os japoneses, já de *per si* muito exigentes com o que tinham de comer, não poderia haver sofrimento maior. O resultado de tudo era evidente: todos estavam abatidos, debilitados, angustiados, muitos ficaram doentes e desidratados.

---

[23] Distúrbio provocado por movimentos pouco habituais, como nos trajetos de navio, que causam náuseas, vômitos e mal-estar.

Era uma viagem que parecia não acabar mais, que estava levando a grande maioria daqueles emigrantes às raias do desespero.

Finalmente, depois de 55 dias de contínuo sofrimento, o *Kasato Maru* atracou no porto de Santos.

V

O desembarque não foi menos humilhante.

Alegando evitar que os imigrantes japoneses chocassem o público brasileiro logo em sua chegada por estarem usando suas roupas tradicionais, às quais ninguém daqui estava habituado, os agentes da Companhia de Imigração obrigaram os recém-chegados a se vestir à moda ocidental.

Só que as roupas que providenciaram para 781 imigrantes eram a prova cabal de que, já naquele tempo, a corrupção e a roubalheira grassavam por estas terras. À luz dos fatos que ocorrem hoje em dia, é lícito e fácil imaginar que alguém ganhou muito dinheiro com essa determinação de os japoneses que desembarcavam como imigrantes no Brasil terem de vestir-se "como gente e não como bonecos".

As roupas simplesmente eram velhas – não apenas por serem usadas, mas sobretudo por terem pelo menos duas décadas, o que lhes dava um aspecto absolutamente ridículo – e seu tamanho não era adequado para ninguém. Além disso, as mulheres foram obrigadas a usar sapatos de salto alto, o que nunca tinham feito antes e, obviamente, mal podiam caminhar com eles.

A cena teria sido hilária se não fosse tão triste: quase oitocentos japoneses exaustos pela longa e sofrida viagem, muitos deles tão doentes e enfraquecidos que mal conseguiam se manter de pé, andando pelo cais do Armazém 14 tentando se equilibrar sobre sapatos apertados ou folgados demais, vestindo roupas largas ou pequenas demais. Pareciam mais um bando de mendigos maltrapilhos do que qualquer outra coisa.

Assim, eles foram literalmente *tangidos* para um trem especialmente reservado que os levaria para São Paulo.

Não havia carregadores para ajudá-los com suas bagagens e os agentes da Companhia de Imigração, apressados, alegando que o trem não poderia esperar por ninguém, obrigaram-nos a levar nas costas seus pertences. O grupo de imigrantes adquiriu o aspecto de uma tropa de burros de carga...

Procurando com muito esforço manter a dignidade, Ryuiti Fukugawa e Yoshiro Kasai ainda encontraram ânimo para dar graças aos céus por serem apenas eles dois, suas respectivas esposas e duas crianças, pois assim a bagagem que tiveram de carregar era menor e mais leve do que, por exemplo, a da família de Tadao Matsuura, que contava com oito pessoas – o próprio Tadao, sua mulher, uma cunhada ainda criança e cinco filhos, o maior com 12 anos de idade.

Em seu íntimo, todos aqueles japoneses, e não somente os que vinham de linhagens familiares de samurais ou de grandes proprietários de terras, estavam profundamente humilhados e revoltados. Sentiam-se como se fossem animais exóticos, uma atração para o divertimento e a mofa dos brasileiros. Com certeza, essa humilhação eles jamais esqueceriam e haveriam de passá-la como verdadeira herança geração após geração. Uma herança dolorosa que, de alguma maneira, teria de ser cobrada.

– Acho que jamais seremos considerados iguais a eles – comentou Yoshiro, com raiva.

Ryuiti não respondeu de imediato. Continuou calado, os olhos semicerrados, caminhando com esforço sob o peso das malas. Foi quando estavam embarcando no trem que ele disse:

– Não temos de ser considerados iguais, mesmo porque não somos iguais a eles. Nós somos superiores, e é isso que teremos de mostrar! É isso que todos eles terão de compreender, ainda que levemos uma vida inteira para fazê-los ver quanto estão errados a nosso respeito!

VI

A viagem de trem foi rápida, pois se resumiu a subir a Serra do Mar. Os passageiros nem ligaram para os bancos de madeira dos vagões de segunda classe em que estavam, pois aquilo, comparado com o desconforto do navio, era um verdadeiro mar de rosas.

As grandes dificuldades, porém, recomeçaram quando chegaram à Hospedaria dos Imigrantes, na Mooca, na capital paulista, onde aguardariam a regularização dos contratos que os agentes de mão-de-obra tinham feito com as fazendas de café no interior do Estado.

Na realidade, esses contratos já deveriam estar prontos e assinados quando da chegada dos imigrantes. Mas também nesse ponto entrou uma nítida aura de ganância e corrupção tanto da parte de alguns funcionários públicos responsáveis pela papelada da imigração quanto da parte dos próprios agenciadores de mão-de-obra, que, sempre querendo ganhar mais à custa dos imigrantes, trataram de renegociar sua colocação, usando os japoneses como verdadeiros lotes de leilão: o fazendeiro que pagasse uma comissão maior levava os mais fortes, os mais saudáveis, os mais espertos, e assim por diante. Nenhuma diferença essencial da venda de escravos...

A estadia na Hospedaria dos Imigrantes obrigou-os a recordar os terríveis dias a bordo do *Kasato Maru*. Mais uma vez eles tiveram de ficar amontoados, sem privacidade, com um mínimo de asseio e... com uma inadmissível dificuldade no que dizia respeito à alimentação.

A comida era distribuída gratuitamente pela própria Hospedaria dos Imigrantes, porém nada tinha a ver com aquilo a que os japoneses estavam acostumados. Por exemplo, eles nunca tinham visto lingüiça e associavam seu formato com uma cobra; não conseguiam sequer chegar perto daquilo. E não era apenas a lingüiça que os enojava: também o bacalhau – naquela época, prato de pobre por ser extremamente barato – era completamente diferente do peixe salgado que eles tinham no Japão. Demoraram muito para conseguir suportar o paladar.

O pior castigo era a ociosidade. Eles não tinham atravessado meio mundo para ficar parados, sem fazer nada, apenas aguardando. Todos estavam ansiosos para começar a trabalhar e ganhar dinheiro – muito dinheiro – para poder voltar para o Japão.

Aos poucos, depois de mais de três semanas na Hospedaria dos Imigrantes, os contratos começaram a aparecer.

Primeiro, surgia um agente da empresa agenciadora de mão-de-obra, obviamente acompanhado por um intérprete. Muito sério, ele vistoriava os homens imigrantes, examinando-os detalhadamente, como se eles não fossem mais do que gado – faltava apenas verificar se seus dentes estavam em bom estado. Depois, trocava algumas palavras com o intérprete e este as traduzia para o imigrante selecionado:

– Pegue suas coisas e seus familiares. Você vem conosco.

Ryuiti, Yoshiro e mais seis famílias foram escolhidos na quarta visita do agente e levados para um trem. Ninguém lhes disse para onde iriam, ninguém mostrou qualquer contrato assinado – e, mesmo que o tivessem feito, de nada adiantaria, uma vez que não tinham a mínima noção do alfabeto latino e, menos ainda, de português.

Já no trem, o agente de mão-de-obra entregou-os para outro homem, que, com a ajuda do intérprete, apresentou-se como o intermediário entre a empresa agenciadora e o futuro patrão dos imigrantes.

– Vocês irão para uma fazenda de café adiante de Campinas. É um lugar muito bom e o patrão paga bem – disse ele.

Ryuiti pensou em perguntar ao intérprete sobre o contrato que deveriam firmar, mas desistiu. Estava tão desiludido, tão aborrecido por causa das tantas humilhações por que passara que achou que não valia a pena correr o risco de passar por mais uma. Se aquele homem dissesse algo que lhe desagradasse, ele, já no limite de sua paciência, poderia reagir e isso não seria bom para ninguém.

"Melhor agüentar calado mais um pouco", pensou. "É preciso ser como o bambu, que verga durante o vendaval e, quando este passa, ergue-se de novo. O pinheiro, imponente e forte que é, não verga, mas quebra. E nunca mais se levanta."

VII

A Fazenda Santa Genoveva era uma propriedade imensa, de terras ruins, muito pedregosa e com pouca água. O proprietário, Francisco Bastos Araújo, estava velho e doente e seus filhos – todos doutores e políticos – não tinham nenhum interesse em tentar tirar algum proveito daquele cerrado. Porém, quando ouviram dizer que o Brasil estava recebendo colonos japoneses para trabalhar quase de graça na lavoura e que esses imigrantes eram milagrosos na lida com a terra, acharam que talvez valesse a pena contratar um grupo desses "amarelos", nem que fosse apenas para ver no que poderia dar.

Assim, quando Ryuiti, Yoshiro e as outras seis famílias chegaram à Santa Genoveva, o que encontraram era simplesmente desanimador.

A terra ressequida e cheia de pedras exigiria um esforço hercúleo para sua correção, se quisessem plantar e colher alguma coisa. Quase não havia água, e a que existia, em um ou outro poço, era salobra, turva e de péssima qualidade.

As moradias, se é que aquelas construções de pau-a-pique sem qualquer revestimento e cobertas com sapé podiam ser chamadas assim, estavam em condições deploráveis.

Diante daquele quadro, qualquer um teria se desesperado e desistido antes mesmo de começar. Mas os japoneses não se entregariam assim. Eles tinham atravessado metade do mundo para trabalhar e era isso que fariam.

Assumindo a posição de líder, Masakazu Takara, o mais velho do grupo e chefe da família mais numerosa, pois contava com seis rapazes e duas moças, falou:

– Não podemos nos deixar vencer pelas dificuldades. Devemos lembrar que, antes de desistir, temos de plantar durante cinco anos, mesmo que seja em cima de pedras.

Seguindo essa filosofia, eles ficaram.

Contornando todas as dificuldades, escolheram as choupanas que estavam em melhores condições e acomodaram-se da maneira que puderam.

Reservaram a primeira semana para arrumar um pouco as instalações. Para suprir a falta de camas – na primeira noite puseram *futons*[24] sobre o chão de terra batida –, fizeram tarimbas baixas de paus roliços e as mulheres teceram esteiras com taboas que foram encontrar num brejo próximo. Rapidamente, construíram um sanitário afastado cerca de 30 metros e mais abaixo da fileira de choupanas. Na parte mais alta e mais perto do meio dessa fileira, abriram um poço com mais de 10 metros de profundidade para garantir o suprimento de água, que, a bem da verdade, era turva, com gosto ruim e, ainda por cima, em pouquíssima quantidade.

– Teremos de filtrar a água e fervê-la – disse Takara-san.

Sem perda de tempo, construíram um filtro com pedras, areia e carvão. Despejavam a água retirada do poço nesse filtro e, depois de al-

---

[24] Alcolchoados. As famílias mais ricas possuíam *futons* de seda (*mauatá*) e as menos abastadas, de algodão.

gumas horas, passavam-na, através de um bambu, para um reservatório. Dali, ferviam-na para que ficasse um pouco mais apropriada para o consumo. A água assim obtida era limpa, mas o gosto continuava ruim. Utilizando uma tina de madeira cujo fundo recobriram de chapas de ferro, fizeram um *ofurô*[25] para que pudessem tomar banho. Essa tina era uma verdadeira panela colocada sobre uma pequena fornalha cuja única finalidade era aquecer a água. Ao lado, deixaram lugar para vários baldes de água fria, pois no interior do *ofurô* não se pode usar sabão. A água é a mesma para todos; a pessoa entra na tina com água bem quente, relaxa, sai da água, lava-se do lado de fora com água fria, no máximo amornada com um pouco da água da tina, e, depois de se enxaguar bem, volta para a tina por mais alguns minutos. A água quente, portanto, permanece razoavelmente limpa para que os outros a possam usar.

Terminados esses serviços preliminares e indispensáveis para que pudessem ter uma vida com um mínimo de dignidade, começaram o trabalho na terra propriamente dito.

Masakazu Takara era quem tinha mais experiência em agricultura, pois no Japão era proprietário de uma pequena gleba de terras onde plantava hortaliças, arroz e soja. Porém seus conhecimentos tiveram de ser adaptados ao clima, ao solo e ao tipo de agricultura praticado no Brasil. Nada sabia de café, não tinha idéia de como plantar mandioca ou milho, não conhecia as ferramentas agrícolas usadas aqui, completamente diferentes das japonesas.

Mas, graças à boa vontade e ao ardente desejo de aprender de Takara-san e seus companheiros, em pouco tempo já sabiam como trabalhar com a lavoura no Brasil e, o que era melhor, conseguiam adaptar seus conhecimentos para o sistema agrícola a que estavam sendo apresentados.

Assim, ao mesmo tempo que seguiam as recomendações dos funcionários da fazenda no que dizia respeito, por exemplo, à abertura das covas para plantar café, por conta própria passaram a juntar, ao redor da muda recém-plantada, o mato carpido para que este, ao apodrecer, servisse de adubo para a planta.

---

[25] Banheira, geralmente feita de madeira, com o fundo revestido externamente por uma chapa de ferro que vai diretamente sobre o fogo.

Para a horta, idealizaram um sistema de irrigação feito de bambus furados em vários lugares, ligados entre si e acoplados a um grande reservatório que coletava a água da chuva e de um brejo um pouco acima do lugar dos canteiros. Nesse brejo, rasgaram vários sulcos de cerca de 50 centímetros de profundidade por 30 de largura, destinados a drenar o excesso de água e direcioná-lo para o reservatório. Dali, a água era distribuída pelos bambus furados pelos canteiros de hortaliças. Também construíram uma esterqueira, uma espécie de caixa de tábuas com mais de 1,5 metro de profundidade e 4 de lado, onde jogavam o mato carpido e o lixo orgânico doméstico que seria aproveitado, por ora, como adubo, uma vez que os japoneses ainda não tinham porcos ou galinhas. Nessa caixa, o mato e o lixo eram misturados com um pouco de cal, formando um composto tamisado que eles juntavam à terra dos canteiros.

Por sua vez, as mulheres e as crianças fabricaram cestas e balaios com as taboas do brejo, para ajudar no transporte de tudo quanto precisasse ser carregado, desde lenha até frutas silvestres. Mais tarde, quando as plantações começassem a produzir, essas cestas e balaios seriam úteis para transportar o produto da colheita.

Em resumo, os japoneses trabalhavam sem parar: quando não lidavam com a terra, faziam melhorias em suas casas, construíam móveis, ajeitavam a horta...

Com certeza, jamais ficariam parados.

VIII

Durante um ano eles labutaram de sol a sol, sem folga, sem descanso, visando apenas transformar aquele chão ingrato numa terra capaz de produzir, tarefa bastante difícil naquela época, quando não era possível contar com a tecnologia e os recursos atuais para uma correção adequada do solo.

Para agravar, o proprietário da fazenda não queria gastar com adubação, com combate às formigas ou com qualquer coisa que não lhe trouxesse receita imediata e visível. E investir no conforto e bem-estar dos colonos, então... Isso era a última coisa que ele pretendia fazer.

Justamente por causa dessa forma de raciocínio, os colonos continuavam muito mal instalados. Não tinham tempo para melhorar suas moradias e o patrão não se dispunha, de jeito algum, a aplicar seu dinheiro nesse sentido.

De todos os incômodos, o pior deles era a falta de água boa para o consumo. O poço que os japoneses tinham construído era muito pobre e diminuía consideravelmente a oferta de água se deixasse de chover por apenas uma semana. E o sabor ruim da água parecia piorar cada vez mais.

Apesar de tudo isso, os imigrantes conseguiam levar a vida e progredir. Como gastavam pouquíssimo, ainda juntavam dinheiro. Começaram a criar galinhas e porcos. Com isso e contando com a produção da horta, puderam melhorar bastante o cardápio. Sentiam, contudo, muita falta de peixe. Os diminutos lambaris e as poucas traíras que conseguiam pescar jamais seriam suficientes, primeiro, porque os lambaris eram pequenos demais e só era possível comê-los fritos e, segundo, porque as traíras eram muito cheias de pequenos espinhos finos, difíceis de tirar.

No final do primeiro ano, a população de japoneses começou a aumentar: nasceram o primeiro filho homem de Ryuiti e Yoko – que foi chamado Masakazu em homenagem a Takara-san, o mais velho e mais experiente do grupo e, portanto, o líder natural –, duas meninas de duas outras famílias e Naoi, filha de Yoshiro.

Tudo seria, no mínimo, aceitável se não fosse a extrema avareza de Bastos Araújo, que insistia em não fazer melhorias que beneficiassem os colonos.

Um ano e meio após a chegada dos japoneses, e depois de muitas e infindáveis reclamações por parte deles no que dizia respeito principalmente à qualidade da água, a situação começou a piorar.

A estiagem estava terrível, fazendo com que a pouca água existente quase desaparecesse e, como conseqüência, sua qualidade caísse assustadoramente.

Começaram a surgir surtos de uma diarréia com fezes líquidas e sanguinolentas que, evidentemente, afetava mais as crianças.

Um dia, a pequena Naoi amanheceu adoentada. Yoshiro, preocupado, pediu a Takara-san que lhe desse algum remédio.

– Ela está com diarréia – informou – e só esta manhã já vomitou cinco vezes.

Takara-san fez uma careta. Sua experiência dizia que não era bom sinal e os remédios caseiros que conhecia certamente seriam fracos e ineficientes num caso como aquele.

– Vamos levá-la para a cidade – recomendou. – Ela precisa de cuidados médicos.

As dificuldades começaram aí.

Para chegar à cidade, distante cerca de 2 léguas da fazenda, carregando a menina, era preciso usar uma charrete ou uma carroça, coisa que os japoneses não tinham.

Takara-san foi pedir ao capataz da fazenda, Virgílio, que lhes emprestasse uma, mas seu pedido foi sumariamente recusado. As charretes e carroças eram de uso exclusivo da fazenda, não poderiam ser emprestadas para ninguém.

Mal falando português, Takara-san tentou explicar que havia uma criança doente, passando muito mal. O capataz não entendeu ou fez que não entendeu, recusou o pedido mais uma vez e fechou a porta de sua casa no nariz do japonês.

Takara-san sentiu subir-lhe o sangue à cabeça, controlou-se o mais que pôde e, por fim, não resistindo mais, meteu o pé na porta de Virgílio, arrombando-a.

A expressão de fúria e desespero do colono mostrou claramente ao capataz que o melhor era ceder-lhe a charrete e, depois, quando o patrão voltasse de Campinas, veria o que fazer com aquele selvagem.

Porém Takara-san não pediu mais a charrete. Agarrando o braço de Virgílio, arrastou-o para fora de sua casa e obrigou-o a ir até a choupana de Yoshiro.

Quando o homem viu o estado de Naoi e o desespero de seus pais, compreendeu que de nada adiantaria tirar a criança dali. Quase quatro horas de diarréias e vômitos constantes tinham levado a pobre menina a um estado já irreversível de desidratação e ela estava respirando mal, os olhos semi-abertos, encovados no rostinho murcho.

Virgílio olhou para aqueles japoneses, para a criança, para Takara-san, que ainda mostrava aquela expressão furiosa que tanto o assustara.

– Não vai adiantar – disse ele, gesticulando para poder se fazer entender. – Ela vai morrer antes de chegar à cidade.

Teve medo de ser assassinado por não ter emprestado imediatamente a charrete e, trêmulo, explicou:
– Ela não tem mais salvação... Não teria adiantado nada levá-la para o...

Enquanto Virgílio falava, Naoi respirou mais fundo e, de repente, parou de se mexer.

Percebendo que a criança morrera, o capataz ficou apavorado. Imaginou que ele também não sairia com vida daquela choupana e preparou-se para enfrentar um bando de selvagens furiosos.

No entanto, estupefato, viu aqueles japoneses simplesmente baixar a cabeça, juntar as mãos diante da testa e silenciar. Somente Yoshiro e sua mulher permitiram-se derramar algumas lágrimas, também em silêncio.

Ainda atônito com tal comportamento, ele olhou para Takara-san e percebeu que toda aquela expressão de raiva e de furor tinha desaparecido. O japonês estava calmo, sereno, murmurando, profundamente concentrado, uma oração; Virgílio mal conseguia distinguir as palavras naquela língua estranha e, para seus ouvidos, pouco harmoniosa.

Ele quis ir embora, mas não teve coragem de sair e abandonar o acampamento dos colonos, achando que eles poderiam se ofender. Quieto num canto, ficou ali, a cada instante mais admirado com a maneira de agir daquela raça estranha, tão diferente dos italianos e dos brasileiros, que, àquela altura, estariam aos gritos, as mulheres se descabelando, os homens chorando como crianças.

Aqueles japoneses não gritaram, mal derramaram algumas lágrimas.

Limparam o pequeno cadáver, vestiram-no com um quimono com tal esmero que a mortinha ficou parecendo uma boneca e embrulharam-na num lençol branco.

Sem uma palavra, o pai da menina e Takara-san saíram e cavaram uma cova para enterrá-la, perto de um pequeno jardim que as mulheres tinham feito a cerca de 50 metros da última choupana.

Enterraram a pequena Naoi, murmuraram mais uma oração e... voltaram para o trabalho.

IX

Quinze dias depois, Takuji, o filho mais velho de Takara-san, adoeceu. Queixou-se de muita dor de cabeça e começou a ter diarréia e vômitos, que não passavam com nada. Dessa feita, Virgílio não vacilou um instante sequer e foi levar pessoalmente o rapaz para a cidade, cedendo, além da charrete, dois cavalos para que seus pais o acompanhassem.

Entretanto, apesar de todos os esforços dos médicos e das enfermeiras, a diarréia não foi vencida e, ao término do terceiro dia, Takuji morreu.

Os japoneses são sabidamente estóicos, mas também são seres humanos.

Aquelas duas mortes, assim como outros quadros de diarréia, apesar de, felizmente, mais leves, abalaram profundamente o grupo, dando-lhe a certeza de que ali não era seu lugar.

Tentaram uma última vez pedir ao patrão que as condições sanitárias mínimas fossem melhoradas.

Novamente, foi em vão. Bastos Araújo nem mesmo os recebeu: considerava-se importante demais para lidar com imigrantes e parecia fazer questão de esquecer que tinham sido esses mesmos imigrantes que, graças a esforços titânicos, tinham conseguido reerguer sua fazenda.

Foi o próprio Takara-san que, ao regressar dessa tentativa de conversar com Bastos Araújo, decidiu que o grupo deveria ir embora, rompendo o suposto contrato que tinham assinado.

– Se alguém quiser ficar, que fique. Minha família e eu vamos embora – disse ele, com determinação. – Só vou esperar pela chegada do Cury. Ele deve saber quem está precisando de trabalhadores.

Paulo Cury era um mascate que percorria as fazendas vendendo praticamente de tudo, desde botinas até agulhas e linhas. Carregava suas mercadorias em dois burros, dentro de pequenos armários cheios de gavetas adaptados ao lombo dos animais. Como conhecia todo mundo num raio de muitas léguas, ninguém melhor do que ele para saber qual fazenda estava necessitando de colonos e quanto os fazendeiros estariam dispostos a pagar.

Nesse ponto, Cury, como bom negociante que era, não dava nenhuma informação: vendia-a. A troco de alguns tostões, revelava o nome do fazendeiro ou do capataz que estava querendo contratar mão-de-obra e, no fim das contas, acabava ganhando duas vezes, pois também cobrava do fazendeiro cada colono que conseguia aliciar.

Muitas vezes, ele recebia um pedido grande: determinada fazenda estava precisando contratar dez, quinze famílias de uma só vez. Se Cury conhecesse o fazendeiro e tivesse confiança nele, simplesmente pagava de seu próprio bolso a viagem dessas famílias e, depois, recebia em dobro do fazendeiro.

Foi exatamente o que aconteceu com o grupo de Takara-san.

Ao chegar à Santa Genoveva, Cury foi procurado pelo líder dos japoneses, que, muito mais por mímica do que por palavras, disse-lhe que queria mudar de lugar.

Essa pretensão de Takara-san vinha ao encontro de um pedido de mão-de-obra que tinha sido feito ao mascate havia duas semanas por Hiroshi Tanaka, líder dos colonos japoneses da fazenda do coronel Medeiros: a Santa Isaura, de Pedro Andrade, estava precisando de trabalhadores, no mínimo cinco famílias.

O mascate sorriu consigo mesmo, já antevendo o bom dinheiro que conseguiria ganhar. Cobraria dos japoneses da Santa Genoveva a informação e, antes mesmo que eles chegassem lá com a mudança, pediria a Pedro Andrade outro tanto.

– Precisamos saber se essa fazenda tem água boa – disse Takara-san ao ouvir a proposta do mascate. – Não queremos mais ficar doentes.

Cury garantiu que não havia água melhor em toda a região, disse que a Santa Isaura era uma fazenda excelente, mas que estava meio abandonada, porque seu proprietário era um homem muito doente, e finalizou:

Ele precisa fazer a Santa Isaura render. Com certeza vai pagar muito bem para aqueles que forem trabalhar lá. Além do mais, vocês terão suas roças, poderão plantar para vocês mesmos e trabalharão de ameia, o que quer dizer que uma parte da colheita será de vocês.

Foi difícil fazer com que Takara-san entendesse o que o mascate queria dizer, mas, depois de muitos gestos e de muito esforço, o japonês compreendeu e abriu um sorriso.

Ele já conhecia esse sistema. No Japão, na Era de Edo, durante o xogunato Tokugawa, as coisas eram muito parecidas com o que

Cury acabara de contar: os lavradores trabalhavam e o daimiô ficava com a maior parte da colheita – sem sair de seu palácio, sem sujar as mãos de terra, sem fazer absolutamente nada.

X

Ninguém do grupo de Takara-san quis ficar na Santa Genoveva.
– Viemos para cá juntos, e juntos continuaremos – falou Ryuiti.
– Nossa força está na união e não podemos nos separar, não podemos nos dispersar. Se esta terra não foi boa para Naoi e para Takuji, também não será boa para nós. Iremos com Takara-san.

Decisão tomada, ainda tiveram de ficar por mais de um mês na fazenda, aguardando que Cury – já então oficialmente nomeado representante do grupo – cuidasse para que, quando eles chegassem, tudo estivesse pronto e arrumado de forma a terem acomodações minimamente confortáveis e, em especial, água boa pelo menos perto das casas. A experiência na Santa Genoveva tinha-lhes bastado. Não queriam passar novamente por tantas dificuldades. E, para que todos tivessem certeza de que não seriam enganados outra vez, quando Cury voltasse dizendo que poderiam mudar para a Santa Isaura, Ryuiti e Yoshiro iriam na frente para confirmar suas palavras.

Finalmente, o mascate voltou com a boa notícia: tudo estava pronto, à espera do grupo.

No dia seguinte, bem cedo, Ryuiti e Yoshiro, acompanhados por Cury, rumaram para a estação e embarcaram para Araraquara, a cidade mais próxima da fazenda para onde deveriam mudar.

Durante a viagem de trem, Ryuiti e Yoshiro tiveram tempo, pela primeira vez desde que tinham chegado à Santa Genoveva, para fazer um balanço do que lhes tinha acontecido desde o desastrado e lamentável desembarque no porto de Santos.

Os dois não estavam nem um pouco satisfeitos com o desenrolar dos acontecimentos e as perspectivas que haviam traçado para seu futuro no Brasil estavam bem longe da realidade vivida por eles até aquele momento. Imaginaram ensinar artes marciais e cultura japonesa, mas o que efetivamente tinham feito não era nada disso. Plantaram, construíram choupanas, fizeram covas para café, criaram galinhas e porcos – e até mesmo enterraram defuntos...

Ryuiti olhou para suas mãos maltratadas e cheias de calos, sorriu com tristeza e falou:

– Nossa vida precisa melhorar... Não podemos continuar com esse trabalho pesado, que nos embrutece o espírito e nos leva a pensar somente em ganhar dinheiro! – Mostrou as mãos para Yoshiro e continuou: – Daqui a pouco não vou mais conseguir segurar o *katana*! E muito menos o *fudê*[26], para praticar um pouco de *shodô*[27].

Yoshiro sorriu para o amigo e disse:

– Pois tenho a impressão de que essa mudança que faremos agora será para bem melhor. Iremos para um lugar mais saudável, e os brasileiros já nos conhecem e sabem do que somos capazes. Isso é bom. – Com um brilho de esperança no olhar, acrescentou: – Cury disse que perto dessa fazenda para onde vamos há muitas outras famílias japonesas. Talvez possamos ensinar *kenjutsu* e um pouco de nossa cultura.

Ryuiti meneou a cabeça, em sinal de dúvida.

– Não sei... – murmurou – Temos estado preocupados demais com o trabalho. Por que nessa nova fazenda as coisas seriam diferentes? Takara-san tem como objetivo comprar terras aqui no Brasil e tudo quanto faz visa essa meta. E ele está nos arrastando junto! Muitas vezes eu mesmo me surpreendo sonhando em ter uma propriedade, em ser dono de terras e de grandes lavouras! – Deu uma risada e completou: – Só que, nesses meus sonhos, as lavouras não são de café...

Yoshiro olhou com curiosidade para o amigo e este finalizou:

– As plantações com que sonho são de arroz. Arroz e soja. Pode acreditar que o mundo vai consumir muito mais soja do que café, e isso dentro de algumas poucas décadas!

XI

Ryuiti e Yoshiro visitaram a Santa Isaura e, embora não fossem técnicos nem as pessoas mais indicadas para julgar a qualidade da terra e avaliar as possibilidades de produção da fazenda – com cer-

---

[26] Pincel feito de bambu e pêlos de animais apropriado para a escrita com nanquim.
[27] Arte da caligrafia japonesa.

teza Takara-san seria muito mais eficiente nessa missão –, puderam perceber com facilidade que aquele lugar era incomparavelmente melhor do que a Santa Genoveva.

Para começar, ali havia florestas, árvores frondosas de tronco reto e não retorcidos como no cerrado da fazenda onde estavam. Os troncos retos – ensinara Takara-san – indicam que há água no solo e as árvores podem crescer para cima. Quando os troncos ficam retorcidos, é sinal de que a planta precisa ir buscar água muito fundo na terra e esse esforço obriga o desenvolvimento de raízes, prejudicando o crescimento do tronco e das folhas. Além disso, a terra não era excessivamente pedregosa, o que facilitava bastante o trabalho com o arado. Isso deixava claro que havia a possibilidade de boas colheitas.

Os dois japoneses não gostaram muito das acomodações que tinham sido destinadas para o grupo: era a antiga senzala da fazenda e, quando Ryuiti soube que ali tinham vivido escravos, homens privados da liberdade, ficou muito mal impressionado.

– Como poderemos fazer nossas famílias viverem num lugar que já foi uma prisão? – perguntou, em tom de protesto. – Um lugar onde houve sofrimento, provavelmente muitas mortes violentas...

– Construiremos casas novas – falou Yoshiro, tentando contemporizar. – Usaremos estes alojamentos apenas provisoriamente, enquanto estivermos fazendo nossas moradias.

Não era bem exatamente o que Ryuiti queria para Yoko, Haruko e o pequeno Masakazu, mas não havia outro jeito. Era admitir terem de ficar algum tempo ali ou simplesmente recusar a proposta.

– Está certo – concordou, resignado. – Mas temos de falar com o capataz. Vamos precisar de pelo menos um mês para construir nossas casas.

A conversa com o capataz da fazenda e Pedro Andrade, seu proprietário, só foi possível graças à ajuda de Hiroshi Tanaka, o líder dos colonos japoneses da fazenda do coronel Medeiros, que já falava português um pouco melhor do que os outros.

– Um mês é muito tempo – disse Pedro. – Não posso esperar tanto assim. E, além disso, não tenho recursos para que vocês construam casas de alvenaria.

– Faremos casas de pau-a-pique – falou Ryuiti. – Será até bem mais rápido.

Pedro refletiu um pouco, coçou o cavanhaque e assentiu:

– Está bem. Vocês terão quinze dias para construir essas casas. Depois, começarão a trabalhar. E olhem que há muito para fazer!

Isso não impressionava aqueles japoneses. O que eles queriam, realmente, era trabalhar, receber o combinado e, se tudo corresse bem, adquirir as próprias terras.

Passaram a discutir as condições de trabalho e pagamento. Pedro explicou detalhadamente como funcionaria o regime de meação, Hiroshi traduziu para Ryuiti e Yoshiro e estes concordaram.

– A Santa Isaura tem muitas áreas abandonadas. Vocês poderão plantar à vontade nestas terras durante um ano e a colheita será inteiramente sua – falou Pedro. – Em compensação, deixarão o solo limpo, pronto para as covas de café. Depois, escolherão outro pedaço de terra e farão a mesma coisa. Vocês terão dois dias por semana para esse tipo de trabalho. Além disso, se quiserem, poderão criar porcos e galinhas à vontade e ter alguns cavalos, burros e duas ou três vacas leiteiras. Só que o trato de seus animais terá de ser por sua conta.

Era uma excelente proposta tanto para os japoneses quanto para Pedro, pois este teria, dentro de pouco tempo, uma grande área da fazenda pronta para o plantio e os imigrantes contariam com uma fonte de renda a mais.

Uma vez tudo devidamente acertado, Ryuiti e Yoshiro voltaram à Santa Genoveva para começar imediatamente a mudança. E tinham bem razão para toda aquela pressa: quando regressaram, encontraram mais três do grupo com diarréia. Por sorte, eram homens de compleição física muito forte e conseguiram vencer a doença.

– Mudar é a única solução – falou Ryuiti. – Se continuarmos aqui, muito em breve estaremos todos mortos.

XII

Quando o grupo chegou à Santa Isaura, as mulheres não quiseram ficar nem mesmo uma noite na antiga senzala. Com medo, cheias de superstições, alegaram que os espíritos dos escravos poderiam vir assombrá-las.

Por sorte, o tempo estava bom, sem a menor ameaça de chuva, e, assim, puderam se instalar e dormir debaixo das árvores, já no local que tinha sido demarcado para a construção de suas casas.

No dia seguinte, antes mesmo de o sol se levantar, todos já se encontravam de pé, iniciando os trabalhos.

A primeira providência foi tomada por Ryuiti e Yoshiro, que se encarregaram de cortar bambus grossos e, com eles, construir uma canalização para a água limpa, fresca e cristalina de uma nascente a cerca de 100 metros acima do local onde tinham acampado.

– Vamos cavar um buraco e revesti-lo de pedras – falou Ryuiti. – A água será dirigida para esse buraco e daí nós a canalizaremos com os bambus até uma bica perto de nossas casas.

Enquanto os dois antigos samurais trabalhavam providenciando o fornecimento de água, os outros homens construíram três sanitários e três *ofurôs*.

À noite, aquelas etapas do serviço estavam prontas. Quando amanhecesse o novo dia, poderiam iniciar a construção das casas.

Cortaram todos os troncos necessários para fazer as colunas de sustentação do telhado de sapé e toda a madeira roliça mais fina para erguer as paredes externas. As internas seriam feitas com bambus rachados ao meio e entrelaçados, formando uma espécie de esteira; para cada parede, seriam usadas duas esteiras, dispostas como se fossem os lados de uma caixa estreita que seria preenchida por barro amassado com capim picado.

Três dias depois do início dos trabalhos, um grande barracão estava pronto, embora ainda sem portas ou janelas. Pelo menos, já não precisariam dormir ao relento, contariam com um fogão e, se chovesse, teriam um teto para abrigá-los. Esse barracão só possuía dois grandes cômodos: um era destinado à cozinha com o fogão e uma grande mesa com bancos para poderem comer sentados; o outro era o dormitório comunitário.

Com esse primeiro problema resolvido, passaram a construir uma casa para cada família.

A ordem de construção obedecia a uma hierarquia natural. Assim, a primeira a ficar pronta foi a de Takara-san, por ser o mais velho e o líder do grupo. Em seguida, foram construídas as casas de Ryuiti e de Yoshiro, por serem antigos samurais e, por causa disso, estarem numa posição hierárquica superior aos demais, logo abaixo de Takara-san. Os outros foram recebendo suas moradias por ordem de idade.

Os japoneses trabalhavam bem e muito depressa, e isso fez com que outros empregados da fazenda e mesmo de fazendas vizinhas viessem ver como eles se desincumbiam daquela empreitada. As casas, ainda que de pau-a-pique, revestidas de barro e cobertas com sapé, ficaram bonitas, sólidas e confortáveis. Muitos dos curiosos se entusiasmaram e logo surgiram pedidos para que o grupo de Takara-san construísse casas para eles.

O serviço para a instalação dos colonos japoneses terminou dentro do prazo estipulado por Pedro, o que mais uma vez surpreendeu a todos. Ninguém acreditara que eles seriam capazes de cumprir o combinado e, ainda por cima, construindo moradias tão boas.

E assim, ao alvorecer do décimo sexto dia depois de sua chegada à Santa Isaura, Takara-san e seus homens já estavam começando a preparar uma gleba de terra para o plantio.

Tinham pressa – pressa de trabalhar, pressa de ganhar dinheiro, pressa de juntar o suficiente para poderem adquirir a própria fazenda.

XIII

O tempo em que trabalharam na insalubre Santa Genoveva serviu como um período de aprendizado para todo o grupo de Takara-san. Dessa maneira, quando começaram literalmente a desbravar as terras da Santa Isaura, eles já sabiam perfeitamente o que e como fazer.

Contrariamente ao hábito dos brasileiros, que era o de queimar o mato capinado, os japoneses amontoavam-no em grandes leiras e cobriam-no com terra. Ali plantavam ramas de batata-doce e mandioca. A cada dez passos, abriam nessas leiras uma cova mais funda e semeavam abóboras, melancias e mamoeiros. Nas ruas do cafezal, cultivavam feijão e milho. Nas glebas onde era mais difícil fazer covas para as mudas de café, plantavam soja, arroz e algodão. Ao mesmo tempo, as mulheres cuidavam da criação de porcos e galinhas.

Tudo era prosperidade e o grupo estava feliz e cheio de esperanças. O proprietário da Santa Isaura também estava satisfeito com os japoneses e via, com prazer, sua fazenda adquirir, a cada mês, melhor aspecto, já conseguindo pensar nos lucros que obteria com as colheitas.

Porém, para Pedro Andrade, nem tudo era felicidade. Sua saúde estava piorando outra vez e ele era obrigado a ficar em casa a maior parte do tempo. Qualquer movimento parecia exauri-lo; havia dias em que não conseguia sequer sair da cama, tamanhos eram a falta de ar e o cansaço que sentia.

– Não posso morrer agora – dizia, com tristeza. – Quero ver a Santa Isaura produzindo!

E os japoneses cuidaram para que esse seu desejo se realizasse.

A primeira colheita de feijão e milho rendeu dinheiro suficiente para pagar uma segunda parcela da compra da fazenda.

Joaquim Antônio foi pessoalmente à Santa Isaura para receber o dinheiro, uma vez que Pedro estava fraco demais para ir a São Paulo.

Quando chegou à fazenda, não conseguiu acreditar no que seus olhos viam.

Ali, onde havia um carrascal medonho, o milho estava pujante, as bonecas bem formadas. Um pouco mais adiante, nos cafezais já plantados, as mudas crescidas prometiam para breve uma colheita farta. Surpreendeu-se ao ver os antigos brejos drenados e cobertos pelo verde do arroz, que começava a cachear.

– Mas... – balbuciou ele – como foi que Pedro conseguiu?! E doente como ele está!

Não tardou a descobrir o segredo: viu os japoneses trabalhando sem parar, curvados sobre suas enxadas, limpando, plantando e... colhendo.

Parabenizou o cunhado, mas em seu olhar havia uma terrível sombra de inveja. Pedro transformara aquele matagal que ele, Joaquim Antônio, imaginara perdido e imprestável numa fazenda que prometia tornar-se altamente produtiva e lucrativa.

O despeito que sentia era tão visível que nhá Tonica, uma velha negra descendente de escravos que viera trabalhar na sede da fazenda como cozinheira, não se acanhou de recomendar ao patrão, quando Joaquim Antônio foi embora:

– Tome tento, nhô Pedro! Esse *hômi deitô* olho-gordo em suas terras! É *mió o sinhô mandá benzê!*

Muito católico, Pedro apenas sorriu. Não acreditava nessas coisas; já estava acostumado com as crendices de nhá Tonica e, além do mais, não podia crer que seu cunhado fosse capaz de invejá-lo.

– Joaquim não tem nenhuma razão para ter inveja de mim – disse ele. – Está bem de vida, bem de saúde... E eu, pobre de mim! Sei que tenho pouco tempo nesta terra! Não... Ele não pode ter inveja de nada disso! – Com um sorriso maroto, acrescentou: – E, além de tudo, Joaquim Antônio ainda tem a Polaca...

XIV

Pedro estava certo só em parte.

Joaquim Antônio, de fato, estava bem de saúde, cada dia mais bem-disposto e mais vistoso. Fazia questão de sua boa aparência física e... financeira. Eram dois requisitos indispensáveis para que ele sentisse ao menos alguma segurança na relação que, havia já bastante tempo, mantinha com Katharina Banyai, a Polaca.

O que o cunhado não sabia era que suas contas bancárias estavam completamente limpas e que até mesmo o palacete onde residia havia sido hipotecado. A Polaca fazia-o gastar até mesmo o que não tinha mais.

No entanto, Katharina não lhe pedia dinheiro e jamais exigia coisa alguma. Joaquim Antônio gastava simplesmente porque queria impressioná-la. Oferecia-lhe presentes caros, sobretudo jóias e obras de arte, dera-lhe – de papel passado – um palacete nos Campos Elíseos, comprara-lhe até mesmo um automóvel, luxo ao alcance de pouquíssimos milionários de São Paulo.

Se a Polaca não exigia nem sequer pedia, ela também não recusava. Muito pelo contrário, aceitava os presentes com um sorriso cada vez mais sedutor e pagava-lhe os regalos com noites repletas de carinhos e de amores que chegavam a esgotar completamente Joaquim Antônio e de que, mesmo que ele quisesse, não conseguiria se livrar: estava literalmente viciado naquela mulher.

Evidentemente, sua relação com Maria das Dores – que sempre tinha sido ruim – deteriorara por completo. Passaram a dormir em quartos separados, quase não se falavam e ela, sabedora do "cacho" de Joaquim Antônio, só não exigiu a separação porque jamais admitiria a pecha de ser tratada pela sociedade paulistana como uma mulher largada pelo marido. Assim, continuando a viver sob o mesmo teto, conseguiria manter as aparências, e era apenas isso que interessava.

Com o dinheiro que Pedro lhe dera como segunda parcela do pagamento pela compra da Santa Isaura, Joaquim Antônio conseguiu tapar alguns buracos e sobreviver mais um pouco. Contudo, seus gastos eram muito volumosos, suas dívidas cresciam a cada semana e sua situação ia de mal a pior.

Num fim de tarde, quando estava tomando um café numa confeitaria chique do centro, foi abordado por Jacob Stehrmann, o agiota para quem havia hipotecado seu palacete.

— Não se esqueça de que daqui a seis meses a hipoteca vence — disse ele, sem rodeios — e não poderei renová-la.

Irado, ofendido, Joaquim Antônio retrucou:

— E o senhor não se esqueça de que ainda faltam seis meses para esse vencimento. Fique sossegado, que eu não vou precisar pedir nenhum favor!

A despeito da segurança com que respondeu para o agiota, Joaquim Antônio ficou muito preocupado. Estava consciente de que nunca conseguiria saldar a dívida e, por outro lado, tinha certeza de que Stehrmann executaria a hipoteca. Seria a vergonha das vergonhas! Seu nome seria arrastado na lama dos falidos, ele ficaria arruinado tanto financeira quanto moralmente e, pior do que qualquer outra coisa, seria abandonado pela Polaca!

Provavelmente, se Joaquim Antônio fosse mais humilde e contasse para Katharina sua verdadeira situação, ela talvez o tivesse ajudado, uma vez que seu dinheiro, sempre bem aplicado, formava uma fortuna respeitável. Mas ele era orgulhoso demais para dizer à amante que estava enfrentando dificuldades materiais. Muito pelo contrário, fazia de tudo para demonstrar riqueza e desprendimento, continuando a lhe dar jóias e a levá-la aos lugares mais caros e sofisticados da cidade. Afinal, a Polaca representava a prova material de seu poder, de sua masculinidade. Desfilar com ela dava-lhe a sensação de ser um super-homem.

Ao lado disso, a idéia de perdê-la por causa de uma reles hipoteca deixava-o fora de si. Isso jamais poderia acontecer!

Ao mesmo tempo, Joaquim Antônio não sabia onde buscar mais dinheiro.

"Seis meses!", pensou, desesperado. "Tenho apenas seis meses para resolver essa situação!"

Pagou o café sem dizer uma só palavra e, imerso em seus pensamentos, sem nem mesmo perceber, dirigiu-se para o Largo de São Francisco.

Voltou de chofre à realidade quando esbarrou com um antigo colega de faculdade, Otaviano Telles Alves.

– Joaquim! – exclamou este. – Que surpresa!

Abraçaram-se e, para comemorar aquele encontro, Otaviano convidou:

– Venha! Vamos beber alguma coisa!

Foram para um botequim na Rua São Bento e começaram a contar um ao outro o que lhes tinha acontecido desde que se separaram, havia mais de quinze anos. E, enquanto falavam, a garrafa de conhaque que Otaviano tinha mandado vir para a mesa rapidamente foi se esvaziando.

Os eflúvios etílicos e os estômagos vazios logo fizeram com que as inibições fossem sendo deixadas de lado e as confidências surgiram.

Joaquim Antônio, num instante de maior arrebatamento, relatou seu caso com a Polaca e finalizou, quase chorando:

– Mas estou prestes a perdê-la... Sem dinheiro, correndo o risco de me ver arruinado... ela vai me abandonar!

Otaviano, também já bastante alterado pela quase meia garrafa de conhaque ingerido, sentiu pena do antigo colega.

– Acho que tenho a solução para seu problema – falou ele.

Ante o olhar interessado e ansioso de Joaquim Antônio, explicou:

– Você não pode mostrar, aqui em São Paulo, sua verdadeira situação nem vai conseguir nada, já que o meio financeiro deve estar sabendo de tudo. Porém acredito que no Rio de Janeiro as coisas sejam diferentes. – Encheu novamente os copos e continuou: – Como já lhe disse, há quinze anos tenho vivido no Rio de Janeiro. Consegui uma clientela boa, rica e de grande peso político. Não será difícil arrumar-lhe um empréstimo suficiente para quitar as dívidas que fez até agora, liberar sua casa da hipoteca e ainda sobrar algum dinheiro para que você possa investir em algo que lhe traga uma renda mensal.

Fez uma pequena pausa para que Joaquim Antônio pudesse digerir aquelas suas palavras e completou:

– Você só precisará apresentar um imóvel em garantia, que não esteja hipotecado...

XV

Durante o mês que se seguiu ao encontro com Otaviano, Joaquim Antônio não deixou um só dia de pensar em suas palavras.

Sim, a solução para todos os seus problemas não estava mais em São Paulo, mas na capital federal. Lá ele poderia conseguir o dinheiro de que precisava para se reerguer. No entanto, havia o problema de ter de oferecer um imóvel em hipoteca... e ele não tinha mais nada!

Já estava desistindo daquela idéia e começando a imaginar outras maneiras de conseguir sair da lama quando a notícia chegou: com a saúde piorando dia após dia, Pedro, seu cunhado, pedia que ele fosse imediatamente para a Santa Isaura, pois queria regularizar a situação da fazenda quanto antes.

Foi nesse momento que uma luz se fez na cabeça de Joaquim Antônio.

A Santa Isaura, legalmente, ainda lhe pertencia! Todo o negócio feito com Pedro tinha sido na base do "fio de bigode", sem qualquer documento assinado! Ele tinha todo o direito de dizer que a propriedade era sua, especialmente no Rio de Janeiro, onde não havia a menor chance de alguém saber da transação que fizera com o cunhado!

Voltado única e exclusivamente para seu mundo egoísta e seus problemas, nem sequer se lembrou de Maria Luíza, sua irmã, e de seus sobrinhos. Aliás, mesmo que tivesse se lembrado, com toda a certeza teria rapidamente afastado para longe tal pensamento. O que ele tinha a fazer não incluía qualquer tipo de sentimentalismo, fidelidade, lealdade ou até mesmo honestidade.

Viajou no dia seguinte para Araraquara. Porém não tinha a menor intenção de ir à Santa Isaura. Seu destino era o cartório, onde estava registrada a fazenda, para pedir pessoalmente uma certidão da escritura das terras e, se fosse necessário, até mesmo comprar o silêncio do tabelião a respeito de sua ida àquela cidade e dos motivos que o levavam lá.

Fez suas contas enquanto o trem chegava a Araraquara. Teria de voltar pelo expresso que saía para São Paulo às 5 horas da tarde, o que lhe daria o tempo justo para que o tabelião elaborasse o documento de que precisava.

"Poderei dormir num hotel, se ele demorar muito para fazer a certidão", pensou. "Mas vou dar um jeito de apressá-lo, nem que isso me custe alguns mil-réis..."

Nada disso foi necessário. Ao desembarcar na estação, Joaquim Antônio soube que seu cunhado tinha falecido de madrugada e que o enterro seria no fim da tarde daquele mesmo dia.

Isso mudava tudo, e para melhor. Poderia pedir a certidão que desejava com a justificativa de que providenciaria a regularização das terras transferindo-as diretamente para Maria Luíza. Com essa manobra, poderia usar o documento no Rio de Janeiro e teria um prazo bem longo para poder saldar a nova dívida e, livrando a Santa Isaura da hipoteca, realmente transferi-la para a irmã.

Assim pensou e assim fez. Da estação rumou diretamente para o cartório, pegou a tão desejada certidão e ficou na cidade, esperando pela hora do enterro. Não estava com a menor vontade de participar do velório; era muito melhor ficar bebericando alguma coisa e vendo o movimento do que estar ao lado de um cadáver, ouvindo choros e lamentações.

– Já serei obrigado a dormir na Santa Isaura – murmurou consigo mesmo. – Maria Luíza ficará ofendida se eu não for para lá.

Sonhando com a próxima etapa de seu plano, a viagem para o Rio de Janeiro, sorriu intimamente com a idéia de levar a Polaca consigo. Seria formidável!

Porém logo lembrou que não teria dinheiro para esse luxo. Ir à capital federal implicaria despesas elevadas, mesmo porque não sabia quanto tempo teria de permanecer por lá e, enquanto não conseguisse liberar o empréstimo, não poderia pensar em gastos maiores. Depois que estivesse outra vez com os bolsos cheios, aí sim, faria uma viagem com a amante, quem sabe até mesmo para a Europa!

XVI

O homem do outro lado da imponente escrivaninha de mogno balançou negativamente a cabeça e falou:

– Sinto muito. Não podemos aceitar em hipoteca um imóvel no interior de São Paulo. E não se trata de uma decisão minha, mas sim de nossa matriz, em Londres. Fazemos empréstimos desde que a garantia imobiliária esteja situada aqui, na cidade do Rio de Janeiro.

Otaviano, sentado ao lado de Joaquim Antônio, tentou argumentar:

– Mas, Josef... Trata-se de um amigo meu... Estou lhe pedindo um favor... Não é possível que...

Com um gesto, Josef Kronenberg interrompeu-o, dizendo:

– Como expliquei, não tenho competência para autorizar esse empréstimo. O máximo que poderei fazer é escrever para a matriz e solicitar uma deferência especial. Mas posso garantir que não adiantará nada. O pessoal de lá é extremamente sistemático, não faz absolutamente nada que corra ao arrepio das normas da companhia.

Assim dizendo, pôs-se de pé, deixando claro que a entrevista estava terminada.

Já na rua, Otaviano falou, muito sem jeito:

– Não sei mais o que fazer. Este é o quinto lugar a que vamos e sempre ouvimos a mesma coisa...

Joaquim Antônio ergueu os ombros, desanimado. Na verdade, ele imaginara que o amigo tivesse mais influência, que lhe fosse fácil conseguir um empréstimo vultoso com base na hipoteca da Santa Isaura.

No entanto, a realidade mostrara-se bem diferente. Otaviano não era mais do que um advogado subalterno de um grande escritório da capital. Não tinha nenhum poder, não era ninguém, afinal de contas. Só tinha, mesmo, era muita garganta.

Já quase sem dinheiro, não restou a Joaquim Antônio outra opção a não ser voltar para São Paulo. Na manhã seguinte, foi para a estação. Teria de esperar por um bom tempo pela partida do trem, mas como nada tinha para fazer e estava com os bolsos vazios...

"O melhor é ficar aqui... Pelo menos posso me distrair vendo as outras pessoas...", pensou, com um suspiro de extrema infelicidade.

Triste, macambúzio, preocupado, com toda a pose que sempre tão bem o caracterizava começando a desmoronar, pela primeira vez na vida ele sentiu o peso da idade.

Estava caminhando à toa pela plataforma de embarque quando ouviu uma voz a suas costas:

– Mas que surpresa! Nunca poderia imaginar que haveria de encontrá-lo aqui!

Joaquim Antônio reconheceu de imediato a voz anasalada de Jacob Stehrmann e sentiu um frio no estômago. Poderia encontrar qualquer um, o diabo em pessoa, mas justamente Stehrmann e numa hora como aquela...!

Controlando-se para manter a boa educação e a calma – e tentando conservar sua postura aristocrática –, ele cumprimentou o agiota e convidou:

– Temos tempo até sair o trem. Vamos tomar um café.

Tempo era o que não lhes faltava, pois o trem só partiria dali a uma hora, e os dois foram aboletar-se junto ao balcão do Café da Estação.

Falaram a princípio sobre banalidades, conversaram um pouco sobre política, discorreram sobre a decadência dos costumes em São Paulo, atribuindo a culpa à vertiginosa escalada da indústria na cidade e à ascensão social dos novos-ricos italianos.

– As grandes fortunas estão acabando – comentou Stehrmann. – Grande parte das famílias aristocráticas está arruinada.

Joaquim Antônio percebeu imediatamente a indireta e retrucou:

Há que se distinguir entre dificuldades financeiras e estabilidade econômica. As famílias realmente aristocráticas possuem bens e, enquanto estiverem de posse desses bens, jamais se deixarão arruinar.

Semicerrando os olhos de ratazana, Stehrmann falou:

– Pode ser... Mas nós, do meio financeiro, não consideramos palacetes residenciais ou casas de aluguel bases sólidas de fortunas. Se não houver terras, não há crédito.

Mais uma vez, uma luz acendeu na mente de Joaquim Antônio. Talvez estivesse ali sua oportunidade. Poderia falar àquele agiota sobre a Santa Isaura. Porém... se ele se recusasse...

"Ora!", pensou. "Não tenho mais nada a perder!"

Criando coragem e procurando fingir uma displicência que estava muito longe de sentir, disse:

– Tenho umas terras... Estava até pensando em negociá-las, mas levando em consideração o que você acaba de me dizer...
Stehrmann arregalou os olhos, surpreso.
– Tem terras? – indagou. – Terras produtivas?
– E como você queria que elas fossem? Terras abandonadas? – retorquiu Joaquim Antônio, com expressão ofendida. – Pois fique sabendo que a Santa Isaura é uma das melhores fazendas da região de Araraquara! Só em café, dentro de um ano, ela estará rendendo o suficiente para que eu compre metade da Avenida Paulista!
Stehrmann sorriu. Sabia que Joaquim Antônio estava supervalorizando a fazenda que dizia possuir. Além disso, se ele conseguia obter tanta renda na Santa Isaura, qual a razão de estar com sua casa hipotecada e com sério risco de não conseguir saldar a dívida que já tinha sido renovada por duas vezes?
– O problema é que o café ainda é novo – falou Joaquim Antônio, adivinhando o que ia pela cabeça do agiota. – Tive de replantá-lo há pouco. Você sabe... Houve aquela geada em julho passado... Por isso estou tão sem dinheiro... O investimento para refazer o plantio e garantir uma boa colheita é grande...
Os dois homens ficaram em silêncio por alguns momentos e Joaquim Antônio, depois de acender um de seus caros havanas – hábito que ele ainda conseguia manter, embora a duríssimas penas –, acrescentou:
– Serão doze meses difíceis que ainda terei de enfrentar. Mas depois disso estarei bem novamente, e muito bem!
Stehrmann sorriu, brincou com a xícara de café e, depois de pedir ao garçom para trazer-lhes um licor, disse:
– Ora! Você só passará por dificuldades se quiser... Uma vez que consiga um documento válido que garanta a propriedade dessa fazenda, não terei nenhum problema em lhe fazer uma nova hipoteca...

XVII

O trabalho dos japoneses mostrava de forma magnífica seus resultados.
A Santa Isaura progredia a olhos vistos e as colheitas logo possibilitaram a Maria Luíza – que depois da morte do marido assumira

o comando de tudo – saldar, bem antes do prazo, outra parcela do que ainda restava pagar a Joaquim Antônio pela compra da fazenda.

– Estamos com um pouco de folga neste momento – disse ela.
– Na agricultura, nunca se pode ter certeza do dia de amanhã. Basta uma geada ou uma estiagem prolongada, e pronto! Por isso é melhor pagar agora.

Nessa ocasião, o algodão estava começando a dar quase tanto lucro quanto o café e o grupo de Takara-san decidiu destinar a essa nova cultura uma área maior. O resultado foi fenomenal e eles conseguiram ganhar um bom dinheiro.

– Está na hora de começarmos a pensar em comprar nossa própria fazenda – falou Takara-san.

Depois de muitas semanas de reuniões e conversas para decidir o que e como fazer, resolveram que permaneceriam na Santa Isaura por mais um ano e meio, ou seja, o tempo necessário para mais duas grandes colheitas, uma de café e outra de algodão.

– A partir de agora, nós começaremos a procurar – acrescentou ele. – Toda última semana de cada mês, Ryuiti e Yoshiro deverão viajar para descobrir onde será nosso lugar definitivo.

– Poderíamos comprar a Santa Isaura – sugeriu Yoshiro. – Já estamos aqui, conhecemos a terra...

– Dona Maria Luíza jamais a venderia – interrompeu Takara-san. – E, mesmo que a vendesse, seria por muito dinheiro. Esta fazenda é enorme, as benfeitorias são muitas... não conseguiríamos comprar. – Com um sorriso, acrescentou: – É engraçado pensar que todas essas benfeitorias foram feitas por nós e que estas terras passaram a valer uma fortuna graças a nosso trabalho... – Balançou a cabeça negativamente. – A Santa Isaura não é para nós. Temos de encontrar terras boas e baratas. Assim, poderemos adquirir uma área maior e teremos dinheiro para investir. Não adiantará possuir a terra e não ter como plantar.

Ninguém argumentou mais. Takara-san era o líder e todos deveriam acatar suas palavras. Se ele achava que não valia a pena tentar comprar a Santa Isaura, estava decidido: não se pensava mais nesse assunto.

– Teremos mais duas colheitas – disse ele. – Com muito trabalho e um pouco de sorte, poderemos ganhar bastante dinheiro.

Metade dele será usada para comprar a fazenda e a outra metade investiremos em benfeitorias e plantações.
— E por onde deveremos começar a procurar? — perguntou Ryuiti. — Já sabemos, por exemplo, que nem todas as regiões são boas para o plantio de café...

Takara-san sorriu e falou:
— Nós não vamos cometer o erro de plantar apenas café. Já vimos que variar as culturas é o melhor negócio. Por isso, temos de encontrar uma área em que o plantio de café seja considerado, no máximo, de importância secundária. Essa terra será mais barata pelo simples fato de que todos que estão querendo comprar terras, hoje em dia, pensam somente em cafezais. Nós queremos plantar também, e principalmente, outras coisas.

Esperou que alguém contestasse; afinal, o café era a locomotiva econômica da agricultura brasileira. Como ninguém disse nada, prosseguiu:
— Ouvi dizer que nas proximidades de São Paulo há terras muito boas para a lavoura. São Paulo está crescendo muito e as pessoas têm de comer. Para comer, precisam contar com quem produza os alimentos: feijão, milho, batata, galinhas, ovos, porcos... O lucro será muito bom, provavelmente melhor e mais rápido do que com café... E a proximidade do centro consumidor só faz aumentar esse lucro.

O projeto parecia perfeito. Takara-san tinha certeza de que Ryuiti e Yoshiro encontrariam uma fazenda que eles pudessem comprar logo nos dois ou três primeiros meses. Uma vez na posse das terras, o grupo seria dividido: a maior parte permaneceria na Santa Isaura, onde o ganho já era certo, e a menor iria para a nova fazenda com a missão de construir as casas e pelo menos as benfeitorias essenciais, tais como poços de água, galinheiros, chiqueiros, horta e viveiros para mudas.

— O único problema — ponderou Takara-san — é que teremos todos de trabalhar em dobro.

Ora... Para aqueles japoneses, isso não era problema, uma vez que jamais tiveram medo de trabalho, e o que todos eles mais gostavam era justamente de enfrentar — e vencer — desafios.

XVIII

Exatamente como previra Takara-san, três meses depois daquela conversa Ryuiti e Yoshiro encontraram uma área de 150 alqueires entre Cotia e Embu, a cerca de 30 quilômetros de São Paulo.
A terra era boa, de excelente topografia e tinha bastante água. A estrada que levava a São Paulo, mais precisamente ao bairro de Pinheiros, era bem razoável, o que significava que a comercialização do que viessem a produzir não seria muito complicada.
O proprietário era um comerciante português rico, dono de três padarias no centro de São Paulo, que, portanto, não tinha nenhum interesse em se dedicar à fazenda. Porém isso não era motivo para que a vendesse barato.
– Se não for pelo valor que eu quero, não vendo – falou ele. – A terra não vai fugir... Se não puder vendê-la agora, um dia há de surgir quem pague o que estou pedindo. Se quiserem comprar, que paguem o preço!
O intérprete contratado para ajudar na negociação traduziu o que o português disse, acrescentando:
– O homem é duro de negócio. Não precisa de dinheiro, não precisa vender a propriedade e, por isso, não vai ceder. Acho melhor procurar outra fazenda. Há muitas à venda, um pouco mais longe de São Paulo...
Mas Ryuiti apaixonara-se por aquela área. Sentiu que Takara-san conseguiria tirar daquele pedaço de chão o futuro de todo o grupo. Tentou regatear, conseguiu que o português abaixasse um pouco o preço e, por fim, fechou o negócio, pagando à vista o valor pedido.
Voltaram no dia seguinte para a Santa Isaura, já pensando em tudo que teriam de aprontar para esse novo empreendimento, pois não havia nenhuma benfeitoria na fazenda e as melhores áreas para plantação estavam cobertas de mata. Seria preciso desmatar, arar, destorroar... E isso tudo praticamente ao mesmo tempo que construíam as casas, os galinheiros, os viveiros... Enfim, teriam ali exatamente o mesmo tipo de trabalho que realizaram na Santa Isaura, quando do desbravamento daquelas terras abandonadas.
– Vamos começar tudo de novo! – queixou-se Yoshiro.
– É verdade – admitiu Ryuiti –, mas desta vez a terra é nossa!

Era esse o maior de todos os estímulos, a prova do sucesso que eles tinham alcançado com sua vinda para o Brasil. Puderam comprar uma fazenda e, a partir de então, estariam produzindo unicamente para si mesmos, sem ter de dividir o lucro com ninguém.

Contudo, havia um problema que atrapalhava um pouco, principalmente no custo do projeto: a compra da fazenda consumira quase o dobro do que tinham previsto e isso fazia com que a verba que imaginaram destinar para investimentos em benfeitorias simplesmente deixasse de existir.

– Não faz mal – disse Takara-san. – Ficaremos um ano a mais aqui na Santa Isaura, faremos mais uma colheita e tudo estará resolvido. Até será bem conveniente, pois assim Ryuiti terá mais tempo para construir nossas casas e as benfeitorias necessárias. Quando mudarmos para lá, já estaremos com meio caminho andado. – Com uma risada, completou: – E, de qualquer maneira, não temos dinheiro para fazer as coisas depressa! Será preciso ganhá-lo e isso, por enquanto, só é possível aqui!

Seguindo o que tinha sido combinado entre eles, Ryuiti e mais dois homens – Ueda e Matsuoka, os dois mais hábeis construtores de casas –, acompanhados por suas respectivas famílias, mudaram-se para a nova fazenda, cujo nome, Fazenda dos Bacuris, tinham decidido conservar.

Yoshiro ficou na Santa Isaura, pois Takara-san achava que não seria conveniente os dois samurais se ausentarem ao mesmo tempo.

– Alguém precisa cuidar de nossa segurança – argumentou ele. – Sem Ryuiti por aqui, essa responsabilidade terá de ser assumida por você, Yoshiro.

XIX

Os dois homens ficaram em silêncio, Jacob Stehrmann tamborilando com as pontas dos dedos sobre o tampo da escrivaninha e Joaquim Antônio apertando com as mãos suadas o cabo de sua bengala.

– Não posso mais esperar – falou o agiota. – Já tive paciência demais! – Mostrando uma folha de papel para Joaquim Antônio, disse: – Estou segurando esta hipoteca há mais de seis meses!

— Só lhe peço mais trinta dias — murmurou Joaquim Antônio, constrangido. — Dentro de um mês terei o dinheiro da colheita de...
— Ora, Joaquim! — fez Stehrmann, com escárnio. — É sempre a mesma história! Dentro um mês! Dinheiro da colheita! — Com os olhos fuzilando, perguntou: — Pensa que sou um ignorante completo em matéria de lavoura? Pensa que não sei que não estamos em tempo de colheita nenhuma?

O outro não teve o que dizer. Na verdade, ele próprio não conhecia nada de agricultura e, assim, mesmo que quisesse, não conseguiria inventar uma colheita para aquela época.

— Seis meses atrás, aceitei as desculpas que deu. Você prometeu que pagaria ao menos uma parte da dívida em trinta dias. Não honrou sua palavra. E, de lá para cá, todos os meses é a mesma coisa! Sempre pedindo mais trinta dias! — Stehrmann balançou negativamente a cabeça e falou: — Agora chega! Não me engana mais! Se não pagar pelo menos metade da dívida até a próxima segunda-feira, vou executar a hipoteca! — Levantou-se, abriu a porta do escritório e repetiu: — Segunda-feira! Nem mais um dia!

Joaquim Antônio ganhou a rua. Estava trêmulo, irado, humilhado. Como aquele agiota pudera falar assim com ele? E agora? O que faria? De que maneira arrumaria todo aquele dinheiro?

Suspirou. Tinha de se render à evidência. Jamais conseguiria saldar aquela dívida, fosse o prazo até segunda-feira ou dali a cem anos!

Havia muito que sua vida só estava andando para trás. Já no ano anterior, para conseguir alguma renda que permitisse ao menos ter comida em casa, fora obrigado a alugar o palacete que herdara do pai — ele o teria vendido, se não estivesse hipotecado — e mudar-se com Das Dores e os filhos para uma casa alugada, bem mais simples, na Vila Mariana. Dos cinco serviçais que sempre tivera, restara apenas uma velha empregada, que, sem a menor possibilidade de arranjar outro emprego e sem mais ninguém na vida, aceitara continuar a trabalhar simplesmente em troca de casa e comida.

O convívio com a esposa, já bastante precário havia anos, tornara-se insuportável. Ela não parava de se queixar, de dizer que não tinha mais nenhuma razão para viver, que não conseguia admitir nem mesmo acreditar no que lhes tinha acontecido. Obviamente, ela sabia que a culpa daquela situação era integralmente do marido e não o poupava:

– Se você tivesse sido um pouco mais responsável, se não tivesse torrado nosso dinheiro com todas as mulheres que freqüentou! Se não tivesse se preocupado em apenas ostentar, mas sim em trabalhar, como todos os outros!

Joaquim Antônio ouvia, fechava a cara, não respondia e tratava de sair.

Ainda bem que tinha sua Polaca...

Porém mesmo esta já não era mais a mesma. Era verdade que Katharina continuava carinhosa e meiga. Mas aquele vulcão que entrava em erupção quando eles se encontravam parecia ter se extinguido, ou pelo menos ficara muito mais fraco. E não foram poucas as vezes em que eles apenas tomaram chá, conversaram e... nada mais.

Não que ele não quisesse ou não conseguisse acender seu fogo interior, muito pelo contrário. Era a própria Polaca que lhe dava uma desculpa, dizia-se indisposta, sem ânimo. E ele voltava para casa a seco, ruminando suspeitas, achando que Katharina tinha outros interesses – em resumo, que havia outro homem.

Naquela tarde, depois do desagradável encontro com Jacob Stehrmann, sem nem mesmo perceber, tão absorto que estava em seus problemas, Joaquim Antônio rumou para os Campos Elíseos, para o palacete com que presenteara a Polaca, quando ainda tinha dinheiro.

Acordou para a realidade quando já tinha puxado o cordel da sineta do portão, lembrando-se imediatamente de que, na véspera, Katharina dissera que passaria o dia na chácara de Santana.

No entanto, a sineta já tinha tocado e ele deu de ombros, pensando: "Ora! Não faz mal que ela não esteja em casa... No mínimo tomarei um café".

Estranhou ao perceber que Benedita, a fiel criada de Katharina, tinha levado um susto ao vê-lo já atravessando o jardim em direção à porta de entrada e mais ainda quando viu que a moça se punha na porta, visivelmente tentando impedir sua passagem.

– Dona Katharina não está – disse ela, com voz trêmula –, só vai voltar amanhã...

Nesse momento, Joaquim Antônio sentiu que alguma coisa estava errada. Sem se preocupar com as boas maneiras que sempre prezara, empurrou a criada para o lado e entrou.

Katharina estava na sala de visitas, bela e desejável como sempre, apenas de espartilho e cinta-liga, sentada sobre os joelhos de um homem, e não se abalou com a chegada inesperada de Joaquim Antônio.

Olhando fixa e friamente para ele, a Polaca falou:

— Pensei que você tivesse entendido quando lhe disse que estaria fora. E achei que seria suficientemente cavalheiro para não vir verificar!

Em outras épocas, Joaquim Antônio teria explodido. Com certeza tiraria Katharina daqueles braços que não eram os seus, chutaria o homem porta afora e, depois, aplicaria um bom corretivo na Polaca. Porém isso teria acontecido em outros tempos, quando ele ainda possuía amor-próprio, não naquele instante, em que ele estava sentindo como nunca o peso da derrota.

Joaquim Antônio nada disse. Apenas girou nos calcanhares e saiu. Com aquela constatação, compreendeu, de chofre, que não tinha mais nada. Não era mais ninguém.

E, para piorar seu estado de espírito, ele tinha reconhecido o homem: era Bernardo Scatamacchia, filho de imigrantes italianos que enriquecera no ramo de calçados.

— Trocar-me por um carcamano! — murmurou. — Isso é o cúmulo!

Sim... Era o cúmulo de tudo, a prova de sua derrocada, a gota d'água que fazia transbordar o copo.

Sentiu uma súbita vontade de se embebedar, de buscar no álcool um lenitivo para a dor que lhe atravessava o coração.

Mas... nem isso poderia fazer, com os poucos trocados que tinha no bolso. Mal conseguiria tomar um copo de pinga!

Caminhando sem rumo, só percebeu que voltara para o centro da cidade quando se viu diante do Café Parisiense, o tradicional ponto de encontro dos homens de negócios, que, ao findar o expediente, para ali se dirigiam para tomar um café ou um conhaque com os amigos, antes de voltar para casa. Ele mesmo sempre tinha sido um bom cliente desse estabelecimento, porém, nos últimos tempos, a falta de dinheiro impedira-o de ir lá, pelo menos com a mesma freqüência de antigamente.

Eram cinco horas da tarde e o café ainda não estava cheio, mas no balcão, logo à entrada, ele viu um grupo de conhecidos, entre eles Tertuliano Pacheco, colega dos bancos da faculdade e freqüentador do Kyrial.

Aproximou-se da porta de entrada e percebeu nitidamente que Tertuliano virava o rosto para um dos homens com quem estava bebendo, numa clara manifestação de não querer cumprimentar o recém-chegado.

Apoiando-se num último resquício de altivez, Joaquim Antônio passou ao lado do ex-colega e, sem dizer uma palavra, dirigiu-se para o outro lado do balcão, pensando: "Imbecil! Será que ele se acha assim, tão importante?!".

Foi logo depois de pedir ao garçom que lhe servisse um café – pelo menos isso os trocados que tinha no bolso conseguiriam pagar – que ele escutou Tertuliano dizer em voz baixa, mas suficientemente audível para que ele pudesse entender:

– Está completamente quebrado... Até a Polaca já o trocou pelo Scatamacchia! Também, pudera! Ela virou sua sócia, estão montando uma grande loja de calçados perto da Estação da Luz!

Joaquim Antônio nem mesmo conseguiu tomar o café. Saiu dali como um autômato, os pensamentos sucedendo-se vertiginosamente, sentindo uma vergonha mortal.

Estava acabado! Seu nome já voava de um para o outro em São Paulo, associado à ruína e ligado diretamente a uma traição amorosa!

– Ser traído por uma polaca! – murmurou. – É o fim! Não há mais nada a fazer, depois disso!

Por sua mente passaram as recordações dos tempos em que Katharina o recebia com carinhos e sorrisos, das noites de loucuras que tinha vivido em sua cama... Lembrou-se dos jantares com que fazia questão de impressioná-la e dos presentes que lhe dera.

Em nenhum momento seu egoísmo permitiu que lhe viesse à memória a dívida com Stehrmann e muito menos que a inevitável execução da hipoteca sobre a Santa Isaura deixaria sua irmã e seus sobrinhos à míngua.

Debruçou-se sobre o parapeito do Viaduto do Chá, olhando o parque em que se transformara o Vale do Anhangabaú.

Tudo estava muito diferente, a cidade crescera, seus habitantes estavam progredindo...

Mas ele... Ele não! Ele tinha retrocedido, estava completamente arruinado! E, pior, já estava malfalado!

XX

No dia seguinte, todos os jornais davam a notícia: Joaquim Antônio Rodrigues de Albuquerque, neto do Visconde de Brotas, tinha caído do Viaduto do Chá.

Apenas uns poucos acharam que tinha sido um acidente, a maioria afirmando categoricamente que ele cometera suicídio, não agüentando a vergonha da ruína e, principalmente, o fato de ter sido traído pela Polaca.

Na Santa Isaura, a manchete com a notícia da morte de Joaquim Antônio chocou menos Maria Luíza e seus filhos do que o fato de terem tomado conhecimento, pelo jornal – que chegava à estação de Araraquara sempre um dia atrasado –, de que ele estava falido e que a hipoteca que gravava a Santa Isaura deveria ser executada imediatamente.

– Mas como?! – exclamou Maria Luíza. – Esta fazenda não é mais dele há anos! E eu tenho honrado o compromisso feito por Pedro!

Contudo, a triste realidade estava ali, em letra de imprensa: Jacob Stehrmann, credor de Joaquim Antônio, executaria a hipoteca a menos que recebesse, de algum lugar, a importância quase astronômica que tinha emprestado para ele.

– Não temos a menor possibilidade de saldar essa dívida – falou Maria Luíza. – Se esse homem não nos der um prazo... ficaremos sem nada!

Maria Luíza foi para São Paulo, sentou-se diante de Stehrmann e literalmente implorou, mal contendo as lágrimas:

– Dê-me um prazo. Estarei pagando duas vezes pela fazenda, mas é a única propriedade que temos, é nosso meio de vida!

Entretanto, o agiota não quis saber de prazo nenhum. A hipoteca estava vencida havia muito tempo, já poderia ter sido executada e era isso que ele pretendia fazer quanto antes. Além disso, tinha um comprador para as terras: Luigi Mariani, um italiano que enriquecera com as plantações de café que se estavam formando no norte do Paraná.

– Sinto muito, dona Maria Luíza – disse ele, irredutível. – Não posso esperar mais. Não tenho culpa se seu irmão a enganou. A execução está em andamento. Se a senhora não conseguir pagar imediatamente, pode começar a providenciar sua mudança.

Desesperada, Maria Luíza voltou para a fazenda. Não tinha a menor idéia do que fazer. Segundo o que lhe dissera o doutor Mattos, o advogado que procurara para aconselhá-la, antes de noventa dias ela seria notificada e num prazo máximo de seis meses deveria ser despejada, caso ainda se encontrasse na fazenda.

— Nada há que possa ser feito a não ser quitar a dívida — falou o advogado. — E, pelo que pude entender, isso está fora de cogitação.

— Quer dizer que não poderemos nem mesmo fazer a próxima colheita?

— Receio que não. Aliás, tenho certeza de que Stehrmann fará de tudo para apressar a decisão judicial justamente para poder ficar com essa colheita. É claro que a senhora poderá contestar, mas sabe como é a Justiça... Será um processo complicado e muito longo. E isso significa mais gastos...

E Maria Luíza nem podia pensar em gastos...

— E o que vou fazer com meus meeiros? — quis saber ela.

— Por lei, a senhora terá de indenizá-los. Afinal, eles não têm nada a ver com o fato de a fazenda estar hipotecada. É direito deles, portanto, exigir uma indenização.

Era mais um problema que Maria Luíza precisaria resolver. No entanto, resolver como, se não tinha nenhum tostão de reserva, se todo o dinheiro que sobrara do pagamento da última parcela da fazenda estava investido nas plantações e em benfeitorias na própria Santa Isaura?

Chegando à fazenda, depois de terrível viagem durante a qual não parou um só instante de tentar, em vão, encontrar uma solução, ela mandou chamar os empregados e os meeiros para explicar-lhes a situação.

— Tenho de entregar a fazenda e não tenho como pagar ninguém. As poucas jóias que ainda possuo, se vendidas, não darão para quase nada. Façam o que acharem melhor. Se quiserem ficar aqui e lutar por seus direitos junto ao novo proprietário, fiquem à vontade. Eu e meus filhos voltaremos para São Paulo na próxima semana.

XXI

A notícia caiu sobre o grupo de Takara-san como uma verdadeira bomba. Aquilo tumultuava completamente todos os seus planos e significava um prejuízo de muitos milhares de contos de réis.

– Não podemos fazer nada – disse o líder do grupo. – Não adianta tentar espremer limão seco, não sai sumo nenhum. Dona Maria Luíza não tem dinheiro e temos de admitir que perdemos.

– Podemos ficar – aventou Yoshiro – e lutar contra o mundo, se for preciso! Ninguém pode nos tirar daqui assim, sem mais nem menos!

Takara-san meneou negativamente a cabeça e falou:

– Não, Kasai-san... Não viemos para o Brasil para brigar. Se tivesse acontecido uma grande geada e, por causa disso, perdêssemos nossas lavouras, você brigaria contra quem? Devemos pensar assim... Perdemos. Uma tempestade caiu e levou tudo água abaixo. Vamos começar outra vez, vamos reconstruir tudo. – Com um sorriso, acrescentou: – Só que há uma diferença. Desta vez, estaremos recomeçando em nossas terras. A esta altura, Ryuiti, Ueda e Matsuoka já devem ter começado o trabalho de construção das casas. Alguma coisa deve estar pronta e, assim, não estaremos desabrigados. É verdade que perderemos muito dinheiro, porém ganharemos tempo. Uma vez todos lá em nossa fazenda, o trabalho andará mais depressa e poderemos começar a plantar quase um ano antes do que estávamos planejando.

Já no dia seguinte, começaram os preparativos para a mudança, que, dessa vez, seria bem mais complicada, já que, no decorrer de todos aqueles anos, os japoneses tinham adquirido muitas ferramentas e equipamentos, alguns animais de tração, além de objetos domésticos.

– Não podemos deixar nada para trás – disse Takara-san. – Tudo o que compramos custou muito sacrifício e suor. Não é justo que outros tirem proveito de tudo isso.

Todavia, foram obrigados a ceder em alguns pontos. Assim, apesar de não desejarem se desfazer dos cavalos e dos burros com os quais já estavam acostumados, não tinham como levá-los. Foi preciso vender os animais para os vizinhos, assim como os porcos, as galinhas e as duas vacas leiteiras que possuíam.

Solucionado esse problema, surgiu outro: como transportar todas as bagagens e toda a provisão de víveres? A solução encontrada foi fretar um vagão. Era uma operação cara, mas ainda assim muito mais lógica do que tentar levar por estrada, em carroções, tudo o que tinham. Takara-san, como líder do grupo, era também o administrador das finanças. Fez as contas, viu que o dinheiro que eles tinham avaramente guardado dava para as despesas e mandou Yoshiro reservar o vagão.

– Os homens viajarão no próprio vagão – determinou ele. – Não podemos correr o risco de sermos roubados e ouvi dizer que existe essa possibilidade. As mulheres e as crianças irão nos vagões de passageiros, normalmente.

E, assim, nos trinta dias que se seguiram, os japoneses não fizeram outra coisa a não ser preparar a mudança e colocar todas as bagagens e pertences nos carroções que os levariam até a estação, deixando-os prontos para o momento da partida.

Não cuidaram mais das plantações. Aliás, procuravam nem olhar para elas, não queriam sentir a angústia e o remorso de ver o mato já começando a crescer e a tomar conta de tudo.

Na manhã do trigésimo dia depois que Maria Luíza anunciara que teria de entregar a Santa Isaura, Hiroshi Tanaka, que tinha sido guindado a administrador da fazenda do coronel Medeiros, apareceu.

– O patrão mandou avisar que os oficiais de Justiça virão trazer a ordem de despejo amanhã. Ele soube disso pelo dono do cartório de Araraquara, que é muito seu amigo – falou para Takara-san. – É melhor vocês saírem daqui quanto antes. Nunca se sabe o que poderá acontecer, e o atual proprietário pode achar que vocês estão levando coisas da fazenda...

Takara-san agradeceu e entregou para Hiroshi um *suibokugá*[28] que tinha sido pintado por um monge ainda da Era de Edo, dizendo:

– É um presente nosso para seu patrão, em sinal de agradecimento por nos ter trazido para cá e, agora, por estar nos dizendo o momento de ir embora. Nunca esqueceremos sua amizade e sua generosidade.

---

[28] Pintura executada com nanquim; gênero artístico oriundo da China que se desenvolveu no Japão principalmente por meio do trabalho de monges. São obras monocromáticas e mostram a natureza, com rochedos, rios, árvores e montanhas, representando um mundo de contemplação e meditação.

Assim que Hiroshi partiu, Takara-san ordenou que fossem providenciar as mulas e os carroceiros.
– Vamos! – disse ele. – Chegou a hora.
Percebendo que algumas mulheres do grupo começavam a chorar, falou:
– Não podemos partir daqui com tristeza no coração. Temos, isso sim, de guardar em nossas lembranças os bons momentos que vivemos nesta fazenda e agradecer a este chão a possibilidade que nos deu de ganhar o suficiente para comprar nossa própria terra.
Voltando-se na direção da sede, curvou-se num profundo *odjighi*. Aos poucos, todos os outros o imitaram e, depois de alguns segundos de respeitoso silêncio, trataram de cumprir as ordens do líder.

XXII

A Fazenda dos Bacuris era, realmente, maravilhosa. Sua topografia, com muitas áreas planas e o restante em morros suaves em meia-laranja, permitia que fosse agricultável em praticamente toda sua extensão. Um riacho bastante volumoso e de águas límpidas cortava a propriedade ao meio, formando alguns remansos e poções onde abundavam lambaris, carás, piabas, bagres e outros peixes que serviam bem para complementar o cardápio dos japoneses. E havia bastante mata, com árvores grossas e frondosas, além de vários pés de jabuticaba, goiaba e frutas do mato, como araçá, jacupeba, jandaia, grumixama... As juremas e indaiás, abundantes nas encostas de morros cobertos pela mata, garantiam palmitos de excelente qualidade, que eles comiam crus, com molho de soja ou assados, temperados com mel silvestre, bem à moda cabocla.
Os japoneses tinham de derrubar a mata não apenas para aproveitar a madeira na construção de suas casas, mas também para plantar. Porém eles sabiam, já naquela época, quando ninguém sequer pensava em atitudes ecologicamente corretas, que a preservação dos recursos naturais é fundamental para a sobrevivência do próprio ser humano no planeta. Assim, ao mesmo tempo que derrubavam, eles replantavam e as áreas maiores destinadas à lavoura eram compensadas com áreas de reflorestamento com mudas de eucaliptos e de

araucárias, além de outras árvores cujas sementes tinham conseguido trazer do Japão – como o *kiri* – e que ainda não tinham sido usadas principalmente porque eles queriam plantá-las apenas quando estivessem em seu lugar definitivo, em sua propriedade, e não em terras arrendadas, que, cedo ou tarde, teriam de deixar.

Era exatamente isso que acontecia ali na Fazenda dos Bacuris, em Cotia. O grupo de Takara-san estava, por fim, trabalhando naquilo que seria definitivo. Não havia mais a possibilidade de, de um ano para o outro, terem de mudar. Dali ninguém haveria de tirá-los, o que estavam construindo era para eles mesmos e não poderia haver estímulo maior para o trabalho.

Não tardou para que se notassem os resultados: as colheitas eram fartas, o dinheiro entrava, tudo progredia.

Entretanto, alguns sonhos foram sendo deixados de lado, substituídos por outros de retornos mais sólidos e imediatos. Por exemplo, a idéia que Ryuiti e Yoshiro tinham de criar no Brasil uma espécie de escola de artes marciais e cultura japonesa foi esmaecendo até se apagar por completo e dar lugar ao projeto bem mais concreto de construir uma escola, na fazenda, para seus filhos, que, nessa época, já estavam quase passando da idade de começar a freqüentar as aulas.

Ouviram dizer que era preciso ter a aprovação da Delegacia Regional de Ensino e, sem perda de tempo, enquanto já levantavam as paredes do barracão que seria destinado à escola, Ryuiti foi a São Paulo cuidar da burocracia.

Quase ficou louco. Sem falar direito o português, foi enviado de uma repartição para outra, numa maratona infindável que, depois de mais de uma semana, nada resolveu.

Após tantos dias de estéreis peregrinações e de frustrantes entrevistas com uma boa dúzia de displicentes funcionários públicos, já pensando seriamente em desistir, comentou seu problema com um japonês recém-chegado de Koti que estava hospedado na mesma pensão que ele.

Takeshi Nakazawa era um homem franzino, simpático, muito bem-educado e de fisionomia séria – o tipo de indivíduo que inspira confiança. Desembarcara como lavrador havia três meses, mas seus objetivos eram muito diferentes de qualquer trabalho que tivesse relação com a enxada e, justamente por isso, nada tinha conseguido até então.

Ao tomar conhecimento das dificuldades que Ryuiti estava enfrentando, propôs:

– No Japão, eu era professor. Se me contratarem, cuidarei de toda essa burocracia e ensinarei japonês e cultura japonesa em sua fazenda. Com certeza, para que a escola seja aprovada e o diploma tenha valor, será preciso contratar também um professor brasileiro, que seguirá o currículo escolar oficial. Há muitos professores procurando emprego, a própria Delegacia de Ensino poderá indicar alguém bem adequado.

Ryuiti achou que era uma boa idéia e concordou em contratar o *sensei*[29] Nakazawa, autorizando-o, ainda, a procurar um professor brasileiro devidamente credenciado pela Delegacia de Ensino para lecionar na Fazenda dos Bacuris.

Para Nakazawa, era tudo quanto desejava. Professor em Koti, tinha emigrado para o Brasil por causa de uma perseguição política – ele se desentendera com um dos administradores do Departamento de Ensino de sua cidade – e não tinha a menor idéia de qualquer coisa que se relacionasse com a agricultura. Perguntassem-lhe sobre teatro, poesia, arte, história do Japão... isso ele conhecia a fundo. Mas sobre plantações... era uma nulidade total!

– Jamais me peçam para plantar qualquer coisa! – falou ele para Ryuiti, ao ser contratado. – Faço minhas malas e volto no mesmo instante!

Ryuiti assentiu com um sorriso e não disse nada.

"Isso é o que você fala agora, *sensei*... Quando chegar a hora da necessidade, quero ver se vai se recusar!", pensou ele.

E Ryuiti estava certo, pois, mais tarde, Nakazawa se tornaria um verdadeiro especialista em floricultura, criando com esse ramo de atividade uma nova fonte de renda para a Fazenda dos Bacuris.

Nakazawa, mostrando ser muito mais esperto, desembaraçado e eficiente do que Ryuiti imaginara, obteve em pouco mais de um mês a aprovação da nova escola na Delegacia Regional de Ensino e, de quebra, conseguiu que o governo do Estado pagasse o salário e a pensão de um professor brasileiro, com a condição de que a escola fos-

---

[29] Professor.

se aberta para outras crianças além das que compunham o grupo de imigrantes japoneses.

A escola foi inaugurada no início do ano letivo de 1921, com uma única classe de trinta crianças, todas na primeira série do primário. Era uma construção grande: tinha quatro salas de aula – das quais inicialmente apenas uma seria utilizada – com carteiras duplas construídas segundo as normas da Delegacia de Ensino, quatro banheiros, sendo dois masculinos e dois femininos, uma sala para a secretaria, outra para a diretoria e uma para os professores, que, de início, seriam apenas dois. A área para o recreio era toda cimentada e coberta, para permitir que as crianças tivessem seu lazer fora das salas mesmo nos dias de chuva. Ao lado do prédio da escola, os japoneses construíram, mobiliaram e equiparam uma casa destinada à moradia dos dois professores.

O professor brasileiro – *gaijin*[30] *sensei*, segundo os japoneses, e cujo nome era Francisco Navarro – exigiu que todos os alunos fossem batizados na Igreja Católica.

A princípio isso causou certo mal-estar no grupo, uma vez que todos eram xintoístas, mas, como o próprio xintoísmo não obriga ao abandono de outras crenças, respeitando-as em seus dogmas, como o catolicismo já era conhecido no Japão e como eles estavam num país eminentemente católico, depois de uma breve reunião – e da promessa solene por parte de Nakazawa *Sensei* de que não deixaria de ensinar às crianças os fundamentos da religião de seus antepassados –, o grupo aceitou a exigência do *gaijin sensei* e um frade franciscano foi procurado, em Cotia, para realizar o batismo coletivo.

Surgiu, então, um problema: era preciso dar nomes católicos às crianças.

Com a ajuda do *gaijin sensei*, foram escolhidos diversos nomes, tais como Carlos, Antônio, Mário, Paulo, Pedro e outros, todos com fonética simples, de modo que os japoneses, que ainda falavam muito mal o português, não tivessem muita dificuldade em pronunciar o nome dos próprios filhos. Por exemplo, um japonês pronunciaria "Dilermando" como "Direrumando" e, pior ainda, "Hermenegilda" como "Herumenegiruda", o que acabaria por se tornar complicado e até

---

[30] Estrangeiro; todo aquele que não é japonês.

mesmo cômico. Assim, os nomes mais cotados seriam aqueles em que não existissem um *r* solto ou a letra *l*.

Dessa maneira, o *gaijin sensei* escreveu em pequenos pedaços de papel nomes masculinos e femininos foneticamente mais fáceis e colocou-os em dois chapéus, um destinado aos meninos e outro às meninas. Cada uma das crianças apanhou um desses papeizinhos e esse ficou sendo seu nome de batismo.

Masakazu Fukugawa, filho de Ryuiti e Yoko, que estava com 12 anos de idade, foi sorteado com o nome Carlos – "Caruros", para os japoneses.

XXIII

Em toda a região de Cotia, o plantio de café era praticamente inviável por causa das freqüentes geadas e porque a terra não tinha a qualidade necessária para que os cafeeiros tivessem uma produção pelo menos razoável. Resumindo, o que poderia ser colhido em Araraquara seria pelo menos três vezes mais do que em Cotia. Portanto, não havia a menor condição de competir com as lavouras cafeeiras de outras regiões do Estado.

Em compensação, aquele lugar era ideal para o plantio de batata-inglesa e o grupo de Takara-san decidiu se especializar nessa cultura.

Evidentemente, como eles sempre seguiram a teoria da auto-suficiência, tirando do próprio chão o máximo que podiam, tinham uma grande variedade de plantações menores, destinadas ao sustento das famílias e cujas eventuais sobras eram comercializadas. Takara-san dizia sempre que a locomotiva tinha de ser a batata. O que fosse produzido a mais e, depois de dividido pelas famílias, viesse a sobrar, então, sim, poderia ser vendido, mas o ganho com essa produção jamais deveria ser computado na receita do grupo, seria uma receita individual. O trabalho conjunto, que deveria gerar o ganho de todos, era na lavoura da batata.

Naquela época, o comércio de batata, em São Paulo, era totalmente controlado por um grupo de espanhóis e italianos que tinha armazéns perto do Mercado de Pinheiros, num local conhecido como Largo da Batata. Eram comerciantes duros, difíceis de lidar e muito unidos. Isso significava que havia um bem formado cartel e o preço praticado para a compra de batatas era o mesmo em qualquer armazém.

No início, ou seja, nas três primeiras colheitas do grupo de Takara-san, essa cartelização não chegou a atrapalhar. Porém, quando os japoneses passaram a levar para o mercado cada vez maiores quantidades de batata, os comerciantes controladores do comércio dessa mercadoria assustaram-se e acharam que os agricultores estavam ganhando muito dinheiro. Começaram a baixar os preços e a recusar as batatas caso o produtor não aceitasse o que eles se dispunham a pagar.

Com isso, as batatas tiveram de voltar para a fazenda e, em vez de serem comercializadas, passaram a engordar porcos, e muito depressa os japoneses tinham a melhor e maior criação de porcos de toda a região.

No entanto, Takara-san era sistemático e precavido. O foco de seu grupo era plantar, colher e vender batatas, e não criar e comercializar porcos, mesmo porque ele achava que esse tipo de negócio era muito mais arriscado. Assim, percebendo que, se continuassem a tentar colocar a produção por intermédio daquele grupo de italianos e espanhóis jamais conseguiriam progredir, ele reuniu seus companheiros para que providências urgentes fossem tomadas.

— Nossa próxima safra não poderá ser vendida dessa maneira — falou ele. — Não podemos continuar dependentes desses ladrões!

Depois de xingarem bastante os italianos e espanhóis — aí não mais apenas os comerciantes do Largo da Batata, mas toda a Itália e toda a Espanha —, Ryuiti sugeriu:

— Acho que deveríamos tentar vender diretamente para os consumidores. Não vamos mais usar intermediários. Podemos procurar os proprietários de quitandas, vendas, armazéns, hotéis, restaurantes e pensões. Entregaremos diretamente, e tenho certeza de que poderemos cobrar bem menos do que esses comerciantes.

A sugestão trazia em seu bojo um desafio: passar para trás aqueles homens que queriam explorá-los. E isso, além de tudo, era um autêntico prazer para o grupo de Takara-san.

— Vai dar trabalho — avisou Ryuiti. — E nós precisaremos comprar pelo menos dois caminhões. Porém estou certo de que valerá a pena.

Ele tinha razão. Começaram a vender sua produção diretamente e logo conseguiram um número de pedidos tão grande que a batata colhida na Fazenda dos Bacuris tornou-se insuficiente.

Quando o problema exigiu solução urgente, Ryuiti falou:

– Temos duas alternativas: ou ficamos como estamos, isto é, vendendo apenas o que conseguimos produzir, ou começamos a comprar para revender. – Deu uma risada e acrescentou: – O que quer dizer que vamos fazer exatamente o que aquela corja de espanhóis e italianos estava fazendo conosco!

Optaram pela segunda alternativa, porém com uma variante de extrema importância: eles não comprariam batatas de seus vizinhos, mas sim apenas levariam a produção deles para o consumidor e cobrariam as despesas de transporte e comercialização.

Estava lançada a pedra fundamental de uma associação que, pouco depois, nas mãos de Kenkiti Shimomoto, Harema Inoue, Tomekiti Kira e oitenta outros chefes de família, haveria de se transformar na poderosa Cooperativa Agrícola de Cotia.

XXIV

A partir do instante em que o grupo de Takara-san adquiriu a Fazenda dos Bacuris, muitas famílias de imigrantes japoneses começaram a aparecer pedindo para trabalhar como meeiros ou mesmo como empregados. Esse afluxo de mão-de-obra ajudou, e muito, no progresso da fazenda e na relação de todas aquelas pessoas que, de forma absolutamente natural, acabaram por constituir uma sociedade tipicamente nipônica, reacendendo hábitos e costumes que já estavam correndo o risco de se tornar coisas secundárias, uma vez que a coisa primária era produzir, ganhar dinheiro.

Para as crianças, era uma maravilha. Surgiram novas amizades e a escola teve de crescer. Com isso, foram contratados mais professores.

No entanto, as mais velhas começaram a ver esgotadas as possibilidades de estudo, ali na fazenda. Era preciso que deixassem a Bacuris e fossem buscar horizontes mais amplos na capital. Carlos Masakazu Fukugawa, Francisco Motoaki Nomura e Mário Kadota foram os primeiros a partir.

Com uma população maior, o velho sonho de Ryuiti e Yoshiro – criar uma escola de artes marciais – voltou à tona.

– No mínimo, estaremos ajudando a manter nossas tradições – falou Ryuiti.

Os dois antigos samurais mandaram construir um grande barracão, cujo chão foi forrado com tatames[31] feitos de palha dos caules de arroz da plantação da fazenda e recobertos por um encerado. Pessoalmente, fabricaram as *shinais*, espadas de bambu, menos perigosas nos treinamentos do que as de madeira – *bokens* –, e providenciaram com as mulheres do grupo os *bogus*, uma espécie de armadura de couro com elmo que cobria até os ombros, rígido o bastante para evitar ferimentos sérios na cabeça, pescoço e ombros.

Ryuiti e Yoshiro não se limitaram a ensinar os golpes do *kendô*[32], mas também faziam questão de transmitir a seus discípulos um pouco da história dos samurais, ou seja, uma complementação prática do que Nakazawa *Sensei* ensinava na escola.

Como decorrência natural das aulas de *kendô* e aproveitando o amplo espaço do barracão, alguns homens começaram a praticar o teatro nô e, logo em seguida, já podiam contar com espetáculos de *kabuki*[33].

Quase ao mesmo tempo, surgiu na fazenda um imigrante chamado Satoru Hasunuma, que propôs dar aulas de *aikidô*, uma arte marcial relativamente recente até mesmo no Japão, resultado de estudos e austeros treinamentos do mestre Morihei Ueshiba. Mais que uma luta, o *aikidô* é a busca da paz interior e da harmonia do homem com o Universo. As técnicas de movimento seguem rigorosamente as leis da natureza e, por isso mesmo, não exigem do praticante grandes esforços físicos.

Ryuiti exultou. Yoshiro e ele, além do treinamento de *kendô* e, para alguns, de *kenjutsu*, estavam dando aulas de jiu-jítsu, que, por ser uma arte marcial violenta, limitava bastante o grupo de praticantes, os quais obrigatoriamente tinham de ser jovens, ágeis e fortes.

---

[31] Forma aportuguesada de *tatami*. Esteira feita de palha de arroz utilizado como uma espécie de tapete sobre o piso das casas.
[32] Arte marcial da luta com espadas. É derivada do *kenjutsu*.
[33] Formas teatrais nipônicas. O teatro nô é eminentemente épico e o *kabuki* tende mais para o tragicômico.

Além disso, nenhum dos dois antigos samurais era realmente professor desse tipo de luta. A chegada de um verdadeiro *sensei* e, ainda mais, mestre numa arte marcial que possibilitava sua prática a qualquer pessoa era um presente do céu.

Em pouco tempo, a maioria dos japoneses da fazenda começou a treinar com Hasunuma *Sensei* e, para surpresa de todos, muitos brasileiros também quiseram se inscrever, os mesmos que não tinham manifestado nenhum interesse pelo *kendô* ou pelo jiu-jítsu.

Ryuiti, então, determinou que o *sensei* organizasse uma nova turma, só para os *gaijins*, já que eles precisariam de um intérprete.

Os brasileiros, e não apenas os que trabalhavam na fazenda como empregados, mas também os fazendeiros e sitiantes vizinhos, assim como comerciantes de Cotia e São Paulo, gostavam muito das festas que os japoneses promoviam em datas comemorativas e a Fazenda dos Bacuris se enchia de gente por ocasião do *Setsubun*, quando comemoravam o início da semeadura, e do *Kodomo-no-hi*, a festa das crianças, que era aglutinada com o *Shitchi-go-san*, a festa das crianças mais velhas, com 3, 5 e 7 anos de idade. Uma festa pela qual os brasileiros não se interessavam muito – aliás, o que seria mesmo natural – era o *Bunka-no-hi*, a festa da cultura, porque eles não conseguiam entender nada das peças de teatro nô e *kabuki* que eram representadas.

De qualquer forma, os brasileiros eram sempre muito bem-vindos às comemorações dos japoneses e ficavam impressionados com a fartura de comida e bebida que havia. Os anfitriões tinham, além de tudo, o cuidado de preparar também comidas ocidentais, a que os *gaijins* estavam acostumados, na mesma quantidade e variedade das japonesas. Os rapazes e moças incumbidos de servir os participantes da festa – convidados ou não, pois sempre havia muitos penetras, que eram tão bem recebidos quanto quaisquer outras pessoas – não deixavam os pratos ou os copos vazios, enchendo-os novamente assim que chegavam à metade, a despeito de eventuais recusas. Era preciso deixar o prato cheio e encostá-lo ao lado quando o comensal já estava satisfeito.

Nessas festas, apesar de todos serem tratados da mesma maneira, formavam-se sempre dois grupos, um de japoneses e outro de *gaijins*.

Essa separação, considerada natural por todos, era devida principalmente à diferença de idiomas. Contudo, preocupados em fazer com que todos se sentissem bem e à vontade, os japoneses determinaram que os jovens, cuja grande maioria já falava português, embora com bastante sotaque, se encarregassem de circular entre os dois grupos, estabelecendo uma espécie de ponte.

Dessa forma, a colônia de Cotia – espelho da maior parte das colônias de japoneses espalhadas pelo país – foi crescendo.

De ano a ano, aumentava o número de japoneses isseis[34] que chegavam do Japão para trabalhar na lavoura, nasciam mais nisseis[35] e agregavam-se *gaijins* que preferiam trabalhar com os japoneses, principalmente porque estes pagavam bem, corretamente e davam oportunidade de crescimento àquele que demonstrasse competência e força de trabalho.

Mas, por mais hospitaleiros que fossem, os japoneses continuavam a formar uma sociedade fechada e estanque. Não havia miscigenação, embora já começassem a se estabelecer amizades profundas entre famílias nipônicas e *gaijins*.

Os *gaijins*, nome dado a todos os "estrangeiros", fossem eles brasileiros ou imigrantes europeus e seus descendentes, admiravam muito os japoneses, principalmente aqueles que, por qualquer motivo, tivessem um convívio mais estreito com a colônia nipônica. Achavam inacreditáveis sua força de trabalho, sua persistência, sua cultura, mesmo não conseguindo compreendê-la muito bem, a beleza de seus trajes tradicionais, seu modo de enfocar a vida e de enfrentar os obstáculos.

E logo começaram a admirar sua capacidade intelectual, principalmente por meio dos nisseis, que, àquela altura, já freqüentavam escolas brasileiras e... se destacavam gritantemente nos estudos. Numa classe onde houvesse um japonês, era líquido e certo que este era o primeiro da turma, o que tirava melhores notas, o que sabia tudo. Ao mesmo tempo, evidentemente, era o que estudava mais.

Essa distinção gerava, entre os pais *gaijins*, admiração e, entre os estudantes *gaijins*, também inveja, uma vez que parecia não adiantar tentar competir com os colegas japoneses. O que eles não viam era

---

[34] Primeira geração em terra estrangeira. É o japonês que imigra.
[35] Segunda geração em terra estrangeira. É a primeira geração a nascer em outro país que não o Japão.

o esforço sobre-humano que os nisseis faziam para estar e permanecer à frente dos demais.

Os nipônicos estudavam febrilmente, passavam noites em claro até aprender determinado ponto. E, quando suas forças estavam chegando ao fim, lembravam-se da recomendação de seus pais:

– Temos de mostrar que somos superiores. Somos os melhores em tudo. O segundo lugar não é mais do que uma derrota.

Com Carlos Masakazu Fukugawa, Francisco Motoaki Nomura e Mário Kadota não foi diferente.

Terceira Parte
Nissei

I

Aoki *Sensei*, dono de uma pensão para estudantes isseis e nisseis, tinha sido encarregado pelos pais de todos os que estavam sob seu teto de ser o responsável pela continuidade da educação nipônica que haviam recebido em casa até o instante em que tiveram de deixar suas famílias para estudar. Era um homem de meia-idade, falava muito mal o português e, no Japão, tinha sido mestre-escola. Além disso, servira na Marinha de Guerra e, justamente por isso, levava a disciplina com mão de ferro, num regime quase militar.

Para Masakazu, cujo pai era um antigo samurai, não houve nenhuma diferença. Porém, para os outros dois, filhos de imigrantes que, no Japão, eram simplesmente agricultores, o regime disciplinar de Aoki *Sensei* parecia, muitas vezes, tirânico. Contudo, apesar de um bocado de sofrimento nas semanas iniciais, eles se adaptaram e, em pouco tempo, estavam tão "militarizados" quanto o próprio Masakazu e, sob alguns aspectos, até mais.

Graças a essa disciplina, não reclamaram quando Aoki *Sensei* decidiu que os três iriam para escolas diferentes.

— Vocês não podem competir entre si. Precisam mostrar que são os melhores alunos, têm de tirar as melhores notas. Por isso, cada um irá para um colégio diferente e será o melhor de sua turma.

Masakazu foi matriculado no Colégio Santo Alberto; Motoaki, no São Bento; e Kadota, no São Francisco Xavier. Como não podia deixar de ser, logo no primeiro mês já eram os primeiros de suas classes. Para eles, isso era mais do que natural, era sua obrigação. Entretanto, para alguns de seus colegas *gaijins*, o fato de terem sido superados pelos japoneses tinha o sabor de uma afronta.

Na classe de Masakazu, especialmente um desses *gaijins*, um filho de italianos chamado Ludovico Alberti, que até então tinha sido considerado o melhor aluno, sentiu-se terrivelmente humilhado. Alberti, além de ser bom aluno, era um indivíduo grande, forte como um touro e muito valente. Achou que não tinha cabimento aquele japonês tirar-lhe o primeiro lugar; afinal de contas, tinha acabado de chegar ao colégio, não falava muito bem o português e, no entanto, nas provas... Masakazu não cometia um só erro.

— Você nem fala direito nossa língua! — falou Alberti para Masakazu, de forma agressiva. — Não é possível que não tenha copiado do livro, na hora da prova!

— Eu estudei — respondeu Masakazu. — Apenas estudei e... aprendi!

— Eu também estudei! — protestou Alberti. — E sei toda a matéria! Mesmo assim, tirei noventa e você, cem!

— Não tenho culpa se aprendi melhor do que você — respondeu Masakazu, encerrando a discussão e começando a se afastar.

Porém Alberti estava querendo mais do que uma simples discussão. Acostumado a ser respeitado e temido pelos outros colegas por causa de seu tamanho e de sua força física, agarrou o braço de Masakazu, dizendo:

— Estou falando com você, japonês de uma figa! E estou dizendo que você colou na prova!

Masakazu sorriu e, muito calmo, falou:

— Não colei. Nem sei o que é isso. E, por favor, largue meu braço, tenho de voltar para a sala.

Alberti rosnou alguma coisa e ergueu a mão para dar um tapa no rosto de Masakazu.

Alguns colegas que estavam por ali assistindo à discussão chegaram a fechar os olhos, já imaginando a tapona que o japonês receberia.

Contudo, isso não aconteceu. Quando Alberti começou a descer a pesada mão na direção do rosto de Masakazu, este se apoiou no braço que estava preso pelo colega, girou nos calcanhares e, segurando o paletó de Alberti, aplicou-lhe um perfeito *harai-goshi*[36], jogando-o no chão. Imediatamente, segurando o antebraço do adversário, usou sua coxa como ponto de apoio e obrigou-o a girar, ainda caído, num *shihô-naghê*[37], que, além de imobilizar o grandalhão, fez com que ele soltasse um grito de dor.

Mantendo-o no chão, Masakazu disse:

— Não pense que, por você ser maior ou mais forte, pode fazer o que quiser... Não se esqueça disso!

Depois desse incidente, Alberti passou a respeitar Masakazu não apenas por sua habilidade na luta, como também e principalmente por seu conhecimento em tudo quanto dizia respeito aos estudos. Tornaram-se amigos, passaram a estudar juntos e, nos fins de semana, quando as tarefas escolares o permitiam, Masakazu ia para a casa de Alberti, na Mooca. O convívio com a família *gaijin* teria fundamental importância para seu futuro, uma vez que foi com ela que o jovem nissei começou a entender as diferenças entre os japoneses e os *gaijins*, bem como a admirá-los e respeitá-los.

Com Motoaki e Kadota foi um tanto diferente.

Apesar de também se destacarem nos estudos, a vida social dos dois foi bem mais restrita. Não se interessaram em conviver com os *gaijins*, limitando o relacionamento com eles unicamente ao que se referia às aulas. Nas folgas, saíam sempre os dois juntos, continuavam a falar japonês e a freqüentar outras famílias da colônia. Não se encabulavam por mostrar a quem quisesse ver que não tinham a menor intenção de se ocidentalizar.

Um dia, quando Masakazu os convidou para um piquenique junto com a família Alberti, Motoaki e Kadota recusaram, alegando que os *gaijins* não gostavam deles e, portanto, não estariam à vontade.

— Não podemos nos fechar como ostras — argumentou Masa-

---

[36] Golpe de judô em que o lutador usa os quadris como alavanca e uma das pernas como ponto de apoio.
[37] Chave de braço.

kazu. – Vivemos no Brasil, somos brasileiros porque nascemos aqui e não está certo não querer conviver fora de nossa colônia!
– Eles não sabem nem conversar! – retrucou Motoaki. – Os assuntos deles são futebol e mulheres. Isso não nos interessa. Ainda se falassem sobre coisas úteis...
– Devemos aceitar as pessoas como elas são – falou Masakazu. – O isolamento não leva a nada. Nós vamos nos formar, eu quero ser médico e vocês já disseram para mim que querem estudar engenharia. Teremos profissões cujo sucesso vai depender, além de nossa competência, de nosso relacionamento com os *gaijins*. Se ficarmos isolados, estaremos limitados a nossa gente, a nossa colônia! E vocês acham que teremos trabalho suficiente só com eles? Acham que não vamos precisar trabalhar também para os *gaijins*?

II

O bom relacionamento de Masakazu com os *gaijins* era visto com indiferença por seus pais e pelos demais componentes do grupo de Takara-san. Ele estava estudando e vivendo no meio de brasileiros, portanto era natural que se relacionasse com eles, que fizesse amizades entre os não-japoneses. De mais a mais, Ryuiti e Yoko estavam muito orgulhosos do desempenho do filho na escola, não havia o menor motivo para admoestações. E, quando ele voltava para a fazenda, não tinha descanso: além de continuar estudando, não era preciso nem mesmo pedir-lhe que ajudasse; Masakazu acordava antes de todos e o sol o encontrava já na lida do campo, as mãos na enxada, trabalhando duro como qualquer outro do grupo.

O mesmo se dava com Motoaki e Kadota. O fato de estarem estudando na capital não significava que fossem melhores ou diferentes dos demais da colônia. Por isso, nos fins de semana e principalmente nas férias escolares, trabalhavam de sol a sol limpando as lavouras, preparando a terra, arando, semeando, colhendo...

Os três rapazes eram tidos como exemplos de bons filhos tanto pelos próprios japoneses quanto pelos brasileiros que os conheciam e que viam como eles eram esforçados e dedicados.

Não tardou para que as mulheres – as mães – começassem a arquitetar casamentos. Todas queriam, para suas filhas, maridos como eles.

Desde sempre, no Japão, a prática do *omiai*[38] foi considerada a melhor solução para o aumento e manutenção de fortunas. Um casamento adequadamente combinado fazia com que duas famílias se aproximassem por laços de sangue, o que literalmente levava à não dispersão de heranças, especialmente quando estas significavam a posse de terras.

Essa é a explicação encontrada pelos ocidentais. Contudo, há outras razões para o *omiai* que transcendem a parte meramente material e que estão fundamentadas no fato de que, entre os japoneses, o comando absoluto da família – o que inclui o casamento dos filhos – é do patriarca e da matriarca. Isso vale dizer que num grupo familiar quem acaba mandando na vida dos netos são os avós.

No caso da colônia da Fazenda dos Bacuris, como não havia ainda nenhum avô para a geração de nisseis, a última palavra teria de ser – ainda que por mera formalidade – de Takara-san. E este tinha grande interesse que um daqueles três rapazes se tornasse marido de Norie, sua filha caçula. O primeiro da lista era Carlos Masakazu Fukugawa.

Os comentários sobre as pretensões da família Takara correram como o vento e logo toda a fazenda tinha como certa a união de Masakazu com Norie. Entretanto, eles ainda eram jovens demais, não poderiam se casar tão já. Assim, as respectivas mães não tinham outra coisa a fazer a não ser preparar o enxoval e... meter na cabeça dos dois que, dentro de alguns anos, seriam marido e mulher.

Masakazu nada teria contra a combinação que estava sendo feita, não fosse o "dentro de alguns anos". Ele conhecia muito bem o sistema e sabia que esse prazo seria muito mais curto do que aquele que tinha estipulado para se formar médico e se especializar.

Norie pensava de maneira diferente. Não estava se importando com os sonhos de carreira do futuro marido, mas sim com o casamento em si. Se ela gostava ou não do rapaz, era algo que tampouco interessava. O tempo faria com que esse sentimento surgisse e, de mais a mais, ela estaria casada, e isso era o principal. Uma mulher japonesa solteira não era considerada como as outras, casadas. E ela não queria ser discriminada. Assim, logo que soube das intenções de seus

---

[38] Combinação de duas famílias para o casamento de seus filhos.

pais e da família Fukugawa, achou que era uma idéia maravilhosa e começou a se preparar e a tentar convencer Masakazu de que ele poderia continuar a estudar mesmo depois de casado.

Isso não estava nos planos do rapaz. Ele sabia perfeitamente que seria muito mais difícil alcançar suas metas tendo de levar nas costas uma família e receava ter de mudar radicalmente seus projetos de vida.

Masakazu já estava começando a arrancar os cabelos em busca de uma solução para o problema que se avizinhava a cada mês quando aconteceu a crise da Bolsa de Nova York.

III

O *crack* de 1929 atingiu o mundo inteiro.

Em São Paulo, bancos quebraram, indústrias faliram, grandes casas comerciais foram obrigadas a fechar as portas. Fortunas até então tidas como inabaláveis rodaram como água de enxurrada.

Na agricultura, a crise atingiu principalmente os cafeicultores e os exportadores de café. O produto, até então considerado garantia de solidez, de um dia para o outro perdeu totalmente seu valor, a saca de café não valendo mais nem mesmo o preço da juta utilizada para confeccionar o saco. Fazendas foram entregues para o pagamento de dívidas, houve ruína e suicídios.

De modo geral, os japoneses também sofreram enormemente com a situação. Porém, como eles jamais foram adeptos da monocultura, seu prejuízo foi pouca coisa menor e, portanto, menos difícil de ser administrado.

Embora a batata, por exemplo, tivesse caído vertiginosamente de preço, chegando a menos de 10 por cento do valor real de venda, os outros produtos de necessidade básica mantiveram sua comercialização por preços não tão aviltantes. Por outro lado, batata, abóbora, cenoura, mandioca e hortaliças podiam ser facilmente processadas para que fossem dadas como alimento para porcos, galinhas e até mesmo gado. Num raciocínio bastante otimista, não haveria uma perda muito grande, pois o povo, mesmo em crise, precisava continuar a comer arroz, feijão, farinha, carne... E os japoneses dispunham desses produtos.

Já os grandes cafeicultores só tinham café para vender. O que as pequenas hortas e pomares produziam era insuficiente para a manutenção dos caríssimos sistemas de cafeicultura e, naquela época, mal se pensava em agricultura de subsistência – que, na verdade, era a base da filosofia agrícola dos japoneses. Entre estes, a família inteira pegava na enxada para trabalhar e a produção obtida destinava-se, em primeiro lugar, ao consumo interno e só então o excesso era comercializado.

Na Fazenda dos Bacuris não era diferente.

A crise, obviamente, também a atingiu, com a necessidade de uma drástica redução de despesas, com a diminuição dos investimentos e com a obrigatoriedade de uma dispensa maciça de mão-de-obra.

Contudo, nesse último item, notou-se uma profunda diferença entre as fazendas de brasileiros e as de japoneses, especialmente a Fazenda dos Bacuris: os empregados não quiseram ir embora e pediram para continuar a trabalhar em suas terras como meeiros. Em troca, além do pagamento decorrente da meação, eles prosseguiriam com os serviços básicos da fazenda.

Não era de admirar que eles preferissem assim. Os patrões japoneses pagavam bem, eram corretos e igualavam-se a seus empregados, não estabelecendo os degraus de diferenciação entre patrões e funcionários que tanto caracterizavam os fazendeiros brasileiros.

Assim, tanto o peão quanto o dono da terra pegavam no cabo da enxada da mesma maneira; em tempo de trabalho, todos faziam as refeições juntos, partilhando a mesma comida, e usavam o mesmo tipo de roupa durante o serviço. E, acima de tudo isso, os patrões japoneses sempre se dirigiam a seus empregados de maneira cortês e respeitosa, o que não era comum acontecer entre os fazendeiros brasileiros – inclusive entre os imigrantes ocidentais e seus descendentes que enriqueceram e se tornaram fazendeiros.

Como conseqüência, a situação gerada pela crise de 1929 possibilitou a muitos japoneses um formidável progresso patrimonial, uma vez que eles dispunham de dinheiro em casa – poucos usavam os bancos –, tinham produção comercializável e não se preocupavam com imagem social, ou seja, não davam a mínima importância ao fato de serem vistos empurrando um arado, carpindo uma plantação ou carregando sacos, mesmo sendo os donos da fazenda. Isso jamais acontecia com os quatrocentões brasileiros, que tinham verdadeira vergonha de serem vistos num trabalho braçal qualquer. Preferiam a morte a ter as mãos calejadas pelo trabalho pesado.

Com isso, os japoneses puderam adquirir, a preços muito baixos, grandes extensões de terra, principalmente no noroeste do Estado de São Paulo, no norte do Paraná e em regiões do lado de lá do Rio Paraná, hoje Estado do Mato Grosso do Sul.

O grupo da Bacuris, nessa época começando a ser liderado por Ryuiti Fukugawa, uma vez que Takara-san já sentia o peso dos anos e do excesso de trabalho, comprou terras na região de Lins, de Dourados e de Maringá.

– Vamos precisar nos dividir para tocar essas fazendas – disse Ryuiti.

Em comum acordo com Takara-san, ele determinou que as propriedades fossem divididas entre os componentes mais antigos do grupo, ou seja, entre as oito famílias que tinham vindo do Japão a bordo do *Kasato Maru*, em 1908. Assim, Takara-san e Ryuiti ficariam na Fazenda dos Bacuris; Yoshiro Kasai e Takao Kadota iriam para Maringá; Toshiaki Nomura e Shogi Yamada tocariam a fazenda de Dourados; e, finalmente, Kenji Yamauchi e Hideaki Suzuki ficariam incumbidos da Fazenda São José, em Lins.

Naquela ocasião, Takeshi Nakazawa, que continuava com o grupo e dirigia não apenas a escola da Fazenda dos Bacuris, mas toda a parte cultural do grupo, sugeriu que as escrituras das terras fossem transferidas para os filhos brasileiros mais velhos.

– Podemos estar muito bem neste país – disse ele –, mas nao deixamos de ser estrangeiros. Tenho visto que muitos italianos agiram dessa forma, tornando seus filhos nascidos aqui os donos legais de suas propriedades. De repente, pode surgir uma lei que impeça estrangeiros de serem proprietários de terras... É sempre melhor prevenir do que tentar remediar.

O conselho de Nakazawa *Sensei* foi seguido e, como todas as famílias, com exceção da de Takara-san, tinham filhos homens nascidos no Brasil, as escrituras foram lavradas em nome destes. Assim, a Fazenda dos Bacuris, em Cotia, ficou para Masakazu Fukugawa; a Fazenda São José, em Lins, para Yasuki Yamauchi e Hiromiti Suzuki; a Fazenda Rio do Ouro, em Dourados, para Motoaki Nomura e Eiji Yamada; e a Fazenda Toca da Onça, em Maringá, para Kazumi Kasai e Yataro Kadota.

Essa divisão não significava que tivesse acontecido qualquer desagregação ou cisão do grupo, muito pelo contrário. Todos continuariam a trabalhar no mesmo regime, o caixa único seria mantido e, mais do que nunca, imperaria o regime do cooperativismo.

IV

A década de 1930 não trouxe muitas alterações para a maioria dos imigrantes japoneses e seus descendentes.

Eles evitavam qualquer envolvimento com a política. O governo getulista, sedento por prosperidade em todos os sentidos, tinha plena e perfeita consciência de que o trabalho – principalmente na agricultura – que os japoneses vinham realizando era de extrema importância para o abastecimento do país.

Foi no final da década de 1930 e início dos anos 40 que os primeiros doutores nisseis começaram a aparecer. Em 1937, Kadota e Motoaki formaram-se em engenharia e, no ano seguinte, Masakazu tornou-se médico.

Durante todo esse tempo, ou seja, enquanto os rapazes estavam cursando suas respectivas faculdades, as velhas do grupo cuidaram de alinhavar seus casamentos, de acordo com o sistema e hábito do *omiai*. Assim, Kadota casou-se com Taeko Kasawara, filha de um vizinho de fazenda em Maringá, e Motoaki desposou Eiko Matsuda, filha mais velha de Tadao Matsuda, importante comerciante em Dourados. Uma vez formados e casados, mudaram-se para as cidades das respectivas esposas e iniciaram a vida tocando as fazendas e, ao mesmo tempo, desempenhando a profissão de engenheiros.

Masakazu Fukugawa deveria ter se casado com Norie Takara, mas isso definitivamente não estava em seus planos, pelo menos naquele momento, e possivelmente nos próximos anos, uma vez que sua meta era especializar-se em cirurgia e ele tinha certeza de que, se casasse, jamais conseguiria se dedicar integralmente aos estudos e ao treinamento cirúrgico.

Falou exaustivamente a respeito disso com sua mãe – Ryuiti não queria se envolver em nenhum *omiai* –, mas foi em vão. Yoko achava que o filho tinha de casar, não poderia continuar solteiro.

– Você não pode protelar mais – disse ela. – Daqui a pouco Norie estará velha demais para ter filhos!

Masakazu já estava prestes a desistir de lutar por sua condição de solteiro – ele acabaria por admitir o casamento apenas para não desobedecer e desgostar à mãe – quando foi salvo por uma circunstância, na realidade, trágica.

Ele faria aniversário no mês seguinte e tinha decidido que, durante a comemoração – à qual Norie inevitavelmente compareceria –, falaria para a mãe que poderia marcar o casamento para o início do próximo ano.

Começou a se preparar para o evento: mandou fazer um terno novo, comprou sapatos, camisa... Com a ajuda de Norma Alberti, irmã mais velha de Ludovico, montou um enxoval pequeno, mas completo. Quinze dias antes de seu aniversário, estava com tudo pronto.

– Você já pode casar! – disse Norma, satisfeita com o próprio trabalho. – Agora só resta marcar a data, pois a noiva, tenho a impressão de que você já tem...

Masakazu sorriu, um tanto sem jeito, e pensou: "É... A noiva eu já tenho, mesmo... Ainda que não seja bem exatamente a pessoa que eu queria...".

Naquela noite, ao chegar à pensão de Aoki *Sensei*, o velho professor chamou sua atenção:

– Você precisa ver por que está tossindo tanto, Fukugawa-san... Tenho reparado que você tosse muito, parece que está sempre com alguma coisa a lhe atrapalhar a garganta.

Bem se diz que em casa de ferreiro o espeto é de pau... Masakazu, médico formado – e competente, por sinal –, precisou que um leigo lhe dissesse que estava tossindo. E, nesse instante, valorizou outros três sintomas que nem sequer tinha notado: suava muito à noite, tinha sensação de febre todos os finais de tarde e sentia-se constantemente cansado.

– Devo estar com alguma infecção – falou ele. – Não se preocupe, *sensei*... Vou cuidar disso.

Porém, no dia seguinte, a correria do trabalho, as obrigações no hospital e as preocupações naturais de quem é responsável com o que faz levaram-no a, mais uma vez, esquecer-se por completo de si mesmo.

E, então, menos de uma semana depois de Aoki *Sensei* ter falado a respeito de sua tosse, escarrou sangue.

Desesperado, desconfiou da realidade e no mesmo dia correu a fazer os exames.

Suas suspeitas foram confirmadas: tuberculose. E tuberculose miliar hematogênica, a pior forma da doença. Era um caso perdido, segundo seus colegas, seus professores e ele mesmo.

Masakazu passou seu aniversário num leito do Sanatório São Francisco Xavier, em Campos do Jordão, absolutamente isolado, terrivelmente deprimido, ciente de que não poderia esperar mais nada a não ser a morte.

Muito católica, no mesmo mês Norie entrou para o Convento das Carmelitas, dizendo que dedicava esse sacrifício em prol da cura de Masakazu.

– Talvez Deus troque sua vida por minha liberdade – disse ela.

E Deus, provavelmente, aceitou essa oferenda...

Masakazu, que a cada anoitecer despedia-se da luz do sol com a certeza de que não veria o dia amanhecer, foi melhorando aos poucos, surpreendendo os médicos tisiologistas, que, àquela altura, já o davam como um caso sem a menor possibilidade de salvação.

No entanto, ele melhorou, engordou e, como seus exames ficaram negativos, quase um ano depois de ter chegado a Campos do Jordão teve alta clínica.

– Você vai sair do hospital – disse-lhe o doutor Fausto Camargo, diretor clínico do sanatório, que se tornara seu amigo –, mas não poderá voltar para São Paulo tão cedo. É melhor que fique em Campos do Jordão pelo menos por mais um ano ou dois e, para que não fique sem fazer nada, posso arranjar-lhe um cargo de médico assistente aqui no próprio sanatório.

Ciente de que era a única possibilidade de exercer sua profissão e certo de que não mais poderia se dedicar como gostaria à cirurgia, Masakazu aceitou e, logo na semana seguinte, estava morando numa pensão na Vila Abernéssia, começando a atender os casos de tuberculose que chegavam – naquela época, aos borbotões – ao sanatório.

Foi assim, graças a esse trabalho, que ele conheceu Maria de Lourdes Nápoles Figueiredo, filha de Nelson Moura Figueiredo, um dos primeiros grandes pecuaristas do Vale do Paraíba.

V

— Sinto muito, seu Nelson — disse o doutor Masakazu para o pai da moça que, havia poucos instantes, deixara seu consultório —, mas o diagnóstico é esse mesmo. Tuberculose. Ela precisa ficar internada. Naquela época, esse diagnóstico tinha quase o mesmo peso de uma sentença de morte. Altamente contagiosa e freqüentemente mortal, de uma forma ou de outra a tuberculose não perdoava. Se não matasse, deixava a pessoa socialmente morta, tornava-a segregada da sociedade. Ninguém queria se aproximar de um tuberculoso, mesmo que já fosse sabido por todos que ele estava com os exames negativos e que não mais constituía qualquer perigo de contaminação.

Exatamente por isso, as famílias mais diferenciadas faziam questão absoluta de esconder a doença se esta aparecia, por desgraça das desgraças, em qualquer um de seus membros. Assim, uma internação num sanatório era algo literalmente fora de qualquer cogitação, uma vez que, a partir daí, seria muito difícil amortalhar a doença.

— Não! — exclamou Nelson Figueiredo, com o horror estampado no rosto. — Ela não pode ficar internada! Seria uma vergonha para a família inteira!

Masakazu meneou negativamente a cabeça e insistiu:

— Não há como garantir um tratamento eficaz sem a internação. E, de mais a mais, é preferível a vergonha à certeza do luto... Maria de Lourdes morrerá em menos de seis meses se não for convenientemente medicada.

Nelson Figueiredo baixou os olhos, esforçando-se para segurar as lágrimas. Depois de alguns instantes, falou:

— Deve haver outra maneira. Ela tem de ficar em casa. O que ela pode ter num hospital que eu não lhe possa dar em casa? Posso pagar enfermeiras, posso pagar um médico, remédios... Tudo! Não há diferença entre ficar em casa ou no sanatório!

— Seu dinheiro não pode comprar o clima de Campos do Jordão, seu Nelson... — argumentou Masakazu. — E pode apostar que é o fator mais importante.

Nelson sorriu. Com expressão esperançosa, disse:

— Pois até isso posso comprar! Basta que eu adquira uma casa aqui em Campos do Jordão! E, se o senhor fizer questão, vizinha ao

sanatório, que é para ninguém poder dizer que há qualquer diferença de clima, mesmo que seja por causa de 50 ou 100 metros!
— Mas... e o atendimento, a assistência? — inquiriu o médico.
— Isso é o mais simples. Contratarei quantas enfermeiras precisar. E o senhor será o médico de Maria de Lourdes. — Abriu um sorriso e completou: — Não se preocupe com dinheiro, doutor. Sei muito bem quanto ganha um médico aqui em Campos do Jordão e sei que o senhor não precisará dispor de mais do que uma ou duas horas por dia com minha filha. Pois eu lhe pagarei o dobro de seu salário mensal por essas poucas horas.

Masakazu não teve mais como argumentar. Muito embora não precisasse de dinheiro, não era nada ruim tal acréscimo em seus ganhos.

Aceitou a missão. Fez uma longa lista de exigências: pediu que ele comprasse uma cama hospitalar, medicamentos, cubas e muitas outras coisas, falou que precisaria no mínimo de três enfermeiras trabalhando em regime de plantão — ou seja, cada uma ficaria com a doente por 24 horas e descansaria por 36 —, exigiu que a cozinha tivesse algumas características especiais e arrematou dizendo:

— Além do clima, outro fator de suma importância para que se possa ao menos tentar a cura de Maria de Lourdes é a alimentação. Ela precisará comer proteínas, legumes, frutas... Isso não pode faltar de maneira alguma!

Nelson aquiesceu com um sinal de cabeça e disse que seria a parte mais fácil; sua filha teria do bom e do melhor para comer, nem que ele precisasse comprar uma fazenda no alto da serra para suprir a despensa de alimentos.

No dia seguinte, a casa estava comprada.

Pedro Paulo, dono de uma loja de calçados na Vila Abernéssia, possuía uma casa muito confortável em Jaguaribe. Foi por acaso que Nelson soube disso. Tinha entrado na loja de Pedro e, enquanto experimentava uma botina que lhe agradara, comentou sobre o desejo de comprar uma casa em Campos do Jordão.

Árabe de origem e já por genética bom negociante, Pedro Paulo pressentiu a oportunidade de ganhar algum dinheiro e perguntou:

— Até quanto o senhor pretende gastar?

Nelson embatucou. Ainda não tinha pensado nisso, não tinha tido tempo de se informar sobre o valor dos imóveis em Campos do Jordão.

— Não sei... — murmurou. — Depende da casa...

O faro comercial de Pedro Paulo fez com que ele raciocinasse depressa. Aquele homem, que, pelos trajes e pelo modo de falar, deveria ser um fazendeiro, não estava querendo comprar uma casa na montanha apenas pelo prazer de ter onde passar temporadas, fossem elas de inverno ou de verão. Bem ao contrário, essa teoria talvez fosse admissível se ele estivesse querendo adquirir um imóvel no litoral. Portanto, ele estava querendo instalar em Campos do Jordão algum parente tuberculoso... Logo, pagaria muito bem por uma casa.

— Os imóveis aqui estão pela hora da morte... — falou Pedro Paulo. — Tudo anda muito caro!

Ouviu exatamente o que queria:

— Como eu disse, depende da casa. Se me agradar...

— Pois tenho uma casinha ali no Jaguaribe que é capaz de satisfazer o senhor. Se quiser vê-la...

Menos de duas horas depois, o árabe já tinha assinado o recibo do sinal pela compra da casa e estava azucrinando o tabelião, José Mendes, para que se apressasse em lavrar a escritura da casa que ele acabara de vender, seguramente, por três vezes o valor real.

Mas dinheiro, efetivamente, não era o que estava preocupando Nelson Figueiredo. Ele estava realizado. Tinha conseguido a casa — que por sinal era excelente — e, com isso, resolvera o problema da filha. Restava apenas instalá-la e contratar uma dama de companhia. As enfermeiras ele deixaria a cargo do doutor Masakazu.

— Com certeza, ele vai saber escolher muito melhor do que eu — disse para a esposa.

Tinha razão. Masakazu não só encontrou três enfermeiras competentes e dedicadas, como também uma boa cozinheira e uma arrumadeira.

— Minhas enfermeiras cuidarão da saúde de Maria de Lourdes. Cozinhar e arrumar a casa é outro departamento que exige o trabalho de outras pessoas — explicou ele.

Uma semana depois, Maria de Lourdes estava devidamente instalada numa cama hospitalar, em sua própria casa, tratada como uma rainha e, pelo menos aparentemente, feliz.

— Ela vai estar bem — garantiu o médico quando Nelson e sua esposa se despediram. — Pode ir tranqüilo, não deixarei que falte nada para Maria de Lourdes.

VI

Maria de Lourdes era uma moça bonita, delicada, sensível; seus cabelos castanhos, quase negros, emolduravam um rosto de traços suaves e ela tinha o olhar meigo de quem está sempre pedindo um carinho. A doença emagrecera-a muito, mas ainda assim era possível notar que era dona de um corpo que, uma vez novamente "recheado", não seria menos do que escultural.

Bastante culta, tinha acabado de se formar em filosofia e era uma autêntica devoradora de livros. Gostava de estudar, de aprender, de saber. Exatamente por isso, decidiu que haveria de conhecer tudo que fosse possível sobre a doença que tão traiçoeiramente a acometera e, literalmente, usava Masakazu como seu orientador.

– Se você continuar a estudar tuberculose desse jeito, daqui a pouco vai saber muito mais do que eu! E, daí, não vai mais precisar de mim! – disse ele, certa vez.

– Posso aprender a teoria, a fisiopatologia e até mesmo a farmacologia da tuberculose – respondeu Maria de Lourdes –, mas jamais conseguirei desenvolver a parte clínica. Esse é um dom que não possuo. Por isso, não precisa ficar com medo; seu emprego está garantido enquanto eu estiver doente.

– Nesse caso, vou dar um jeito de prolongar o mais possível esse tratamento – brincou Masakazu.

Em contrapartida, enquanto Maria de Lourdes explorava os conhecimentos médicos do rapaz, este não deixou por menos e começou a estudar filosofia com ela. Sempre gostara dessa matéria, mas nunca tivera tempo para se dedicar a fundo a seu estudo.

Porém estudar com Maria de Lourdes era diferente. Ele sentia um verdadeiro prazer em discutir com ela os pontos polêmicos de Sócrates, Sófocles, Platão e muitos outros clássicos gregos.

E, quando chegou ao positivismo de Kant, passou uma tarde inteira de domingo ouvindo a moça discorrer sobre o estado natural do homem, a satisfação das necessidades básicas, a liberdade e a verificação de que a sociedade deprava o ser humano, sendo a fonte primária de todos os seus males.

– Rousseau já afirmava que a sociedade obriga o homem a

criar novas necessidades e isso o leva a novas e desnecessárias privações – disse Maria de Lourdes.

– Pode ser – concordou Masakazu –, mas foi graças a essas novas necessidades praticamente impostas pela sociedade que o homem evoluiu. Caso contrário, estaríamos até hoje na Idade da Pedra.

– Você fala como se eu fosse positivista e precisasse ser convencida de que essa filosofia, no fundo, é bastante sofismática... – reclamou a moça. – No entanto, eu não penso como Rousseau e muito menos como Kant!

Com o tempo, das discussões filosóficas passaram para conversas mais intimistas, Maria de Lourdes falando sobre sua vida de moça rica e Masakazu contando-lhe sobre as dificuldades da vida na roça.

– Mas também há prazeres – disse ele. – Há muita alegria, sempre há a esperança de a próxima safra ser melhor do que a anterior... E há a natureza. É muito bom viver ligado à natureza e, de alguma forma, conseguir interferir e até mesmo alterá-la.

Com um sorriso, explicou:

– Sim, alterar a natureza... Isso acontece porque plantamos em determinado lugar coisas que não são naturais de lá. Acontece porque desmatamos e cultivamos o solo, desviamos riachos, abrimos estradas... Mas, sempre que mexemos com a ordem natural das coisas, nós, japoneses, procuramos compensar. Reflorestamos com árvores que poderão ser derrubadas mais tarde para servir como lenha ou como madeira estrutural, semeamos flores para que as abelhas possam produzir mel, deixamos os restos das colheitas de grãos para os pássaros e animais silvestres poderem se alimentar... Em resumo, não destruímos; ao contrário, respeitamos a natureza. O que, na verdade, tem tudo a ver com o xintoísmo, a única religião genuinamente japonesa.

– E como é a base dessa religião? – quis saber Maria de Lourdes. Masakazu sorriu e disse:

– É complicada... Principalmente para uma *gaijin* criada em colégio de freiras e que...

– Você está sendo segregacionista! – interrompeu a moça. – Sem contar que está sendo indelicado e me chamando de burra! Acha, então, que, por ser brasileira e católica, não serei capaz de entender o xintoísmo? Esqueceu que sou formada em filosofia?

Acha que sua religião é mais difícil de compreender do que as teorias e o empirismo da teodicéia?

– Já estava esperando que você dissesse tudo isso – falou Masakazu, com uma risada. – Quis apenas provocá-la... – E, assumindo um tom de voz professoral, ele começou: – Embora o nome "xintoísmo" tenha sua origem no chinês *xin-tao*, que significa "o caminho dos deuses", é a única religião que se confunde com as origens do próprio povo japonês. Ou seja, ela traz uma tentativa mitológica para explicar como começou o Japão, ou Yamato, como era chamado muito antigamente. Por isso, para entender a cultura japonesa, é fundamental conhecer o xintoísmo; somente com sua compreensão é possível entender boa parte do comportamento nipônico, sua capacidade de adaptação e absorção de novos valores e idéias, a valorização da saúde, da higiene e da contínua preservação da natureza. E tudo isso ao mesmo tempo mantendo vivas as tradições. Aliás, esta é uma característica forte do xintoísmo: a harmonia com a natureza. O praticante procura integrar-se com a natureza num comportamento simbiótico. É dela que ele tira seu sustento, afinal de contas... Mas, em contrapartida, também deve retribuir, preservando-a e reconstituindo aquilo que, única e exclusivamente por necessidade, foi obrigado a destruir. Dessa forma, a sobrevivência depende do entendimento do ser humano com toda a estrutura vital a sua volta.

Tomou fôlego e prosseguiu:

– O xintoísmo tem como base uma mitologia panteísta com inúmeras divindades que atribuem valor sagrado a todos os elementos da natureza. Dentro dessa concepção, tudo que existe no Universo é divino, está interligado e é interdependente de tal forma que não só os seres vivos, mas o vento, a água, as pedras, a montanha e todos os níveis invisíveis da natureza coexistem em harmonia e tiveram origem na mesma fonte.

– Até agora, você traçou o perfil de uma filosofia de vida, não de uma religião – protestou Maria de Lourdes.

– É verdade – concordou Masakazu. – Muitos estudiosos não consideram o xintoísmo uma verdadeira religião em razão da ausência de elementos dogmáticos tais como códigos de leis, profetas ou um livro sagrado como a Bíblia ou o Alcorão. Além disso, sua prática não implica o abandono total ou o repúdio de outras formas de crença. Não se trata de uma concepção exclusivista, e o xintoísmo convive pacífica e até complementarmente com outras práticas religiosas.

Apanhou papel e lápis para facilitar sua explicação e continuou:
– A base mitológica do xintoísmo não é nem um pouco diferente daquela do cristianismo ou do judaísmo: o princípio de tudo era uma amorfia desordenada, ou seja, o caos. Desse caos separaram-se duas forças antagônicas, que seriam o Bem e o Mal, e cinco grandes deuses. – Escreveu os nomes desses deuses e disse: – O último deles, o que nos interessa mais diretamente, Amenotokatachi, deu origem a sete gerações divinas e a cinco casais também divinos. Desses casais, vale a pena falar apenas do último, constituído por Izanagui, o homem, e Izanami, a mulher, que foram os criadores do arquipélago japonês, modelando de uma massa disforme cada uma de suas ilhas. Os filhos de Izanagui e Izanami representam as forças da natureza. Porém, no último parto, quando Izanami deu à luz o deus do fogo, ela morreu. Izanagui, revoltado, cortou a cabeça do filho, e de seu sangue surgiram outras dezesseis divindades. Em seguida, Izanagui desceu ao Reino do Mal em busca da mulher.

– Mas que horror! – exclamou Maria de Lourdes. – Que selvageria!

– Não é diferente da mitologia grega – defendeu Masakazu. – E quanto a horror... Isso ainda não é nada!

– Tem mais?! – fez a moça. – Decapitar um filho não é o bastante?

Masakazu deu um sorriso e prosseguiu:
– Izanagui conseguiu falar com a esposa, mas não vê-la. Esta explicou que, por já ter comido dos alimentos do Reino do Mal, não poderia voltar. No entanto, pediu-lhe que tivesse um pouco de paciência, pois tentaria conseguir com as divindades regentes do Inferno uma permissão para retornar para o lado do marido. Mas Izanagui foi impaciente e invadiu o Inferno. Quando ele viu a esposa, esta nada mais era do que um corpo putrefato, embora vivo. Horrorizado, Izanagui fugiu. Não suportou ver a mulher, antes tão linda, transformada naquele monstro apodrecido. Ao retornar ao mundo dos vivos, banhou-se num rio para se lavar das impurezas do Inferno, realizando pela primeira vez o ritual da purificação,

executado até hoje pelos xintoístas. Ele, então, abandonou seus trajes, e das impurezas que saíram de seu corpo nasceram inúmeras divindades, muitas das quais maléficas. Depois, de seu olho esquerdo nasceu a deusa solar Amaterasu e do direito, a deusa lunar Tsuki. Do nariz surgiu Susanowo, que se tornou imperador do oceano.

A empregada de Maria de Lourdes apareceu com a bandeja de chá e Masakazu, servindo sua cliente, continuou:

– Amaterasu, a deusa solar, é a grande mãe do povo japonês, que a considera a ancestral primeira de toda a descendência imperial. Daí os japoneses acreditarem que o imperador é descendente direto dos deuses.

– Então, para os xintoístas, o Sol é feminino... – comentou Maria de Lourdes.

– Sim – assentiu Masakazu. – Diferentemente do que acontece nas mitologias grega, egípcia e asteca, o Sol tem identidade feminina. Talvez porque o Japão seja um país de clima frio. Em locais mais quentes, o Sol está sempre associado a divindades masculinas. É como acontece no Egito, na Índia e na América Central. Nesses lugares, o Sol é agressivo e, nas regiões mais frias, representa calor agradável, conforto. Ou seja, aquilo que só as mulheres sabem oferecer...

Maria de Lourdes fez um muxoxo. Masakazu tomou um gole de chá e prosseguiu:

– Amaterasu reinava no céu. Na Terra, seu reinado era feito por intermédio de seus descendentes, no caso os imperadores. Susanowo, por sua vez, dominava o oceano. Porém sua ambição ia além disso e, como não pôde realizar seus anseios, decidiu perturbar Amaterasu em sua morada celestial. Entre outras coisas, destruiu os arrozais sagrados, bloqueou fontes de irrigação e sujou o palácio da deusa. Indulgente, ela o perdoou, até que, um dia, ele jogou um cavalo morto entre a deusa e suas serviçais tecelãs, ferindo mortalmente muitas delas. Era uma ofensa inaceitável e, amargurada, Amaterasu se escondeu numa caverna sagrada. Como resultado, toda a Terra mergulhou nas trevas e começaram a ocorrer as mais diversas catástrofes. Em desespero, os deuses maiores e menores, descendentes de Izanagui, decidiram tomar uma providência, pois a Terra não poderia continuar sem o Sol. Assim, elegeram o sábio Omoikane-no-Kami para convencer a deusa a voltar, uma vez que não seria possível trazê-la de volta à força. Ele, então, ordenou que se fizessem um espelho místico e um colar de pérolas e se acendesse uma fogueira diante da caverna onde Amaterasu estava escondida. Nessa fogueira, ele queimou uma omoplata de gamo, para provocar estalos e fagulhas, formando desenhos. Esse ritual, a queima de ossos para provocar centelhas, é uma das mais antigas formas de adivinhação praticada por feiticeiros japoneses.

– Não sabia que no Japão existiam feiticeiros – murmurou Maria de Lourdes.

– São os xamãs, e Omoikane-no-Kami era um deles, provavelmente. Dando continuidade a seu plano de atrair Amaterasu, ele mandou trazer um pinheiro do monte Kagu, considerado uma montanha sagrada. Na base desse pinheiro, o sábio fez com que pusessem várias oferendas na forma de comidas e adornos femininos, deixando em destaque o colar de pérolas.

– Ou seja, Amaterasu, como qualquer mulher, era vaidosa e ele estava tentando atraí-la por esse seu ponto fraco – ponderou Maria de Lourdes.

– Não apenas vaidosa – falou Masakazu –, mas também ciumenta, aliás, como toda mulher...

Maria de Lourdes olhou torvamente para o médico e este continuou:

– Omoikane-no-Kami ordenou que a deusa Ame-no-Uzume, que era muito bonita e atraente, dançasse diante da entrada da caverna, com os seios à mostra, enquanto todos os deuses passaram a falar alto e a rir, fingindo estar numa grande e divertida festa. O objetivo, como você pode perceber, era fazer Amaterasu pensar que tudo estava muito bem e que ela não mais era necessária, pois já tinham encontrado uma substituta. Intrigada, ela saiu da caverna para ver o que estava acontecendo e o sábio imediatamente pôs o espelho diante de seu rosto. Amaterasu pensou estar diante da nova deusa do Sol e, cada vez mais curiosa, afastou-se da caverna. Nesse momento, os deuses fecharam a entrada com uma corda de palha trançada, que até hoje significa a proibição de entrar em locais sagrados.

Masakazu aceitou a torrada com manteiga e geléia que Maria de Lourdes lhe entregava e concluiu:

– Assim, o Sol voltou novamente a brilhar no mundo.

— E o que aconteceu com Susanowo, o imperador do oceano? — quis saber a moça.

— Com a ajuda de alguns deuses, Omoikane-no-Kami baniu Susanowo para Izumo, uma região mítica equivalente ao Inferno. Ele acabou por se tornar um deus do mal e, como é muito poderoso, os xintoístas também lhe prestam homenagens, para que ele se distraia e deixe de cometer maldades.

Maria de Lourdes sorriu e disse:

— Gostaria muito de saber mais sobre esses assuntos... Que livro você pode me indicar?

— Como já lhe falei, não há um registro escrito oficial. Tudo isso passa de geração para geração, da boca para o ouvido... Assim, sempre há muitas divergências de uma região para outra e até mesmo de família para família.

— Isso também significa que as famílias acabam por modificar a história de acordo com as próprias conveniências...

— Pode ser — concordou Masakazu —, mas a base, creio eu, permanece a mesma.

Os dois ficaram em silêncio por alguns instantes e, depois de se servir de mais um pouco de chá, Maria de Lourdes perguntou:

— Você acha que, por causa das diferenças de religiosidade, seria incompatível a união matrimonial dos japoneses com outras raças?

— Creio que não há mais diferenças do que aquelas existentes, por exemplo, entre o catolicismo e o protestantismo... E há centenas de casais em que os cônjuges são de religiões diferentes. — Refletiu por um momento e acrescentou: — Para que a união entre um homem e uma mulher dê certo e frutifique, não é preciso mais do que a existência do amor. Um amor verdadeiro, sincero, honesto.

— Você, outro dia, falou sobre os casamentos arranjados, o sistema de *omiai*... Nesses casos, não pode existir amor!

— Os casamentos arranjados não são exclusividade dos japoneses — retrucou Masakazu. — Aqui mesmo, no Brasil, é uma prática muito comum. Só que não é tão "oficial" quanto no Japão. E o amor... Talvez ele venha a surgir, com o tempo e com a convivência.

VII

A dedicação das enfermeiras e a competência de Masakazu no que se referia ao tratamento da doença de Maria de Lourdes logo mostraram seus efeitos. A moça melhorava a olhos vistos e, um ano depois de sua chegada a Campos do Jordão, era outra pessoa. Estava corada, bem-disposta, seu corpo readquirira as belas formas e Maria de Lourdes estava mais bonita do que nunca.

No entanto, não demonstrava a alegria que seria de esperar de alguém que estivesse para ter alta.

Numa manhã de domingo, quando Masakazu foi a sua casa para a visita de rotina, encontrou-a chorando.

– Gosto daqui – respondeu Maria de Lourdes, quando o médico perguntou o que estava acontecendo. – E sei que vou ter de ir embora.

– Nada a impede de ficar – replicou Masakazu. – Só que dificilmente você vai encontrar o que fazer nesta cidade... Aqui, quem não está doente está cuidando de doentes.

– Ou, então, tem uma família para cuidar – disse ela, num fio de voz.

O médico ficou em silêncio, terminou de examiná-la e, guardando o estetoscópio em sua maleta, falou:

– Você está muito bem. Podemos dizer que está curada. Amanhã vamos fazer novos exames, outra radiografia e... pode avisar seu pai para vir buscá-la quando quiser.

Um soluço sacudiu os ombros de Maria de Lourdes, que, sem conseguir conter as lágrimas, saiu correndo do quarto, deixando Masakazu atônito e sozinho.

Voltou cinco minutos depois, já refeita. Pediu desculpas ao médico e explicou:

– Não sei se quero voltar para a fazenda... ou para São Paulo. Como lhe falei há pouco, gosto daqui. Vou sentir saudade, vou sentir falta de nossas conversas...

O médico suspirou. Ele também sentiria a ausência de Maria de Lourdes. Durante aquele ano, ela passara a fazer parte de sua vida, de seu mundo. Seria muito difícil ele se acostumar a, ao terminar o expediente no hospital, ir para sua casa sem ver Maria de Lourdes, sem tomar um chá em sua companhia.

Lembrou-se das tardes de domingo em que a levava para passear de charrete lá para os lados da Vila Inglesa ou do Véu da Noiva. Já com saudade, recordou as muitas vezes que ficara com ela, diante da lareira acesa, conversando sobre literatura ou sobre os filósofos e suas teorias...

Para Masakazu, depois que Maria de Lourdes fosse embora, o inverno seria mais frio, a neblina típica de Campos do Jordão mais densa e sua vida terrivelmente vazia.

– Também vou sentir saudade – murmurou ele. – Você não tem sido apenas uma cliente, Maria de Lourdes. Tem sido a única pessoa com quem gosto de conversar.

Porém ele sabia que não era apenas isso. Maria de Lourdes tornara-se muito mais do que alguém cujo nível intelectual e cultural o entusiasmasse. E Masakazu, em seu íntimo, sabia muito bem que não era apenas para cumprir sua obrigação profissional e para conversar que ele ia a sua casa e ficava horas e horas...

Havia algo mais, um sentimento maior e mais forte que, havia já mais de seis meses, ele fazia força para esconder até de si mesmo.

E, com certeza, o doutor Fausto tinha razão quando dissera, ainda que em tom de brincadeira:

– Tome cuidado, Carlos... Isso ainda vai dar o que falar!

Naquela ocasião, Masakazu imaginara que o diretor do hospital o estava alertando para a possibilidade de as pessoas da cidade fazerem conjecturas a respeito de ele ir todos os dias à casa de Maria de Lourdes, ambos sendo solteiros...

Sentiu, de repente, que Maria de Lourdes tocava seu braço.

– Você se casaria com uma *gaijin*? – perguntou ela, sem conseguir disfarçar a ansiedade na voz.

VIII

– *Gaijin*?! Você disse que ela é *gaijin*?!

Pela expressão horrorizada de sua mãe, Masakazu percebeu que teria problemas. Aliás, não esperava que fosse diferente. Ele vira como tinha sido comentado e criticado o casamento de Fumio Yamamoto, filho mais velho de Takashi Yamamoto, um batateiro de Bragança Paulista, havia já dois anos. Parecera-lhe que seus pais e os mais velhos do grupo — e de maneira alguma excluindo os jovens — achavam que Fumio tinha cometido o maior dos pecados quando escolhera para sua companheira de vida a filha de um comerciante da cidade, um português.

— Gosto de Maria de Lourdes — retrucou Masakazu — e vou me casar com ela.

Yoko não respondeu de imediato e terminou de enrolar o *makisushi*[39] que estava fazendo para o almoço. Cortou-o cuidadosamente e, erguendo os olhos para o filho, disse:

— Isso não dará certo, Masakazu. Nós somos japoneses. Os brasileiros não gostam de japoneses. Japoneses devem se casar com japoneses e *gaijins*, com *gaijins*... O óleo não se mistura com a água.

Durante o resto do dia, ninguém mais tocou no assunto. A família conversou sobre os trabalhos que estavam sendo realizados em Lins, onde Yamauchi e Suzuki colhiam muito café e algodão.

— Hiromiti Suzuki chegou ontem à noite — falou Ryuiti. — Veio com a esposa para fazer algumas compras. — Sorriu e acrescentou: — Mas acho que fazer compras é mera desculpa. Emiko está grávida e ele vai querer que você a examine.

— Não sou ginecologista — protestou Masakazu. — E aqui na fazenda nem que quisesse poderia examiná-la... Não tenho instrumental adequado.

Ryuiti balançou a cabeça em assentimento e disse:

— Concordo. E, na verdade, tenho certeza de que Hiromiti não ia gostar que você fizesse um exame ginecológico em Emiko... Ele quer que você converse com ela, simplesmente. Você sabe como são as mulheres quando engravidam pela primeira vez... Ficam inseguras e não confiam em ninguém. E você, sem dúvida, é a pessoa mais indicada para lhe dizer que deve ir ao médico em Lins.

O diálogo derivou para outros temas até o almoço terminar e ninguém tocou na conversa que Masakazu tivera com a mãe, muito embora ele tivesse certeza de que ela já tinha comentado com seu pai sobre sua intenção de se casar com uma *gaijin*.

---

[39] Iguaria japonesa feita com arroz branco, enrolado em alga marinha e recheado com peixe, camarões, legumes, ovos; diz-se apenas *sushi*.

Foi à hora do jantar que o assunto veio à baila, provocado por Hiromiti.

Depois de Masakazu ter conversado com Emiko, quando esta e Yoko foram para a cozinha acabar de preparar o *tempura*[40], Hiromiti tirou do bolso do paletó um recorte de jornal e entregou-o para Masakazu.

— Leia, meu amigo. E pense bem no que está querendo fazer.

Era uma publicação de muitos anos atrás e dizia:

"O nosso solo é tão vasto e está na maior parte deshabitado, que de qualquer modo preciza de povoamento. A nossa lavoira, grita-se por toda a parte, está sem braços! Pois bem. Ahi vão braços novos, de uma potencia formidável. Parabéns á lavoira paulista, apezar de que, a nosso ver, não é caso para isso. A experiência tem demonstrado que essa colonização asiática tem dado mau resultado em toda a parte. Os japonezes não se adaptam aos paizes em que vivem, são refractarios aos usos e costumes alheios, constituem, fora da pátria, uma sociedade sua própria, como acontece na América do Norte. Antes o perigo germânico e o ítalo, que nos parecem imaginários"[41].

Ao terminar de ler, Masakazu ergueu os olhos para Hiromiti, com expressão interrogativa.

— Esta é a imagem que os brasileiros fazem de nós — falou este.
— E, para você ver que a realidade é bem mais grave, o simples fato de o Japão ser aliado da Alemanha e da Itália fez com que o governo brasileiro determinasse que as famílias japonesas que estavam no litoral fossem levadas para o interior. Como se nós representássemos algum perigo para a segurança do Brasil!

Masakazu sabia disso. Tinha lido a respeito, chegara a discutir o assunto com Maria de Lourdes e concluíra que, na verdade, o governo brasileiro não poderia agir de outra forma. Como garantir que entre os japoneses não havia espiões?

— Não somos japoneses — disse ele, muito sério. — Somos brasileiros. E a prova disso é que prestamos o serviço militar obrigatório e podemos ser convocados para a guerra de um momento para o outro.

---

[40] Normalmente é uma espécie de bolinho feito com ovos, farinha, molho de soja e restos de várias outras comidas, frito em óleo.
[41] Foi mantida a ortografia do documento original, publicado em junho de 1908 na *Tribuna de Santos*. O autor assinava sob o pseudônimo de Lorgnon.

Hiromiti riu e ponderou:

— Gato que nasce no forno não é biscoito, Masakazu, mas, uma vez assado, pode passar muito bem por coelho. Nós somos japoneses, para todos os efeitos. Porém, se Getúlio precisar de homens para bucha de canhão, pode estar certo de que seremos os primeiros da lista. — Inclinando-se um pouco para a frente, acrescentou: — Você nem deve pensar em se casar com uma *gaijin*. Seria o mesmo que nos trair, significaria que você está desprezando todas as moças de nossa raça.

Masakazu não quis ouvir mais. Dizendo que não discutiria esse assunto, levantou-se e foi para seu quarto.

Estava muito preocupado. Vira que seu pai, sentado ao lado de Hiromiti, não abrira a boca.

Ninguém foi chamá-lo para o jantar e só bem mais tarde Yoko apareceu trazendo um *honzen*[42] com *tempura* e *gohan*[43]. Ela também não disse uma só palavra diferente do tradicional *"Tabe-na-sai"*[44], cerimonioso demais para uma mãe falar para o filho.

Na manhã seguinte, além dos cumprimentos habituais, ninguém dirigiu uma só palavra a Masakazu. Pela primeira vez em sua vida, ele teve a sensação de ser um estranho no próprio lar. Nem quando ficara doente, com tuberculose, acontecera tal rejeição.

Sem dizer nada a ninguém, Masakazu arrumou suas roupas numa mala e, à hora do almoço, já estava trilhando o caminho de volta para Campos do Jordão.

IX

— O doutor Masakazu?! — exclamou Nelson Figueiredo, escandalizado. — Mas ele é japonês! — Antes que Maria de Lourdes tivesse tempo de protestar, ele acrescentou: — Você está louca varrida! Imagine, você se casar com um japonês! Nem quero discutir esse assunto! Não, e está acabado!

---

[42] Bandeja.
[43] Arroz branco cozido sem sal e sem gordura.
[44] "Sirva-se." "Faça o favor de comer."

Assim dizendo, pisando duro, desceu os degraus da sede da Fazenda Ribeirão Grande, montou em seu cavalo e foi para o curral. Tinha mais o que fazer; precisava curar muitas vacas – estava ocorrendo uma verdadeira epidemia de bicheira na região – e não podia desperdiçar seu tempo discutindo um assunto que, a seu ver, já estava resolvido. Sua filha haveria de se casar com Luiz Alcântara, filho de Tertuliano Pedreira Alcântara, seu vizinho do outro lado do Rio Paraíba, dono da excelente Fazenda da Grota e de vários milhares de cabeças de gado.

"Casar com um japonês!", pensou ele, esporeando seu animal como se este tivesse culpa. "Mas de jeito nenhum!"

Enquanto isso, em casa, Maria de Lourdes dizia, furiosa, para Iracema, sua mãe:

– Não adianta, mãe! Eu vou me casar com ele, queiram vocês ou não! O fato de ser japonês...

– ...impede que você se case com ele, sim, senhora! – interrompeu a mãe, no mesmo tom. – Você vai se casar com o Luiz. Seu pai já acertou com o coronel Tertuliano até mesmo o lugar onde vai construir a casa para vocês morarem. A construção deverá começar no mês que vem e, assim que ficar pronta, vocês se casarão!

Maria de Lourdes olhou para a mãe e disse:

– Não sei se o Luizinho vai querer casar comigo se ele souber que estive em Campos do Jordão tratando uma tuberculose, em vez de ter passado esse tempo todo em Paris, como vocês contaram para todo mundo...

Iracema empalideceu e, com voz trêmula de raiva, falou:

– Você não seria estúpida a ponto de contar essa... desgraça... para ninguém! Você sabe o que acontece aos tuberculosos! São desprezados, discriminados...

– Não sou tuberculosa, mãe – interrompeu Maria de Lourdes. – *Fui* tuberculosa! E, se hoje não tenho mais nada, devo a Masakazu! Vocês sabem disso!

– Esse médico não fez mais do que sua obrigação – ponderou Iracema – e recebeu muito bem por seu trabalho. – Baixando o tom de voz, ela acrescentou: – Japonês se casa com japonês, minha filha... Eles são completamente diferentes de nós! Vivem num mundo à parte, não fazem amigos entre os brasileiros, não pensam como nós... São interesseiros, ambiciosos, o dinheiro sempre fala mais alto, não respeitam as mulheres, fazem-nas trabalhar como escravas... Para eles, ter uma concubina é coisa natural, alguns chegam a ter várias mulheres ao mesmo tempo, como os árabes! Não são católicos, acreditam e cultuam o diabo! E o pior é que eles se acham muito superiores, quando na realidade não passam de trabalhadores braçais.

– Masakazu é médico! Não é lavrador! – E, olhando desafiadoramente para a mãe, disse: – Por exemplo... Neste momento, ele deve estar atendendo algum doente, salvando uma vida... E papai? O que ele está fazendo? Está no curral, com as botas metidas em bosta de vaca, ajudando a segurar o gado... Quem é o braçal? – Deu um salto para trás, evitando o tapa que a mãe tentou lhe dar, e finalizou: – Além do mais, tenho idade suficiente para saber o que quero da vida e para não deixar que vocês continuem a mandar em mim como se eu fosse uma criança. Vou trabalhar em Campos do Jordão como professora, Masakazu é considerado o melhor médico de toda a região e podemos perfeitamente viver sem a ajuda de ninguém!

– Seu pai vai mandá-la para um convento, Maria de Lourdes! Se você não se casar com Luiz Alcântara, pode ter certeza de que irá para o Convento das Sacramentinas, em Taubaté!

Maria de Lourdes não retrucou. Aos soluços, foi para seu quarto, trancando a porta.

Quando, por volta de meio-dia, Nelson Figueiredo chegou para almoçar, encontrou Iracema chorando.

– Ela se foi – falou a mulher, entre lágrimas. – Disse que prefere morrer se não se casar com esse japonês!

X

Desde que Maria de Lourdes voltara para a fazenda de seus pais com o objetivo de dizer-lhes que queria se casar com Masakazu, o médico não era mais o mesmo. Sentia-se permanentemente angustiado, tenso, nervoso, por vezes até mesmo aéreo. Precisava se esforçar muito para manter a concentração em seu trabalho e não parava de suspirar.

— Você nem parece japonês — comentou o doutor Fausto. — Seus patrícios são estóicos, agüentam qualquer coisa! Mas você... parece um adolescente apaixonado!

— Ela partiu há quatro dias — murmurou Masakazu, em resposta. — E não tive nenhuma notícia! Isso está me deixando muito preocupado!

O doutor Fausto pousou a mão sobre o ombro de Masakazu e, paternalmente, falou:

— Entenda que Maria de Lourdes deve estar enfrentando uma situação muito difícil com os pais, Masa... A filha única de um quatrocentão querer se casar com um japonês... Isso é algo que muitos acham inadmissível! — Com um gesto, impediu Masakazu de protestar e continuou: — Analise as coisas friamente, Masa... Ponha-se no lugar do coronel Nelson. Vocês, japoneses, são mesmo diferentes. Sua filosofia de vida é outra, o modo de pensar é outro...

— Não vejo como isso possa ser justificativa para discriminação! — exclamou Masakazu.

Sorrindo, o doutor Fausto prosseguiu:

— Há uma piadinha que ilustra bem essa diferença. Um professor de filosofia convidou quatro colegas, um alemão, um francês, um brasileiro e um japonês, para jantar. Depois da sobremesa, pôs diante deles o retrato de um elefante e pediu-lhes que fizessem uma análise do animal. O alemão apresentou uma tese sobre os aspectos econômicos do animal, determinando o valor que representariam a carne, a pele, as presas de marfim etc.; o francês descreveu detalhadamente, do ponto de vista cultural, como o animal poderia ser utilizado como arte, seu desenho etc.; o brasileiro viu no elefante um ser que poderia realizar todo o trabalho pesado que, sem ele, caberia ao homem. — Fez uma pausa e completou: — O japonês, depois de matutar por horas, simplesmente questionou: o que o elefante poderia pensar dele?

— Daí, o japonês é discriminado porque é capaz de pensar de forma mais espiritualizada, mais profunda?

— Também — respondeu o doutor Fausto —, mas principalmente porque os ocidentais não são capazes de entender o modo de raciocinar dos japoneses. — Puxando Masakazu pelo braço até a sala dos médicos, acrescentou: — Os japoneses são muito mais introspectivos do que os ocidentais. Isso, de certa maneira, chega a nos assustar. É terrível conversar com alguém que não manifesta na fisionomia os sentimentos. E vocês são especialistas nisso! — Servindo um café para o colega, disse: — Está certo que você tem se mostrado muito mais ocidentalizado do que qualquer japonês que eu tenha conhecido. Mas há certas coisas que não mudam... A forma como você consegue reduzir alguém a subnitrato de pó de traque, por exemplo...

Masakazu olhou surpreso para o colega, que explicou:

— Você é capaz de, com uma única frase dita delicadamente, fazer com que o indivíduo tenha certeza de que não passa de uma besta... E o pior é que ele só vai perceber isso bem depois da conversa, quando refletir sobre suas palavras!

— Isso não passa de inteligência somada à educação — ponderou Masakazu. — Não há nenhuma razão em ofender uma pessoa diretamente... mas também nenhum motivo para deixar passar em branco uma estupidez...

— Pois é... Os ocidentais não pensam assim, não reagem assim. Nós explodimos, vocês se fecham. Nós gritamos e esbravejamos, vocês sorriem. Nós contestamos, vocês se calam e, depois, fazem tudo o que queriam desde o início, não ligam a mínima para o que dissemos. — Acendendo um cigarro, o doutor Fausto finalizou: — Vocês são diferentes, não há como negar. E, por causa dessa diferença, vocês preocupam os ocidentais. Por isso, a discriminação. É, no fundo, uma simples questão de medo. Medo do desconhecido.

No dia em que aconteceu essa conversa com o doutor Fausto, Masakazu voltou para casa ainda mais preocupado.

Seria possível que Maria de Lourdes, em seu subconsciente, também o julgasse assim? Seria possível que o amor que ela dizia sentir por ele — e que ele sabia sentir por ela, de maneira irrestrita — fosse suplantado por essa discriminação, por esse medo? Seria possível que ele fosse tão desconhecido assim para Maria de Lourdes, a ponto de ela não o querer mais? Por que ela não telefonara, não enviara um telegrama? Teria fugido?

Começava a anoitecer e ele, distraidamente, entrou na rua em que ficava a casa de Maria de Lourdes. Voltando de chofre à realidade, já ia retrocedendo sobre seus passos quando notou que havia luz na janela do quarto da moça.

— Engraçado... – murmurou consigo mesmo. – A esta hora, tanto a cozinheira quanto a arrumadeira já devem ter ido embora... – Com o coração batendo descompassadamente, concluiu: – Só pode ser Maria de Lourdes! Ela voltou!

A alegria que sentira, porém, subitamente se apagou quando Masakazu lembrou que o último bonde vindo de Pindamonhangaba chegava a Campos do Jordão às 4 horas da tarde, ou seja, no mínimo três horas atrás.

— Por que ela não me procurou imediatamente? – perguntou-se, novamente cheio de dúvidas. – Será que ela não quer me encontrar?

Por um momento, pensou seriamente em seguir seu caminho e voltar para casa. Contudo, Masakazu sabia muito bem que não conseguiria. Tinha de ver Maria de Lourdes, precisava falar com ela e saber a razão de ela não o ter procurado logo após a sua chegada.

Quase correndo, dirigiu-se para a casa da moça.

Surpreendeu-se ao ver, estacionado diante da escada de acesso à varanda, um carro de aluguel de Taubaté.

— Boa noite – disse o motorista. – Já estou terminando de descarregar as bagagens da dona Maria de Lourdes...

Sem nem mesmo responder, Masakazu entrou na sala da residência.

Maria de Lourdes ali estava, ocupada em arrumar uma boa dezena de pequenas malas e dois grandes baús que o motorista tinha deixado no meio do caminho, de modo a abrir passagem para os quartos.

— Carlos! – exclamou ela. – Como soube que eu tinha chegado? – Correu a beijá-lo e, apertando-se muito contra o médico, falou: – Vim de táxi... Tinha muita coisa para carregar e, além do mais, não havia como esperar pelo bondinho... Preferi um carro de aluguel.

Masakazu respirou aliviado e, retribuindo o beijo de Maria de Lourdes, disse:

— Então, está explicado... Você veio de automóvel... Chegou agora e ainda não teve tempo de me avisar...

Nesse instante, o motorista os interrompeu para avisar que já descarregara tudo e que estava indo embora.

Antecipando-se à moça, Masakazu pagou o homem e, quando ele se retirou, Maria de Lourdes falou:

— Não vou mais voltar para casa, Carlos... Vim para ficar e me casar com você...

Abraçados, foram até a cozinha. Maria de Lourdes começou a preparar um chá e, enquanto o médico cuidava de acender o fogo, ela lhe contou o que tinha acontecido na fazenda e a discussão com seus pais.

— Durante a viagem até aqui – confessou – cheguei a ter muito medo. Você poderia não querer se casar comigo, poderia ter desistido... Sei que também enfrentou problemas com sua família... E você poderia muito bem ter pensado que não valeria a pena brigar com eles.

— Nada no mundo faria com que eu desistisse de nossa união, Lourdes – assegurou Masakazu. – Tenho certeza de que só você poderá me fazer plenamente feliz!

Os dois se beijaram, dessa vez um beijo bem diferente de todos os outros que tinham trocado até então.

Nesse beijo havia não apenas o carinho de um casal de namorados, mas também a volúpia da paixão e o fogo de um desejo que só poderia ser extinto com a verdadeira materialização de um amor que, talvez pelo fato de ser condenado por ambas as famílias, mostrava-se mais intenso do que qualquer outra coisa.

As mãos de Masakazu, nervosas, ansiosas, percorreram o corpo de Maria de Lourdes. Botões foram praticamente arrancados, as roupas quase rasgadas...

E o amor foi consumado ali mesmo, os dois encostados ao fogão a lenha, a chaleira fervendo, provavelmente em temperatura menor do que aquela que tomava conta de Masakazu e Maria de Lourdes.

Ao casamento no civil, dois meses depois, compareceram os colegas médicos de Masakazu e as professoras do ginásio onde Maria de Lourdes passara a lecionar, mais ninguém.

É bem verdade que os dois escreveram para as respectivas famílias muito mais comunicando que se casariam do que propriamente convidando para a cerimônia. Não houve resposta de espécie alguma.

— Já estava esperando – falou Maria de Lourdes, com tristeza. – Minha família não conseguiu admitir.

– Nem a minha – disse Masakazu. – E eu fico muito triste por sua causa. Você não precisaria estar passando por isso.

Abraçando o marido, Maria de Lourdes murmurou a seu ouvido:

– Não tem importância, querido. Não precisamos deles para ser felizes! Nós nos bastamos. Temos nosso universo particular e isso é suficiente.

– Pode ser – admitiu Masakazu –, mas eu sei que você seria mais feliz se seus pais tivessem reagido de outra maneira. Afinal, você é filha única...

– E você é o único filho homem. Numa família japonesa, esse fato representa muito! Teoricamente, seria o esteio de seus pais quando envelhecerem e não mais puderem trabalhar.

– Ainda serei, querida. Aliás, tenho certeza de que seremos o esteio, pelo menos moral, de nossas famílias num futuro que não é tão longínquo assim...

Maria de Lourdes estava ciente disso. Sabia que, um dia, aquela rejeição haveria de terminar ou, pelo menos, tanto seus pais quanto os de Masakazu seriam forçados a aceitar sua união.

E, com toda a dedicação e afinco, começou a se preparar para quando esse dia chegasse: decidiu que aprenderia o idioma japonês e que haveria de ser tão fluente em *nihongô*[45] quanto o era em francês ou inglês.

Muito cedo descobriu quanto era difícil e complicada a língua japonesa. Na prática, havia três alfabetos a serem estudados, o *katakana*, o *hiragana* e o *kanji*[46]. Havia, simultaneamente, duas formas de falar a língua: a coloquial e a conceitual, mais cerimoniosa, que deveria ser a utilizada quando se dirigisse a alguém mais velho, especialmente os sogros.

Entretanto, Maria de Lourdes estava decidida e, apesar de todas as dificuldades, dedicou-se ao estudo. Praticando com Masakazu, em pouco tempo já conseguia montar frases no mínimo coerentes e entender mais da metade do que o marido falava na língua de seus pais.

---

[45] Idioma japonês.
[46] *Katakana, hiragana* e *kanji* – Formas alfabéticas japonesas. O *katakana* é o mais simples e o *kanji* o mais complexo, com ideogramas que podem significar textos inteiros.

— Se você aprender o básico, já estará bom demais — disse Masakazu.

— Para você, talvez — retrucou Maria de Lourdes. — Mas, para mim, não é o suficiente. Quero aprender a falar como se eu tivesse nascido e crescido no Japão!

Pouco mais de um mês depois do casamento civil, quando Masakazu chegou do hospital, ela anunciou, cheia de alegria:

— Estou grávida! Você será pai! — E, segurando as mãos do marido, acrescentou: — Talvez você ache uma bobagem... Eu não gostaria que nosso filho nascesse antes de estarmos casados na Igreja...

— Pois é só marcarmos o casamento, querida! — exclamou Masakazu. — Você sabe muito bem que só não nos casamos na Igreja porque você queria que nossos pais estivessem presentes à cerimônia e, como eles não responderam quando os convidamos para o casamento civil...

— Mas agora será diferente — garantiu ela. — Eles serão avós! Duvido que continuem com essa bobagem!

Decidiram que telegrafariam para seus pais anunciando a chegada do rebento e comunicando que estariam apenas esperando por eles para casarem no religioso.

Uma semana depois, a resposta dos pais de Maria de Lourdes chegou pelo telégrafo, dizendo que marcassem o casamento. Eles compareceriam à cerimônia.

Já os pais de Masakazu simplesmente não responderam.

— Pensei que seria mais fácil seus pais aceitarem nossa união do que os meus — comentou Maria de Lourdes.

— Eles são japoneses — tentou explicar Masakazu. — São sistemáticos e, uma vez que assumem uma posição, pode cair o mundo que eles não voltam atrás.

Esperaram mais quinze dias e, como não houve nenhum contato da parte da família de Masakazu, marcaram o casamento na Igreja de Santa Therezinha.

— Não podemos perder tempo — advertiu Maria de Lourdes. — Minha barriga está crescendo a cada semana! Dê um jeito de o padre Orestes não ficar demorando muito para marcar o dia, caso contrário não vou conseguir entrar em meu vestido de noiva!

XI

Uma semana antes do dia marcado para a cerimônia religiosa, Nelson e Iracema chegaram a Campos do Jordão. Os dois faziam questão de ver se a filha estava bem, se a casa estava perfeitamente equipada, se nada estava lhe faltando.

Ficaram hospedados num hotel, muito embora Maria de Lourdes tivesse insistido para que ficassem em sua casa, e agiram com Masakazu exatamente como agiam quando ele era apenas o médico que tratava de sua filha. Bem-educados, não deixaram transparecer qualquer mágoa, qualquer ressentimento ou preocupação.

Alegando que não queriam atrapalhar a rotina do casal, almoçavam no hotel, mas iam jantar com os dois.

Foi durante o jantar na véspera do casamento que Nelson comentou:

— Estou estranhando que os pais de Carlos ainda não tenham chegado... O casamento será amanhã de manhã e acho que eles já deveriam estar aqui!

Masakazu ficou sem jeito e, olhando fixamente para o próprio prato, murmurou:

— Creio que eles não virão... Cotia é longe daqui e estamos em plena época de colheita de batata... Certamente todos estão muito ocupados na fazenda.

Nelson não replicou. Sabia muito bem a razão da ausência dos pais de Masakazu e isso o deixava muito preocupado.

Maria de Lourdes quebrou o constrangedor silêncio que se seguiu, dizendo:

— Tenho sentido muito enjôo estes últimos dias... E Carlos não quer que eu tome remédios. Só espero não dar um espetáculo na igreja...

Masakazu aproveitou a oportunidade que a esposa estava dando de afastar aquele assunto desagradável e explicou:

— Não é bom tomar remédios durante a gravidez. E essa medicação nova que está sendo usada, a talidomida, não é nem um pouco confiável. Nos Estados Unidos, estão associando o uso desse remédio com deformidades fetais muito sérias.

Iracema olhou para a filha e falou:

— Pois acho que seu marido tem toda a razão, Maria de Lourdes.

Quando fiquei grávida de você, também tive muito enjôo... e não tomei nenhum remédio! Para aliviar um pouco os vômitos, sua avó recomendava que eu chupasse uma bala de café com açúcar queimado. E, já no final da gravidez, tomei as pílulas de Nossa Senhora do Bom Parto... – Sorriu, voltou-se para Masakazu e disse: – Sei muito bem que essas pílulas são apenas farinha e água, mas são bentas... e fazem efeito, doutor! Pode acreditar!

– Acredito, dona Iracema – assegurou o médico. – O efeito psicológico é algo que sempre devemos levar em conta...

Depois do jantar, enquanto as duas mulheres estavam na cozinha arrumando a louça, Nelson e Masakazu sentaram-se diante da lareira.

Enrolando um cigarro de palha, Nelson disse:

– Não queria voltar a esse assunto, Carlos... Mas sinto que, se eu não lhe falar, não vou conseguir dormir. – Acendeu o cigarro, soprou a chama da ponta e continuou: – O fato de não aparecer ninguém de sua família no casamento não é bom sinal. Isso quer dizer, para mim, que eles não aceitaram essa união. E pode significar que minha filha será discriminada. – Olhou intensamente para Masakazu. – Maria de Lourdes é filha única. Não quero que ela seja maltratada por ninguém. Não vou admitir que isso aconteça. Assim, eu lhe peço para que você cuide para que ela seja aceita no seio de sua família. – Soprou uma baforada de fumaça para o teto e finalizou: – Se você perceber que isso é impossível, se achar que sua família nunca vai aceitar Maria de Lourdes, por favor, mude de família. Se precisar, mude de país. Se for necessário, pode acreditar que dinheiro não lhe deixarei faltar.

Constrangido, Masakazu esboçou um sorriso e disse:

– Não se preocupe, seu Nelson... Tenho certeza de que Maria de Lourdes e eu conseguiremos superar essa dificuldade. Ela é uma moça inteligente, muito bem-educada, esforçada... Sei que meus pais vão aceitá-la quando a conhecerem.

– Quando eles admitirem conhecê-la – corrigiu Nelson. – E espero, sinceramente, que isso não demore muito.

Era 7 de dezembro de 1941, o dia em que os japoneses lançaram o famoso ataque-surpresa contra a base aeronaval de Pearl Harbour, no Havaí, forçando definitivamente a entrada dos Estados Unidos na Segunda Guerra Mundial.

XII

Seis meses após o casamento no religioso, Maria de Lourdes deu à luz um belo menino, que foi batizado com o nome de Nelson Harema Figueiredo Fukugawa.

— Nelson é homenagem ao senhor — disse Masakazu para o sogro, também padrinho de batismo do menino. — Harema é uma homenagem a um grande amigo de meu pai que me ensinou muitas coisas quando eu era criança.

— Você deveria ter posto o nome de seu pai — ponderou o sogro. — É verdade que seria obrigatório um prenome brasileiro, mas o segundo deveria ser o de seu pai, e não o de um amigo dele.

— Não seria possível — explicou Masakazu. — Os nomes japoneses têm significados especiais. No caso, meu pai chama-se Ryuiti: "Ryu" significa dragão e "Iti" quer dizer primeiro. Isso porque, em nossa linhagem familiar, ninguém foi Ryu até cinco gerações antes de meu pai. Por esse motivo, ele pode ser chamado de Ryuiti, ou seja, Primeiro Dragão. E, também por isso, meu filho não poderia ter esse nome, pois ele não é o Primeiro Dragão.

Nelson não entendeu muito bem; disse que era muito complicado para ele, mas que, de qualquer forma, estava muito orgulhoso e sensibilizado por terem dado seu nome ao neto. E, intimamente, lamentou pela milésima vez o fato de os pais de Masakazu os estarem ignorando de maneira tão ostensiva. No entanto, para não magoar o genro, nada falou.

O almoço de batizado do pequeno Nelson Harema foi bastante concorrido e agradável, apesar de todas as divergências de opiniões a respeito da guerra no Pacífico. Muitos brasileiros achavam que os japoneses tinham sido excessivamente traiçoeiros quando do ataque a Pearl Harbour, outros diziam que não era possível discutir táticas de guerra.

Pediram a opinião de Masakazu:

— O que você acha, japa? Seus patrícios agiram certo ou errado?

Rindo, Masakazu respondeu:

— Em primeiro lugar, não são meus patrícios. Sou brasileiro. Nasci aqui, fiz o tiro-de-guerra aqui, prestei meu juramento à bandeira nacional, aquela verde, amarela e azul, não a vermelha e branca, do Japão. Segundo, acho que o ataque a Pearl Harbour foi uma manobra guerreira como outra qualquer. Não foi um ato traiçoeiro, mas sim um ataque-surpresa, e os americanos, uma vez que estão em guerra e já sabiam que os japoneses estão aliados à Itália e à Alemanha por tratados comerciais, tinham a obrigação de estar com todos os seus espiões e sistemas de inteligência em alerta máximo. Terceiro, acho que os japoneses estão indo com muita sede ao pote. O almirante Yamamoto é o único que parece ser um pouco mais consciente, dizendo que o Estado-Maior está cometendo um erro muito sério em querer conquistar todo o Pacífico. Isso vai obrigar a uma pulverização das tropas japonesas, que terão de manter as ilhas conquistadas, e não sobrará efetivo para sustentar a guerra contra a Marinha norte-americana. Se eles fossem menos gananciosos, poderiam até atacar a costa oeste dos Estados Unidos, tomar São Francisco e aí, sim, dariam uma bela dor de cabeça para os americanos!

Alguns japoneses que estavam presentes ouviram as palavras de Masakazu e torceram o nariz. Para eles, os Filhos do Imperador tinham de conquistar todas as ilhas do Pacífico. Afinal, não tinham conseguido conquistar o Vietnã, dois anos atrás? Não tinham saído vitoriosos na guerra contra a China? Não tinham capturado as refinarias da Indonésia, quando os Estados Unidos decretaram o boicote do petróleo em represália ao Japão ter assinado tratados de aliança com a Alemanha e a Itália? Como Masakazu podia achar que eles se enfraqueceriam justamente com a conquista do Pacífico? Não! Os japoneses ficariam ainda mais fortes e ganhariam a guerra! Fariam o gigante norte-americano rastejar sob seus pés!

XIII

Contudo, já no início de 1943, os americanos começaram a impingir severas derrotas aos japoneses no Pacífico e as ilhas e territórios ocupados pelo Japão entre 1940 e 1941 foram sendo gradualmente recuperados.

Em 1944, sentindo os golpes, os japoneses lançaram mão dos *kamikases*, pilotos suicidas que jogavam seus aviões carregados de explosivos sobre os alvos inimigos.

— Mas são loucos esses japoneses! – comentou Nelson Figueiredo com o genro. – Como podem se matar dessa maneira?!

— Alguns séculos atrás – explicou Masakazu –, quando o Japão sofreu um ataque severo de tribos mongólicas, ele foi salvo por um tufão que dizimou as tropas inimigas. Esse tufão foi considerado um vento divino, enviado pela deusa solar Amaterasu. *Kamikase* significa exatamente isso: Vento Divino. E os pilotos *kamikases* não se preocupam com a morte, pois julgam ser sua missão de vida defender o imperador, descendente direto da própria Amaterasu. – Antes que o sogro perguntasse, Masakazu disse: – Raciocinando como brasileiro, não posso admitir esse tipo de atitude. O imperador é um homem como qualquer outro, apesar de ser imperador. Porém, se pensar como japonês xintoísta, os *kamikases* têm seus pontos de razão. Eles foram criados sob esse regime, à luz dessa filosofia. Na verdade, não têm como pensar de outra maneira.

— Mas o imperador Hirohito... – insistiu Nelson. – Não acha que ele deveria impedir esses... suicídios, esse desperdício de vidas?

Masakazu meneou a cabeça em sinal de dúvida e respondeu:

— Como seus homens, o imperador Hirohito também teve o mesmo tipo de formação. Ele tem certeza de que é descendente dos deuses e que é obrigação de todo japonês dar a própria vida por sua segurança. Como qualquer um de seus súditos, não tem como pensar de forma diferente.

Contudo, o imperador foi obrigado a mudar seu modo de enxergar o mundo, e as circunstâncias levaram-no a perceber que a invencibilidade bélica do Japão não era tão sólida assim.

A partir de janeiro de 1944, os ataques aéreos dos Aliados começaram a ser duramente sentidos pelos japoneses e, no dia 1º de abril, a ilha de Okinawa foi ocupada.

Os americanos exigiram a rendição incondicional do Japão, mas o imperador não aceitou e a guerra continuou, o Japão sofrendo a cada mês derrotas e baixas mais e mais severas.

O massacre parecia ser inevitável e, usando esse argumento, os americanos lançaram, nos dias 6 e 9 de agosto de 1945, duas bombas atômicas sobre Hiroshima e Nagasaki, respectivamente.

Foi o golpe final. O imperador viu-se obrigado a assinar, em 2 de setembro, uma rendição incondicional. A guerra terminou, deixando

1,8 milhão de japoneses mortos, quase a metade de suas cidades arrasada e sua economia totalmente desmantelada.

A notícia da rendição do Japão chegou ao Brasil em 3 de setembro de 1945. Nesse dia, Nelson Harema Figueiredo Fukugawa estava completando 3 anos de idade.

XIV

Desde o início da guerra no Pacífico, as notícias que chegavam do Japão, já bastante manipuladas pelos americanos, eram em parte distorcidas pela censura getulista e em parte pelos redatores dos principais jornais da colônia japonesa no Brasil. Nestes, as boas notícias – para os Aliados – eram publicadas em pequenas notas, e as que davam conta de uma vitória nipônica viravam manchetes em que, subliminarmente, era possível notar o famoso *yamato damashii*, o espírito japonês, que inclui a veneração pelo imperador e a consciência da absoluta invencibilidade do Japão.

Desde o ataque a Pearl Harbour, houve uma cisão na colônia japonesa no Brasil. De um lado, estavam os *kachigumis*, que acreditavam na vitória do Japão e, do outro, os *makegumis*, que não acreditavam nela ou simplesmente não se incomodavam com a vitória ou derrota de seu país de origem, tendo efetivamente assumido o Brasil como pátria. Essa divisão de opiniões, que, no início, limitava-se às discussões e apenas eventualmente gerava alguma briga, tornou-se muito mais séria a partir de 1944, com a criação da Shindô-Renmei (Liga dos Seguidores do Imperador), e, depois da rendição japonesa, transformou-se em violência declarada dos *kachigumis* contra os *makegumis*.

Com sede no número 96 da Rua Pacatu, no Jabaquara, em São Paulo, a Shindô-Renmei atuou com muita intensidade inclusive no interior de São Paulo e do Paraná, criando 64 filiais nesses dois Estados, com um total de 30 mil sócios registrados e mais de 100 mil imigrantes e descendentes que apoiavam a manutenção a qualquer custo do *yamato damashii*.

Era uma organização rica, pois doações não faltavam, e, com esses recursos, conseguiu montar uma infra-estrutura de divulgação bastante forte, incluindo pelo menos um grande jornal da colônia.

Porém a atuação da Shindô-Renmei, que teoricamente deveria estar limitada à preservação do lado cultural e tradicional do *yamato damashii*, foi focada numa terrível operação de limpeza, que incluía atos terroristas, atentados e até mesmo o assassinato de muitos *makegumis*.

Um dos fatores preponderantes para essa distorção de objetivos foi a forte presença de ex-militares japoneses entre os imigrantes nipônicos que vieram para o Brasil entre 1928 e 1933. Muitos deles vieram para cá tendo como missão exatamente criar nos países onde a colônia japonesa começava a ser significativa, tanto do ponto de vista demográfico como do econômico, núcleos de resistência à dominação política e cultural do Ocidente. Tornaram-se membros da Shindô-Renmei e passaram a divulgar o *yamato damashii* literalmente impondo suas idéias ainda que de forma violenta. O líder da associação era Junji Kikawa, ex-oficial do Exército Imperial Nipônico e seguidor fanático da divindade representada pelo imperador Hirohito.

Nos meses que antecederam a rendição nipônica, os principais membros da Shindô-Renmei elaboraram uma lista dos *makegumis* que deveriam ser eliminados pelos integrantes da Tokko-tai, grupo-ação da organização. Essa relação era composta por centenas de isseis e nisseis que, na opinião de Kikawa e seus conselheiros, de alguma forma manifestavam-se a favor dos Aliados, mesmo que não militassem contra o imperador.

A Shindô-Renmei iniciou sua ação contra os *makegumis* com atentados terroristas contra as propriedades daqueles que, segundo Kikawa, estavam ajudando os americanos e, portanto, posicionando-se contra o Japão. Entre eles figuravam principalmente os produtores de seda – matéria-prima para a fabricação de pára-quedas – e os plantadores de menta, de onde era extraído um importante aditivo para o combustível dos aviões.

Em 7 de março de 1946, o primeiro *makegumi* da lista negra, a lista dos que deveriam morrer, Ikuta Mizobe, foi assassinado na cidade de Bastos, interior de São Paulo, por Satoru Yamamoto. A partir daí, 23 *makegumis* foram mortos e dezenas tiveram suas propriedades atingidas por atentados.

Carlos Masakazu Fukugawa estava nessa lista de morte, em destaque. Afinal, além de fazer questão de dizer que era brasileiro e de defender a posição dos Aliados na guerra do Pacífico, convocara uma reunião da colônia, em Campos do Jordão, para explicar que o Japão tinha perdido a guerra e que os imigrantes japoneses deveriam conviver pacificamente com os ocidentais. E, para agravar ainda mais sua condição de *makegumi*, Masakazu estava casado com uma *gaijin*.

Assim, era de extrema importância para a Shindô-Renmei que ele fosse exemplarmente eliminado.

O aviso chegou a sua casa trazido por Hiromiti Suzuki, o amigo que o tinha tão veementemente aconselhado a não se casar com Maria de Lourdes. Ele deixou bem claro que estava ali apenas para cumprir uma obrigação e jamais por vontade própria.

— Vim atender a um pedido de seu pai — falou, no portão do jardim, recusando com evidente desprezo o convite para entrar. — Você está na lista negra da Shindô-Renmei. É o resultado de trair nosso povo. Mas, como pai é sempre pai, Fukugawa-san pediu-me que viesse avisá-lo. *Kiotsuketê kuda-sai!*[47]

Nem mesmo se despediu. Girou nos calcanhares e foi embora, obrigando Masakazu a se controlar para não ir em seu encalço e aplicar-lhe uma boa meia dúzia de tapas.

— Estamos em perigo — disse ele para Maria de Lourdes, ao entrar em casa.

— Já estava esperando por isso — murmurou ela, preocupada. — Depois daquela reunião com a colônia, eu tinha certeza de que você seria perseguido. — Deixou escapar um suspiro e, decidida, falou: — Bem... Não adianta ficarmos apavorados. Temos de sair de Campos do Jordão e ir para um lugar mais seguro. Iremos para a fazenda de meu pai. Não acredito que a Tokko-tai consiga nos atacar lá... E vamos imediatamente! Depois, papai mandará seus homens cuidarem de nossa mudança.

A Shindô-Renmei foi desmantelada antes de conseguir alcançar Masakazu Fukugawa.

---

[47] "Tome cuidado!"

O Deops (Departamento de Ordem Política e Social) prendeu mais de 2 mil pessoas suspeitas de estarem ligadas à organização terrorista e indiciou cerca de 400. Oitenta e um japoneses tiveram sua expulsão do Brasil decretada e foram levados para a Ilha Anchieta, no litoral norte de São Paulo, onde ficaram até 1958, quando o caso foi arquivado por prescrição.

Contudo, os danos provocados pela ação de japoneses contra japoneses no Brasil deixaram uma nódoa terrível na história da colonização, não apenas em razão dos assassinatos e das perseguições, mas também por causa da exploração que sofreram muitos *kachigumis* por parte de aproveitadores que, dizendo-se membros da Shindô-Renmei, convenciam os imigrantes que acreditavam na invencibilidade do Japão a vender suas propriedades, assegurando que o imperador os estava chamando para reorganizar o exército e derrotar definitivamente os Aliados. Pagavam por essas propriedades em ienes, que já não valiam mais nada. Muitos japoneses que caíram nessas armadilhas, ao perceberem que tinham sido enganados, cometeram suicídio por meio do *seppuku*.

Os conceitos de *kachigumi* e de *makegumi* perduraram ainda por alguns anos após o término da guerra. Os imigrantes *kachigumis* e seus descendentes somente se conscientizaram e se convenceram da derrota japonesa depois do restabelecimento da comunicação com as vítimas da guerra no Japão. A Cruz Vermelha Internacional desempenhou importante papel nessa conscientização, pois foi por seu intermédio que os japoneses que estavam em segurança no Brasil puderam ajudar seus patrícios do outro lado do mundo. Essa ajuda, certamente, foi o fator que mais facilmente convenceu os *kachigumis* de que, afinal de contas, o Japão não era invencível e, efetivamente, tinha perdido a guerra.

XV

A fortuna sorriu para Masakazu e Maria de Lourdes.

Evidentemente, não foi apenas uma questão de sorte: ambos sempre trabalharam – e muito –, ele como médico e ela como professora, o que corrobora o dito popular "Ajuda-te que os céus te ajudarão".

Depois de terem deixado Campos do Jordão com receio de serem vítimas da Tokko-tai, passaram algumas semanas na Fazenda Ribeirão Grande. Maria de Lourdes exigiu que o marido tratasse de descansar um pouco, pois desde que se formara nunca tirara férias.

No entanto, apesar de todos os cuidados da esposa em literalmente tentar esconder o marido, muito depressa ele foi descoberto tanto por pessoas que desejavam ser examinadas por ele quanto por colegas médicos que queriam sua opinião sobre casos clínicos mais complicados.

E assim, mesmo involuntariamente, Masakazu começou a formar uma clientela que se avolumava dia após dia, obrigando-o a freqüentes visitas ao Hospital Santa Isabel, em Taubaté.

Nas primeiras vezes em que ele teve de ir ao hospital, Nelson obrigou-o a aceitar a companhia de dois de seus homens de confiança, armados até os dentes, que tinham por missão cuidar de sua segurança, se preciso fosse, com o sacrifício das próprias vidas.

— E não adianta reclamar — disse-lhe o sogro. — Eles vão com você e não desgrudam da barra de suas calças, ou você não vai, nem que eu tenha de amarrá-lo aqui!

Mas logo todos perceberam que tanta precaução não era necessária e Masakazu passou a ir para Taubaté sozinho, dirigindo o próprio automóvel, em perfeita segurança: Taubaté era uma cidade pacata, não havia membros da Shindô-Renmei e muito menos da Tokko-tai por ali.

A clínica de Masakazu crescia a olhos vistos e nem foi preciso Nelson insistir para que ele se mudasse com a família para essa cidade. O médico viu que Campos do Jordão tornara-se pequena demais para que pudesse se desenvolver profissionalmente no mesmo ritmo do que em Taubaté.

Por outro lado, Maria de Lourdes tinha sido convidada pelo diretor do ginásio estadual da cidade, professor Theodoro Correa Cintra, para lecionar em seu estabelecimento. Ao mesmo tempo, o padre-reitor do Colégio Diocesano foi até a fazenda para dizer que ela seria muito bem-vinda se aceitasse lecionar filosofia para seus alunos mais adiantados.

Ao lado de todas essas oportunidades, havia o fato de que Taubaté era a cidade mais desenvolvida e próspera do Vale do Paraíba.

— Quando a estrada nova ficar pronta — falou Nelson —, estaremos a duas horas e meia de São Paulo. E isso, por si só, será uma enorme vantagem!
Assim, a decisão de ficarem em Taubaté era óbvia.

A competência profissional tanto de Masakazu quanto de Maria de Lourdes logo se fez notar e, em menos de um ano, o casal figurava entre as pessoas mais respeitadas da cidade.

Dois anos após sua chegada a Taubaté, eles tiveram a família aumentada com o nascimento de uma menina, batizada como Iracema Yoko, por determinação de Maria de Lourdes, em homenagem às duas avós.

— Não há motivo para pôr o nome de minha mãe na criança — reclamou Masakazu, sem conseguir esconder certa tristeza. — Minha família nunca deu sinal de vida desde o dia em que deixei a Fazenda dos Bacuris para me casar com você... Veja que Nelsinho está com 6 anos de idade e não conhece os avós paternos!

— Isso não tem importância, Carlos — retrucou Maria de Lourdes. — E não é verdade que eles não se manifestaram... Não se esqueça de que foi seu pai quem mandou Hiromiti avisar-nos sobre a Shindô-Renmei. E, no fundo, foi graças a esse aviso que viemos para cá e estamos tendo todo este sucesso!

Masakazu preferiu não contestar. Ele guardava muita mágoa quanto à atitude de sua família e, no que dizia respeito ao aviso a que sua esposa se referira, ele jamais esqueceria a maneira como Hiromiti o fizera...

"Eles poderiam ter agido como o pai de Maria de Lourdes", pensou ele. "No começo, foi contrário a nosso casamento, mas depois... Não tenho dúvida nenhuma de que posso contar com ele como meu melhor amigo!"

Na verdade, não era apenas o lado japonês da família que claramente repudiava aquela união, mas todo o contexto social nipônico.

Masakazu e Maria de Lourdes eram muito bem tratados pelos japoneses que residiam no Vale do Paraíba. Eram respeitados, considerados... Porém era nas pequenas coisas que principalmente Masakazu notava a discriminação.

Por exemplo, eles não conseguiram encontrar um professor de japonês para o pequeno Nelson Harema. Sempre havia uma desculpa: não havia vaga nas turmas de japonês, os professores não dispunham de tempo... Da mesma maneira, nunca foram convidados para as festas tradicionais da colônia. Em contrapartida, como eram tidos como ricos e podiam dar bons presentes, freqüentemente eram chamados para padrinhos de casamentos ou de batizados...

Essa situação doía muito em Masakazu, que queria fazer com que seus filhos ao menos tivessem conhecimento da língua e das tradições da terra de seus avós.

– Você deveria ensinar japonês para o Nelsinho – falou, um dia, Maria de Lourdes –, já que não conseguimos encontrar um professor...

Masakazu bem que tentou, mas, trabalhando cerca de doze horas por dia, ele não podia dispor do tempo necessário.

– Não dá certo – constatou, desanimado. – Para ensinar japonês, é preciso muita dedicação. E eu não posso sacrificar os horários do hospital e do consultório em função disso. Um dia, quando desaparecer essa mentalidade xenofóbica dos japoneses, encontraremos um professor para Nelsinho e uma professora para Yoko. – E, com um sorriso triste, concluiu: – Se é que um dia essa discriminação efetivamente terminará!

XVI

O dia amanheceu chuvoso e frio na Fazenda dos Bacuris.

Sentado em sua espreguiçadeira, enrolado num cobertor, Ryuiti tinha passado a noite em claro, rolando de dor no estômago. Tomara todos os remédios caseiros que Yoko lhe dera, tomara leite, comera alguns biscoitos, mas nada aliviara a dor que parecia um punhal atravessando-lhe o abdome. Sua esposa ficara acordada até alta madrugada, fazendo-lhe massagens, trazendo-lhe bolsas de água quente, até que Ryuiti mandara-a dormir dizendo que não fazia sentido os dois ficarem acordados.

– A dor vai passar, Yoko – disse ele. – É só uma questão de

tempo. Não é a primeira vez que ela aparece. Sei que durará algumas horas e depois irá embora.

Porém, dessa vez, isso não aconteceu e, por volta de 8 horas da manhã, ele sentiu náuseas, foi ao banheiro e... vomitou sangue.

Yoko, como boa esposa japonesa, habitualmente dócil e submissa, sem hesitar assumiu o controle da situação e decidiu:

– Vamos procurar Masakazu. E vamos agora, antes que você piore.

– De jeito nenhum! – protestou Ryuiti. – Existem outros médicos! Não quero ser tratado por ele! E nunca pisarei em sua casa, a casa de uma *gaijin*!

Yoko olhou para Ryuiti e, muito séria, falou:

– Nunca o contrariei. Mesmo quando achei que você estava errado, eu me calei e não me posicionei contra suas decisões. Agora, no entanto, não estou perguntando se você quer ir ou não. Estou dizendo que *vamos*! Você está doente, precisa de tratamento e ninguém melhor do que nosso filho para, pelo menos, dizer o que deveremos fazer.

O velho samurai ainda tentou insistir, mas uma nova golfada de sangue veio a sua garganta, e, cedendo às evidências, deixou-se levar para o automóvel.

– Não vou ficar na casa de Masakazu – avisou ele. – Ficaremos num hotel e mandaremos chamá-lo.

– Você vai fazer o que for preciso, o que for melhor para sua saúde – retrucou Yoko. – E não vamos discutir mais. Procure descansar, a viagem até Taubaté é longa e cansativa.

Ryuiti silenciou. Pela primeira vez em sua vida, estava com medo. Havia já um ano que aquela dor o acometia, quase semanalmente, e ele simplesmente não lhe dera importância. Achava que era uma gastrite qualquer, uma vez que ela melhorava com antiácidos e até mesmo com os chás que Yoko lhe preparava. Mas a dor piorara, e muito... E agora, aquele sangue todo!

– Sempre tive boa saúde – resmungou. – Não sei o que foi me acontecer!

A seu lado, Yoko nada disse. Ela talvez estivesse com mais medo ainda do que o marido. Dois anos atrás, Tomie Kiyohara, mulher de Shunji Kiyohara, também começara a ter dores, depois vomitara sangue e, quando foi operada, tinha um tumor enorme... Depois da cirurgia, não durara mais do que três meses.

Não! Com seu marido isso não poderia acontecer! E era por esse motivo que Yoko fizera questão de procurar Masakazu. Se alguém podia fazer alguma coisa, teria de ser ele. Afinal, ela ouvira falar tanto, por tantas pessoas, sobre as curas que o filho estava fazendo em Taubaté... Alguns chegavam a dizer que ele era milagroso! Bem... Pelo menos isso... Se ele não tivesse casado com uma *gaijin*... se tivesse casado com Norie... aí, sim, seria o filho perfeito!

"Como é o nome dela, mesmo?", perguntou-se. "Rurudesu... Sim... Acho que é isso... E como é que eu vou me entender com ela? Quase não falo português!"

Olhou para Ryuiti. Ele estava muito pálido, apático, mal conseguia falar.

"Será que ele vai agüentar?", pensou, aterrorizada. "Ele tem de agüentar! Ryuiti não pode morrer agora!"

XVII

Passava um pouco de 6 horas da tarde e Masakazu já estava vestindo o paletó para voltar para casa quando o motorista da Fazenda dos Bacuris, que ele conhecia desde quando era menino, entreabriu a porta de seu consultório e disse:

– Com licença, doutor?

Num primeiro instante, Masakazu sentiu-se agradavelmente surpreendido. Fazia tantos anos que ele não via Geraldo! Porém a expressão séria do homem mostrou-lhe de imediato que alguma coisa não estava bem.

– Seus pais estão no carro, aí fora – informou ele. – Seu pai está muito doente e sua mãe quer que você o examine.

Preocupado, Masakazu acompanhou Geraldo até o automóvel e, ajudado por ele, carregou Ryuiti para dentro do consultório.

Examinou-o detalhadamente e, ao terminar, falou:

– Precisa ser internado. Papai está com uma úlcera hemorrágica e isso é perigoso. Se perfurar a parede do estômago... – Voltando-se para a mãe, acrescentou: – Será por poucos dias, só para fazer os exames. Depois vocês ficarão em minha casa até papai se recuperar.

Ryuiti ia protestar, dizer que jamais ficaria na casa de uma *gaijin*, mas Yoko o fez silenciar com um gesto enérgico e falou:

— Não queremos dar trabalho... Mas... se você acha que é melhor para seu pai...

Masakazu teve vontade de dizer que seria não apenas o melhor para o pai, como também a oportunidade de conhecerem os netos – possivelmente, a última oportunidade, pois tinha certeza de que o pai estava com câncer e que não duraria muito tempo.

Enquanto o médico estava escrevendo o pedido de internação, Ryuiti pediu para Yoko e Geraldo deixarem-no a sós com o filho e, assim que os dois saíram, disse:

— Você sabe que estou aqui por causa de sua mãe. Por mim, não viria procurá-lo e muito menos iria para sua casa. Mas sua mãe fez questão e eu nunca discuti com ela; não seria desta vez.

Masakazu terminou de fazer o pedido de internação, pegou uma folha de receituário e fez a solicitação de exames.

— Não precisa ter medo, nós não seremos indelicados com sua mulher – continuou Ryuiti. – Mas não nos peça para sermos carinhosos.

— Não peço nada, papai – replicou Masakazu. – Só posso lhe dizer que o tempo será seu professor...

Ryuiti fez um sinal de assentimento com a cabeça e murmurou:

— Farei o possível para prestar atenção às aulas. E tentarei aprender depressa, se é que realmente há alguma coisa a aprender. – Encarando o filho, acrescentou: – Estou achando que a doença que tenho vai me levar... Quero que você me prometa que não vai me deixar morrer longe da Bacuris.

Masakazu sentiu um nó na garganta e, esforçando-se para não deixar transparecer a emoção em sua voz, disse:

— Você não vai morrer longe da fazenda, papai... Pode estar certo disso.

— Fico mais tranqüilo – assegurou Ryuiti. – Quero morrer sentindo o cheiro da terra arada, o perfume das flores dos pessegueiros...

— Sempre pensei que você quisesse voltar para o Japão – falou Masakazu, tentando desviar o assunto.

— Não. Desde que vim para o Brasil, nunca mais quis voltar

para o Japão. Tenho recebido muitas cartas de lá... Tudo está muito diferente. Não é mais o Japão de minha mocidade. Não tenho nenhum motivo para querer voltar.

XVIII

Os exames confirmaram as suspeitas de Masakazu: Ryuiti estava com câncer de estômago em fase bastante avançada e já não havia mais a menor possibilidade de cirurgia.

– Sinto muito, Masa – disse-lhe o doutor Mélega, chamado de São Paulo para opinar. – Não há o que fazer. No máximo, você poderá aliviar um pouco as dores, mas o prognóstico é fechado. Seu pai não vai agüentar nem três meses. As metástases já estão no fígado e nos pulmões.

Ryuiti foi para a casa do filho, sem discutir. Estava fraco demais para qualquer tipo de reação e, no fundo, sentia-se mais amparado ali do que em qualquer outro lugar.

– Eu estava certo, não é mesmo? – disse ele, quando chegou à casa de Masakazu. – Esta doença vai me matar... – Segurando com força a mão do filho, falou: – Não se esqueça da promessa que me fez. Não quero morrer aqui.

Bem-educados, cumprimentaram Maria de Lourdes, abraçaram as crianças e recolheram-se para os aposentos que ela lhes tinha destinado.

Ao acomodar o marido na cama, Yoko falou:

– Rurudesu é simpática, mas parece ser muito fraquinha, não é?

Ryuiti sorriu e retrucou:

– Acho que isso não tem muita importância... Você não viu que eles têm três empregadas? – Meneou negativamente a cabeça e completou: – As *gaijins* são assim mesmo... Não conseguem tocar uma casa sem um batalhão de empregadas!

Durante os dias que se seguiram, porém, o casal percebeu que o conceito que estavam fazendo de Maria de Lourdes estava completamente errado. Ela podia ser franzina, magrinha... mas trabalhava como louca! Dava aulas de manhã, à tarde e até mesmo à noite, duas vezes por semana. Era mais do que evidente que precisava de três empregadas: uma cozinheira, uma arrumadeira e uma babá para as crianças, que, eles logo viram, eram bem-educadas, obedientes e estavam sempre limpas e arrumadas. Alegres, diziam para os avós em japonês: *"Orraiô-gozaimassu"*[48], *"Gohanshimashô"*[49], *"Oyassuminasai-massê"*[50]. Os netos não se esqueciam do *"Tadaima!"*, quando chegavam em casa, vindos da escola, nem do *"Itemairimassu"*[51], ao saírem.

Além disso, Maria de Lourdes falava japonês! Claro, sentia alguma dificuldade em montar as frases, não possuía um vocabulário rico, mas falava! E demonstrava extrema boa vontade em se comunicar com os sogros em seu idioma.

Eles podiam ver e sentir que Masakazu estava feliz e realizado. Principalmente para Yoko, isso era o mais importante de tudo.

Assim, em pouco mais de uma semana de convivência, os pais de Masakazu, pelo menos aparentemente, tinham se convencido de que o filho acertara no casamento. Sentiam-se bem em sua casa, para felicidade tanto de Masakazu quanto de Maria de Lourdes.

Contudo, a saúde de Ryuiti estava se deteriorando a olhos vistos. Ele emagreceu muito e enfraqueceu rapidamente, a ponto de não mais conseguir caminhar de seu leito até a sala de jantar. Maria de Lourdes passou a servir suas refeições no quarto e, sempre que podia, fazia-o pessoalmente, a despeito de Yoko insistir em que ela poderia perfeitamente fazer isso, assim como preparar a comida de Ryuiti.

– Não. Fique à vontade para fazer alguma coisa diferente que o *otoo-san*[52] quiser. Mas não precisa se preocupar com nada. Não precisa ter trabalho nenhum.

Uma manhã, dois meses depois de ter chegado a Taubaté, Ryuiti pediu para a nora chamar Masakazu.

– Está na hora de você cumprir a promessa que me fez – disse

---

[48] "Bom dia." É dito pela manhã, ao sair da cama.
[49] Literalmente, "o arroz está servido".
[50] "Boa noite." Diz-se na hora de ir dormir.
[51] Cumprimentos familiares e delicados. *"Tadaima"* é dito quando se chega à casa e *"Itemairimassu"*, ao sair. Trata-se de formas de respeito.
[52] Pai, papai. Também é utilizado pelo genro ou pela nora. *Okaa-san* significa mãe, mamãe ou sogra.

ele para o filho. – Leve-me de volta para a fazenda. E quanto antes... Acho que minha hora já está chegando.

Masakazu não discutiu. Avisou Maria de Lourdes que precisaria viajar para Cotia e esta falou:

– Vou com vocês. Não vou deixar você sozinho num momento como este.

Masakazu olhou muito sério para a esposa e, com um suspiro, disse:

– Acho que você não deve ir. Pode apostar que os japoneses lá da Bacuris não vão encará-la como meus pais o fizeram. Você poderá se sentir mal e eu não quero isso.

Maria de Lourdes não respondeu. Apanhou uma mala de viagem, pôs algumas roupas suas e do marido em seu interior e foi ajudar a sogra nos preparativos para a ida a Cotia.

– Você também vai? – perguntou esta.

– Vou, é claro – respondeu Maria de Lourdes.

Yoko sorriu, pousou a mão sobre o antebraço da nora e disse:

– Eu tinha certeza de que você iria... Uma verdadeira esposa não deixa que o marido sofra sozinho.

Ryuiti Fukugawa morreu dois dias depois de ter voltado para a fazenda. Morreu segurando a mão de Yoko... e a de Maria de Lourdes.

XIX

Na partilha dos bens de Ryuiti Fukugawa, Masakazu vendeu sua parte para os herdeiros de Takara-san, assim como sua participação nas outras fazendas.

Como natural numa família japonesa, a mãe, Yoko, foi morar com o filho mais velho. Assim, logo após o enterro de Ryuiti, acompanhou Masakazu e Maria de Lourdes. Levava apenas uma mala com suas roupas, deixando todo o resto para a filha, Haruko, que permaneceria na Bacuris. Yoko viveu feliz na casa de sua nora *gaijin* por mais seis anos e morreu como um passarinho, durante uma noite de inverno, algumas horas depois de ter dito para Maria de Lourdes que agradecia muito todo o carinho que lhe estava sendo dispensado.

Nelson aconselhou o genro a investir o dinheiro apurado com a herança em terras para gado de corte e plantações extensivas, mecanizadas, que dessem pouco trabalho com mão-de-obra.

– A tendência da agricultura é, cada vez mais, considerar o trabalhador rural no mesmo nível do urbano. Isso significa muita despesa com impostos, salários elevados e ações trabalhistas – disse ele. – O melhor é o gado. No máximo plantações que possam ser feitas e cuidadas por máquinas. E acredite em mim, Carlos: enquanto não descobrirem uma proteína sintética que seja economicamente viável, o melhor investimento é boi no pasto. Um só homem pode cuidar de uma boiada inteira, e o lucro é certo.

Masakazu jamais discutiria com o sogro assuntos relacionados com agricultura, pecuária e fazendas. Nelson era um grande conhecedor e seu sucesso financeiro era prova disso.

– Deixo em suas mãos – falou o médico. – Minhas atividades profissionais não me dão tempo para ficar procurando terras para comprar e muito menos para aprender, a esta altura da vida, como lidar com o gado.

Nelson Figueiredo não decepcionou o genro: adquiriu para ele uma excelente fazenda no sopé da Serra do Mar e encheu-a de gado.

– Leite, só para a manutenção da fazenda – explicou. – O carro-chefe serão a engorda e a recria. Vamos plantar um pouco de milho, de feijão. A sede é muito boa, só precisa de uma pequena reforma, e a área em torno dela, onde já existe um excelente pomar, além de um belo jardim, pode conter uma horta. Dificilmente vocês precisarão comprar qualquer coisa no mercado de Taubaté...

Menos de um ano depois, as previsões de Nelson mostraram ser verdadeiras: a Fazenda do Forte não apenas estava dando ótimo lucro com o manejo correto do gado de corte, como também conseguia suprir praticamente toda a despensa de Maria de Lourdes sem que ela precisasse comprar um só pé de alface. Todos os dias, a caminhonete da fazenda vinha trazer ovos, leite, verduras e frutas, e a fartura era tanta que Maria de Lourdes freqüentemente fazia doações para o Asilo de São Vicente de Paula e para o Lar das Crianças, caso contrário muita comida seria desperdiçada.

– Há pessoas que passam necessidade – dizia ela – e nós temos sobrando. Não custa nada distribuir um pouco.

Essa mentalidade caridosa era partilhada pelo marido, que, além de trabalhar no hospital pela manhã e no consultório à tarde, todas as quartas-feiras atendia na Santa Casa de Misericórdia, gratuitamente, das quatro da tarde às sete da noite. E, como era um excelente médico – até com fama de milagreiro –, havia filas enormes de pacientes que faziam questão de serem atendidos por ele.

Nesse clima de contínua prosperidade e fartura, Nelsinho e Yoko cresceram. Estudavam nos dois melhores colégios da cidade, ele no Diocesano e ela no Bom Conselho.

Porém Maria de Lourdes e Masakazu achavam que os filhos mereciam mais.

– O ensino aqui em Taubaté é bom – disse, um dia, Masakazu –, mas tenho certeza de que podemos oferecer mais para nossos filhos.

– Só se eles forem para São Paulo – falou Maria de Lourdes.

– Estava pensando justamente nisso. Podemos comprar um apartamento na capital e as crianças irão para lá. Não será difícil encontrar alguém que se disponha a ser uma espécie de governanta para os dois.

– E eles vão ficar longe de nós... – murmurou Maria de Lourdes, sem conseguir disfarçar a preocupação.

– Eles estarão aqui nos finais de semana e nas férias – ponderou Masakazu, rindo. – Você nem terá tempo de sentir saudade...

Quarta Parte
Sansei

I

O apartamento que Masakazu comprou, na Rua Piauí, no bairro de Higienópolis, era fantástico. De cobertura, tinha um terraço maravilhoso, de onde se podia apreciar a vista de São Paulo, que, de tão imponente, chegava a assustar. Com quatro suítes, abrigaria com todo o conforto possível e imaginável as duas crianças, a governanta – uma professora aposentada de nome Ilka, ex-colega de Maria de Lourdes – e o casal, quando fosse a São Paulo visitar os filhos.

No subsolo do edifício, das duas vagas de garagem a que o apartamento tinha direito, uma ficaria reservada para o carro de Maria de Lourdes ou de Masakazu e a outra seria ocupada pelo automóvel a ser usado em São Paulo, aos cuidados de Djalma, motorista que servira durante muitos anos à família de Nelson Figueiredo e que, viúvo e sem filhos, passaria a morar no apartamento, ocupando as dependências de empregados. Assim, as crianças e Ilka não precisariam recorrer ao transporte público para se locomover. O serviço doméstico seria feito por uma moça que entraria todos os dias às 8 horas da manhã e sairia às 6 da tarde. Ilka ficaria incumbida de comandar e administrar tudo, inclusive o dinheiro para o pagamento de contas e de eventuais compras. O grosso da despensa seria abastecido pela fazenda, exatamente como acontecia em Taubaté.

Naquela época, as famílias tradicionais de São Paulo, assim como os descendentes de imigrantes italianos e alemães, tinham elegido o Colégio Santo Américo para nele seus filhos homens – praticamente não havia escolas mistas – estudarem. Já as meninas contavam com mais opções: havia o Sion, o Des Oiseaux, o Assunção, o Santa Marcelina... A escolha dependia muito do grupo de relações das mães, uma vez que o nível de ensino e o rigor disciplinar eram mais ou menos os mesmos em todos eles.

Nelsinho foi para o Santo Américo e Yoko para o Sion e, assim, começaram uma nova etapa de vida: a de filhos de pais ricos, freqüentando a nata da sociedade paulistana.

Durante os três primeiros meses, Maria de Lourdes ficou mais tempo em São Paulo do que em Taubaté, fazendo companhia para os filhos. Ela tinha medo de que eles – em especial a pequena Yoko – estranhassem estar sozinhos numa cidade grande. Era o que ela dizia, procurando uma desculpa cabível para encobrir a realidade: era ela, Maria de Lourdes, que não estava conseguindo ficar longe dos filhos por tanto tempo.

Mas é sabido que não há melhor bálsamo do que o tempo e, aos poucos, tanto mãe quanto filhos foram se acostumando; ela retomou suas atividades em Taubaté – tinha deixado de lecionar, mas continuava suas obras assistenciais e ajudava o marido no que se referia à fazenda – e as crianças entraram na rotina de estudar durante a semana e viajar para Taubaté nas sextas-feiras depois das aulas para retornar a São Paulo no fim da tarde dos domingos.

Levavam vida de ricos, efetivamente. Quando, já mais crescidos, começaram a ter atividades sociais, não lhes faltavam convites para festinhas, reuniões, passeios, cinemas... Às vezes, Nelson Harema chegava a comentar com Ilka que a semana era curta demais para tanta coisa que tinha de fazer.

Embora com suas agendas cheias, tanto Nelson quanto Yoko não relaxavam nos estudos. Eram excelentes alunos, tiravam sempre as melhores notas e, também por isso, eram permanentemente requisitados pelos colegas para participar de grupos de estudos, aos quais, no fundo, eles iam para ensinar.

No Santo Américo e no Sion, os dois Fukugawa eram os únicos descendentes de japoneses e eram considerados quase como mascotes de ambos os colégios. Inteligentes, esforçados, interessados e bem-educados, representavam suas classes em quase todos os eventos e até mesmo junto à diretoria. Os "japinhas", como carinhosamente os chamavam seus colegas, eram queridos por alunos e professores e muitas vezes serviam como exemplos de bons alunos.

No início da vida paulistana dos filhos, Masakazu procurou fazer com que eles freqüentassem a colônia nipônica de São Paulo. Levou-os, com Maria de Lourdes, a vários eventos tradicionais, contatou antigos companheiros que tinham filhos da mesma idade, tentou de todas as maneiras integrar Nelson Harema e Yoko na comunidade japonesa.

Evidentemente, sempre foram muito bem tratados e Masakazu muito respeitado... No entanto, os convites não aconteciam. Se ele, literalmente, não cavasse os contatos, seus filhos não eram sequer lembrados.

Por fim, para não se aborrecer ainda mais, Masakazu desistiu.

– Não adianta – queixou-se para a esposa. – Os japoneses não consideram nossos filhos japoneses. Parece que, para eles, Nelson e Yoko sempre serão *ainokos*[53].

Maria de Lourdes sorriu, deu um beijo no marido e falou:

– Pelo menos, a "colônia" *gaijin* aceita muito bem as crianças... Basta ver como elas estão felizes na escola e como conseguiram fazer amigos em tão pouco tempo!

II

Nos finais de semana em que as crianças não iam para Taubaté – fosse por causa de alguma prova na segunda-feira ou de uma festinha – Masakazu e Maria de Lourdes iam para São Paulo ficar com os filhos. Nessas ocasiões, além dos programas tradicionais, tais como levar as crianças ao cinema, a um restaurante ou a um parque de diversões, Nelson Harema, já quase um rapazinho,

---

[53] Literalmente, filhos do amor. É um termo utilizado para designar os mestiços.

não dispensava uma ida ao aeroporto de Congonhas "para ver avião" e ele lá ficava olhando pousos e decolagens, dizendo para o pai que avião era aquele ou aquele outro e dando as características técnicas das aeronaves.

Tal paixão pela aeronáutica fez com que ele, aos 18 anos, decidisse que seria oficial aviador.

Como seria de esperar, Maria de Lourdes quase desmaiou.

– Mas não tem cabimento! – exclamou ela quando o filho lhe deu a notícia de que tinha sido aprovado no exame para a Academia da Aeronáutica. – Um aviador! É o fim do mundo! – E, mudando o tom de voz de irado para queixoso, disse: – Um menino tão inteligente... Pode ser um grande médico, como seu pai! Pode ser engenheiro, o que quiser! Mas não! Quer ser aviador! Quer ficar se arriscando no céu, fazendo maluquices! E isso sem contar que você vai se atrasar nos estudos! Poderia prestar o vestibular no início do ano que vem e, se decidir ir para a Academia da Aeronáutica...

Masakazu sorriu. Abraçando a esposa, falou:

– Sei muito bem qual é seu maior medo. Um acidente aeronáutico, e pronto, acabou-se... Mas você deve entender que acidentes podem acontecer para qualquer um e em qualquer lugar. Veja, por exemplo, nosso retireiro, lá na fazenda. Ele caiu do cavalo e recebeu um coice do animal na cabeça. Morte instantânea... Não foi preciso que ele estivesse fazendo alguma coisa perigosa. E Clóvis, meu colega de Goiânia... Ele não morreu dentro de casa, por causa de um choque elétrico ao trocar uma lâmpada?

– Pode ser – argumentou Maria de Lourdes –, mas ser aviador é procurar o perigo! As probabilidades de acidente são muito maiores!

Masakazu olhou para a mulher, depois para o filho e disse:

– Criamos os filhos para o mundo, querida... Eles são como os passarinhos. Depois de certo tempo, abandonam o lar, vão voar sozinhos. E é exatamente isso que Nelson quer fazer: voar. Não temos o direito de impedi-lo. – Com um sorriso, deu o golpe de misericórdia: – Nós dois também decidimos fazer nossa vida sem ouvir a opinião de nossos pais, não se lembra? E acho que não podemos dizer que nos arrependemos...

Não houve mais discussão, e foi ainda com o coração na mão que Maria de Lourdes assistiu ao primeiro vôo solo do filho, pouco antes de ele receber o espadim de aspirante a oficial aviador, como primeiro de sua turma.

Era o dia 23 de julho de 1963 e o país já mostrava os princípios de convulsão que culminariam com a Revolução de 1964.

III

Por ocasião da renúncia do presidente Jânio Quadros, o vice-presidente, João Goulart, não gozava da confiança dos militares e das elites da sociedade brasileira, que o consideravam excessivamente de esquerda, com tendências marxista-leninistas. Em conseqüência, quase foi impedido de tomar posse. Seu governo foi bastante conturbado e ele mantinha ligações muito estreitas com os movimentos trabalhistas, o que o fazia simpático aos grupos que pediam reformas agrária, política e bancária e, ao mesmo tempo, levava-o a ser considerado perigoso pelos militares e empresários, temerosos de que ele arrastasse o Brasil para o lado de Fidel Castro.

Esse posicionamento político de Jango fez com que um grupo – poderoso tanto econômica quanto politicamente – arquitetasse e executasse, com o apoio dos Estados Unidos, um golpe de Estado. Na madrugada de 31 de março para 1º de abril de 1964, os militares e os setores mais conservadores da sociedade brasileira derrubaram o presidente, levando-o a exilar-se no Uruguai.

Oficialmente, assumiu a Presidência da República o presidente da Câmara dos Deputados, Ranieri Mazzilli, mas efetivamente o poder já estava sendo exercido pelo Comando Supremo da Revolução, constituído pelos ministros da Marinha, do Exército e da Aeronáutica. Em 15 de abril, no cargo de presidente da República foi empossado o marechal Humberto de Alencar Castelo Branco.

Começava o período que a História denominou de Anos de Chumbo.

Os três anos de presidência de Castelo Branco foram marcados por medidas autoritárias e pela forte repressão a qualquer manifestação – ou mesmo simples comentários – às atitudes do governo. Por meio de atos institucionais, a oposição era literalmente silenciada. Com o Ato Institucional nº 1 e com base na "reconstrução econômica, política, social e moral do Brasil", Castelo Branco cassou mandatos de vários políticos – inclusive de Juscelino Kubitschek, Jânio e Jango –, demitiu milhares de funcionários públicos sob a alegação de que eram subversivos, tornou ilegais os partidos de oposição, os sindicatos e as associações de classe, proibiu greves, extinguiu a União Nacional dos Estudantes (UNE) e várias entidades estudantis estaduais, mandou invadir e fechar a Universidade de Brasília... Segundo o governo, essas e muitas outras medidas repressivas estavam sendo postas em prática em nome do "saneamento político e moral do país".

Por essa ocasião, surgiu o "dedurismo", prática torpe da delação mesmo sem qualquer prova.

Não se pode definir qual é, biblicamente, a atividade mais antiga: se a de dedo-duro ou a de prostituta. Contudo, dessas duas, com certeza a de prostituta é a mais digna, uma vez que não destrói vidas – a menos que seus clientes acabem por se autodestruir moral ou fisicamente e, nesses casos, certamente o fazem de forma consciente e a influência da profissional quase nunca é direta. Exemplificando, se um indivíduo se deixa destruir moralmente por ter se apaixonado por uma prostituta, é ele quem efetivamente se deixou apaixonar e dificilmente a mulher trabalhou para que tal acontecesse. No fundo, ela apenas desempenhou seu papel, fez seu trabalho e, se de tão bem-feito levou o cliente a virar a cabeça, não foi sua culpa. Quem freqüenta prostitutas tem a obrigação de saber que elas são como a Lua: como diz a canção, quem brilha "para todos que andam na rua não vai brilhar só para mim".

Já o dedo-duro exerce uma atividade torpe, capaz de destruir uma vida inteira numa fração de segundo, na maioria das vezes sem que o denunciado tenha qualquer culpa e, em muitas ocasiões, o único "crime" que este cometeu foi ter se tornado, por alguma razão, simplesmente antipático para o alcagüete.

O trabalho de atender às denúncias de subversão, nas unidades militares espalhadas por todo o país, era destinado aos "oficiais de dia", cargo que, quase naturalmente, era ocupado pelos aspirantes e oficiais mais modernos. Ao mesmo tempo, com freqüência, cabia a estes a triste e árdua tarefa de buscar e prender as pessoas denunciadas – o que, na verdade, nem sempre funcionava exatamente como desejavam os comandantes militares...

— Descobri como pegar esse japonês — falou Luiz Rosa para sua mulher — e, com o que ele vai ter de gastar para livrar a cara, terá de vender o armazém. — Deu uma risada canalha e acrescentou: — O Chiba precisará fazer dinheiro depressa e, então, vai se lembrar da minha oferta...

— O que está pretendendo fazer? — indagou a esposa, Anita.

— Você viu o que aconteceu ao Donizete, no mês passado?

— Ele foi preso pelos militares...

— Pois é... — falou Luiz. — Alguém o denunciou. Contaram para os milicos que o Donizete estava falando mal do governo e que ele, tempos atrás, estava muito ligado aos comunistas. — Semicerrando os olhos, disse: — Vou fazer o mesmo com o Chiba. Vou dizer que ele é comuna. Daí até ele provar que focinho de porco não é tomada...

— Mas ele nunca foi comunista! — protestou Anita. — Todos sabem que ele nunca se meteu com política!

— E que importância isso tem? — perguntou Luiz, com escárnio.

— É uma mentira! — exclamou a mulher. — Não é certo fazer uma coisa dessas!

— Mas seria muito bom se pudéssemos comprar aquela esquina na frente do mercado pela metade do valor, não é?

— É claro que seria — respondeu Anita. — Mas não acho que seja correto prejudicar uma pessoa dessa maneira só para obrigá-la a vender o único bem que possui!

Luiz Rosa soltou uma gargalhada e rosnou:

— Ora, não me venha com esses conceitos de colégio de freiras... No amor, na guerra e nos negócios, vale tudo! E não foi sendo um anjinho de altar que eu consegui chegar ao lugar onde estou!

Isso era uma grande verdade. Luiz Rosa, aos 45 anos, era dono de um patrimônio invejável, constituído pela imponente mansão onde morava, inúmeras casas de aluguel em Taubaté e em Pindamonhangaba, três fazendas no município de São Luís do Paraitinga e uma bela casa de praia em Ubatuba.

Era bem surpreendente que ele tivesse conseguido ganhar tanto dinheiro, uma vez que começara como um pequeno sitiante no Carapeva, distrito rural no caminho de São Luís do Paraitinga, que herdara do pai. Tirava um pouco de leite, plantava alguma coisa de milho e feijão e criava alguns porcos e umas poucas galinhas. Em resumo, o dinheiro que conseguia no sítio mal dava para o sustento dele, da mulher e dos três filhos pequenos.

Porém Luiz e Anita viviam como miseráveis, embora o pouco que ganhavam possibilitasse no mínimo uma vida mais digna. Assim, não havia a menor necessidade de economizar em detalhes absolutamente ridículos, tais como deixar de comprar sapatos para as crianças.

— Menino não precisa andar calçado — dizia Luiz. — Se estivesse trabalhando, roçando pasto, está certo, teria de usar uma botina. Mas para ir à escola...!

Comiam arroz, feijão e farinha todos os dias. De vez em quando, ele matava um porco para vender a carne para os vizinhos. Se sobrasse alguma coisa, o cardápio variava um pouco. O mesmo se dava com as galinhas. Os ovos eram para vender, não para comer.

Com tal política financeira, mesmo que ganhasse pouco, Luiz Rosa conseguia fazer sobrar dinheiro. E foram essas sobras que o levaram a se tornar milionário.

Descobriu a agiotagem.

A esposa de um seu vizinho ficou gravemente enferma e ele precisou de um dinheiro que não tinha para poder levá-la a São Paulo. Comentou o fato com Luiz Rosa, por acaso, e disse, em tom de desespero:

— Pagaria até 20 por cento de juros, se alguém me emprestasse esse dinheiro!

Continuando a enrolar o cigarro de palha, Luiz indagou de quanto o vizinho necessitava e, ao receber a resposta, falou:

— Se você me pagar mesmo esses 20 por cento de juros, posso lhe arrumar o dinheiro... Mas vou precisar dele dentro de trinta dias!

Foi esse o começo. Daquele dia em diante, Luiz Rosa passou a emprestar a juros. Cobrava caro, de 10 a 20 por cento ao mês, dependendo de quem pegava o dinheiro emprestado: as pessoas que tinham mais posses pagavam juros maiores.

É mais do que sabido que quem paga juros altos raramente consegue se livrar da dívida. E era essa a filosofia que Luiz Rosa seguia e, com isso, conseguia ter uma renda mensal respeitável.

Vez por outra, exigia de alguém o pagamento do principal:

— O senhor me entenda... Vou precisar do dinheiro. Estou fechando um negocinho...

— Mas não posso, seu Luiz — queixava-se o devedor. — Não tenho o dinheiro agora... Mas estou lhe pagando os juros certinho, todos os meses...

— Ah, mas eu preciso... O máximo que eu posso fazer é esperar mais um mês.

Decorrido o prazo, lá voltava ele:

— Vim receber...

Quase invariavelmente, o devedor não tinha o dinheiro, porém, para se livrar da dívida e, principalmente, de tão incômodo e inconveniente cobrador, dava-lhe em troca da nota promissória um terreno, uma casa, um automóvel... qualquer coisa que silenciasse o credor.

Dessa forma, Luiz Rosa foi formando seu patrimônio e mantendo um ganho mensal bastante elevado.

Mudou de vida. Passou a se vestir bem, comprou um carro, transferiu sua residência para a casa do doutor Ortiz, um dentista que lhe pedira emprestado — a 20 por cento de juros — uma quantia importante para montar um novo consultório e que, obviamente, não conseguira saldar a dívida. Para se ver livre, preferiu vender para o próprio Luiz a mansão que tinha construído a duras penas; o agiota a comprou por uma ninharia e, ainda por cima, descontou o valor que o dentista lhe devia.

Havia mais de cinco anos Luiz estava de olho naquela esquina na frente do Mercado Municipal.

Seu proprietário, um nissei chamado José Yugi Chiba, era um homem extremamente trabalhador e honesto. Era casado com Rosa Yukiko, também nissei, e tinha três filhos. Todos o ajudavam no armazém, que, como as antigas vendas de roça, vendia desde arroz, feijão e farinha até enxadas e outras ferramentas agrícolas, passando por sapatões, arreios e praticamente todos os outros artigos de que os pequenos sitiantes poderiam precisar em suas propriedades. Portanto, Chiba vivia relativamente bem e não tinha a menor intenção de se desfazer de seu imóvel e de seu comércio, recusando sistematicamente todas as ofertas que Luiz Rosa dava um jeito de fazer chegar a seu conhecimento.

— Esse japonês nunca precisa de dinheiro emprestado! — reclamava Luiz. — Mas eu hei de dar um jeito! Ainda vou comprar esse armazém!

A prisão de Donizete deu-lhe a idéia:
— Vou fazer com que Chiba seja preso! E isso é muito fácil!

O dia amanheceu chuvoso e frio no Parque da Aeronáutica de São Paulo, onde estava servindo o tenente Nelson Harema Fukugawa.
Assim que ele chegou à sala de *briefing* dos oficiais, recebeu a ordem:
— Tenente, você deverá ir a Taubaté e trazer preso um comunista perigoso — disse o capitão Sampaio, seu superior imediato. — É um patrício seu, chamado José Yugi Chiba.
Bom subordinado, Nelson não deixou que a surpresa transparecesse em seu rosto e, formal, apenas perguntou:
— Devo partir agora?
— Sim — respondeu o capitão. — Temos o endereço e tudo o mais. É só ir até lá, pegá-lo e levá-lo para Cumbica, onde ficará detido, aguardando o resultado das investigações a seu respeito. — Olhou pela janela da sala e murmurou: — O diabo é que, com esse tempo, não será possível ir de avião... Você terá de ir de carro.
Pegou o telefone sobre a mesa e ligou para a Divisão de Transporte Terrestre, pedindo uma viatura.
— Sinto muito, capitão — disse o sargento responsável. — Só teremos uma viatura liberada depois do almoço. No momento, estamos sem nenhuma aqui.
O palavrão que Sampaio disse ao desligar o aparelho fez Nelson entender que havia alguma dificuldade.
— Posso ir com meu próprio carro — sugeriu Nelson. — É só eu apanhá-lo em casa, pois vim para cá no ônibus do parque.
Sampaio sorriu. Esse, sim, era um oficial dedicado! Não via o menor problema em usar o próprio automóvel a serviço da pátria!
— Seria ótimo — falou ele para Nelson —, se você não se incomodar... Posso mandar um jipe levá-lo até sua casa, juntamente com a escolta. Seu carro pode transportar cinco pessoas?
— É um Aero Willis — respondeu Nelson. — Comporta facilmente seis passageiros.
Menos de trinta minutos depois, os três soldados da escolta estavam esperando na portaria do edifício de Nelson, enquanto este subia a seu apartamento para apanhar as chaves do automóvel.

Apressado, fechou a porta atrás de suas costas e, apanhando o telefone, ligou para seu pai, em Taubaté.

– Fale para a mamãe deixar almoço para mais quatro aí em casa, papai – falou ele. – Não diga a ninguém, mas estou indo para aí com uma escolta de três soldados para prender o Chiba, aquele comunista.

Masakazu ficou em silêncio, pasmo com a notícia, e Nelson aproveitou:

– A mamãe sabe o que fazer para o almoço... Devo chegar aí dentro de duas horas.

Masakazu entendeu perfeitamente as entrelinhas do recado que seu filho tinha acabado de transmitir.

Prender o Chiba! E por ser comunista! Era algo tão descabido quanto alguém querer dizer que ele, o doutor Carlos Masakazu Fukugawa, estivesse envolvido com subversão!

Conhecia muito bem o comerciante, sabia de seu valor como homem e como pai de família e tinha certeza de que ele jamais poderia estar metido em qualquer tipo de encrenca.

"Muito menos numa encrenca política!", pensou Masakazu.

Sem perda de tempo, deu uma desculpa qualquer no hospital e saiu.

Foi diretamente ao armazém de Chiba e literalmente obrigou-o a entrar no automóvel, dizendo:

– Venha, Chiba-san... Precisamos conversar!

Chiba, que sempre respeitara muitíssimo o doutor Fukugawa, não discutiu. Embora surpreso com o inesperado do que estava acontecendo, entrou no carro do médico.

– O que aconteceu, doutor? – quis saber ele. – Para onde estamos indo?

Olhando para a frente e dirigindo bem mais depressa do que o habitual, Masakazu respondeu:

– Nelson telefonou para mim agora há pouco. Está vindo para cá para prendê-lo. A acusação é de comunismo.

Chiba soltou uma risada.

– Não sabia que o senhor também gosta de piadas, doutor...

Entretanto, a expressão séria do médico fez com que o riso se apagasse no rosto de Chiba.

— É uma brincadeira, não é, Fukugawa-san...? — perguntou ele.

Masakazu suspirou e, depois de alguns segundos, explicou:

— Infelizmente, não é brincadeira, Chiba-san... Nelson ligou e disse que vinha prendê-lo. Pediu para que eu falasse para Maria de Lourdes deixar pronto almoço para quatro pessoas e, também, que a mãe saberia o que fazer para esse almoço. — Olhou de lado para o amigo e prosseguiu: — O recado estava aí. "O que fazer para o almoço" queria dizer simplesmente que *eu* saberia o que era preciso fazer. Ou seja, pôr você em segurança.

Entraram, nesse momento, na estrada para São Luís do Paraitinga e Masakazu falou:

— Vou levá-lo para a Fazenda do Forte. Ninguém irá procurá-lo lá. Depois, se for preciso, tomaremos as providências para que saia do país.

Chiba começou a ficar nervoso, queria a todo custo saber quem tinha feito uma denúncia tão absurda, mas Masakazu disse:

— Não sei de nada, Chiba-san. Nelson não teve tempo nem chance, possivelmente, de falar mais nada. — Bateu amistosamente no braço do comerciante e completou: — Mas pode estar certo de que ele vai descobrir. Nelson sempre gostou muito de você, sabe que alguém fez uma denúncia imbecil. Por enquanto, fique calmo e aguarde. Assim que as coisas estiverem nos seus devidos lugares, virei buscá-lo.

F oram dez dias angustiantes para Chiba e sua família. Ainda que ele soubesse estar em segurança na Fazenda do Forte, seu coração batia fora de compasso ao ruído de qualquer automóvel que se aproximasse pela bonita alameda de pinheiros canadenses que dava acesso à sede. Ele só sossegava quando constatava, já escondido no sótão da casa, que não se tratava de nenhum veículo militar ou policial, mas sim do carro de Maria de Lourdes ou do próprio Masakazu, que vinham ver como ele estava, se precisava de alguma coisa.

— Jamais poderei pagar o que o senhor está fazendo por mim, Fukugawa-san — disse Chiba para o médico. — Morrerei em *onghiri*[54] com o senhor.

---

[54] Dívida de gratidão.

— Não é mais do que minha obrigação, Chiba-san — retrucou Masakazu. — Sei que é inocente e que essa denúncia foi feita unicamente para prejudicá-lo.

— Mas... Não tenho inimigos na cidade! Nunca fiz mal a ninguém! Quem poderia ter inventado uma coisa dessas?!

Masakazu sorriu e respondeu:

— Nelson ligou para mim esta manhã. Ele já sabe quem o denunciou e está tomando as devidas providências.

— Quem foi? — indagou Chiba, ansioso.

— Ele não quis me dizer. Mas pode estar certo de que essa pessoa será castigada e, depois, você até poderá saber...

Chiba refletiu por alguns instantes e falou:

— Não... Acho que não vou querer saber. Prefiro imaginar que foi um engano dos militares a tomar conhecimento do nome de quem quis fazer isso comigo. Se eu souber, terei motivos para desejar levar a cabo o *katakiuchi*[55]. E aí, sim, vou me tornar um criminoso.

Masakazu anuiu com a cabeça. Depois de lhe entregar algumas coisas que a mulher e os filhos tinham enviado, verificou que o amigo não estava precisando de nada, despediu-se e voltou para a cidade.

"Chiba-san está certo", pensou ele, dirigindo de volta a Taubaté. "É bem melhor não saber quem o traiu..."

De fato, Nelson já sabia que Chiba-san tinha sido denunciado por Luiz Rosa. Depois de dois telefonemas e uma mensagem radiofônica pelo sistema Simpson, que interligava todas as unidades militares, ele descobrira o delator.

De posse dessa informação, foi procurar o capitão Sampaio e disse que alguma coisa estava suspeita naquela denúncia.

— Sou de Taubaté, senhor. Conheço José Yugi Chiba desde pequeno e sei que ele jamais esteve metido com política. O negócio dele é vender coisinhas para os roceiros que vão ao mercado da cidade, tenho certeza de que Chiba é um homem que não pensa em outra coisa a não ser trabalhar.

— Pode ser — replicou Sampaio —, mas o fato de ele ter fugido pesa contra...

---

[55] Vingança.

Nelson sorriu e falou:

— Eu não disse que ele fugiu, capitão...

Sampaio olhou torvamente para o tenente, que continuou:

— Eu apenas disse que não o encontrei. Falei isso pelo rádio para o senhor e transcrevi para meu relatório de missão. Chiba não estava em sua casa nem no local de trabalho. Pedi instruções ao senhor e recebi a ordem de retornar. Foi o que aconteceu.

Sampaio deu uma risada e, batendo amistosamente nas costas de Nelson, disse:

— Pois acho que sei o que aconteceu, tenente... E também acho que no seu lugar eu faria a mesma coisa. — Apanhou o papel que Nelson acabara de lhe entregar, o pedido de abertura de investigação sobre Luiz Rosa, e arrematou: — Não há nada que o impeça de interrogar o delator, tenente. E, se nós acharmos que foi má-fé de sua parte, rasgaremos a denúncia contra esse seu patrício e daremos uma boa lição nesse tal de Rosa... Vá buscá-lo!

Deixando a sala do capitão, Nelson despachou um jipe com três soldados da PA[56], mais o motorista, para Taubaté.

— Partam já, pois o jipe anda mais devagar do que meu carro e eu quero prender esse homem durante o dia, para que pelo menos os vizinhos vejam o que lhe está acontecendo. Vamos nos encontrar na entrada da cidade — disse ao motorista.

Pouco antes de 5 horas da tarde, Nelson estacionou seu Aero Willis cerca de 30 metros adiante do jipe do Parque da Aeronáutica, que, por sua vez, parou bem diante do portão de entrada da residência de Luiz Rosa.

Exatamente como o tenente esperava, os vizinhos, cheios de curiosidade, começaram a aparecer para ver o que estava acontecendo, já que não era nem um pouco habitual uma viatura militar parar ali, com soldados armados de metralhadoras.

Nelson tocou a campainha e, depois de alguns momentos, Luiz Rosa apareceu. Conhecia o tenente desde que ele era garoto e, por isso, abriu um sorriso ao vê-lo.

— Nelsinho! — exclamou. — Mas que prazer! Vamos entrar!

Muito sério, Nelson falou:

---

[56] Polícia da Aeronáutica. Foi uma das instituições mais temidas durante a ditadura militar.

— Obrigado, senhor Rosa... Minha visita não é de cortesia. Faça o favor de nos acompanhar.

Luiz empalideceu. Percebeu imediatamente que alguma coisa estava errada e, num movimento instintivo de fuga, quis recuar.

Porém os três soldados que estavam com Nelson apontaram-lhe suas metralhadoras e o tenente disse:

— Por favor, não cometa a loucura de resistir. Temos ordens para atirar, em caso de resistência.

Tirou da cinta um par de algemas, entregou-o para um dos soldados e ordenou:

— Algeme esse homem. Não quero correr o risco de ter de ordenar que atirem nele, se tentar fugir.

Luiz Rosa ficou detido na Base Aérea de São Paulo por sessenta dias, o tempo que durou um inquérito levado a cabo com toda a calma possível, com as entrevistas interrompidas pelos motivos mais fúteis e banais.

Não foi preciso nenhum tipo especial de interrogatório para que ele "cantasse" toda a sua história, confessando ter denunciado levianamente José Yugi Chiba e revelasse os motivos que o levaram a esse ato.

Já Chiba-san, no décimo primeiro dia depois que Masakazu escondeu-o em sua fazenda, recebeu a visita de Nelson, que fez questão de lhe dizer, pessoalmente, que não havia mais nada a temer e que poderia voltar a sua vida normal.

IV

No final de 1967 e início de 1968, o tenente Nelson Harema Fukugawa recebeu seu título de Pantera 1, ou seja, formou-se em primeiro lugar no curso operacional de helicópteros UH-1D que a Força Aérea Brasileira tinha ido buscar no Panamá havia pouco menos de um ano.

Durante o curso, um dos treinamentos executados com mais dedicação e esmero tinha sido o de lançamento de mísseis ar-terra carregados com napalm ou com explosivos de alto poder destrutivo.

— Bem... — brincou o major Günther, comandante do IV Esquadrão Misto de Reconhecimento e Ataque (EMRA), no Guarujá, no litoral de São Paulo, para onde Nelson tinha sido transferido. – Agora estamos prontos para combater até mesmo no Vietnã!

Porém os combates acabariam por acontecer no Brasil mesmo, um pouco ao sul de onde eles estavam conversando, no Cassino dos Oficiais do IV EMRA.

A intensa movimentação de tropas e as muitas missões que eram destinadas ao IV EMRA obrigavam Nelson a permanecer longos períodos fora da base.

Além disso, sua constante vontade de aprender e o esforço no aprimoramento pessoal logo o fizeram se destacar e galgar posições que, normalmente, teria demorado vários anos para alcançar. Por outro lado, já por ser estudioso e observador, ele tinha a capacidade de estar sempre à frente dos outros oficiais, principalmente quando se tratava de idealizar algum tipo de estratégia, fosse para uma missão, fosse para a simples aquisição de equipamentos.

Com isso, sem querer, Nelson era requisitado com muita freqüência para ir à Base Aérea de São Paulo, principalmente para opinar sobre o emprego de helicópteros como elemento de apoio em missões de repressão em eventuais guerrilhas urbanas, a grande preocupação do Estado-Maior das Forças Armadas.

Depois de quase um ano em que, efetivamente, conseguiu ficar na Base Aérea do Guarujá por no máximo trinta dias, ele foi transferido para Cumbica, com a missão de formar ali um núcleo de treinamento para pilotos de helicópteros visando especificamente a repressão e o combate à guerrilha urbana.

– Você terá um OH-4 a sua disposição – falou seu comandante, o coronel Hipócrates. – Pode usá-lo à vontade, até mesmo nos dias de folga. O que nós queremos em troca é sua integral dedicação ao projeto do Estado-Maior de formar um esquadrão de asas móveis para o combate a núcleos de terroristas, estejam eles localizados aqui em São Paulo ou em qualquer outro lugar. – Com um sorriso cheio de cumplicidade, o coronel acrescentou: – Contudo, é bom que essa "mordomia" não transpire... Será difícil fazer um major, por exemplo, entender que você estará trabalhando mesmo que isso possa parecer uma diversão...

Missão impossível... Esconder tal projeto numa base aérea é literalmente impraticável. Em menos de uma semana todos os oficiais estavam sabendo que aquele OH-4 não podia ser usado por ninguém a não ser pelo tenente Harema e que este era peixinho do próprio ministro da Aeronáutica...

Esse fato, no entanto, não fazia com que Nelson se tornasse impopular na base, muito pelo contrário. Simpático, brincalhão e espirituoso, dava-se bem com todos e jamais se recusava a ajudar quem quer que fosse.

Os colegas sentiam sua falta quando, sempre por motivos de serviço, não podia comparecer a uma reunião social ou a uma das festas que eram organizadas pelo Comando da Base.

Ria todas as vezes que recebia um desses convites oficiais: "O Comando da Base Aérea de São Paulo tem o prazer e a honra de convidar V. Exa. e Exma. Família para o Baile do Dia do Aviador, a se realizar... Traje para os civis: passeio completo. Oficiais: 5º A". E, no rodapé do convite: "Oficiais: comparecimento obrigatório".

– Se o comparecimento é obrigatório, não é convite! – dizia.

Era um péssimo fisionomista. Não conseguia ligar rostos a nomes ou vice-versa. Apresentado a uma pessoa, se a visse meia hora depois, vestida de outra maneira, já não mais sabia quem era...

Um dia, quando ainda estava servindo no Guarujá, recebeu a ordem de trocar o macacão de vôo pelo uniforme 5º A. Bom militar, não discutiu nem perguntou a razão de tal determinação e foi para o vestiário do esquadrão para mudar de roupa.

Estava acabando de fazer o nó da gravata quando entrou no vestiário dos oficiais um senhor alto, magro, de óculos escuros, calças *jeans* e camisa de *banlon* grená. Com uma voz tonitruante, o recém-chegado perguntou:

– Onde é que se mija aqui?

Nelson mal olhou para ele. Era um desaforo dos maiores um civil entrar ali e falar daquela maneira! E, aliás, o que estava fazendo um civil no hangar do esquadrão? Certamente estava perdido...

– Este vestiário é de oficiais – respondeu Nelson, secamente. – O de suboficiais e sargentos é do outro lado. Pode ir lá, se estiver precisado.

O homem olhou com certa surpresa para o tenente, ergueu os ombros e saiu. Nelson ainda demorou um pouco amarrando os sapatos e hesitando se levava a espada ou não. Por fim, decidiu por levá-la e, em passos apressados, dirigiu-se para o pátio do prédio do comando, para onde estava sendo chamado todo o pessoal da base.

"Com certeza é mais uma prontidão", pensou ele.

Estava enganado. O Comando da Base estava recebendo o brigadeiro Délio Jardim de Mattos e haveria uma formatura em sua homenagem.

— Você é o comandante do esquadrão, Nelson — disse-lhe o coronel Marques. — Por isso, vai apresentá-lo ao brigadeiro.

A tropa formada, um por um dos comandantes foi apresentar seu grupamento para o brigadeiro. Quando chegou a vez de Nelson, ele deu um passo à frente e, batendo continência, falou:

— Brigadeiro, tenente Harema, apresentando o Esquadrão de Helicópteros...

Quase não conseguiu terminar a frase.

O brigadeiro Délio Jardim de Mattos, sorridente, respondeu à continência e disse, baixinho:

— Se dependesse de você, tenente, eu estaria aqui com as calças molhadas...

Tornaram-se amigos e, anos mais tarde, quando Délio foi guindado a ministro da Aeronáutica, fez questão de chamá-lo para trabalhar em Brasília.

Havia, no entanto, uma pessoa que não gostava de Nelson: um tenente intendente nissei, Roberto Yoshio Ohno. A antipatia que Ohno sentia por Nelson era tão manifesta que não havia quem deixasse de notar.

Poderia parecer que era uma antipatia absolutamente gratuita, talvez causada por uma inveja até mesmo comum que os oficiais intendentes em geral amargam em relação aos aviadores, uma vez que a imensa maioria daqueles era constituída de cadetes que não tinham conseguido ganhar asas...

Ohno também teria motivos materiais para invejar Nelson, pois este era de família rica, possuía um carro bom, nunca lhe faltava dinheiro e, ainda por cima, era um rapaz bonitão, que sempre fazia sucesso com as garotas, enquanto ele, Ohno, era baixinho, gorducho, o rosto marcado por uma acne juvenil maltratada... e, para arrematar, era pobre.

Mas o verdadeiro motivo dos sentimentos negativos que Ohno tinha em relação a Nelson era bem outro. Nelson era um *ainoko* e isso ele não admitia, não podia conviver com alguém desse tipo.

Um dia, num feriado prolongado em que a escala de serviço deixou Nelson de folga, ele resolveu passar o fim de semana em Santos, visitando uma moça que tinha conhecido havia algumas semanas, quando de uma demonstração de emprego de helicópteros em resgates marítimos. A moça, Simone, estava na base, pois era sobrinha de um capitão-engenheiro, que a apresentara ao jovem aviador. Houve um mútuo interesse e ela o fez prometer que voltaria a Santos na primeira oportunidade.

– Você disse que gosta de peixe – falara ela. – Pois vou fazê-lo conhecer o melhor restaurante de frutos do mar desta cidade.

E assim, depois de alguns acertos com um colega de turma que estava lotado na Base Aérea do Guarujá a quem Nelson pediu pousada, ele pegou o OH-4 e, ao anoitecer da véspera do feriado, ele já estava na lancha da base, atravessando o canal rumo a Santos.

Foi recebido por Simone com entusiasmo e, por volta de 9 horas da noite, ele dirigindo o automóvel da moça, foram para o Baleia, segundo ela o melhor lugar para comer filé de badejo à brasileira.

Entraram no restaurante e, assim que ocuparam uma mesa, Nelson reconheceu, sentado um pouco mais ao fundo, o tenente Roberto Ohno, acompanhado por dois civis.

– Desculpe-me por um instante – pediu ele à moça. – Há um oficial mais antigo que eu no restaurante, o tenente Ohno, e tenho a obrigação de me apresentar a ele e pedir autorização para permanecer no recinto.

Sobrinha de oficial, ela conhecia essa exigência e, com um sorriso, falou:

– Não demore... Você corre o risco de outro ocupar seu lugar...

Isso não seria de espantar, uma vez que Simone era muito bonita e Nelson percebera que, quando entraram no restaurante, diversos cobiçosos olhares masculinos voltaram-se para ela.

O rapaz caminhou até a mesa ocupada por Ohno, lembrando-se de que, tempos atrás, ele tinha comentado – não com ele, mas com outro oficial, e Nelson ouvira – que sua família era de Santos. Assim, não era surpreendente encontrá-lo ali.

Diante de Ohno, Nelson se perfilou e disse, formal:
– Tenente Ohno, tenente-aviador Harema, da Base Aérea de São Paulo. Venho desejar-lhe um bom jantar e pedir permissão para permanecer no recinto.

Ohno olhou friamente para Nelson, tomou um grande gole da cerveja que tinha diante de si e respondeu:
– Permissão recusada, tenente. Procure outro lugar.

Por um instante, Harema achou que ele estivesse brincando. Sorriu e ia abrindo a boca para dizer alguma coisa, quando Ohno falou, erguendo um pouco mais a voz:
– Não ouviu, tenente? Não entende português? Permissão recusada! Procure outro lugar!

Harema teve vontade de agarrar Ohno pelo colarinho e socar-lhe a cara marcada pela acne até que ela ficasse lisa... No entanto, ele sabia muito bem que não poderia fazer isso, que estaria perdendo completamente a razão, e era exatamente o que Ohno pretendia. Agredir um oficial mais antigo, ainda mais num local público, mesmo certo, seria o fim da carreira de Nelson. Se cometesse essa loucura, poderia arrumar as malas e esperar uma transferência para o Xingu ou para qualquer outro lugar onde só veria os aviões passando por cima de sua cabeça...

Nelson estufou o peito, rosnou um "Sim, senhor!", girou nos calcanhares e voltou para a mesa onde tinha deixado Simone.

Nem precisou explicar o que acabara de acontecer. A palidez de seu rosto e o tremor nervoso de seus lábios já diziam tudo.

Simone segurou a mão de Nelson e disse, com meiguice:
– Não se aborreça, Nelson... Há outros lugares bons aqui na cidade. Se você não se incomodar de dirigir mais um pouco, podemos ir para o Ilha Porchat Grill. Não tem o mesmo peixe que aqui, mas, em compensação, podemos desfrutar a paisagem, que é maravilhosa agora à noite. Só preciso avisar em casa que iremos para lá. Vou telefonar aqui do restaurante mesmo.

Enquanto Nelson aguardava ao lado da porta, Simone fez o telefonema.

O que Nelson não sabia, mesmo porque se soubesse certamente teria impedido a moça de telefonar, era que Simone, órfã de pai e mãe, tinha como tutor o próprio tio, o capitão-engenheiro Marins.

Ao telefone, ela lhe contou o que tinha acabado de acontecer.

— Esse idiota de tenente ainda está aqui. E, se você não vier, eu vou, pessoalmente, pregar-lhe a mão na cara!

O capitão Marins deixou escapar uma risada e falou para a sobrinha:

— Diga para o tenente Nelson não sair daí. É uma ordem. Aguardem meia hora, no máximo.

Nelson não achou graça nenhuma quando Simone transmitiu-lhe as palavras do tio.

— Você não devia ter contado nada — reclamou. — Esse tenente não gosta de mim e simplesmente usou a hierarquia para me agredir... É caso pessoal, eu resolveria isso chegando a São Paulo.

— Mas eu decidi falar com meu tio. Esse tal de Ohno não prejudicou só a você, mas a mim também. E esse direito ele não tem!

Nelson deu de ombros. Talvez Simone tivesse razão e, de qualquer modo, levar uma chamada de um capitão seria uma boa lição para Ohno. Na verdade, bem melhor do que ele, Nelson, dar-lhe uma merecida surra.

— Temos meia hora pela frente — disse Simone. — Que tal tomarmos um drinque logo ali, no Caranguejo?

V

O Caranguejo, um simpático barzinho bem ao lado do restaurante onde estiveram, era especializado em petiscos feitos com frutos do mar e aperitivos dos mais diversos.

Nelson pediu uma porção de lulas fritas e, como Simone dissesse que o acompanharia num uísque, mandou que o garçom trouxesse duas doses.

— Traga um copo só — falou Simone —, mas com dose dupla... — Sorrindo para Nelson, explicou: — Eu disse que o acompanharia no uísque, Nelson... Isso significa que vou tomá-lo com você... em seu copo.

Enquanto aguardavam o pedido, Simone indagou:

— Por que esse tenentezinho imbecil agiu assim? Você alguma vez lhe deu motivo para ser tão antipático?

Nelson riu e respondeu:

— Veja bem que, mesmo que eu tivesse alguma culpa no cartório, jamais diria... Mas, na verdade, a resposta é não. Posso dizer com segurança que tenho me esforçado para tratar bem todo mundo na base, inclusive Ohno... — Sem disfarçar uma expressão de tristeza, acrescentou: — E é estranho que ele me trate assim... Afinal, nós dois somos os únicos oficiais de origem nipônica por lá!

O garçom trouxe o uísque e Nelson ofereceu o primeiro gole para Simone, que, depois de molhar os lábios, devolveu-lhe o copo, dizendo:

— Pois acho que é justamente essa a razão de Ohno ser assim. Ele estava lá antes de você aparecer. Era o único. Depois de sua chegada, deixou de ser, de alguma maneira, um foco de atenção. Como agravante, você é aviador e ele é um intendente. — Deu um sorriso e completou: — E, para desespero dele, você é rico e... bonito! E Ohno mais parece um sapinho...

Nelson sentiu-se corar, esboçou um sorriso sem graça e murmurou:

— Você esqueceu um fator muito importante, Simone. Eu sou um *ainoko*... Muitos japoneses, sejam eles isseis ou nisseis, não perdoam isso.

— Você está querendo dizer que os japoneses discriminam os mestiços? — indagou a moça, com expressão escandalizada.

— Infelizmente, sim — respondeu Nelson. — E uma prova disso é que meus pais nunca conseguiram encontrar alguém que se dispusesse a ensinar japonês para mim e para minha irmã. Da mesma maneira, nós dois nunca fomos oficialmente convidados a participar de nenhuma comemoração tradicional da colônia. Para muitos japoneses, e até mesmo para seus descendentes, como é o caso de Ohno, nós simplesmente não existimos.

Simone tomou mais um gole de uísque e perguntou, um pouco sem jeito:

— E os brasileiros... os ocidentais? Como você e sua irmã são recebidos fora da colônia japonesa?

— Maravilhosamente bem. Não podemos tecer nenhuma crítica a esse respeito. Aliás, acho que posso afirmar que somos bastante queridos no meio ocidental.

— Mas... por exemplo... Até meu tio o chama de "japa"... Isso não o aborrece?

Nelson riu e disse:

— Acho que é um apelido até bem carinhoso. Possuir traços nipônicos não é nenhum defeito físico. Se alguém chamar de "maneta" alguém que não tenha um braço, certamente irá ofender, mesmo que o faça de forma carinhosa. Sempre será um apelido bem pejorativo... Mas, se eu a chamasse de "loura", você ficaria ofendida?

Simone pegou uma mecha de seus cabelos muito louros, sorriu e respondeu:

— Acho que vai depender muito da forma e do momento... Mas eu sou loura... Gosto de meus cabelos, de sua cor... Como poderia me magoar?

— E eu sou metade japonês...

Espetando uma rodela de lula, Simone fez com que Nelson a mordesse e falou:

— Não sei qual é sua metade que mais me atrai... se é a japonesa ou se é a brasileira...

Mais uma vez, o rapaz corou e, nesse momento, viram parar diante do Baleia um jipe da base aérea. O capitão Marins desceu acompanhado de dois tenentes e, avistando Nelson no terraço do Caranguejo, fez-lhe um sinal para que aguardasse.

Menos de dois minutos depois, Ohno deixava o restaurante ladeado pelos dois tenentes. O capitão Marins saiu por último e foi ao encontro de Nelson e da sobrinha.

— Ohno está sendo detido, tenente — falou ele, formal —, por abuso de autoridade.

— Eu não queria isso — murmurou Nelson, olhando de soslaio para Simone, como que a culpando pelo que Ohno estava passando. — Não pedi a Simone para...

— Ela fez bem — interrompeu o capitão. — Estamos vivendo um período político em que nós, os militares, temos de ser unidos.

Puxou uma cadeira e sentou-se, fazendo um gesto para que Nelson o imitasse.

— Esta situação, que aparentemente privilegia os militares unicamente porque o poder está nas mãos de um general, não vai durar para sempre. Quando isto terminar, nem importa quando, vamos sofrer com o revanchismo e a discriminação. Exatamente por isso, não se pode tolerar desunião e muito menos qualquer tipo de discriminação no nosso meio. E Ohno o estava discriminando.

Nelson olhou interrogativamente para o capitão e ele, muito sério, explicou:

– Nas Forças Armadas, nós aprendemos que é preciso ter sempre visão de 360 graus. Não basta ter um campo visual de 180 graus, pois o inimigo pode estar se aproximando por trás... Você, como piloto de caça, tem a obrigação de saber disso. Assim, eu procurei preservar minha retaguarda. Antes de vir deter o tenente Ohno, tomei o cuidado de passar um rádio para Cumbica e fazer algumas perguntas a seu respeito e a respeito do comportamento de Ohno. Falei com o major Camargo, responsável pela segurança interna da Base Aérea de São Paulo, e ele contou que Ohno, depois de sua chegada, tornou-se diferente. Ficou retraído e passou a se comunicar mal com os colegas. Especialmente em relação a você, sempre foi bastante restritivo e, quando eventualmente pronunciava seu nome, fazia-o de forma agressiva.

Fixando o olhar em Nelson, finalizou:

– A transferência de Ohno para a Base Aérea de Natal já estava pronta. O motivo era exatamente seu comportamento. Agora, depois de passar uma semana aqui no Cassino de Oficiais pensando na vida, ele será transferido para a Escola de Especialistas em Guaratinguetá.

Levantou-se, pousou a mão sobre o ombro de Nelson, impedindo-o de imitá-lo, e falou:

– Vocês podem voltar para o Baleia, se quiserem. Mas, numa noite bonita como esta, acho muito mais romântico a Ilha Porchat ou o Morro de Santa Teresinha...

VI

A semana que se seguiu foi um suplício para Nelson.

Parecia-lhe que o tempo não passava e, na sexta-feira, "peruou" uma missão para a Base Aérea do Guarujá com a idéia de fazer uma visita para Simone, nem que fosse por apenas dez minutos.

— Eu tinha certeza de que você voltaria — disse a moça, dando-lhe dois beijos no rosto.

Sem a obrigação de ter de voltar para São Paulo a não ser na segunda-feira — o tio de Simone ajeitara as coisas para que Nelson pudesse ficar em Santos durante o fim de semana —, os dois jovens aproveitaram o tempo para passear e se conhecerem melhor.

Sempre muito carinhosa, Simone fez questão de que Nelson dormisse em sua casa e o rapaz pôde sentir que não era apenas a moça que apreciava sua companhia, mas também o capitão Marins e Lúcia, sua esposa.

Na segunda-feira pela manhã, Simone acompanhou Nelson até a base aérea. Ao se despedir dele, disse:

— Estarei esperando por você na próxima sexta...

— E eu farei o possível para estar aqui.

Simone deu-lhe um beijo, dessa vez nos lábios. Nelson subiu para a carlinga do T6-D em que viera de São Paulo e ela ficou ali, ao lado do hangar, acenando enquanto o avião deslizava pela pista e alçava vôo. Nelson viu que Simone continuava a olhar para cima e, ainda na decolagem, realizou um movimento de *touneau lento*, em sua homenagem.

Na metade da semana, ele recebeu um telefonema do pai. Masakazu pedia que ele fosse para Taubaté no final da semana, pois alguns negócios da fazenda necessitavam de sua presença.

— Você é meu sócio, Nelson — disse-lhe o pai, rindo —, mas nunca me deu qualquer procuração... Daí, para vender aquelas vacas velhas, preciso de sua assinatura no recibo. — Fez uma pequena pausa e completou: — Na verdade, não quero ser seu procurador, pelo menos para esse tipo de negócios. Assim, será obrigado a vir até aqui e nos visitar. Sua mãe vive reclamando que você só pensa em aviões, que não tem tempo para ela...

Assim que Nelson desligou o telefone, este tocou novamente.

— Você vem na sexta à noite? — perguntou Simone.

— Tenho de viajar para Taubaté — respondeu Nelson. — Papai pediu que eu fosse e há mais de um mês não vou para lá.

— Vou junto — disse a moça, decidida. — E não adianta arrumar qualquer desculpa para me descartar!

Sem dar tempo a Nelson de dizer que ele jamais a descartaria e que teria muito prazer em tê-la em sua casa, Simone acrescentou:

– Imagine que eu vou deixá-lo ir sozinho para Taubaté! Uma cidade cheia de mulheres bonitas!
– Mas... – começou Nelson, sentindo o coração bater mais forte.
– Não tem nenhum *mas*, Nelsinho! – interrompeu ela. – Você tem dona, agora! E, de mais a mais, quero mesmo conhecer dona Maria de Lourdes e o doutor Carlos!

Foram cinco anos de namoro e noivado.

Por várias vezes, nesse intervalo, pensaram em marcar a data do casamento, mas sempre acontecia alguma coisa para atrapalhar: da primeira vez, o tio de Simone teve de viajar para os Estados Unidos numa missão diplomático-militar; depois, os acontecimentos que marcaram o ano de 1968 impediram Nelson de ter a possibilidade de uma licença para o casamento.

No dia 28 de março desse ano, o estudante Edson Luís Souto foi morto, num entrevero com a Polícia Militar, no restaurante carioca Calabouço, dando início a uma série de protestos da população, reprimidos energicamente pelas Forças Armadas. Uma semana depois, o presidente Costa e Silva lançou a Portaria 177, proibindo a formação da uma coalizão de partidos de oposição ao governo, a Frente Ampla, e mandando apreender livros, revistas e jornais. Mais uma vez, protestos aconteceram, obrigando as tropas a ficar em prontidão absoluta.

Na segunda quinzena de abril, entre 16 e 22, os metalúrgicos de Contagem, em Minas Gerais, entraram em greve, pleiteando aumento de salários. Dessa feita, as manobras de repressao incluíram a ação de helicópteros, e o esquadrão comandado por Nelson foi chamado a intervir com o objetivo de intimidar os grevistas pela simples presença das aeronaves pesadamente armadas em sobrevôos rasantes sobre os manifestantes. Felizmente, não houve a necessidade de um só disparo.

No Dia do Trabalho, 1º de maio, também ocorreram manifestações violentas em São Paulo, quando o governador Abreu Sodré chegou a ser apedrejado durante seu discurso na Praça da Sé, obrigando outra vez à ação intimidatória dos helicópteros para ajudar a cavalaria a abafar o tumulto.

Sucedeu-se breve período de calmaria até 21 de junho, com a famosa Sexta-Feira Sangrenta, no Rio de Janeiro, quando a repressão a uma passeata por verbas para a educação provocou choques de rua que deixaram 28 mortos. Dois dias depois, em São Paulo, estudantes da USP ocuparam as faculdades de Filosofia, Direito e Economia, criando comissões partidárias de alunos e professores.

Em 26 de junho, novamente o esquadrão de Nelson foi chamado para ajudar na manutenção da ordem durante a Passeata dos Cem Mil, permitida pelo governo, contra a violência ocorrida na Sexta-Feira Sangrenta. No mesmo dia, um atentado a dinamite contra o quartel-general do II Exército, em São Paulo, matou o soldado Mário Kozel Filho, pondo as tropas do país inteiro em alvoroço.

Nessa ocasião, o general Médici, então chefe do Serviço Nacional de Informações, já estava insuflando Costa e Silva para que este instituísse o Ato Institucional nº 5, o que aconteceu em 13 de dezembro.

Com tudo isso, o ano de 1968 terminou sem que Nelson e Simone tivessem tido sequer a possibilidade de pensar em marcar a data de seu casamento.

Os dois anos que se seguiram foram de intensa atividade para Nelson, com o combate à guerrilha na região de Registro, no sul do Estado de São Paulo.

O desertor e ex-capitão do Exército brasileiro Carlos Lamarca estava começando a formar uma área de treinamento para guerrilheiros naquela cidade, visando principalmente a guerrilha rural. A existência e localização desse campo clandestino de treinamento era possivelmente o maior de todos os segredos da Vanguarda Popular Revolucionária, da qual Lamarca era um dos principais dirigentes.

Na madrugada de 27 de fevereiro de 1970, um nissei chamado Chizuo Ozawa sofreu um acidente de automóvel na Estrada das Lágrimas, no bairro de São João Clímaco, São Paulo. Enquanto estava sendo socorrido, os policiais que cuidavam da ocorrência encontraram, no interior de seu carro, várias armas e material considerado subversivo. Ozawa saiu do local do acidente diretamente para o Hospital Militar do Barro Branco e de lá para a sede do DOI-CODI para ser interrogado.

A polícia ainda não sabia, mas Chizuo Ozawa – também conhecido como Mário Japa e Fernando – era um dos mais importantes elementos do quadro de guerrilheiros da VPR e tinha acabado de completar um curso intensivo de guerrilha rural.

Mais grave, para a VPR e para Lamarca, era o fato de que Mário Japa era um dos poucos que sabiam da existência do campo de treinamento em Registro e que conheciam exatamente sua localização. Era, portanto, imperioso que Lamarca e o comando da VPR tomassem providências para impedir que, durante o interrogatório a que forçosamente seria submetido, ele falasse o que sabia.

Lamarca decidiu pelo seqüestro de uma autoridade ou de um diplomata como forma de pressionar o governo a libertar Ozawa, e o escolhido foi o cônsul japonês em São Paulo, Nobuo Okuchi.

No fim da tarde de 11 de março de 1970, o Oldsmobile do Consulado do Japão, dirigido pelo motorista Hideaki Doi, estava transportando o cônsul Nobuo Oguchi para sua residência oficial na Rua Piauí, 874. Na Rua Alagoas, ao lado da Praça Buenos Aires, um Volkswagen azul, simulando uma manobra descuidada, bloqueou a passagem do automóvel do consulado, obrigando Hideaki a frear bruscamente para evitar a colisão. Nesse momento, um homem armado com uma metralhadora desceu do Volkswagen e, dirigindo-se para o carro do cônsul, ameaçou o motorista, ordenando que destravasse as portas. O cônsul foi tirado do Oldsmobile e colocado, amordaçado com esparadrapo, algemado e com os olhos vendados, dentro de outro carro, que arrancou em grande velocidade em direção à Avenida Doutor Arnaldo.

O cônsul foi mantido prisioneiro na casa de número 1216 da Avenida Ceci, em Indianópolis, até o dia 16 de março, quando foi posto em liberdade em troca da libertação de cinco presos políticos e da obtenção de asilo no México ou em outro país que se dispusesse a aceitá-los. Entre esses presos estava Mário Japa.

Porém o esforço de Lamarca e da VPR em tirar Ozawa do país resultou em nada, pois o processo de repressão continuou de forma ainda mais intensa, levando à prisão de diversos militantes. Um deles, Celso Lungaretti, acabou dando indícios da existência e da localização do campo de treinamento de Registro. As informações obtidas por meio de Lungaretti foram cruzadas com as conseguidas de confissões de outros terroristas e o local exato foi determinado.

—Não podemos afastar a possibilidade de Lamarca estar tentando formar um cerco guerrilheiro em torno da cidade de São Paulo –

disse o coronel-aviador Marques para seus comandados no IV EMRA. – E as ordens que recebemos do Estado-Maior da Aeronáutica são claras: devemos destruir esse campo de treinamento e, se possível, os guerrilheiros que lá estiverem.

Na sala de *briefing*, o silêncio formava uma atmosfera tão densa e pesada que dava a impressão de se poder cortá-la com uma faca. Aqueles oficiais, a maioria tenentes e capitães, apesar de toda a sua formação guerreira, na verdade jamais tinham imaginado que, um dia, teriam de guerrear – e provavelmente matar – brasileiros.

– O capitão Franco fará um vôo de reconhecimento sobre a área utilizando um Neiva do Esquadrão de Ligação e Observação e dará as instruções para a ação dos helicópteros.

Olhando diretamente para Nelson, o coronel prosseguiu:

– Você estará no comando do esquadrão de helicópteros, tenente. Terá a missão de bombardear com napalm esse campo de treinamento. Os dois sargentos-artilheiros que o acompanharão têm ordens para metralhar qualquer pessoa que se encontre nessa área, seja homem ou mulher.

Muito sério e com expressão preocupada, finalizou:

– Lembrem-se de que estamos lidando com terroristas, homens que já mataram muitas pessoas, inclusive colegas nossos de farda. Da mesma maneira, não esqueçam que o comandante deles é um ex-capitão do Exército, altamente treinado em luta de guerrilha. Eles estão fortemente armados e não hesitarão em atirar para matar. Nós temos de fazer o mesmo.

Olhou um por um dos oficiais ali presentes, aguardando que houvesse alguma pergunta, e, como ninguém se manifestasse, disse:

– Muito bem, companheiros... A decolagem será dentro de cinco minutos. Boa caçada e boa sorte!

Nelson ocupou o lugar de 1P do helicóptero e, antes de afivelar o cinto de quatro pontos, olhou para trás. Ali estavam os sargentos-artilheiros Paiva e Agnello, dois dos melhores atiradores da base. Olhou, então, para seu lado direito, onde estava, como 2P, o tenente Saad, homem corajoso e piloto competente.

– Bem – disse ele, ligando a turbina do helicóptero. – Aqui vamos nós! Seja o que Deus quiser! – Girou o botão do rádio, conferindo a freqüência e, pelo microfone acoplado ao fone de ouvido, falou: – Robalo, Pantera 01 pronto para decolagem. Esquadrão, preparar para decolagem, intervalo de 15 segundos.

Um ruído nos auriculares acusou que os outros três helicópteros tinham escutado. Logo em seguida, a voz do sargento da torre de controle estalou em seus ouvidos:

– Pantera 01, pressão de 1.024 milibares, velocidade do vento nor-noroeste a 5 nós. Pode decolar.

Nelson pressionou o botão da portadora e, erguendo o governador ao mesmo tempo que aumentava a rotação do rotor principal, puxou um pouco o cíclico, fazendo o helicóptero sair do chão. Em seguida, baixou o nariz do aparelho e começou a percorrer a pista de decolagem.

– Robalo, Pantera 01 descolado... – falou.
– O.k., Pantera 01... Boa sorte!

Pouco mais de vinte minutos depois, Nelson e seu esquadrão ouviram a voz do capitão Franco, que tinha acabado de passar por cima da área de treinamento dos terroristas:

– A localização confere com o que nos foi indicado. Há dois grandes barracões, uma enorme caixa-d'água e uma área bastante apropriada para treinamento de tiro. Não há sinal de pessoas no local, passei duas vezes sobre as duas construções. Mas não afasto a possibilidade de estarem escondidos no mato.

– Isso é ruim – comentou Nelson com Saad. – Significa que vamos ter de queimar uma área muito grande... E não acho graça nenhuma em destruir a mata!

Pouco depois, voando baixo, avistaram os barracões a que Franco se referira.

– Vamos começar pelas construções – disse Nelson.

Apertando a portadora, chamou:
– Helicóptero 02!
– Tenente Vitalli em QAP, comandante!
– Torre o campo de tiro! Helicóptero 03!
– Lopes em QAP, comandante!
– Dispare contra a construção a oeste! Helicóptero 04!
– Tenente Costa em QAP, comandante!
– Dispare os explosivos contra o reservatório de água!

Os disparos foram quase simultâneos e perfeitos. Quando o esquadrão voltou a subir, deixou para trás um verdadeiro inferno em chamas.

Nelson já estava começando a fazer a volta para bombardear o mato quando a voz do coronel Marques ordenou:

— Suspender o ataque! Repito, suspender o ataque! O inimigo não se encontra mais na região! Retornem à base!

Nelson respirou aliviado. Um treinamento de tiro ou de bombardeio é até divertido. Porém tiro real num lugar onde podem estar pessoas... era algo muito diferente!

Era o dia 8 de maio de 1970 e, na véspera, Lamarca tinha conseguido furar o cerco feito pelas tropas do Exército e da Polícia Militar.

Por fim, decidiram: teriam de se casar antes da transferência de Nelson para Belém, que deveria ocorrer no início do segundo semestre do ano seguinte.

— Já esperamos tanto — ponderou Simone —, não custa aguardar um pouco mais. — E, com um sorriso maroto, acrescentou: — De qualquer modo, eu já me considero casada com você...

De fato, havia já dois anos que eles moravam praticamente juntos, Simone ficando com Nelson no apartamento da Rua Piauí de terça a sexta-feira e ele descendo a serra com ela para passar os fins de semana na casa de Marins, já então promovido a major e caminhando a passos largos para tenente-coronel. De vez em quando, em vez de irem para Santos, rumavam para Taubaté e ficavam na casa da cidade ou na fazenda.

O relacionamento de Simone com os pais de Nelson era o melhor possível.

Masakazu e Maria de Lourdes estavam felicíssimos com a futura nora, viam que ela era dedicada, carinhosa e, como dizia Masakazu, "uma moça muito trabalhadeira", que não se incomodava de pôr a mão na massa para agradar a Nelson e sua família.

O único senão, para Maria de Lourdes, era eles estarem vivendo maritalmente sem, de direito, estarem casados.

No Dia das Mães de 1973, logo após o almoço, o assunto foi abordado por Maria de Lourdes.

— Não fica bem, Nelsinho. Daqui a pouco ela engravida e...

— Não será muito diferente do que aconteceu com você e papai — retrucou Nelson, com uma risada.
— Nós casamos no civil bem antes de você nascer! — protestou Maria de Lourdes.
— Sim, mas viveram juntos durante dois meses, sem estarem casados!
— Dois meses não são cinco anos!
Nelson abraçou a mãe e falou:
— Tenha paciência só mais alguns meses, mamãe. Minha promoção será em julho. Casaremos em agosto e iremos morar em Belém.
— Em agosto, não! — exclamou Simone. — Agosto é um mês ruim! — Aproximando-se de Nelson, ela juntou: — Estamos em maio... E acho que, se esperarmos mais três meses, minha barriga estará grande demais para qualquer vestido...
Maria de Lourdes olhou espantada para Simone, depois para o filho e, erguendo as duas mãos para o alto, falou:
— Eu sabia! Tinha certeza disso! Agora, vamos ter de correr!

VII

Casaram-se um mês e meio depois.
Com Simone grávida, Nelson conseguiu adiar sua transferência para Belém e, no começo de setembro, nasceu, em Taubaté, Sérgio Ryumi Marins Fukugawa, primeiro fruto da quarta geração Fukugawa no Brasil.
O menino, bonito, forte, era o foco de atenções de toda a família. Maria de Lourdes, por sua vontade, não deixaria que Simone voltasse para São Paulo levando o neto.
— Fique aqui — pediu para a nora. — Pelo menos até ele ficar maiorzinho... O clima de São Paulo é tão ruim...
— Já ficamos quase três meses, dona Maria de Lourdes. E não quero deixar o Nelson sozinho em casa, coitado! — Despedindo-se da sogra, Simone falou: — Mas nada a impede de ir lá para casa passar uma temporada... Pode acreditar que vou gostar muito de ter quem me ajude com o Serginho!

E foi exatamente o que aconteceu. Maria de Lourdes, na semana seguinte, foi para o apartamento, instalou-se no quarto que antigamente era mesmo dela e passou a ser presença constante na casa da nora, obrigando Masakazu a ir para São Paulo nos fins de semana.

– Não tenho mais esposa – reclamou ele. – Agora, tenho uma avó... E o pior é que ela nem fica em casa, prefere o neto ao marido!

A família estava reunida, seis meses depois, Serginho já bem desenvolvido e sempre sorridente, conquistando cada vez mais o coração dos avós, quando Nelson deu a notícia:

– Saiu minha transferência para Belém. Agora, não dá para adiar outra vez.

Fez-se, de repente, um terrível silêncio. Depois de quase um minuto, Masakazu perguntou:

– Quando vocês terão de partir?

– Irei sozinho – respondeu Nelson. – Já combinei com Simone; ela e Serginho ficarão aqui. Não faz sentido levar um bebê para a Amazônia, para um lugar quente e úmido como é Belém. Ele ainda é muito novinho, pode sentir demais a mudança de clima. – Com um sorriso, acrescentou: – Não ficarei por lá durante muito tempo. Também já consegui acertar isso com o brigadeiro. Minha presença é necessária em Cumbica, uma vez que sou responsável pelo treinamento tático. Porém é preciso cumprir as normas ou, pelo menos, dar a entender que elas foram devidamente cumpridas. Ficarei em Belém no máximo dois meses. Depois, serei chamado de volta a São Paulo.

Maria de Lourdes respirou aliviada e arriscou:

– Nesse caso, Simone e Serginho poderiam ficar conosco em Taubaté...

VIII

A permanência de Nelson em Belém não foi apenas de dois meses, mas sim de um ano.

Obviamente, ele viajava de lá para São Paulo sempre que podia, mas era cansativo e dava-lhe a desagradável sensação de ser visita, mesmo porque Simone e Serginho estavam instalados em Taubaté e não havia a menor possibilidade de convencer Maria de

Lourdes e Masakazu de que a residência de Nelson, Simone e Serginho era em São Paulo.

– Você parece ave de arribação – disse Masakazu para o filho. – Chega, fica dois ou três dias e volta para Belém. Daí, fica duas, três semanas sem aparecer. Para que deixar Simone sozinha com o filho em São Paulo? Aqui, ainda que não esteja com o marido, ela tem tudo o que possa precisar. E, quando quiser ir a São Paulo fazer alguma compra ou ir encontrar alguma amiga, sua mãe fica com o neto com o maior prazer.

Não havia o que argumentar e o resultado era que Nelson chegava a passar três meses sem ir a seu apartamento.

Cinco meses depois que tinha chegado a Belém, o major Marins e sua esposa, Lúcia, foram assassinados numa emboscada perto do Campo de Marte, em São Paulo.

A princípio, a polícia imaginou que tivesse sido uma tentativa de assalto, mas Nelson contestou essa versão:

– Foi uma execução, não um assalto. O major Marins foi morto por terroristas. Foi ele, assim como poderia ter sido qualquer outro oficial. O objetivo era matar um oficial superior e, por azar, foi ele a vítima. A esposa foi assassinada unicamente porque estava no carro.

Nelson compareceu ao enterro em Santos e conseguiu licença por uma semana, para poder estar presente à missa de sétimo dia, que seria rezada na capela da Base Aérea do Guarujá. Depois da missa, Simone e Serginho retornaram para Taubaté com Masakazu e Maria de Lourdes, pois Nelson deveria voar de volta para Belém logo depois do almoço.

No entanto, quando ele já estava preparando o plano de vôo, o coronel Félix, comandante da base, pediu-lhe para levar alguns documentos para Brasília.

– Você terá de fazer uma escala em Brasília, de qualquer maneira. Não lhe custará nada entregar esta pasta no Comando da Base. Eles a farão chegar ao ministério amanhã de manhã.

Como os documentos não estariam prontos pelo menos até antes das 3 horas da tarde, Nelson resolveu aceitar o convite de dois outros oficiais – o capitão-aviador Soares e o tenente Siqueira, da Infantaria de Guarda – e foi almoçar com eles num restaurante perto do Clube da Orla.

Foi no momento em que saíam do restaurante.

Nelson estava à porta, conversando com o *maître* – ele tinha sido taifeiro em Cumbica e, ao se reformar, conseguira aquele emprego –, quando um automóvel surgiu na esquina, estacionou quase diante do restaurante e ambas as portas do lado direito se abriram.

O capitão Soares deu o alarma:

– Terroristas! Estão encapuzados!

Nelson teve tempo de ver que os dois homens já estavam apontando armas pesadas para eles. Jogou-se no chão, procurando se abrigar atrás do automóvel de Siqueira. Ouviu dois disparos, muito rápidos, um grito, um baque e o barulho do carro arrancando a toda velocidade. Ouviu mais um tiro e o estardalhaço do automóvel batendo contra uma árvore.

Siqueira, com a arma ainda fumegando na mão, correu para o homem que estava caído no chão, enquanto Soares e Nelson, já empunhando suas pistolas, dirigiam-se cautelosamente para o veículo acidentado.

Os dois homens que estavam no carro encontravam-se desacordados e o motorista tinha um ferimento à bala no ombro esquerdo. O que estava no chão já não representava qualquer perigo: o projétil da arma de Siqueira tinha acertado o meio de sua testa e, provavelmente, ele nem sequer percebera a chegada da morte.

Nelson olhou abismado para o cadáver.

– Mas é Ohno! – exclamou. – Como pode ser...?!

A explicação surgiu quando os dois ocupantes do automóvel – dois bandidos comuns e até bastante conhecidos em Santos – foram interrogados. Ohno contratara-os para dois assassinatos: Marins e Nelson.

– Ele disse que queria vingança – contou um dos bandidos. – Falou que tinha sido muito humilhado por esses dois e que não morreria enquanto não se vingasse.

– Mas... – fez Nelson, estupefato. – Já se passaram tantos anos... E Ohno já se encontrou conosco tantas vezes desde aquela noite...

Por causa desse trágico incidente, a viagem foi adiada e Nelson pôde voltar para Taubaté. Estava ansioso para chegar à casa de seu pai e comentar o que tinha acontecido. Não lhe era possível admitir que tanto tempo depois Ohno ainda tivesse tido ódio suficiente para assassinar Marins e tentar fazer o mesmo com ele.

– Isso se chama *katakiuchi* – disse Masakazu, quando Nelson contou a história. – Vingança. Ohno não esqueceu o que passou. Não esqueceu o ódio por você. Simplesmente esperou a oportunidade para praticar o *katakiuchi*.

IX

Quando, finalmente, Nelson conseguiu ser transferido outra vez para São Paulo, teve uma surpresa: Simone disse que queria continuar morando em Taubaté.

– São Paulo realmente tem um clima ruim – justificou ela – e anda muito violenta. Depois do que aconteceu com titio em São Paulo e com você no Guarujá, cheguei à conclusão de que Taubaté é muito melhor. Aqui não há a menor possibilidade de acontecerem coisas assim e, além de tudo, o clima é bom, não há barulho, poluição, meningite... E, enquanto o Serginho não estiver em idade escolar, não há melhor lugar do que o interior.

Não deixava de ser uma realidade. E, para Nelson, havia a vantagem de saber que sua família estaria sob a segurança absoluta que a casa paterna podia oferecer. Na fase de carreira em que se encontrava, teria muitas viagens a fazer e, de fato, seria muito melhor que Simone e Serginho estivessem em Taubaté ou na fazenda.

Assim, Nelson passou a ficar em São Paulo durante a semana e a viajar para se encontrar com a família nas sextas-feiras. Aos poucos, Simone foi se tornando mais taubateana do que muitos Marcondes ou Monteiros.

Ao mesmo tempo, Masakazu e Maria de Lourdes iam se apegando cada vez mais ao pequeno Sérgio e, quando ele começou a andar e a falar, definitivamente assumiu o lugar de reizinho da casa. Se tudo já girava em função do menino, aí então é que os avós não mais tiveram limites para mimar o neto.

– Vocês vão acabar estragando meu filho! – reclamava Simone, em tom de brincadeira.

– Os avós são feitos para isso – dizia Masakazu. – Os pais educam e os avós deseducam. O problema é de vocês.

Enquanto isso, a carreira de Nelson progredia e ele foi promovido a major.

Quase todas as semanas ele era chamado a Brasília para debater, às vezes até mesmo nos mais altos escalões do Estado-Maior, assuntos referentes a estratégias que começavam a ser estudadas para que a abertura democrático-política que o governo estava planejando ocorresse de forma suave, com as menores possibilidades possíveis de revanchismo. Vinha surgindo a tendência à anistia absoluta e à realização de eleições diretas para a presidência da República. Tal tendência ainda se manifestava apenas de forma muito sutil e cautelosa, uma vez que a linha dura dos militares poderia interpretá-la como sendo uma atitude anti-revolucionária que, sem a menor sombra de dúvida, traria conseqüências das mais sérias para quem tivesse a ousadia de defender tais ideais.

Nessa altura dos acontecimentos políticos, o Estado-Maior, já ciente da necessidade do retorno à democracia, fez-se assessorar por militares de mente mais aberta, que fossem capazes de traçar uma estratégia de ação compatível com a abertura política.

Nelson Fukugawa era um desses militares, mas ele estava servindo na Base Aérea de São Paulo, sob o comando de um dos mais guerreiros oficiais da linha dura.

Ao mesmo tempo, o brigadeiro Délio Jardim de Mattos fazia questão da presença de Nelson em Brasília todas as vezes que uma reunião do Estado-Maior era marcada para discutir a posição estratégica da Aeronáutica no que dizia respeito à transição do regime para a democracia. Com isso, as viagens de Nelson para a capital federal estavam se tornando mais freqüentes e suas permanências no prédio do ministério eram muito mais demoradas.

– A solução é transferi-lo para cá – disse-lhe o brigadeiro. – Você está sendo mais útil à nação aqui no gabinete do que bancando o passarinho por aí...

Nelson não discutiu, mas também não se mexeu para que essa transferência saísse. Para ele, na realidade, não seria interessante estar lotado em Brasília – pelo menos, não naquele momento, quando Serginho ainda era muito pequeno e Simone, com certeza, quereria continuar em Taubaté. Além do mais, Nelson gostava de voar, o que, em Brasília, não lhe seria permitido fazer com a mesma freqüência. Por todos esses motivos, quanto mais tempo conseguisse permanecer em São Paulo, melhor, mesmo que tivesse de ir a Brasília quase todas as semanas.

Numa das vezes em que teve de ir à capital federal, foi convidado para um jantar. Era um evento político importante, ele não poderia deixar de comparecer, mormente porque estaria acompanhando o brigadeiro Délio.

– Sei que é horrível ter de agüentar a conversa mole desses políticos, mas estamos preparando a abertura e não podemos dar margem a comentários maldosos – disse-lhe o brigadeiro. – Se não comparecermos, sempre haverá quem diga que não aceitamos o convite porque não nos interessa o convívio com os civis.

Foi logo depois do jantar que Nelson começou a passar mal. Teve uma crise de vômitos seguidos de diarréias homéricas e em menos de duas horas percebeu que precisaria de cuidados médicos.

Levaram-no de ambulância para o Hospital do Estado-Maior das Forças Armadas, e o tenente-coronel médico da FAB, Armando Tomita Arakaki, cirurgião gastrenterologista, foi chamado.

Bastante seco, o médico examinou Nelson meticulosamente e, por fim, disse:

– Não é nada grave. Uma intoxicação alimentar que levou a um princípio de desidratação. Um pouco de soro, repouso e alguns antibióticos, e em dois dias poderá voltar para casa.

Não foram dois dias de hospitalização, mas sim quatro e, durante esse tempo, Arakaki tratou dele com esmero e... um estranho e surpreendente excesso de profissionalismo.

Na FAB, os oficiais médicos podiam ter três origens: prestavam concurso para oficiais já como médicos formados e entravam para o Quadro de Saúde como primeiros-tenentes, daí então seguindo carreira; eram sargentos que conseguiam cursar medicina e prestavam o mesmo concurso dos médicos civis; ou vinham diretamente das faculdades de medicina como convocados ou como voluntários, sendo admitidos como aspirantes a oficial por um ano, dando baixa como segundos-tenentes. Dessa última categoria, alguns continuavam na FAB, prestavam concurso e seguiam carreira; outros pediam prorrogação de permanência, que podia ser renovada por no máximo cinco anos. A grande maioria, porém, terminado o prazo estipulado por lei, tratava de ir embora e de seguir sua vida como civil, apenas com a patente de segundo-tenente reservista.

É inegável que a Força Aérea existe porque há aviadores. Portanto, está absolutamente dentro de uma lógica irrefutável que os aviadores sejam as grandes vedetes da FAB e que tudo o mais gire em função deles. Contudo, os oficiais têm grande respeito por aqueles que possuem nível universitário e, dentre estes, os mais respeitados são os médicos. Tanto assim que, habitualmente, eles não são chamados por seu posto, mas sim por "doutor".

Porém aqueles médicos que eram sargentos acabam por ser menos prestigiados do que os outros. Não significa que se dê menos valor a eles, mas sim que o estigma de "sargento", de "não-oficial" os persegue durante toda a carreira. Tal fato, inevitavelmente, leva esses médicos a certo estado permanente de defesa e, conseqüentemente, a um revanchismo contra os aviadores.

Arakaki tinha sido sargento de infantaria e conseguira, a duras penas, formar-se em medicina, prestar concurso para oficial médico e, graças a seus esforços e a seu inegável valor, chegara a tenente-coronel.

Contudo, todo o seu mérito não tinha conseguido apagar um profundo "complexo de sargentão". Apesar do anel de esmeralda que fazia questão de ostentar, exigia ser tratado por seu posto, não admitia que um subordinado lhe dirigisse a palavra sem antes cumprir todas as formalidades do Regulamento de Continência e nutria uma visível antipatia pelos aviadores.

Não se dava bem com os japoneses, embora falasse corretamente o idioma e se portasse, muitas vezes, como um autêntico samurai. Reservado, nunca falava de si ou de sua família, o que evidentemente dava margem a incontáveis especulações sobre sua biografia.

Essas informações sobre Arakaki – especialmente o fato de ele ostensivamente não se relacionar bem com os de sua raça – Nelson conseguiu de um suboficial enfermeiro, também nissei, que de maneira alguma morria de amores pelo tenente-coronel médico.

– Não é flor que se cheire – afirmou o suboficial Yamamoto. – É verdade que ninguém discute sua competência como médico e cirurgião. Até mesmo eu, se tiver alguma coisa, quero ser tratado por ele. Mas, como pessoa... Deus me livre! – E, sem esconder a preocupação, pediu: – Mas, pelo amor de Deus! Não considere que estou falando mal de um superior! Não vá me arrumar uma punição por causa disso! O senhor é que pediu minha opinião!

Nelson teve alta, voltou para São Paulo, fez uma visita rápida a sua família e...

Enquanto ainda estava em Taubaté, teoricamente em licença médica, foi chamado pelo brigadeiro Délio:

– Preciso de você amanhã ao meio-dia. Temos uma reunião importante e sua presença é indispensável. Sinto muito interromper sua licença médica, mas conversei com Arakaki e sei muito bem que você já está curado e pode trabalhar. – Com uma risada que soou a Nelson um tanto quanto irônica, o brigadeiro finalizou: – Ainda não me vinguei convenientemente daquela vez em que você me mandou mijar no banheiro dos praças...

– Não era dos praças, brigadeiro... Era dos sargentos e suboficiais... – interrompeu Nelson.

– No fundo, é a mesma coisa. Mas, como sou bonzinho, depois eu lhe arranjo uma licença de um mês para matar a saudade de sua família...

O que Nelson sabia que era uma gorda e lustrosa mentira.

Voltou na manhã seguinte para Brasília e participou de uma reunião que ele classificaria de absolutamente imbecil, pois não precisou emitir uma só opinião. Tudo já estava decidido de antemão e o tema principal nada mais era senão o que o Estado-Maior já havia decidido, ou seja, Geisel deixaria o cargo para o general João Batista Figueiredo e não para o general Sylvio Frota, como queriam alguns. E, o mais importante, já se começava a alinhavar a ascensão de Délio Jardim de Mattos para a pasta da Aeronáutica.

Nelson teve de ficar em Brasília por três dias e três noites, o tempo todo ocupado com obrigações sociais como acompanhante do futuro ministro.

Quando foi liberado para voltar a São Paulo, foi procurado pelo tenente-coronel médico Arakaki, que lhe disse:

– Tenho de ir para Guaratinguetá, major. Se puder me levar, consigo um avião.

Era matar dois coelhos com uma só cajadada: com a desculpa de levar um tenente-coronel para a Escola de Especialistas, aproveitaria para fazer uma visita a sua família. Nem precisaria ir a Taubaté; pediria a Simone que fosse de carro a Guaratinguetá levando Serginho para que ele o visse.

Durante o vôo, a bordo de um Neiva do Esquadrão de Ligação e Observação, Arakaki se mostrava taciturno, ensimesmado, parecendo mais retraído e carrancudo do que nunca. Ao mesmo tempo, Nelson estava preocupado, pois o serviço de meteorologia tinha dito que havia uma tempestade se formando um pouco adiante de Ribeirão Preto, onde pousaram para reabastecimento.

Logo após a decolagem, Nelson percebeu que o mau tempo estava se aproximando muito mais depressa do que previra o sargento meteorologista e decidiu avisar a Arakaki que teriam de efetuar um desvio para o leste, o que atrasaria um pouco a viagem. Na verdade, Nelson não tinha nenhuma obrigação de avisar seu carona, mesmo este sendo um tenente-coronel, pois ele era o aviador e, portanto, quem tinha de tomar as decisões sobre o vôo. Porém, por uma questão de respeito à patente mais alta, ele disse:

— Coronel, temos de desviar do mau tempo. Vou rumar para o leste por pelo menos quinze minutos e isso atrasará a viagem.

Arakaki deu de ombros e respondeu:

— Faça o que achar melhor... Por mim, se quiser atravessar um CB[57], tudo bem... Pouca coisa me importa, atualmente.

Nelson olhou de lado para seu passageiro, virou a proa para a esquerda e, depois de nivelar novamente a aeronave, comentou:

— O senhor está triste, coronel... Posso ajudar de alguma maneira?

Arakaki não respondeu de imediato. Depois de alguns instantes, falou:

— Você é mestiço... Por isso, leva vantagem em muitos pontos. Mas eu... — Balançou a cabeça negativamente e murmurou: — A cara não ajuda...

Nelson franziu as sobrancelhas e indagou:

— Como assim... não ajuda?

---

[57] Cúmulo-nimbo. Nuvem muito grande, alta e pesada, que chega a ter 18 km de altura e é formada por partículas de gelo aglutinadas. É muito perigosa para a aviação.

— Ser japonês freqüentemente é uma barreira, Nelson. E das grandes! — respondeu Arakaki. Depois de alguns instantes, explicou: — Eu já deveria ser coronel. *Full* coronel. Minha ficha militar e os títulos que consegui dentro da medicina permitiriam minha promoção por merecimento. Mas fui preterido. Outro médico, mais moderno pouca coisa do que eu e com menos títulos, mas com um sobrenome bem brasileiro, Fonseca, ocupou a vaga em meu lugar. Além disso, ele não foi sargento. Porém foi o sobrenome que pesou mais do que qualquer outra coisa. E, além disso, ele não tem olhos puxados...

Nelson ficou em silêncio. Não conseguia admitir ser possível que tal situação fosse verdadeira.

Arakaki esboçou um sorriso entristecido.

— Sei que você está pensando que eu estou imaginando coisas, que essa teoria é inviável... Mas pode acreditar em mim, Nelson. Sou bem mais velho do que você e muito mais vivido. Conheço, pelo menos em parte, a história de sua família, sei que seu pai é um médico famoso... Sei que você é de família rica e que, na verdade, nem precisaria trabalhar.

Nelson ia protestar, dizer que uma coisa nada tinha a ver com a outra, mas Arakaki interrompeu-o:

— Seu pai se casou com uma brasileira. Deve ter enfrentado o diabo tanto de um lado como do outro... Mas você, também casado com brasileira, não precisou brigar com ninguém. Afinal, também pela fisionomia você não é... tão diferente! Mas eu... — Tocou o braço de Nelson e falou: — Olhe para mim! O que você vê? Um japonês! Não mais do que um japonês! Se eu estiver com roupas civis, facilmente serei confundido com um verdureiro ou com um tintureiro!

— Mas... coronel... — começou Nelson.

— E para que serve um japonês? — perguntou Arakaki, ignorando a tentativa de interrupção do piloto. — No máximo para trabalhar para os *gaijins*! — Voltando a fixar a linha do horizonte, prosseguiu: — Não foi somente com minha promoção... Você já deve ter percebido que eu não gosto de Brasília. Minha família toda está no Rio de Janeiro, lá eu podia trabalhar no Miguel Couto e fazer o que mais gosto na medicina: operar. Aqui, sou obrigado a ficar cuidando de uma maldita burocracia e não exerço, efetivamente, minha profissão! Só consigo ser médico quando estou de serviço no Hospital do

EMFA. Foi como conheci você. Eu era o plantonista. Porém, como acabo por me sentir incompleto se não puder estar num centro cirúrgico, consegui uma vaga numa clínica particular, onde poderia operar uma vez por semana. Estou lá há dois meses... – Deixou escapar uma risada raivosa e falou: – Sabe quantas cirurgias consegui fazer? Três! Em dois meses, três cirurgias! E todas as três, casos perdidos de câncer! Casos que, na verdade, nem deveria operar, uma vez que de antemão sabia que de nada adiantaria abrir! Os coleguinhas do hospital só me passam esses tipos de abacaxi!

– Certamente eles acreditam em sua competência e, por isso, os casos mais difíceis... – arriscou Nelson.

– Nada disso! Ouvi, por acaso, os comentários! "Passe para o japonês! Deixe que ele opere! Japonês não é bom? Pois deixe ele se virar com esse carcinoma!"

Nelson silenciou. Talvez Arakaki estivesse certo, afinal, e os outros médicos quisessem fazer com que ele não conseguisse se sobressair. Até mesmo dentro da FAB ele já vira acontecer coisas semelhantes, um oficial passar um serviço ou uma missão para outro visando única e exclusivamente assistir a seu fracasso...

– E eles estão agindo assim porque eu sou japonês! – bufou Arakaki.

Tinham conseguido desviar da tempestade e Nelson retornou à rota programada. Ao terminar de nivelar outra vez o avião, ponderou:

– Já lhe ocorreu pensar que eles tenham medo do senhor? Tenham medo de uma superioridade técnica, por exemplo?

– Fico me apegando a essa possibilidade como um consolo – respondeu Arakaki. – Mas sei que a realidade é outra. Se eu não fosse japonês, esse tipo de coisa não aconteceria!

– Pois acho que o senhor não deveria pensar assim. Não consigo acreditar que exista esse nível de racismo no Brasil!

– Pois existe, Nelson... Infelizmente existe. E, no meu caso, é ainda pior. Meu sobrenome é de Okinawa...

Pela mente de Nelson passou, num rápido *flash*, a imagem de seu pai contando sobre os okinawanos e a discriminação que a maioria dos japoneses fazia contra eles.

Como se repetisse as palavras do doutor Fukugawa, Arakaki falou:

– Na realidade, não existe nenhuma razão para os japoneses dis-

criminarem os okinawanos. Okinawa sofreu na Segunda Guerra mais do que qualquer outro lugar do Japão, com exceção de Hiroshima e Nagasaki. Foi a única ilha invadida pelos americanos... E, mesmo antes da guerra, era considerada como se não fizesse parte do Japão. Para você ter uma idéia, o imperador jamais esteve lá! – Tomou fôlego e continuou: – Quando tenho de conversar com um japonês, a expressão de seu rosto no instante em que digo meu nome é mais do que suficiente para me mostrar que não estou sendo bem recebido.
– Baixando um pouco o tom de voz, ele disse: – Quando ainda era sargento, apaixonei-me por uma moça nissei. Beatriz Kiomi Yamamura. Tenho certeza de que ela também sentia atração por mim. Porém, quando soube que minha família era de Okinawa, simplesmente se afastou de mim...
– Certamente não foi por esse motivo, coronel – murmurou Nelson, tentando contemporizar. – Desculpe, mas deve ter sido outra coisa...
– Recebi um recado dela, dias mais tarde – prosseguiu Arakaki –, por intermédio de um conhecido comum. E ele foi bem claro. Ela jamais poderia se casar com um okinawano. – Depois de mais um momento de silêncio, Arakaki falou: – Com tudo isso, Nelson, você pode imaginar como eu me sinto. Sou rejeitado pelos *gaijins* e sou repelido pelos próprios japoneses simplesmente porque a origem de minha família é Okinawa. Muitas vezes chego a pensar que não há um lugar para mim neste mundo...
– Mas o senhor tem sua família...
– Meus pais são vivos, tenho irmãos, cunhadas, sobrinhos... Mas eles pertencem a um mundo totalmente diferente do meu. Eles continuaram na roça, não evoluíram socialmente. Não há a menor possibilidade de convívio. – Deixou escapar um suspiro. – Eles não queriam que eu fosse para a cidade, queriam menos ainda que eu entrasse para a Escola de Especialistas. Tornei-me diferente e o resultado não poderia ter sido outro: também minha família não me aceita, por mais que eu tente ajudá-la financeiramente, enviando dinheiro todos os meses. Isso, eles aceitam e de muito bom grado! Mas não admitem que eu tenha preferido tornar-me sargento e, depois, médico. Se dependesse deles, eu deveria ter continuado a puxar a enxada e a viver numa casa de pau-a-pique, num lugar aonde nem mesmo a energia elétrica chegou.

Nelson apontou para a frente, para a pista de pouso da Escola de Especialistas, e disse:

– Estamos chegando, coronel... Vou começar os procedimentos de aterrissagem...

Reconheceu o automóvel de seu pai estacionado no parque ao lado do hangar principal, viu Simone e Serginho, que estava no colo da babá, Rosinha, e estranhou a presença de seu pai, ao lado do carro. Balançou as asas num cumprimento, fez uma passagem por cima da pista e aproou para descer, pensando: "Engraçado... A esta hora, papai deveria estar trabalhando... Simone deveria ter sido trazida pelo motorista... E, se ele veio, por que mamãe não está junto?".

Foi arrancado de seus pensamentos pouco antes de tocar o chão, pela voz de Arakaki:

– Obrigado, Nelson. Obrigado por ter me ouvido, por ter permitido todo esse desabafo. Pelo menos durante esta viagem consegui esquecer um pouco minha solidão.

Nelson deixou o avião rolar até quase três quartos da pista e, manobrando para taxiar, disse:

– Permita-me dizer, coronel, que o senhor não está sozinho na Força Aérea... Pelo menos um amigo sempre terá.

X

A expressão preocupada de seu pai logo mostrou a Nelson que algo grave tinha acontecido.

– Onde está mamãe? – perguntou ele, aflito. – Por que ela não veio? Por que você veio?

– Não há nada de errado com sua mãe – respondeu Masakazu, tentando esboçar um sorriso enquanto Nelson beijava a esposa e o filho. – Ela preferiu ficar em casa com sua irmã.

– Yoko está em casa? – fez Nelson, aliviado. – Pena que não poderei vê-la... Tenho de voltar daqui a pouco...

– Pois acho que você não vai voltar – falou Masakazu. – Estive conversando com o coronel Braga e ele...

Foi interrompido pela chegada de um soldado, que, perfilando-se, disse:

— Com licença, senhor... O coronel Braga pediu que o senhor compareça ao prédio do comando o mais breve possível.

Nelson pediu licença a seus familiares e acompanhou o soldado, seus pensamentos desencontrando-se, ele imaginando mil coisas, tentando desesperadamente adivinhar o que poderia estar acontecendo.

Entrando na sala do coronel, este lhe disse:

— Já entrei em contato com o comando de Cumbica. Pedi que você fosse dispensado de voltar hoje para lá, pois sua família está necessitando de sua presença em Taubaté. Cuidaremos de seu avião e, se for preciso, temos quem o leve para São Paulo. Acompanhe seu pai e telefone ainda hoje dizendo quanto tempo terá de permanecer afastado do serviço.

— Mas... — balbuciou Nelson. — O que está acontecendo?

— Seu pai e sua esposa contarão a caminho de Taubaté. Por enquanto é só, major.

Nelson deixou o prédio do comando mal se contendo de tanta preocupação. Sentando ao lado do pai, no automóvel, perguntou:

— Afinal... O que houve? Por que tudo isso?

Masakazu deu partida ao motor e, arrancando lentamente em direção ao portão da guarda, falou:

— Trata-se de sua irmã, Nelson... Ela não está bem. — E, olhando de lado para o filho, acrescentou: — Nós não sabíamos... Ninguém poderia adivinhar...

Os três casais estavam ali havia já duas horas, sentados em almofadas no chão, ouvindo *jazz*, bebendo e... partilhando uma seringa com que aspiravam o líquido fundido e diluído numa colher de sopa aquecida sobre a chama de uma lamparina a álcool e que, seqüencialmente, injetavam-se nas veias do braço.

Ao lado de Yoko Fukugawa, que já se encontrava completamente drogada, Roberto Lisboa era o único que parecia consciente — ou mais consciente, pelo menos. Também, pudera... Ele se injetara uma dose de heroína — uma dose pequena — logo no começo da festinha e, depois, cada vez que a seringa chegava a sua mão, ele disfarçava e passava-a para o companheiro ao lado. Na realidade, sua missão era exatamente esta: instigar e estimular o uso da droga, criando novos clientes para seu chefe, Renato Lombardi, o grande fornecedor de heroína cristalizada para um bem determinado grupo de moças e rapazes da sociedade paulistana.

Roberto viu Yoko pegar a seringa pela quinta vez e, delicada, mas energicamente, impediu-a de se injetar novamente.

– Chega por hoje, queridinha – disse ele. – Você já está viajando bem... Não precisa mais.

– Ora, Beto – falou a moça, com voz chorosa. – Só mais um pouquinho...

– Não. Já chega. Você vai dormir agora. Amanhã tem mais.

Assim dizendo, pegou-a nos braços – Yoko estava tão chapada que nem conseguia andar – e levou-a para o quarto.

– Descanse um pouco, Yoko – falou ele, pondo-a na cama. – Não vou demorar...

– Não demore mesmo – pediu ela, a voz pastosa. – Se não posso ter outro pico, pelo menos quero ter você comigo...

Roberto sorriu, deu-lhe um beijo e voltou para a sala. Tinha de vigiar aquele casal novo, Chico e Priscilla, que estavam ali pela primeira vez, a convite de Yoko. Afinal de contas, não poderia deixar que acontecesse um acidente e, com isso, uma morte por overdose, o que sem dúvida traria conseqüências terríveis para todo o grupo, especialmente para ele, que tinha trazido e vendido a droga.

– Quero mais – pediu Priscilla. – Nunca imaginei que isso fosse tão bom!

– É sua primeira vez – falou Roberto Lisboa. – Não é aconselhável abusar.

– Não estaremos em São Paulo amanhã – disse a moça, olhando para seu companheiro, que, com os olhos fechados, parecia estar quase em transe. – E vou querer outra vez...

– Este é um problema fácil de resolver – afirmou Roberto, com um sorriso. – Basta comprar a droga e levar para onde você for. Já aprendeu como usar... Basta esconder bem e saber ficar de bico fechado...

– É claro que não vamos contar para ninguém – garantiu Priscilla. – E vou querer um pouco...

– Custa caro... – murmurou Roberto, reticente.

– Isso não me importa – falou ela. – Pode me dar pelo menos umas cinco doses...

– Isso não dá para nada! – exclamou o outro, com uma risada. – Leve 10 gramas! Duzentos dólares... Para você isso é zero!

Com mão trêmula, a jovem abriu a bolsa, tirou duas notas de 100 dólares de dentro de sua carteira e entregou-as para Roberto.

– Está aqui... Passe-me a mercadoria...

A transação foi feita. A missão de Roberto Lisboa estava cumprida até aquele ponto e ele sentiu-se aliviado. Aqueles 200 dólares pelo menos diminuiriam sua dívida com Lombardi e, no mínimo, poderiam amaciá-lo um pouco, uma vez que representavam a garantia de mais um cliente. Dali em diante, Priscilla haveria de procurá-lo todas as vezes que quisesse adquirir mais heroína. Era um mercado certo, garantido. Os 10 gramas que acabava de comprar não durariam mais do que uma semana e ela voltaria para pegar mais. E cada vez a quantidade seria maior...

Os dois casais visitantes foram embora, cada um levando um pequeno estoque, e Roberto voltou para o quarto, para o lado de Yoko, que, àquela altura, dormia um sono agitado.

Acordaram com o sol alto, Yoko sentindo a boca seca como se fosse feita de papel, com tremores por todo o corpo e dores fortes no abdome.

– Preciso de uma picada – disse ela. – Não estou agüentando mais!

– Segure um pouco a onda – aconselhou Roberto. – Você nem saiu da viagem de ontem à noite!

Porém Yoko não o ouviu. Abrindo a gaveta da penteadeira, apanhou uma seringa já pronta e, garroteando o braço esquerdo com um lenço enrolado cujas pontas segurou com os dentes, aplicou-se uma forte dose de heroína.

Roberto meneou a cabeça negativamente e murmurou:

– Você ainda vai acabar tendo um troço, tanta droga anda usando...

Acabou de se vestir e, enquanto Yoko se deixava cair sobre a cama cantarolando alguma coisa ininteligível, falou:

– Tenho de sair, Japinha... Preciso pegar um pouco mais de mercadoria... Aqueles seus amigos de ontem acabaram com meu estoque! – Segurou a moça pelos ombros e recomendou: – Não vá tomar mais, viu?! Você já está muito chapada!

Yoko não respondeu e, como se estivesse num mundo completamente diferente, acompanhou com os olhos Roberto Lisboa sair.

Menos de dez minutos depois, ela preparou outra dose de heroína e injetou-a na veia do próprio braço.

XI

A cena fez com que o coração de Nelson batesse fora de compasso. Yoko estava deitada, dormindo profundamente, tendo ao lado Maria de Lourdes, que segurava sua mão e chorava mansamente. Ao ver o filho chegar, o pranto se tornou convulsivo e, com dificuldade, disse:

— Ela está assim agora... Mas quando a trouxeram para cá... Oh, Nelson... Foi terrível!

— Tive de sedá-la — explicou Masakazu. — Yoko estava extremamente agressiva, foi preciso a ajuda de três pessoas para que pudéssemos contê-la.

Ergueu a manga da camisola que a filha estava usando e, mostrando para Nelson a curva de seu cotovelo, disse:

— Heroína, Nelson... Ela é uma viciada em heroína... E o pior é que não é de agora. Isso vem já há algum tempo. — Mal podendo conter a emoção, Masakazu acrescentou: — Ela foi encontrada na rua, na Praça Buenos Aires... Parecia uma mendiga. Um policial abordou-a, pois ela estava alucinada, agressiva, gritando. Levou-a para a delegacia e, de lá, Yoko foi encaminhada para o Hospital das Clínicas. Foi aí que descobriram sua identidade e um colega me avisou. Trouxeram-na para cá esta madrugada.

Simone, que tinha deixado Serginho aos cuidados de uma das empregadas de sua sogra, apoiou-se em Nelson, murmurando:

— Mas... Como isso foi acontecer? Yoko sempre nos pareceu tão centrada... tão responsável!

— Eu lhe fiz algumas perguntas antes que o sedativo fizesse efeito completamente — falou Masakazu. — Claro que não respondeu nada de lógico, de coerente. Mas ela mencionou o nome do namorado. Era a única coisa que talvez pudesse fazer algum sentido. Roberto Lisboa. Fazia cerca de um ano que ela estava namorando esse rapaz.

Nelson balançou afirmativamente a cabeça, o cenho franzido, os lábios trêmulos. Ele conhecera Roberto Lisboa, a irmã apresentara-o quando de seu aniversário. E não gostara dele. Chegara mesmo a comentar com Yoko que não simpatizara com o rapaz, mas a irmã rira e dissera que ele, como militar, jamais poderia achar graça num rapaz de cabelos compridos. Porém não era apenas o aspecto físico de Roberto que o impressionara mal. Havia nele alguma coisa de doentia, de malsã...

— Posso estar enganado — falou ele — e sinceramente espero que esteja... Mas estou desconfiando de algo e, se minhas suspeitas se confirmarem... — Apertando os lábios, rosnou: — Podem ter certeza de que isso não vai ficar assim! — Voltando-se para o pai, indagou: — Avisaram esse namorado dela?

— Tentamos. Mas não conseguimos encontrá-lo em lugar nenhum. Na verdade, sabemos muito pouco sobre ele. Yoko apenas nos contou que estava namorando e, quando cobrávamos que o trouxesse aqui, ela desconversava, dizia que ainda era muito cedo. — Com um suspiro desanimado, continuou: — Tivemos trabalho para encontrar seu endereço e seu telefone. Mas não adiantou nada. Falamos com a mãe de Roberto; ela disse que o filho não estava e que não tinha como localizá-lo. E, o mais incrível, não sabia de sua relação com Yoko.

— Pode ser que estejam querendo escondê-lo — ponderou Simone.

— Pode ser... — murmurou Nelson. — Mas isso nós vamos descobrir. E vou começar já!

XII

A casa era uma verdadeira mansão no Jardim América, um dos bairros mais sofisticados de São Paulo. O grande portão de ferro foi aberto por um empregado uniformizado, que pediu ao motorista que estacionasse diante da escada de acesso à porta principal da casa. Ali, outro empregado abriu a porta e Nelson, acompanhado por um tenente, desceu do carro oficial da Base Aérea de São Paulo. Atrás, o jipe de escolta parou e desligou o motor. Quatro soldados da PA, armados com fuzis HK, desembarcaram e puseram-se ao lado da porta.

Um senhor de cerca de 60 anos recebeu-os com uma expressão de espanto no rosto e perguntou:

— Mas... O que está acontecendo? Estou sendo preso?

— Não, doutor Lisboa — respondeu Nelson, secamente. — Por enquanto, nada temos contra o senhor... No entanto, não podemos dizer o mesmo com relação a seu filho, Roberto.

O homem empalideceu.

— Meu filho?! Mas o que ele fez? O que aconteceu?

— Por favor, mande chamá-lo — falou Nelson, ignorando a pergunta de Lisboa. — Não nos obrigue a ir buscá-lo.

— Não é necessário nada disso — disse uma voz masculina vinda da escada de acesso ao segundo piso da mansão. — O que querem comigo?

Nelson olhou espantado para o recém-chegado. Era um homem de cerca de 30 anos, quase totalmente calvo, bem vestido, com olhos vivos e expressão decidida no rosto.

Esboçou um sorriso e falou:

— Que eu saiba, não fiz nada para merecer todo esse aparato... Não represento nenhum perigo a não ser para meus funcionários! E isso, quando eles não fazem o trabalho direito, lá na financeira!

— O senhor é Roberto Lisboa? — perguntou Nelson, surpreso. — Pode provar sua identidade?

— Mas é claro que sim! — exclamou o outro. — E com o maior prazer! — Indicando um sofá para os dois militares, acrescentou: — Por favor... Vamos sentar. Encomendei um café. Afinal, não sabia o que estava acontecendo e achei que, se era para ir preso, poderia ao menos ter o direito de tomar um último cafezinho em minha casa...

Encabulado, o tenente que acompanhava Nelson apanhou a carteira de identidade que o anfitrião lhe entregava e, depois de comparar a fotografia, murmurou:

— Sim, capitão... Esta identidade é dele mesmo. A fotografia é um pouco antiga, mas não há a menor dúvida.

Uma empregada veio trazer a bandeja com o café e a mãe de Roberto começou a servi-lo, dizendo:

— De fato, recebi um telefonema perguntando por Roberto e dizendo que uma certa Yoko, sua namorada, estava passando mal. Estranhei, pois meu filho nunca disse nada a respeito de ter uma namorada japonesa!

— Na verdade — falou Roberto —, não tive nenhuma relação... sentimental... com qualquer mulher desde que me separei de Adelaide, com quem fui casado por cinco anos. E, para ser sincero, não tenho a menor intenção de me amarrar outra vez tão cedo. — Olhou intensamente para Nelson. — Por seus traços orientais, permito-me deduzir que o senhor tenha relação com essa moça. Espero que ela já esteja recuperada... E, se eu puder ajudar de alguma forma, pode contar comigo. Em minha financeira, dispomos de um sistema bastante aperfeiçoado para localizar homônimos...

Nelson agradeceu, deixou-lhe um cartão e, sem mais nada a fazer ali, retirou-se.

XIII

Dez dias depois, Yoko teve de ser internada numa clínica para desintoxicação. Suas condições não permitiam que continuasse em casa e as crises de abstinência estavam ficando cada vez mais graves.

No dia seguinte de sua internação, Nelson recebeu um telefonema:

— Major, aqui é Roberto Lisboa. O economista. O verdadeiro. Tenho uma informação que, tenho certeza, vai lhe interessar. Há mais ou menos duas semanas, a polícia encontrou o corpo de um homem e ele tinha, em suas roupas, vários papéis com meu nome e o telefone de minha empresa. Evidentemente, fui chamado para explicar esse... fenômeno. Meu advogado conseguiu ver tudo o que a polícia tinha a respeito do caso e descobriu, também entre esses papéis, uma anotação com o nome Yoko e, ao lado, alguma coisa que lhe pareceu uma observação falando de uma importância em dólares. Mil e quinhentos dólares. O delegado mostrou-me as fotografias do corpo e eu pude reconhecer um ex-funcionário de minha empresa, que tinha pedido demissão há mais ou menos um ano e meio. — Tomou fôlego e disse: — Consegui uma cópia da melhor fotografia, aliás, justamente essa que me permitiu reconhecê-lo. Se o senhor quiser vê-la...

Menos de uma hora depois, Nelson estava no escritório da Lisboa & Lisboa, uma financeira de grande porte, na Avenida Paulista.

– Esta é a fotografia – falou Roberto, entregando-a para Nelson. – A melhor de todas, a que mostra totalmente o rosto do cadáver.

O major não precisou fazer nenhum esforço para reconhecer o rapaz que sua irmã apresentara como seu namorado.

– Quem é ele, afinal de contas? – perguntou.

– Seu nome verdadeiro é Evaldo Vasconcelos. – Mostrou uma ficha funcional para Nelson. – Trabalhou para mim durante quase dois anos. Era contador e não era mau funcionário. Porém ele tinha ambições maiores do que poderia alcançar com o salário que nossa empresa lhe pagava. Estava sempre muito bem vestido, só usava roupas caras, freqüentava restaurantes sofisticados e gostava muito de ostentar. O resultado era previsível: vivia endividado. Um dia, pediu demissão, dizendo que tinha encontrado ocupação melhor e com remuneração mais alta. – Meneou negativamente a cabeça e arrematou: – Tornou-se traficante, segundo a polícia. Passou a usar meu nome, não sei se por uma questão subconsciente de querer se vingar da diferença econômico-social que havia entre nós, não sei se apenas para impressionar, para mostrar que pertencia a uma família... tradicional e diferenciada. E encontrou a morte, certamente por dívidas para com o fornecedor que o abastecia. – Recusou a fotografia que Nelson lhe devolvia, dizendo: – Leve-a... Pode ser que ela lhe seja útil. Já sei que Yoko Fukugawa é sua irmã. Volto a dizer que espero sinceramente que ela esteja recuperada. Não sei por quê, mas o fato de meu nome ter sido usado por esse... bandido... fez com que eu me sentisse de alguma maneira envolvido emocionalmente com tudo isso. – Sorriu, um pouco constrangido. – Também sei que sua família não necessita de qualquer ajuda material. Porém, no que eu puder, no que precisarem e estiver ao meu alcance, contem comigo.

Ao deixar o escritório da Lisboa & Lisboa, Nelson não sabia dizer se estava aliviado ou frustrado. Aliviado, por saber que aquele bandido não mais poderia causar mal a ninguém, e frustrado, porque ele teria gostado de, pessoalmente, dar-lhe uma lição.

XIV

Seis meses depois de ter sido internada, Yoko era outra pessoa. Tinha adquirido cor, estava sempre de bom humor e já traçava planos para um futuro que, segundo ela, não deveria demorar muito para começar a acontecer.

Recebeu a notícia da morte de seu namorado com aparente indiferença.

— Acho que ele sabia muito bem que um dia haveria de acabar assim — comentou, logo mudando de assunto e voltando a dizer que não via a hora de voltar para casa.

Uma manhã, o doutor Martins, diretor da clínica, mandou chamar Masakazu e disse-lhe que a filha estava de alta e que deveria apenas continuar um seguimento psicoterápico em nível ambulatorial.

— É importante essa seqüência, nem preciso lhe dizer — falou Martins. — E pode ser feita em qualquer lugar onde ela esteja. Mas é imprescindível.

Yoko voltou para Taubaté demonstrando uma felicidade intensa e, principalmente para Maria de Lourdes, uma vontade inabalável de reiniciar a vida. Só havia um problema: ela não queria continuar no Brasil.

— Quero ver gente nova — justificou-se. — Aqui, estarei correndo o risco de reencontrar pessoas que não me fizeram bem... Por isso, quero ir para Portugal.

Era um argumento de peso. Masakazu entrou em contato com um colega psiquiatra de Lisboa, deixou tudo acertado para que ele desse continuidade ao tratamento de Yoko e, dez dias depois de receber alta, ela começou a preparar as bagagens para se mudar para Portugal.

— Podem ficar sossegados — disse ela. — Vou começar uma vida nova, vou conhecer outras pessoas... e vou me casar por lá!

Sempre acompanhada por sua mãe, Yoko foi às compras, fez um verdadeiro enxoval, incluindo roupas de cama e tudo quanto fosse necessário para montar sua casa, uma vez por lá, do outro lado do Atlântico.

Na antevéspera do embarque, quis ir a um salão de beleza.

— Ouvi dizer que o Jean & Jacqueline é o melhor em São Paulo.

Vou fazer uma recauchutagem. Já telefonei para lá e marquei para amanhã de manhã.

Naquele dia, Serginho tinha sido convidado para uma festinha de aniversário e Simone, como de hábito, deveria estar presente, mesmo porque as festinhas para crianças pequenas sempre foram mera desculpa para um encontro de mães. E, naquela festa, Maria de Lourdes também teria de ir, sob pena de deixar magoada a avó do aniversariante.

– Irei sozinha – disse Yoko. – O motorista pode me levar e, se vocês não precisarem dele, poderá me esperar e me trazer de volta.

E assim foi feito. Oswaldo, sobrinho de Djalma, que tinha sido motorista do pai de Maria de Lourdes e que, depois que ela se casara com Masakazu, passara a trabalhar para eles, levou Yoko para São Paulo, para o salão Jean & Jacqueline, na Rua Augusta.

Ao descer do carro, Yoko falou:

– Vou ficar aqui o dia inteiro, Oswaldo... E eu esqueci de comprar algumas coisas. Se você puder fazer isso por mim...

Entregou ao motorista uma lista de produtos de beleza e de pequenos materiais de costura, uma importância em dinheiro e falou:

– Compre essas coisas para mim, almoce e venha para cá. Você vai ter de ficar me esperando, pois não sei exatamente a que horas vou estar liberada.

Yoko esperou que o automóvel virasse a esquina e, em vez de ir para o salão, acenou para um táxi que passava e disse para o motorista:

– Vamos para a Rua Carlos Mesquita... Uma travessa da Francisco Morato.

Eram 2 horas da tarde quando Oswaldo voltou para o estacionamento do salão. Como tinha sido avisado de que deveria ficar esperando por Yoko, desligou o carro, reclinou um pouco o banco e fechou os olhos para tirar uma soneca e jiboiar o lauto churrasco que tinha acabado de comer.

Acordou com um sobressalto cerca de duas horas depois, ouvindo a voz do vigia do estacionamento, que lhe perguntava:

– Quem você está esperando?

Oswaldo demorou alguns segundos para se localizar no tempo e no espaço, abriu a porta e, já fora do carro, respondeu:

– A dona Yoko Fukugawa ainda deve estar lá dentro... Ela me falou que passaria o dia todo aqui.

O vigia consultou uma lista que tinha na mão e, balançando negativamente a cabeça, disse:

— Não há nenhuma pessoa com esse nome no salão. E você não pode ficar estacionado aqui se não estiver acompanhando alguma cliente.

Oswaldo protestou, explicando que ele, pessoalmente, tinha deixado a moça ali no salão. Depois de muito insistir, o vigia concordou em deixá-lo entrar para verificar com os próprios olhos que ela não estava lá.

Uma vez no salão, Carmem, uma das recepcionistas, consultou outra lista de clientes e informou:

— Realmente, a dona Yoko telefonou marcando hora... mas ela não veio!

Oswaldo sentiu um frio no estômago e, gaguejando, pediu para usar o telefone. Ligou diretamente para o consultório de Masakazu e, depois de explicar o que tinha acontecido, falou:

— Não tenho culpa, doutor... Eu a deixei aqui na porta! Não sei o que aconteceu!

Masakazu suspirou. Disse para Oswaldo ir imediatamente para o apartamento da Rua Piauí e telefonou para Nelson, em Cumbica:

— Sua irmã desapareceu. Enganou o Oswaldo e simplesmente sumiu.

XV

Foram quatro dias de aflição e desespero.

Procuraram por toda parte, em todos os hospitais, em todas as delegacias... até mesmo nos necrotérios. Yoko não estava em nenhum lugar.

No meio da manhã do quinto dia depois de seu desaparecimento, Nelson recebeu um telefonema:

— Major, acho que encontramos sua irmã. O senhor poderia vir até aqui?

A ligação era do Pronto-Socorro do Hospital das Clínicas e Nelson, imediatamente, rumou para lá.

O plantonista que foi a seu encontro, logo à entrada, tinha uma expressão consternada no rosto e, cheio de dedos, disse:

— Ela foi trazida para cá esta madrugada, pela Polícia Rodoviária. Encontraram-na ao lado da Rodovia Régis Bittencourt, perto da entrada para Itapecerica da Serra. — Abrindo a porta de acesso à ala de pacientes em observação, acrescentou: — Ela está em coma profundo. Foi espancada, está com traumatismo craniencefálico, além de várias costelas quebradas. Infelizmente, é um quadro irreversível. A morte cerebral é apenas uma questão de tempo.

Aproximaram-se do leito onde Yoko estava, respirando à custa de aparelhos, e explicou:

— O exame toxicológico, mesmo feito precariamente por causa da exigüidade de tempo, revelou uma grande quantidade de heroína em seu sangue. Ela estaria em coma mesmo que não tivesse sofrido essa agressão.

Nelson fechou os olhos apertando muito as pálpebras, na vã tentativa de evitar as lágrimas.

— Ela acabou de sair de uma clínica de recuperação — balbuciou. — Como uma coisa dessas pode acontecer?!

— Com certeza sua irmã era viciada há muito tempo — falou o médico. — A heroína é terrível... A pessoa pode passar até mesmo vários anos e achar que está recuperada. Mas basta uma vez... Basta uma recaída. E, normalmente, as conseqüências são dessa espécie... Ela se injeta de uma só vez tudo quanto não se injetou durante o tempo de recuperação. A overdose é líquida e certa. E, infelizmente, fatal.

— Não há o que fazer, doutor? — perguntou Nelson, com desespero na voz.

— Não. Não há nenhum procedimento heróico neste momento. Temos de aguardar. Se ela conseguir sobreviver à overdose e escapar das lesões provocadas pelo traumatismo, ainda poderá haver uma chance. Mas é muito pouco provável.

Yoko morreu seis horas depois, com Maria de Lourdes segurando sua mão e Masakazu deixando os ombros se sacudirem num pranto convulso.

— Minha filhinha... — murmurava. — Minha pobre filhinha... Onde foi que nós erramos?

XVI

A morte de Yoko abalou profundamente Maria de Lourdes, que, apesar de todos os esforços de Masakazu, de Nelson e de Simone, deixou-se entrar numa depressão profunda em que, como num círculo vicioso, seus pensamentos sempre voltavam e se fixavam na idéia de que ela, e somente ela, era culpada pelo que tinha ocorrido.

– Eu tinha de ficar mais perto de Yoko – murmurava. – Nunca deveria tê-la deixado sozinha em São Paulo!

De nada adiantava dizerem-lhe que a filha não tinha ficado sozinha, que ela sempre tivera a companhia do irmão e que só saíra do apartamento na Rua Piauí porque assim ela mesma o quisera. Maria de Lourdes balançava a cabeça de um lado para o outro e dizia:

– A culpa foi minha. Yoko não teria caído na droga, não teria morrido se eu tivesse ficado com ela.

Parou de comer e, evidentemente, enfraqueceu, piorando ainda mais seu estado psíquico. Somente a muito custo Simone conseguia fazê-la engolir um caldo, mordiscar uma fruta. Nem mesmo o sorriso e os carinhos de Serginho a animavam.

Desesperado, Masakazu internou-a. Tentou a alimentação através de sonda gástrica e um esquema de alimentação parenteral. Entretanto, nada parecia surtir efeito. Maria de Lourdes continuava a definhar, a se tornar cada dia mais ausente.

– Ela vai morrer, Nelson – falou Masakazu para o filho. – Não está reagindo, está se deixando morrer. É o pior que poderia acontecer...

Debilitada, não foi nenhuma surpresa quando o colega de Masakazu que estava cuidando dela avisou que Maria de Lourdes estava com broncopneumonia.

– Não preciso falar quanto o quadro é grave, Carlos – disse ele. – Estamos tentando tudo que é possível, mas, infelizmente, não chegamos a nenhum resultado animador.

Masakazu assentiu com a cabeça. Sabia dos esforços de toda a sua equipe no sentido de salvar sua esposa. Também sabia que a medicina jamais poderia fazer qualquer milagre.

– Não podemos desistir – murmurou. – Vamos continuar a lutar. Vamos continuar tentando. – E, com um suspiro triste, lamentou: – Se ela, ao menos, quisesse reagir... Se ela quisesse continuar a viver...

Mas Maria de Lourdes não queria. Tanto assim que não houve terapêutica que a fizesse sair da depressão psíquica e muito menos que a pudesse manter viva.

Durante uma madrugada, tendo ao lado a família toda – Nelson fora chamado com urgência quando seu pai percebera que se aproximava o momento do desenlace –, Maria de Lourdes exalou seu último suspiro pouco mais de seis meses depois da morte de Yoko e, durante todo esse tempo, sem dirigir a palavra diretamente a ninguém.

XVII

O falecimento da mãe fez com que Nelson e Simone fossem obrigados a remodelar os planos que, havia já algum tempo, vinham traçando com respeito à vida do casal e de Serginho, conseqüentemente.

– Não podemos deixar seu pai sozinho, querido. Nossa idéia de uma mudança para Brasília acaba de ir por água abaixo!

Nelson balançou afirmativamente a cabeça e murmurou:

– Pois é... E, agora, as coisas se complicaram. Não posso mais voltar atrás, minha transferência já saiu e eu só não fui até agora para a capital federal por causa de tudo quanto tem acontecido com a família... Dentro de trinta dias terei de assumir meu cargo em Brasília e, depois disso... – Olhou com ansiedade para a esposa. – Depois disso, não sei quando poderei sair de lá. Acho que só quando for promovido a tenente-coronel, e você pode imaginar quanto tempo isso ainda vai demorar!

Posto a par da situação, Masakazu garantiu que ficaria bem, que não queria atrapalhar a carreira do filho, que não havia a menor necessidade de se preocuparem com ele.

Porém o velho médico não conseguiu disfarçar a tristeza e evitar as lágrimas quando disse:

– Ficarei com saudade, principalmente do Serginho... Se vocês, de vez em quando, puderem vir até aqui e me receber em Brasília...

Tentou controlar um soluço e Simone, abraçando o sogro, pediu:

– Não fique assim. Não se preocupe. Vamos encontrar uma solução e tudo ficará bem. O mais importante é que permaneçamos unidos, não importa a distância.

Contudo, Simone sabia que os mil quilômetros que separam Taubaté de Brasília significariam um forte impedimento. Assim, não havia outra solução: Nelson, mais uma vez, ficaria sozinho e ela permaneceria ao lado do sogro, com Serginho.

– Na verdade – falou ela para o marido, quando Masakazu se retirou –, acho que seu pai vai precisar de apoio, e não apenas por causa da morte de sua mãe... Será necessário que alguém assuma os negócios da fazenda. Com ele abalado dessa maneira, é bem capaz de meter os pés pelas mãos e ser ludibriado por qualquer um. – Com um sorriso, acrescentou: – E você sabe muito bem que os abutres estão por toda parte, apenas aguardando uma oportunidade para atacar!

Nelson foi obrigado a admitir que sua esposa estava certa. Nos últimos meses, devido à doença de sua mãe, Masakazu não pudera se dedicar com o mesmo afinco à fazenda e o resultado saltava aos olhos: pela primeira vez, estavam amargando prejuízos em todos os setores da Fazenda do Forte.

– Meu trabalho em Brasília não vai permitir que eu venha para cá todas as semanas – ponderou ele. – Além disso, as possibilidades de transferência dentro da própria capital federal são muito grandes. Isso quer dizer que posso ser transferido da base para o ministério e, dentro do ministério... – Riu, nervoso, e acrescentou: – Dá para fazer uma carreira toda sem sair do prédio do ministério!

– Sei que você conseguirá arrumar um jeito – falou Simone, sorrindo e abraçando o marido. – E, daqui a pouco, Serginho estará em idade escolar e terá de ir para uma cidade com mais recursos do ponto de vista de ensino. Aí, então, poderemos convencer seu pai a nos acompanhar. Iremos todos para Brasília!

Porém o Planalto não estava nos planos de Masakazu, muito pelo contrário.

Sem qualquer preocupação financeira, o velho médico decidiu se aposentar para poder se dedicar de corpo e alma a seu grande sonho: construir na Fazenda do Forte um autêntico castelo japonês.

– Agora, terei tempo de sobra – falou ele. – Com Simone cuidando dos negócios da fazenda, não preciso me preocupar com mais nada. – Olhando para Serginho, disse: – E meu neto há de crescer sentindo em toda a sua plenitude o ambiente da terra de seus bisavós, quase como se estivesse vivendo nos tempos do xogunato Tokugawa.

Essa frase deixava bem clara sua intenção de não deixar Serginho se afastar... Ou seja, reduzia a quase nada a possibilidade de Simone e o filho mudarem-se para Brasília.

Seis anos mais tarde, quando o menino já estava na escola, em Taubaté, Nelson tentou, pela última vez, convencer o pai a ir para a capital.

— Não. Meu lugar é aqui — disse ele. — E o lugar de Sérgio é ao meu lado. Simone pode ir para Brasília, à vontade. A fazenda vai bem, não necessita de sua presença de maneira tão intensiva. Eu vou ficar e gostaria que Sérgio ficasse comigo. Ele pode ir visitá-los nas férias, até mesmo num ou noutro fim de semana mais prolongado. Mas quero que faça seus estudos aqui. — E, desfechando o golpe de misericórdia, falou: — Não tenho mais ninguém... Só mesmo meu neto.

Quinta Parte
Yonsei

I

Num país quase estigmatizado pelo futebol e pelo carnaval, a sexta-feira que antecede o início das festas de Momo já tem de ser considerada feriado. Especialmente depois das 3 horas da tarde, quando o paulistano que se preza começa a deixar São Paulo rumo ao interior e ao litoral, atravancando de forma inimaginável todas as saídas da cidade e, conseqüentemente, as estradas. As estatísticas que afirmam que 47 por cento dos brasileiros não gostam de carnaval, com certeza, não derivam de uma pesquisa em que as indagações tenham sido feitas corretamente. Perguntar "Você gosta de carnaval?" é diferente de indagar "Você gosta do carnaval?", uma vez que esta última forma levará à resposta sobre o "tempo de carnaval", ou seja, o feriado prolongado que este compreende. E de feriado não há brasileiro que não goste.

Porém há sempre algumas raras pessoas que, apesar de poderem sair e aproveitar o feriadão mesmo não gostando de sambar na avenida ou pular freneticamente nos salões de clubes, nas ruas e nas praias, preferem ficar na Paulicéia, que, nessas ocasiões, mostra não ser tão desvairada assim.

Ryumi Fukugawa era uma dessas pessoas. Sabendo que São

Paulo estaria a sua disposição, com as ruas vazias, o trânsito fluente e tudo o mais que a capital pode oferecer sem aquela constante e desagradável multidão querendo fazer a mesma coisa, decidiu que permaneceria no escritório até um pouco mais tarde, esperaria diminuir o fluxo daqueles que estariam deixando o centro – calculava que isso aconteceria logo à hora do almoço – e, então, iria para a biblioteca da Faculdade do Largo de São Francisco, terminar uma pesquisa que estava fazendo para sua tese de doutorado.

Seu sócio no escritório de Direito Internacional, Luiz Silveira, quase dez anos mais velho que Ryumi, olhou com espanto para o jovem advogado e comentou:

– Não acredito que você quer mesmo ficar em São Paulo!

– Vou aproveitar o tempo, Luiz. Garanto que a biblioteca estará vazia e, durante o carnaval propriamente dito, terei possibilidade de avançar bem a minha tese.

– Pois não acredito que seja esse o motivo – insistiu Luiz. – Na minha opinião, há um rabo-de-saia por trás...

Ryumi sorriu e, balançando negativamente a cabeça, falou:

– Não, meu amigo... Não há nenhuma mulher em minha vida, pelo menos por enquanto. Ainda não encontrei aquela que há de partilhar todos os meus momentos.

Foi a vez de Luiz sorrir e, pousando a mão sobre o ombro de Ryumi, ponderou:

– Comigo a história foi um pouco diferente... Ainda na faculdade, encontrei minha metade. É bem verdade que o começo foi muito difícil, nós dois tínhamos de trabalhar como mouros para sustentar as despesas. E, ainda por cima, uma distração de Margarida fez com que antes do primeiro ano de casados já tivéssemos a companhia de Adriana... – Apanhou o paletó, vestiu-o e acrescentou: – No seu caso, as coisas sempre serão diferentes. Você tem seu pai, brigadeiro reformado, que está muito bem de vida. Assim, não precisa se preocupar com o lado material das coisas. Pode se dedicar a essa tese com todo o carinho e, se quiser, pode casar a qualquer momento que isso não afetará em nada o seu trem de vida.

– Não é bem assim, Luiz – protestou Ryumi. – Meu pai pode até ser rico... Mas eu quero construir minha vida com meu trabalho, com meu esforço...

— O que não o impede de ter consciência de sua situação — interrompeu Luiz. — Lutar por um objetivo sabendo que a retaguarda está bem guardada é completamente diferente de batalhar como um mouro para construir tudo. Desde os próprios sonhos, que vão se adaptando à realidade do dia-a-dia, até chegar à realização deles, invariavelmente num patamar muito inferior àquele que se imaginou no início e que seria a verdadeira expressão do desejo.

Ryumi não teve o que responder. Sabia que o que Luiz Silveira estava dizendo era verdade. Sem dúvida, era muito mais confortável — e seguro — construir o futuro com a certeza de que, se alguma coisa desse errado, sempre haveria a casa familiar, jamais haveriam de faltar um teto e um prato de comida.

Já segurando a maçaneta da porta para sair do escritório, Luiz falou:

— Na verdade, eu tenho outra teoria para explicar a razão de você não ter se casado até agora. Aliás, para nem mesmo ter uma namorada a sério...

Ryumi olhou intrigado para o sócio e este, com uma expressão divertida no rosto, disse:

— A mulher que vier a dividir sua vida não poderá ser apenas do seu gosto. Terá de ser, também, do gosto de sua família... Mais precisamente, de seu avô. E é justamente aí que as coisas começam a pegar!

Ryumi ia protestar, dizer que ele era livre para decidir com quem se casar, porém Luiz, deixando escapar uma gargalhada, já fechara a porta atrás de si.

II

A má vontade de Elizabeth, uma das bibliotecárias, estava mais do que patente e podia ser facilmente explicada. Afinal de contas, ela havia ficado sozinha ali no trabalho, naquela tarde de sexta-feira pré-carnavalesca, uma vez que era a funcionária mais nova, tinha vindo para aquele cargo transferida de uma biblioteca do interior e, portanto, era a que possuía menos poder de argumentação. Todas as outras já tinham ido embora, cada uma com um destino diferente, mas com o mesmo objetivo, ou seja, pular o carnaval o mais longe possível de São Paulo.

Ela mesma tinha contado com a possibilidade de sair à hora do almoço e combinado com o novo namorado, um rapaz vinte anos mais jovem, para saírem rumo ao litoral norte do Estado antes das 4 da tarde. O plano tinha feito água... Por sorte, iriam no carro dela – Jorge não tinha carro; aliás, não tinha nada além de um corpo atlético e uma simpatia excessivamente contagiante para o gosto de Elizabeth – e, assim, ele seria obrigado a esperar que ela pudesse deixar o trabalho na hora normal do expediente. Caso contrário, ela tinha certeza de que ele jamais teria paciência de aguardar as 5 da tarde e, àquela altura, já estaria a caminho da praia.

"E não duvido que fosse com alguma garota...", pensou Elizabeth, com amargura.

Ela era consciente da instabilidade daquela relação e isso a deixava naturalmente insegura. Não que, apesar de seus 45 anos bem vividos, ela se achasse velha e acabada. Muito pelo contrário! Gastara boa parte de suas economias em aplicações de botox, em algumas cirurgias plásticas e, não contente, malhava três vezes por semana numa academia de ginástica. Além disso, cuidava com extremo carinho de sua alimentação, caprichava para não engordar. Julgava-se bonita e em forma. E era verdade. Ninguém poderia dizer que Elizabeth, havia cinco anos, passara da casa dos "enta". Da mesma maneira, ninguém poderia dizer que não era uma mulher atraente, mesmo porque ela fazia de tudo para sê-lo. No entanto, sabia muito bem que Jorge tinha apenas 25 anos de idade e que, mais dia, menos dia, surgiria uma garota que mexeria com a cabecinha oca do rapaz e que haveria de fazê-lo ver que a vida tinha outras possibilidades além da "mesada" que Elizabeth lhe dava em troca de alguns momentos de carinho. Aliás, um carinho que ela estava cansada de saber que era meramente interesseiro, mercenário.

Deixou escapar um suspiro sofrido e ergueu o olhar para a jovem que estava a sua frente. Já a conhecia das muitas outras vezes que ela estivera na biblioteca pesquisando em verdadeiras montanhas de livros, preparando seu trabalho de formatura, um difícil tema no campo do Direito Internacional.

– Não vai viajar? – perguntou Elizabeth. – Imaginei que a esta hora já estivesse bem longe daqui...

— Preferi ficar. Preciso adiantar um pouco minhas pesquisas e um feriado prolongado é excelente para esse tipo de coisa.

Elizabeth deu um sorriso e comentou:

— Pois eu acho que você está perdendo tempo, menina. Se eu tivesse sua idade e sua beleza, pode acreditar que estaria aproveitando ao máximo este carnaval! E não seria aqui, seria numa escola de samba lá no Rio de Janeiro! — Semicerrou o olho esquerdo e indagou: — Ou será que há outro motivo para não brincar no carnaval? Um namorado ciumento, talvez?

Ela riu e respondeu:

— Não tenho namorado nenhum, Beth. Nem ciumento, nem liberal. No momento, estou preocupada com meu trabalho, não tenho tempo para pensar em... namorar!

Elizabeth ergueu os ombros em sinal de despeito e resmungou:

— Pois continuo achando que está perdendo tempo, que está jogando fora sua mocidade. Do jeito que você é, encontraria com facilidade um grande e rico empresário... E jamais teria de pensar em trabalhar!

— É exatamente isso que não quero. Pretendo ser advogada, sei que tenho potencial para me destacar na profissão, tenho certeza de ser bem-sucedida e de não ter de depender de marido, amante ou qualquer homem! Prezo muito minha independência e minha individualidade. Não quero ser conhecida como "a esposa do doutor Fulano". — Tirou da bolsa um pedaço de papel. — Preciso consultar estes livros. E vou precisar fazer algumas cópias, também... — Com expressão desanimada, murmurou: — Está bem difícil juntar uma bibliografia consistente para esse trabalho! Sem alguém para sugerir títulos e autores...

Com expressão penalizada, Elizabeth disse:

— Por que não pede a ajuda do doutor Ryumi? Ele é uma das maiores autoridades jovens que temos aqui na faculdade! O trabalho dele em Direito Internacional está sendo citado na Sorbonne e em Harvard! — Com a caneta, mostrou um dos cantos da sala de leitura e finalizou: — Ele está ali. Quer que eu a apresente?

III

— Soube que o senhor é uma autoridade em Direito Internacional... — disse Maria Rita, esforçando-se para controlar a timidez. — Estou precisando de algumas orientações... Talvez possa me indicar alguns livros que me ajudem no trabalho de formatura.

Ryumi Fukugawa ergueu os olhos do texto que estava lendo e sorriu para a bela mulata que estava a sua frente.

— Maria Rita — falou ela, estendendo a mão. — Maria Rita Pereira Bartelli. Elizabeth vinha me apresentar ao senhor, mas chegou um visitante e ela teve de lhe dar atenção. Por isso, resolvi vir procurá-lo sozinha. — Com um sorriso cativante, completou: — Mas não quero incomodá-lo, doutor... Posso procurá-lo numa hora em que não esteja ocupado.

O jovem advogado apertou a mão de Maria Rita e, convidando-a a sentar, disse:

— Não sou nenhuma autoridade em nada, Maria Rita. Apenas escrevi alguns trabalhos nesse campo e estou preparando uma tese. É natural que, por esse motivo, precise me dedicar mais e, assim, acabo ampliando meus conhecimentos... — Sorrindo, acrescentou: — Claro que terei prazer em ajudá-la, mas com a condição de deixarmos de lado essa história de "senhor", "doutor" e outras cerimônias que sempre acabam por distanciar as pessoas. Para começar, vamos tomar um cafezinho, pois já faz meia hora que estou lutando contra a vontade de parar um pouco e fumar um cigarro.

A conversa começou, efetivamente, no bar da própria faculdade. Maria Rita fazia muitas perguntas, pedindo nomes de autores e títulos de livros. Ryumi respondia a todas elas com boa vontade e verdadeiro prazer.

Já começava a escurecer quando perceberam que dos assuntos técnicos haviam passado para amenidades e outros temas que nada mais tinham a ver com Direito, em qualquer campo que fosse. Começava, isso sim, a surgir um mútuo interesse em conhecer-se melhor, em saber mais um sobre o outro.

Foi Maria Rita quem, primeiro, se deu conta da hora:

— Meu Deus! Como é tarde! Não vi o tempo passar!

— O tempo não passa quando estamos em boa companhia —

retrucou Ryumi. – Eu também não notei. E, com toda essa minha conversa, acabei fazendo você perder a tarde...
– Eu é que o fiz perder tempo! – exclamou Maria Rita.
Levantando-se, ia abrindo a boca para se despedir quando Ryumi falou:
– Escute... Se não tiver nada para fazer, gostaria que aceitasse jantar comigo. São Paulo estará completamente vazia daqui a uma ou duas horas e poderemos ir exatamente àqueles restaurantes aonde nunca vamos por causa das filas de espera por uma mesa... E eu detesto filas!
Num primeiro impulso, Maria Rita quis aceitar. Afinal de contas, Ryumi era um homem altamente interessante e – por que não dizer – simpático e atraente. Somando-se a essas qualidades especialmente mundanas, havia seu lado intelectual, sua conversa, sua variedade de assuntos e seu amplo conhecimento. Sim, seria bem agradável aproximar-se dele, seria muito bom conhecê-lo mais a fundo... Porém, controlando-se, ela disse:
– Hoje é impossível. – Sem ter como justificar, acrescentou: – Tenho um compromisso e já estou atrasada.
Ryumi deixou escapar um suspiro de desapontamento e, entregando-lhe seu cartão de visitas, falou:
– É pena... Mas quem sabe em outra ocasião? Amanhã, pode ser? – Deu um sorriso sem jeito. – Não é fácil encontrar uma pessoa como você, que associa a beleza física com a beleza interior...
A moça corou um pouco e, apanhando o cartão, despediu-se dizendo que ligaria no dia seguinte.
– Estarei esperando sua ligação – garantiu Ryumi. – Até amanhã, portanto.

IV

Ao entrar em sua pequena e graciosa casa numa vila perto do Parque do Ibirapuera, Maria Rita pensou: "De fato, fazia muito tempo que eu não conhecia uma pessoa tão interessante...".
Arrependia-se por não ter aceitado o convite para jantar e condenava-se por ter inventado aquela mentira. Dizer para Ryumi que

tinha um compromisso quando, realmente, nada tinha a fazer naquela noite fora uma autêntica estupidez.

"Ele pode ter ficado ofendido", disse a si mesma. "E eu posso ter perdido a oportunidade de conhecê-lo melhor... De mais a mais, por causa dessa bobagem, terei mais uma noite vazia, aliás, como têm sido todas as minhas noites. Não tenho saído, não tenho nem mesmo ido ao cinema! Tenho vivido exclusivamente para esse trabalho de formatura e tudo quanto faço, de alguma maneira, está relacionado com ele!"

Dirigindo-se para seu quarto, murmurou:

– Até mesmo o fato de ter conhecido Ryumi...

Surpreendeu-se ao notar que pensava nele com um sentimento diferente, um sentimento que facilmente poderia qualificar como carinhoso. Sorriu, dizendo-se que estava fantasiando demais. "É a carência afetiva. O fato de não ter uma família, de estar sozinha e trabalhando tanto..."

Tentou afastar de sua mente a lembrança de Maurício, o ex-namorado com quem havia dois meses tinha rompido.

– Melhor sozinha do que mal acompanhada – murmurou enquanto se despia para tomar um banho. – Aquele cafajeste! Só queria se aproveitar de mim e estava achando muito cômodo ter uma boba para lhe preparar comida, lavar suas roupas e, ainda por cima, lhe dar carinho! – Abrindo as torneiras do chuveiro, disse: – E eu estava sendo essa idiota!

Nua, olhou-se no grande espelho do banheiro e sorriu intimamente.

Sim, ela era bonita e sabia disso. Seu corpo perfeito, de curvas generosas, não tinha um grama de gordura supérfluo. Suas coxas e pernas eram bem torneadas e guardavam com todo o restante uma proporcionalidade sem qualquer contestação. O rosto... O rosto era lindo, com os olhos castanhos profundos, de cílios longos e bem curvos, as sobrancelhas bem delineadas, o nariz... Sorriu mais uma vez, lembrando que seu pai, quando vivo, professor de História, costumava brincar com ela e dizer que Cleópatra teria inveja do formato de seu nariz...

Na verdade, na opinião de Maria Rita, só havia um senão: os cabelos, seu grande complexo! Não que ela tivesse algum problema de esfera íntima, consciente ou subconsciente, por ser mulata. Aliás, ela adorava a cor de sua pele, principalmente depois de tomar um pouco de sol na praia, achava-a bonita e sensual. Porém os cabelos...

Já tentara de tudo. Alisara, cortara, chegara a quase raspar a vasta cabeleira, depois resolvera deixá-la crescer livre e desgrenhada num simulacro de corte *african look*. Por fim, uma balconista vendedora de produtos para tratamento de cabelos – negra – dissera-lhe:

– Assuma que você tem cabelos pixaim, querida. Não adianta querer transformar cabelos de negro em cabelos de branco. Seria a mesma coisa que uma japonesa querer ter os olhos como os de uma latina! Portanto, cuide bem de seus cabelos; lembre-se sempre de que os cabelos dos negros são mais oleosos que os dos brancos e, por isso mesmo, precisam ser lavados com muito mais freqüência. Além disso, justamente por serem crespos e oleosos, pegam e seguram mais facilmente a poeira, sujeira e poluição da cidade. Mais uma razão para lavá-los sempre. Vá procurar um cabeleireiro honesto; nada de ir a esses grandes e badalados salões, pois estes são terrivelmente preconceituosos e vão querer que seus cabelos fiquem lisos como os de uma japonesa. E peça-lhe para encontrar um penteado que lhe fique bem.

Maria Rita seguiu o conselho. De informação em informação, descobriu um cabeleireiro perto do Aeroporto de Congonhas, que diziam ser especializado em resolver problemas com cabelos... excessivamente crespos. Tornou-se sua cliente e, se não tinha ficado plenamente satisfeita, pelo menos deixara de se queixar de sua carapinha todos os dias. No mínimo, deixara de invejar as brancas por causa dos cabelos.

Ensaboando-se, lembrou-se mais uma vez de Ryumi.

A princípio, ela não acreditara que o rapaz fosse descendente de japoneses e achara que aquele nome lhe tinha sido dado pelos pais da mesma maneira que tantos nomes estranhos e exóticos são dados a brasileiros. Maria Rita conhecera incontáveis Mary, William, Heinz, até mesmo uma negra que tinha sido batizada como Taeko, um nome japonês. O que impediria a mãe de Ryumi ter decidido batizar o filho com aquele nome sem que ele tivesse qualquer relação com o Japão?

Realmente, Ryumi não tinha nada de japonês em seu físico nem em suas feições. Era alto, com mais de 1,80 metro, não tinha olhos puxados – nem mesmo a famosa plica semilunar, uma dobra de pele nas pálpebras superiores, característica da raça amarela, ele apresentava – e seus cabelos castanhos, com um tom mais para o claro, não eram lisos, e sim ondulados.

Contudo, havia algo em Ryumi, principalmente em seu gestual e na forma como se expressava, que lembrava – e muito – alguém que não era japonês, mas que se portava como se o fosse. Só que ela não conseguia localizar essa pessoa no tempo e no espaço.

Terminou o banho e enrolou-se numa toalha. Ao chegar a seu quarto, riu ao perceber que passara o tempo todo com o pensamento voltado para Ryumi.

Estava se vestindo quando, num relance, conseguiu estabelecer a ligação entre a imagem do advogado que acabara de conhecer e o "japonês-não-japonês" que ele lembrava.

– É isso! – exclamou. – Tom Cruise! Tom Cruise no filme *O Último Samurai*!

V

Não foi preciso muito tempo para Ryumi perceber que alguma coisa estava errada com ele.

Em primeiro lugar, no meio da manhã, estava completamente sem fome – algo já bastante estranho, uma vez que era um bom garfo e costumava até se orgulhar ao dizer que nada poderia acontecer que fosse suficiente grave para abalar seu apetite. Depois, ele se mostrava impaciente, irrequieto, como se não encontrasse uma posição confortável. E, para culminar, não estava conseguindo a concentração necessária para desenvolver seu trabalho.

Pela enésima vez levantou-se da poltrona e caminhou até o terraço. Já estava mais do que acostumado com o que muitos chamavam de solidão e ele preferia denominar simplesmente de "privacidade absoluta".

– "Solidão" é um termo triste – dizia. – Mostra total ausência de mundo interior. Não é meu caso. Em minha privacidade absoluta, posso ter mais contato com meus fantasmas. E garanto que eles são muito bons!

Mas, naquele sábado de carnaval, Ryumi tinha a impressão de estar oprimido, as paredes pareciam querer esmagá-lo e mais de uma vez surpreendeu-se suspirando, infeliz, sentindo-se ansioso e angustiado, parando sem razão alguma o que estava fazendo para acender um cigarro.

Apoiou-se no parapeito do terraço e lançou um olhar sobre a cidade que se estendia a perder de vista. De repente, lembrou-se de que tinha prometido a Maria Rita entregar-lhe uma relação de artigos sobre espaço aéreo internacional.

Voltou para a escrivaninha e ligou o computador. No entanto, nem mesmo numa simples pesquisa em seus arquivos ele estava conseguindo se concentrar. A todo instante vinha-lhe à mente a imagem de Maria Rita, seu jeito meigo de falar, seu modo sensual até mesmo para segurar o cigarro.

Sim, aquela mulata o impressionara muito. Tanto que não conseguia tirá-la da cabeça!

"Ela não telefonou...", pensou.

Não pôde deixar de rir de si mesmo, lembrando que eram pouco mais de 10 horas da manhã e, portanto, cedo demais para que Maria Rita já tivesse ligado.

– Estou parecendo um adolescente recém-apaixonado! – murmurou.

Não era a primeira vez que uma mulher o atraía, muito pelo contrário. Ryumi era suficientemente vivido para poder dizer que tinha experiência – pelo menos a experiência compatível com sua idade.

Mas Maria Rita, de alguma maneira, tocara-o de um modo diferente.

"Ela é muito bonita", pensou Ryumi, enquanto tentava, mais uma vez, localizar "espaço aéreo internacional" em seu computador. "E inteligente!"

Olhou com desânimo para a mensagem de "arquivo não encontrado" que aparecia na tela e desistiu de vez.

– Não adianta! – exclamou em voz alta. – Não estou conseguindo fazer nada!

Voltou para o terraço e tornou a olhar para o formidável panorama da cidade.

"Em sua monstruosidade, é até bonita", pensou. Chegou a se assustar com a continuação de seu pensamento: "Pena que eu esteja sozinho...".

Com quem queria estar, afinal de contas? E por que jamais, até então, lamentara estar sem companhia para apreciar aquela paisagem?

— Mas... O que está acontecendo comigo?! — quase gritou.

Deu graças aos céus quando o velho relógio de carrilhão soou o meio-dia, dando-lhe uma desculpa íntima — e desnecessária — para parar, sair e espairecer um pouco, quem sabe até comer alguma coisa, mesmo que fosse apenas por obrigação, já que apetite não tinha nenhum.

Estava ainda decidindo se pegava o carro na garagem ou se ia a pé até um restaurante ali perto quando o telefone tocou.

Sentiu o coração bater mais depressa quando ouviu:

— Ryumi, é Maria Rita... Você já está almoçando?

— N-não — gaguejou ele, tentando em vão fazer com que sua voz saísse natural. — Ia sair para comer alguma coisa agora...

Notou uma breve hesitação no outro lado da linha. Maria Rita disse:

— Esbarrei num texto sobre águas internacionais que não consigo entender. Se tiver alguns minutos, acho que poderei expor minhas dúvidas e...

Ryumi sorriu intimamente e, num relance, descobriu o motivo da ansiedade que sentira durante toda a manhã: tinha sido simplesmente a espera angustiante do telefonema que Maria Rita prometera na véspera.

— Estou a sua disposição, Maria Rita — interrompeu ele, com precipitação. — Vamos fazer o seguinte...

— Eu ia propor que você viesse almoçar aqui em casa e eu aproveitaria sua boa vontade para me explicar esse assunto...

— Não quero lhe dar trabalho... Poderemos ir a um restaurante...

— Você não dará trabalho nenhum. Estou sozinha e vou começar a preparar o almoço agora. Só preciso saber se você gosta de peixe.

— Se é você que vai cozinhar, tenho certeza de que até farofa de babosa com jiló eu comeria — replicou Ryumi com uma risada. — Dê-me seu endereço e em alguns minutos estarei aí.

VI

Em outro dia qualquer, o trajeto de Higienópolis até o Parque do Ibirapuera tomaria pelo menos três quartos de hora para ser feito. Porém era sábado de carnaval e São Paulo estava deserta, o trânsito mais livre do que numa madrugada de segunda-feira. Assim, em menos de quinze minutos Ryumi estava estacionando diante da casa de Maria Rita, na vaga que ela, pelo telefone, dissera que deixaria para ele.

Durante aquele quarto de hora enquanto dirigia seu Mitsubishi, o rapaz teve tempo suficiente para, com um pouco mais de frieza, analisar o que estava acontecendo.

Não havia a menor dúvida de que estava profundamente interessado e atraído por Maria Rita, como jamais estivera por outra mulher.

– Ela é muito bonita! – repetiu para si mesmo, pela milésima vez. – Nunca vi uma mulata tão bonita!

Mulata! A materialização do arquétipo da mulher brasileira! E Maria Rita, além disso, para Ryumi, já se posicionara como o arquétipo da beleza feminina.

Fez uma rápida retrospectiva das mulheres bonitas e desejáveis que conhecera até então e não se surpreendeu ao constatar que nenhuma podia ser sequer comparada a Maria Rita.

Claro, ele tinha, em seu rol de antigos relacionamentos, algumas moças que qualquer homem classificaria de lindas, e seus amigos jamais conseguiram entender por qual razão Ryumi não tinha dado continuidade ao caso.

– Não daria certo, de qualquer maneira – procurava se desculpar o rapaz, quando inquirido sobre determinada mulher. – Ela, realmente, é muito bonita... Mas é só isso. E eu espero bem mais de alguém com quem eu queira dividir minha vida!

E Maria Rita? No final das contas, não seria ela como as outras?

Beatriz, uma falsa loura que poderia muito bem ser modelo, também era universitária e inteligente...

– Mas era muito fútil – justificou-se Ryumi. – Para Bia, a vida estava resumida em aparecer, e ela fazia questão disso. Usava todo o seu potencial de beleza física, assim como o cultural e o intelectual, apenas para se mostrar superior às demais.

Lembrou-se de Ana Paula, uma verdadeira boneca...

– Apenas uma boneca. Sabia ser sensual, sabia prender um homem... Mas somente pelo sexo. Definitivamente, não suportaria viver com ela.

Já Maria Rita...

Ela parecia ser uma mulher bem diferente. Durante toda uma tarde de conversa – que principiara com dúvidas sobre o tema que Maria Rita escolhera para o trabalho de formatura e que acabara derivando para dezenas de outros assuntos – em nenhum momento ela demonstrara qualquer futilidade, qualquer falta de seriedade e de retidão de pensamentos.

– Na verdade – murmurou Ryumi –, isso pode ser até um pouco assustador... Uma mulher que seja séria demais... Mas Maria Rita não pode ser assim, sempre! Ela deve possuir um lado mais infantil, mais... feminino! Com toda aquela sensualidade aflorando à pele...

Percebia – talvez até um pouco constrangido, imaginando que já tinha passado da idade de ter esse tipo de reação involuntária – que se excitava ao pensar nos seios da moça, firmes, fartos, túrgidos, parecendo querer varar o fino tecido da blusa que estava usando. Lembrou-se de que, quando Maria Rita se despediu e se afastou, ele observou seus pés, mal escondidos em sandálias de salto alto. Ryumi, que tinha certa queda por pés femininos, ainda que não se considerasse um autêntico podófilo, pôde ver que a moça possuía pés simplesmente lindos. Por um breve instante, imaginou-se beijando a curva plantar daqueles pés tão bonitos, tão desejáveis...

Sacudiu energicamente a cabeça, tentando afastar aqueles pensamentos de sua mente, e murmurou:

– Não tem cabimento! Não posso me deixar levar por essas idéias malucas! Maria Rita é apenas uma estudante que está fazendo um trabalho de formatura e está precisando de alguma orientação. Nada mais! Não devo e não posso ficar pensando essas besteiras e muito menos sonhando com o impossível!

"Impossível?", pensou ele, em seguida. "Por que impossível? Não seria mais lógico dizer que é somente improvável?"

Mais uma vez riu consigo mesmo de suas idéias e tratou de se esforçar para prestar atenção às placas das ruas, pois já devia estar chegando.

Imaginou, ao estacionar o carro, que Maria Rita abriria a porta com um imenso e feliz sorriso nos lábios e correria para abraçá-lo e beijá-lo...

Foi quase isso. A bela mulata ali estava, vestida com um *yukata* – um quimono mais simples, adequado para usar em casa, mas nem por isso menos elegante –, esperando diante da porta aberta por Ryumi, um sorriso feliz nos lábios.

Não faltou nem mesmo o beijo. Só não foi exatamente o tipo de beijo com que o rapaz estivera sonhando...

VII

Ryumi não precisou de mais do que dez minutos para perceber que, efetivamente, Maria Rita não tinha nenhuma dúvida sobre o trabalho de formatura.

Ele já tinha respondido a suas perguntas na véspera e o que ela dissera não ter encontrado sobre águas territoriais e internacionais, espaço aéreo e assuntos similares era algo tão óbvio que em menos de dois minutos foi solucionado.

Essa constatação fez com que Ryumi se entusiasmasse – e se excitasse – ainda mais. Era evidente que tudo tinha sido um pretexto para que ele estivesse ali. E o interessante era o fato de que a iniciativa havia partido dela.

Maria Rita também estava animada. É bem verdade que a moça tentava o tempo todo disfarçar e, por vezes, Ryumi podia perceber que ela se mostrava excessivamente tímida e encabulada, como uma colegial apanhada colando numa prova ou uma criança surpreendida roubando doces do pote.

A situação estava ficando cada vez mais divertida, um tentando mostrar para o outro uma seriedade quase demasiada, um posicionamento carregado de profissionalismo, quando o que estavam realmente querendo era um ambiente mais descontraído e, claro, mais adequado para uma tarde de sábado de carnaval com dois jovens que sabiam se atrair mutuamente, sozinhos numa casa aconchegante, com um almoço sendo preparado.

– Você me disse que tem 25 por cento de sangue japonês e que gosta de peixe — falou Maria Rita, em dado momento. — Assim, imaginei que gostaria de comer, como entrada, um *ebi-sashimi*[58] e, como prato principal, um *yakimono katsuo*[59]. Claro, também preparei um *takikomi gohan*[60] incrementado com alguns *iká*[61], porque não sou muito apreciadora do *gohan* simples.

Ryumi arregalou os olhos, surpreso, e, com um sorriso, Maria Rita continuou:

— Também não esqueci de preparar um bom *tsumá*[62]. E, para começar, vou servir um aperitivo.

Divertida com a expressão espantada de Ryumi, ela perguntou:

— Para acompanhar o *sakaná*[63] que preparei, você prefere saquê, uísque ou outra bebida?

Ryumi precisou de alguns segundos para se refazer e responder, cheio de admiração:

— Você não preparou um almoço, Maria Rita! O que você fez é um verdadeiro *kasseiki-ryori*[64]! Almoço para um daimiô! — Forçando um tom de reprovação, disse: — Ainda bem que você falou que eu não daria trabalho nenhum! Um almoço assim não se prepara em meia hora!

— Ora... Era o mínimo que eu poderia fazer... Afinal de contas, você está me ajudando com esse trabalho...

Sentiu imediatamente que corava, mesmo porque a expressão de Ryumi deixava bem claro que ele havia percebido que a história da dúvida que Maria Rita mencionara ao telefone não tinha passado de mera desculpa para atraí-lo a sua casa.

— E o mínimo que eu posso fazer — falou ele — é ficar com você junto ao fogão. Não tem o menor cabimento você trabalhar com as panelas e eu ficar aqui. De qualquer modo, poderei ajudar em alguma coisa.

Como Ryumi já esperava, a moça não recusou e ele acompanhou-a até a pequena, mas muito bem montada cozinha.

---

[58] *Sashimi* feito com camarão.
[59] Peixe assado na grelha.
[60] Arroz branco misturado com ervilhas, brotos de bambu, *shiitake* e peixe desidratado.
[61] Lulas.
[62] Guarnição que acompanha o *sashimi* e tem por finalidade refrescar o paladar. É composta por folhas de segurelha, nabo, pepino e cebolinha.
[63] Petiscos que são servidos como aperitivo para acompanhar o saquê.
[64] Refeição luxuosa e cerimoniosa.

— Não podia imaginar que você gostasse de cozinhar — comentou ele, admirando-se com a ordem e a decoração do ambiente. — Eu a via como uma advogada, uma executiva... Em qualquer outra atividade, menos pilotando um fogão!

— Pois agora descobriu que eu sirvo para outras coisas além de ficar consultando livros e estudando Direito Internacional. E, na verdade, adoro brincar de dona de casa...

— Não acho que seja uma brincadeira — protestou Ryumi. — Provavelmente não há serviço mais pesado e mais ingrato que o trabalho doméstico. E isso, sem contar que as donas de casa não têm nenhum salário...

— Pode ser... Mas nem por isso deixa de ser prazeroso ter uma casa bem arrumada, saber preparar um bom almoço... E, quando se tem uma motivação e uma companhia agradável, cozinhar é ainda melhor!

Pondo o peixe — um bonito de cerca de um quilo e meio — sobre a grelha elétrica, falou:

— Pena que não seja uma grelha a carvão. O autêntico *yakimono katsuo* é preparado sobre brasas e não sobre uma resistência elétrica! — Regulou o termostato do aparelho para que começasse a assar o *katsuo*[65] bem devagar e murmurou: — Bem... Pelo menos a grelha elétrica tem essa vantagem... Pode-se regular a intensidade de calor à vontade.

Pegou de dentro de um dos armários da cozinha um *tokkuri*[66] de porcelana decorada, um par de *tchoko*[67] feitos com nó de bambu e dois pares de *hashi*. Abriu uma garrafa de saquê, encheu o *tokkuri* até três quartos de sua capacidade e colocou-o para esquentar em banho-maria.

— As gueixas aqueciam o saquê colocando o *tokkuri* sob o quimono — comentou Ryumi, com um sorriso. — O saquê deve ser servido à temperatura do corpo...

— Sei disso — falou Maria Rita, também sorrindo. — Mas não sou gueixa e não vou fazer isso! Prefiro esquentá-lo assim, em água morna.

---

[65] Termo normalmente usado para o bonito, peixe da família do atum.
[66] Recipiente de porcelana decorado em que se põe o saquê para ser aquecido.
[67] Cálice de madeira, laca ou porcelana no qual se toma o saquê.

Da geladeira, pegou dois *hassun*[68] de cerâmica. Um deles continha finas fatias de *tsukemono*[69], *kani*[70], *kamaboku*, *tchikuá*[71] e *daikon*[72] ralado; o outro, *ebi-sashimi*, *maguro-sashimi*, *tataki* e delicados *makizushi* em que era possível ver o recheio feito com *ikurá*[73]. A decoração de ambos os *hassun* era perfeita e lindíssima, com folhas de bambu, flores de amor-perfeito e *soba*[74] frito, montado de forma a imitar corais marinhos e ramos de árvores.

Ryumi não conseguia conter o espanto e a admiração. Ele jamais poderia imaginar que Maria Rita pudesse conhecer tão bem a culinária japonesa e menos ainda que soubesse o nome – em japonês – de tudo o que estava apresentando e servindo.

– Mas... Como é que você sabe tudo isso? Desde quando e por que você tem tanto interesse pelo Japão? – indagou ele.

A moça sorriu e, enquanto ajeitava a mesa da sala de jantar num perfeito estilo *honzen*, explicou:

– Minha família é de Bastos, interior de São Paulo. Como você deve saber, a colonização japonesa teve papel muito importante no desenvolvimento de toda aquela região. Os japoneses levaram a fartura e a riqueza para lá, primeiro com a seda, com a família Hashimoto. Depois, quando o comércio da seda sofreu com o surgimento dos materiais sintéticos, os japoneses passaram a se dedicar à avicultura, e Bastos acabou se transformando num dos maiores centros produtores de ovos de todo o país. Nessa ocasião, ao lado da família Hashimoto, começou a despontar como grande fortuna a família Fujiwara, que foi uma das pioneiras, entre as japonesas, a trabalhar com pecuária de corte. Meu pai era professor de História e tornou-se muito amigo de um dos Fujiwara. Tanto assim que, quando eu nasci, convidou-o para ser meu padrinho de batismo. A família Fujiwara sempre foi muito... nipônica... e sempre fez absoluta questão de respeitar e manter vivas as tradições e a cultura de seus ancestrais. Eu cresci no seio dessa família e praticamente fui adotada por

---

[68] Travessa onde o alimento é servido.
[69] Conserva de nabo.
[70] Caranguejo.
[71] *Kamaboku* e *tchikuá* – Pastas compactadas de peixe cozido.
[72] Nabo.
[73] Ovas de salmão.
[74] Macarrão.

eles quando meus pais morreram num acidente de avião. Assim, aprendi uma porção de costumes, de rituais, de cerimônias e de tradições nipônicas.

Serviu o saquê e continuou:

— Meus pais morreram quando eu tinha 8 anos. Isso quer dizer que tive bastante tempo de convivência com a família Fujiwara. A maioria das recordações que tenho é desse tempo de convívio, pois minha adolescência passei com eles. Papai sempre foi grande admirador dos japoneses. E é claro que ele me transmitiu seu modo de encarar esses "colonizadores" de nossa cidade.

Com seu *hashi*, Maria Rita pegou um *ebi-sashimi* e, pondo-o no *mukozuke*[75] de Ryumi, prosseguiu:

— Na verdade, ninguém me ensinou nada. Fui criando interesse pelas coisas japonesas e aprendendo sozinha. — Uma discreta expressão de tristeza toldou por um breve instante o olhar da moça, e ela disse: — Os Fujiwara sempre foram muito bons e generosos para comigo. Porém eu sentia que jamais deixaria de ser uma *gaijin*, que jamais seria considerada parte integrante da família ou, pelo menos, igual a eles. Durante os dez anos que vivi sob seu teto, sempre tive a sensação de ser uma estranha, principalmente quando eles começavam a falar em japonês e eu não conseguia entender nada.

— Por que não aprendeu o idioma? — indagou Ryumi.

— Bem que tentei! Mas não tive quem me ensinasse. Melhor dizendo, não tive quem se dispusesse a me ensinar, e podia sentir que todos eles achavam que eu não conseguiria jamais falar a língua.

Ryumi sabia bem o que Maria Rita estava dizendo. Os japoneses são muito herméticos e não têm nenhum interesse em transmitir seus conhecimentos para os ocidentais, especialmente aqueles que possam dizer respeito a qualquer tipo de tradição. É bem verdade que eles querem que seus costumes e tradições sejam vistos, apreciados e admirados. Mas, daí a explicar, a fazer entender, a detalhar, o passo é muito longo. A língua japonesa, obviamente, faz parte de todo o conjunto de tradições que constituem a cultura nipônica, e os japoneses não acham que seja necessário um *gaijin* saber falar o idioma.

---

[75] Tigela de porcelana ou laca, rasa, onde se come.

Ele mesmo já tivera oportunidade de perceber o espanto dos japoneses quando descobriam que falava perfeitamente a língua, inclusive em sua forma conceitual, mais sofisticada e cerimoniosa.

Certa ocasião, em Tóquio, dirigiu-se a dois senhores para pedir uma informação falando em japonês. Um deles simplesmente respondeu em inglês. Como Ryumi insistisse em falar no idioma local, esse homem voltou-se para seu companheiro e disse, em meio a uma risada:

— Mas ele realmente fala japonês!

Quiseram saber como ele tinha aprendido a língua e foi muito difícil Ryumi fazê-los acreditar que tinha sangue nipônico correndo em suas veias.

— Não é possível! — disseram. — Você não tem nada de japonês! Nem os olhos!

Ryumi teve de lhes mostrar seu passaporte para que acreditassem que era um Fukugawa, descendente direto de Ryuiti Fukugawa, um antigo samurai.

— Contudo — prosseguiu Maria Rita —, em nenhum momento os Fujiwara deixaram de ser muito generosos para comigo. E, quando o velho Akiro Fujiwara, o patriarca, morreu, fui incluída em seu testamento. — Com um gesto que procurava abranger toda a casa, completou: — Muito de tudo isso que você está vendo foi comprado com *kane*[76] que herdei dele!

VIII

O almoço tinha sido perfeito, em todos os sentidos, inclusive em sua duração, que, como toda refeição japonesa que se preze, foi demorado para ser condignamente degustado e aproveitado.

Eram quase 5 horas da tarde quando Ryumi olhou o relógio e, espantado com o avançado da hora, disse:

— Meu Deus! Como é tarde! — Voltando-se para Maria Rita, acrescentou, em tom de quem pede desculpas: — Fiz você perder a tarde toda!

---

[76] Dinheiro.

Ela sorriu, pousou a mão sobre o antebraço do rapaz e retrucou:
— Já vi esse filme... Faz pouco menos de 24 horas, só que quem falava isso era outra pessoa. — Balançou a cabeça negativamente e falou: — De modo nenhum. Ganhei a tarde, isso sim. E, como não quero que você vá embora tão cedo, vou fazer um cafezinho bem brasileiro para contrastar com o almoço.

Ryumi sorriu, ainda ensaiou uma desculpa, mas na realidade sem convicção alguma. Ele também não tinha a menor vontade de deixar a companhia tão agradável de Maria Rita.

— Desse jeito, você vai acabar me segurando aqui para sempre — disse ele.

A jovem olhou para Ryumi com expressão marota e murmurou:
— Não posso dizer que seria má idéia... Porém acho que isso seria impossível. — Antes que Ryumi pudesse protestar, ela continuou: — Deve haver alguém que já o tenha bem seguro, Sérgio... muito embora eu não consiga entender como esse alguém poderia permitir que você ficasse longe durante toda a tarde de sábado de carnaval...

Ele abriu um sorriso e, acompanhando Maria Rita até a cozinha, falou:
— Não há ninguém. Não tenho de dar satisfação a ninguém se fico fora de casa no sábado de carnaval ou no dia de *Shogatsu*[77].

— Nesse caso — disse Maria Rita, sem disfarçar a alegria —, não há razão para ir embora!

— A boa educação me diz que já é hora... — insistiu Ryumi.
— A boa educação diz que você deve aceitar o café, depois o licor... depois...

Maria Rita acendeu o fogão e virou-se para Ryumi, apoiando-se de costas na pia da cozinha. O rapaz olhou para ela e indagou:
— Depois... O que vem depois do licor?

A bela mulata segurou as mãos de Ryumi puxando-o para perto de si e ronronou:
— Será que eu preciso dizer, Ryumi?

Não... Maria Rita não precisou dizer.

Abraçando-a, Ryumi pousou os lábios sobre os da moça. A princípio, o beijo foi casto, tímido. No entanto, ao apertá-la um pouco

---

[77] Festa de primeiro de janeiro.

mais contra seu corpo, ele percebeu que sob o *yukata* ela não estava usando nada. De casto, o beijo tornou-se voluptuoso, verdadeiramente vulcânico. Ryumi sentiu Maria Rita comprimir o corpo ao seu, como se pedisse um contato maior, como se exigisse muito mais do que apenas um beijo. Não teve nenhum trabalho para tirar-lhe o *obi*[78], abrindo o *yukata* e exibindo, para deleite de seus olhos, a plástica perfeita de Maria Rita. Ele a abraçou, sentiu seus seios contra seu peito, a língua da moça dentro de sua boca, suas mãos procurando carinhos mais íntimos.

Mas a jovem, com um sorriso que deixava transparecer toda a sua sensualidade, afastou-o, disse que precisava acabar de preparar o café e acrescentou:

— Há certa cronologia, querido: café, licor e... amor!

IX

O domingo de carnaval amanheceu chuvoso e desagradavelmente frio para a época do ano.

Ryumi acordou e, por um breve instante, durante aqueles poucos segundos em que a mente paira entre o sono e a vigília, sentiu-se perdido, sem saber onde estava. Olhou a seu redor, estranhando o quarto, e foi só quando sentiu a seu lado a respiração compassada de Maria Rita que começou a se lembrar do que tinha acontecido desde que chegara àquela casa.

Acariciou com a ponta dos dedos as costas nuas da moça e ela se aproximou um pouco mais, buscando um contato maior.

— Venha, querido — ciciou ela. — Quero que você me ame outra vez...

Ele a abraçou, beijou-a com sofreguidão e falou:

— Não sou um super-homem, Rita... Você me esgotou por completo! Acho que vou precisar de uma semana para me recuperar.

Maria Rita riu. Erguendo-se sobre os cotovelos, fez com que seus seios tocassem o peito de Ryumi e disse:

— Veja você que, afinal de contas, na guerra do amor, a mulher é

---

[78] Cinto que prende o quimono ou o *yukata*.

sempre a vencedora... O homem é quem pede a trégua, quando não a rendição incondicional!

Porém o movimento ritmado que fazia, o toque de seus mamilos em Ryumi acabaram por excitá-lo outra vez e os dois se enlaçaram em mais uma reprise do que tinham feito durante boa parte da noite.

Minutos depois, ainda ofegantes, Rita murmurou ao ouvido de Ryumi:

– Não vou deixá-lo ir embora, Ryumi... Nem que tenha de amarrá-lo a minha cama!

– E quem disse que eu quero ir embora, Rita? – indagou o rapaz. Dando-lhe um beijo, acrescentou: – Você cometeu um erro ao me convidar para almoçar. E um erro maior ainda ao me trazer para seu quarto. Agora...

– Agora...? – fez Maria Rita, acariciando-o.

– Agora, você terá muito trabalho para se livrar de mim!

– Não pretendo me livrar de você, Ryumi – disse a moça, com determinação. – Pelo menos por enquanto.

Ryumi franziu as sobrancelhas.

– Por enquanto?! – perguntou ele, em tom de protesto. – O que quer dizer com isso?

Rita não respondeu. Limitou-se a sorrir e, atirando os lençóis para o lado, levantou-se, fazendo com que Ryumi admirasse mais uma vez seu corpo escultural.

– Vou preparar um banho para nós dois – anunciou ela. – Depois, acho bom comermos alguma coisa. Com tantos exercícios...

Do banheiro, erguendo a voz acima do ruído da água que jorrava enchendo a hidromassagem, ela falou:

– O dia está perfeito para ficar em casa... Essa chuvinha serve bem para atiçar o romantismo!

"Não apenas o romantismo", pensou Ryumi. "Nem mesmo Platão seria capaz de resistir..."

A água borbulhante massageando seus corpos, os dois se acariciando na banheira, o aroma da espuma de banho que Maria Rita pusera na água e a intensa atração que sentiam um pelo outro fizeram com que eles quase recomeçassem tudo outra vez. Entretanto, Ryumi, saindo da banheira, disse:

— Mesmo as coisas boas da vida, quando em excesso, podem se tornar prejudiciais. Pretendo reservar um pouco de energia para hoje à noite, querida... E percebo que, se deixar por sua conta...

Maria Rita riu, segurou sua mão e, apoiando-se nela, ergueu-se, dizendo:

— Está bem... Vamos tentar nos comportar... — E acrescentou, cheia de malícia: — Desde que você prometa que vai ficar comigo e que mais tarde...

X

Ryumi achou melhor não perguntar para Maria Rita de onde ela tinha desencavado o *haori*[79] que estava sobre a cama e que ela lhe dissera para usar, enquanto ele acabava de se enxugar. Adivinhando o que o rapaz estava pensando, a mulata explicou:

— Se você prestar atenção, vai notar que esse *haori* é novo. Nunca foi usado. Eu o comprei pensando no homem que, um dia, haveria de dividir comigo pelo menos um momento de grande felicidade. — Aproximou-se de Ryumi, abraçou-o e completou: — E você está sendo esse homem...

Foram juntos para a cozinha preparar o desjejum.

Com o mesmo capricho com que preparara o almoço da véspera, Maria Rita arrumou sobre a mesa um *honzen* com *motchi*[80], *monaka*[81], *taiyaki*[82], *yokan*[83], *sembei*[84] e chá verde.

— Se você estivesse num *ryokan*[85], teria *tsukemono* e outras conservas, além de *gohan*... Porém, como estamos no Brasil e, mais especificamente, você está na casa de uma *gaijin*, acho que podemos dispensar essas filigranas — falou ela. — Mas, se quiser um café da manhã à brasileira...

---

[79] Vestimenta masculina para usar em casa, bem à vontade.
[80] Bolinho feito com pasta de arroz. Pode ser comido com sal, *shoyu* (molho de soja) ou açúcar.
[81] Bolinho em forma de flor recheado com geléia de feijão.
[82] Doce na forma de peixe, cuja massa externa é uma espécie de panqueca e o recheio é de geléia de feijão.
[83] Doce de feijão
[84] Biscoito doce geralmente com gengibre ou sementes de gergelim.
[85] Hospedaria.

Ryumi riu, disse que não queria nada além do que ela acabara de servir e que estava achando sensacional imaginar-se no Japão acompanhado por uma gueixa... mulata.

— Posso me maquiar — disse Maria Rita. — Posso me travestir de japonesa, de gueixa...

— De jeito nenhum! — exclamou Ryumi. — O maravilhoso é você estar usando roupas japonesas, estar se comportando como uma japonesa e ter essa cor de pele!

— Chocante, não é mesmo? — fez a moça, fixando o olhar de Ryumi.

O rapaz percebeu as entrelinhas e, um pouco sem jeito, respondeu:

— Não para mim... Um quimono ou um *yukata* são vestimentas como quaisquer outras. Uma mulata ou mesmo uma negra usar um *yukata* é tão chocante quanto ela usar... um vestido Léonard ou um simples *jeans*. Da mesma maneira, uma loura vestida de japonesa ou de chinesa não deixa de chocar, de ser no mínimo... diferente. Se você for pensar etnicamente, um japonês não deveria jamais usar terno, as negras deveriam usar aquelas roupas africanas coloridas... e assim por diante!

Ryumi tomou um gole de chá e continuou:

— Esse tipo de pensamento é tipicamente preconceituoso. Não há nada de chocante no fato de uma mulata gostar de comida, roupas e costumes nipônicos!

— Não foi essa a impressão que eu tive ontem — ponderou Maria Rita. — Você estava tão admirado com o que viu aqui em casa! Tive certeza de que você não estava acreditando, que você não conseguia admitir que eu, uma mulata, pudesse saber nomes de pratos japoneses, por exemplo!

Ryumi sentiu-se corar e, depois de refletir um pouco, disse:

— Você tem razão. Mas há uma diferença. Se eu fosse preconceituoso, não ficaria admirado, mas com raiva. Aí, sim, eu não poderia admitir que você se portasse como uma japonesa sendo, na realidade, uma mulata, uma negra! Não é o que acontece, muito pelo contrário. Fico feliz ao ver que a raça de meu bisavô desperta tanto interesse numa pessoa como você. E não me interessa qual a cor de sua pele, nesse caso! Interessa, isso sim, o que eu pude perceber de seu nível intelectual, de sua cultura. Portanto, você errou ao dizer que eu parecia não querer admitir que você se portasse como japonesa.

Já bem mais seguro do que estava dizendo, sorriu e completou:
— De fato, fiquei extremamente admirado. Essa admiração não deixou de ser devida, em grande parte, ao fato de você ser mulata. E isso simplesmente porque não é comum que os negros, mesmo os de alto nível cultural, se preocupem em conhecer hábitos e costumes orientais.

— Será que os brancos se preocupam? — indagou Maria Rita, com certa entonação de escárnio em sua voz.

— Pelo menos *mostram* ter maior curiosidade a esse respeito. E é interessante notar que muitas vezes essa curiosidade é maior até mesmo do que entre os próprios descendentes de japoneses. Isso leva a pensar que esses *nikkeys*[86] procuram esquecer suas raízes.

— Será que eles não têm um motivo para essa atitude? — inquiriu Maria Rita.

— Atualmente, acho que não. Hoje em dia, não há tanta discriminação. Já foi o tempo em que ela existia, e com muita intensidade. Meu pai chegou a sofrer bastante com isso. E olhe que ele é mestiço!

— Imagino como teria sido se seu avô tivesse se casado com uma negra — murmurou a moça — ou com uma judia.

— É preciso lembrar que a discriminação era bilateral — continuou Ryumi. — E é difícil dizer quem discriminava mais, se os japoneses ou se os... *gaijins*.

XI

Enquanto Ryumi ajudava Maria Rita a arrumar a louça que tinham acabado de usar, ela falou:

— Acho que a discriminação maior ocorre da parte dos japoneses. Eles discriminam até mesmo os coitados dos *dekasseguis*, filhos e netos de japoneses que vão trabalhar lá, do outro lado do mundo!

— É pior do que você imagina, Rita. Tomei conhecimento de um caso que, se eu não tivesse visto de perto, não acreditaria.

Voltando para a sala, ele continuou:

— Meu sócio no escritório tem um amigo issei. Veio para o Brasil

---

[86] De ascendência nipônica.

já adulto, formado em hotelaria e especializado em cozinha japonesa. Imaginava que encontraria, aqui, um imenso campo para trabalhar e que todos os restaurantes japoneses estariam estendendo um tapete vermelho a sua chegada. Enganou-se redondamente. Para sua surpresa e desespero, viu que achar um emprego seria muito difícil, uma vez que há bons técnicos em cozinha nipônica até mesmo entre os cearenses.

— Isso é verdade — interrompeu Maria Rita —, conheço diversos *sushimen* que são nordestinos, principalmente cearenses... Sei de alguns que estão fazendo sucesso até mesmo no Japão!

Ryumi concordou com um sinal de cabeça e prosseguiu:

— Pois Yugo Kato, esse é seu nome, para agravar, não era um exemplo de trabalhador. Vale dizer que ele não era muito dado a se esforçar e não tinha a menor intenção de buscar uma atividade que fosse diferente daquilo que havia aprendido. Além disso, era um emérito mulherengo. Não podia ver um rabo-de-saia que saía correndo atrás. Justamente por causa das mulheres, o dinheiro que tinha trazido do Japão rapidamente evaporou.

Ryumi aceitou o cigarro que Maria Rita tinha acendido para ele e disse:

— Naquela época, estava começando a pegar forte a onda do *karaokê* e Yugo descobriu que era nesses bares-boates-inferninhos onde havia a maior quantidade de mulheres... desfrutáveis e disponíveis. Passou a freqüentá-los praticamente todas as noites, especialmente um na Avenida da Liberdade, de cujo proprietário, um coreano que falava muito bem o japonês, tornou-se amigo. Esse coreano apresentou-o para uma moça nissei chamada Mieko, que Yugo engravidou e, por pressão da família, acabou desposando. A essa altura dos acontecimentos, ele estava mais ou menos empregado no estabelecimento desse coreano.

— Mais ou menos empregado? — indagou Maria Rita. — O que quer dizer com isso?

— Simplesmente que não era um emprego estável, regular. Yugo ganhava uns trocados ajudando na cozinha e preparando alguns pratos mais complicados. Além disso, fazia as vezes de anfitrião. Enfim, ganhava o suficiente para manter-se e à esposa, mas nunca sobrava um tostão no final do mês. Uma noite, o coreano foi se lamentar com ele, dizendo que os negócios estavam indo de mal a pior e que seria obrigado a fechar o estabelecimento. Yugo, então, teve uma idéia: propôs arrendar o *karaokê*. Pagaria o coreano com uma porcentagem do que faturasse.

– Uma temeridade – comentou Maria Rita. – Se o negócio estava indo mal, a troco de que esse tal de Yugo haveria de querer se meter?

– Acontece, minha querida, que Yugo já vinha pensando havia algum tempo em fazer essa proposta para o coreano porque conhecera outro japonês, também issei, que lhe garantira conseguir pelo menos quinze máquinas de pôquer eletrônico. Segundo esse japonês, seria uma verdadeira mina de ouro. Yugo arrendou o negócio e mandou buscar as máquinas. E foi no momento de instalá-las que seus problemas começaram.

– A polícia apareceu?

– Pior. O japonês que havia falado das máquinas não explicou que elas eram apenas alugadas e não vendidas. E o aluguel era nada menos do que 25 por cento do faturamento. Yugo ficou furioso, mandou levar tudo de volta e foi procurar alguém que lhe vendesse, realmente, máquinas semelhantes. Como em São Paulo é possível encontrar e comprar qualquer coisa, em menos de uma semana estava com vinte máquinas instaladas e funcionando. Só que ele também tinha com uma dívida respeitável...

– Mas... e a polícia? – quis saber Maria Rita. – O jogo é ilegal no Brasil!

– Ora, Ritinha! – fez Ryumi. – Até parece que você não sabe que, da mesma maneira que aqui se pode comprar o que se inventar, também se pode controlar praticamente tudo... Basta saber abrir a mão. E isso Yugo sabia muito bem. As três primeiras noites de funcionamento foram maravilhosas e ele percebeu que em menos de dois meses teria condições de quitar a dívida. O homem que lhe tinha vendido as máquinas deixara-as reguladas para um esquema de um-em-quatro, ou seja, o jogador perde três vezes e ganha uma. Sempre. Isso faz com que ele se entusiasme e continue jogando cada vez mais, sem perceber que, no final, jamais sairá ganhador. Na quarta noite, logo que Yugo e Mieko abriram a casa, o japonês que queria alugar as máquinas apareceu. Vinha acompanhado por outros três japoneses, que, segundo o que contou Yugo mais tarde, eram assustadores. O tal japonês disse que ele teria de pagar os mesmos 25 por cento do faturamento, a troco de proteção. Proteção contra qualquer coisa, desde batidas policiais até... vandalismo. Valente e teimoso, Yugo não quis saber de nada. Então... os três gorilas começaram a quebrar tudo. Em menos de dez minutos, não havia uma só máquina inteira, uma só mesa que não tivesse sido reduzida a cacos.

– Evidentemente, ele não pôde prestar queixa à polícia...

– Exato. E não pôde por duas razões: primeiro, porque seu negócio era ilegal e, segundo, porque os japoneses o deixaram tão machucado e arrebentado que ele precisou de mais de um mês para se recuperar. Do ponto de vista financeiro, jamais voltou a se erguer. Sem dinheiro, sem trabalho e carregado de dívidas feitas com pessoas de moral bastante duvidosa, Yugo ficou na rua da amargura. Mieko, bem mais esperta, assim como o tinha laçado, arrumou-se com um argentino que a aceitou mesmo com uma barriga já de quase oito meses e zarpou para Buenos Aires. Yugo ficou sozinho, desempregado e sem um tostão no bolso. Decidiu voltar para o Japão.

– Sábia decisão... – comentou Maria Rita.

– Talvez... Só que havia um pequeno problema: ao sair de lá, Yugo tinha renunciado à nacionalidade japonesa... Portanto, voltava à antiga pátria como... *dekassegui*. Uma vez no Japão, apesar de ter nascido lá, de falar e ler corretamente o idioma, ele foi tratado como um *hen-jin*[87]. Não encontrou trabalho em seu ramo de atividade. Sobrava-lhe, como para qualquer outro *dekassegui*, apenas os trabalhos 3K, ou seja, *kiken, kitsui* e *kitanai*[88]. E, em qualquer lugar aonde fosse, os japoneses nativos simplesmente o ignoravam. Yugo deixou de ser considerado japonês. – Ryumi olhou para Maria Rita e perguntou: – Você não acha que isso mostra bem como os japoneses discriminam os que não nasceram lá?

– No caso dos *dekasseguis*, essa discriminação pode até ter uma desculpa – ponderou ela. – Afinal, eles estão migrando para o Japão para trabalhar, o que significa que estão indo tirar o emprego de japoneses natos. Digamos que a discriminação não deixa de ser uma espécie de autodefesa... Por outro lado, os *dekasseguis* se adaptam

---

[87] Estrangeiro não muito bem-vindo.
[88] Pesado, perigoso e sujo.

mal ao *modus vivendi* nipônico. Especialmente os *dekasseguis* brasileiros têm uma educação e um comportamento completamente diferentes dos japoneses e isso acaba por provocar um grande choque. Os japoneses são fechados, discretos, e os brasileiros, exatamente o contrário. O japonês lê, o brasileiro fala...

– Realmente, o grande problema é a diferença cultural. A imensa maioria dos *dekasseguis* brasileiros que foram para o Japão, principalmente nos primórdios da onda migratória, não tem o segundo grau completo. Isso significa uma enorme diferença. E, para agravar, os *nikkeys* brasileiros parecem nutrir um sério complexo de serem... *nikkeys*.

– Não posso concordar com você – protestou Maria Rita. – Somente uma pessoa mal resolvida psicologicamente poderia ter complexo de suas origens! – Com um sorriso, abriu um pouco o *yukata* e perguntou: – Já imaginou se eu tivesse complexo desta minha cor?

Ryumi riu, abraçou-a e disse:

– É muito provável que esses *dekasseguis* sejam pessoas psicologicamente mal resolvidas. No mínimo, eles mostram claramente que têm uma séria dificuldade de assumir a própria identidade, e isso faz com que não consigam se adaptar ao meio.

Diante da expressão interrogativa de Maria Rita, Ryumi explicou:

– Para assumir sua identidade, a pessoa tem de reconhecer a si mesma como diferente das outras, porém, ao mesmo tempo, precisa ter consciência de que é igual a todas as outras. No Japão, os *dekasseguis nikkeys* não conseguem se considerar iguais aos japoneses. Com isso e por causa disso, ocorre um conflito de identidade. Eles se reconhecem diferentes dos japoneses, mas não alcançam a complementação da própria identidade porque não conseguem se considerar iguais aos japoneses.

– Não seria o contrário? – contestou Maria Rita. – Não seriam os japoneses que não os aceitam como iguais?

– Também. E aí vamos entrar num círculo vicioso: os japoneses não aceitam os *dekasseguis* como iguais, considerando-os cidadãos de segunda categoria, e os *dekasseguis* isolam-se porque não conseguem se reconhecer iguais aos japoneses ou, o que seria pior, porque não querem se igualar aos japoneses, uma vez que, em seu íntimo, eles gostariam de ser ocidentais e não orientais. Uma prova disso é a quantidade de moças *nikkeys* que se tornam louras e, ainda pior, fazem cirurgias plásticas de ocidentalização, arredondando os olhos e modificando o formato do nariz. – Sorriu, passou a mão pelos cabelos crespos de Maria Rita e arrematou: – Seria o mesmo que você fazer seus cabelos ficarem lisos e louros...

XII

O dia passou sem que eles o tivessem notado. Ao anoitecer, Ryumi sugeriu que fossem a seu apartamento.

– Preciso trocar de roupas e, como não tenho a menor intenção de ficar longe de você...

– Mas é claro que eu vou junto! – exclamou Maria Rita. – Pelo menos até a manhã de Quarta-Feira de Cinzas eu não vou deixá-lo sozinho! – E, beijando-o com paixão, disse: – Não estou disposta a correr o risco de você fugir de mim em pleno carnaval...

– Não há esse perigo, Rita – retrucou Ryumi. – E, se depender de mim, não será somente até a quarta-feira!

Com uma expressão que misturava preocupação e tristeza, Maria Rita murmurou:

– Tenho um pouco de medo, Sérgio... Medo de me envolver demais, de me deixar apaixonar e depois...

– Você não está querendo que eu lhe diga como será esse depois, não é mesmo, Rita? Mesmo porque tenho a impressão de que você já sabe muito bem! – Apertando-a contra si, Ryumi disse: – Eu não preciso me deixar apaixonar, como você fala. Já estou perdido por você! Já tenho certeza de que não serei capaz de ficar um minuto longe desses seus olhos, dessa sua boca...

– Mas há grandes diferenças entre nós, Sérgio – ponderou Maria Rita. – E meu medo é que não tenhamos como superá-las.

– Não me venha com essa história de diferenças raciais, querida. Isso não existe!

– Não são apenas diferenças raciais, Sérgio. Existe uma séria diferença social. Você é um homem rico, pertence à alta sociedade... E sabe que em seu meio há preconceitos.

Ryumi balançou a cabeça e afirmou:

— Você está errada, Rita. Em primeiro lugar, o fato de meus pais e sobretudo meu avô terem bastante dinheiro não significa que eu pertença e freqüente a tal da alta sociedade. Detesto essas coisas e pago para não ter de ir a eventos sociais que, no meu ponto de vista, são pura perda de tempo e autênticas elegias à futilidade. Em segundo lugar, o preconceito que as outras pessoas possam ter ou mesmo manifestar não me interessa em absoluto. Eu a amo como jamais pensei amar alguém. E isso é quanto basta. — Sorriu e, fixando os olhos de Maria Rita, acrescentou: — É claro que será necessário que você, realmente... se deixe apaixonar por mim!

— Você sabe que isso já aconteceu, Sérgio. Ou você acha que eu sou leviana a ponto de levar para minha cama um homem com quem eu apenas simpatize?

Passava um pouco de 8 horas da noite quando Sérgio abriu a porta de seu apartamento e afastou-se para o lado, dando espaço para que Maria Rita entrasse a sua frente.

Ela estava inibida e nervosa, como se estivesse fazendo alguma coisa muito errada. De repente, escutou algo, estacou, franziu as sobrancelhas e fez um gesto de recuo.

— Tem gente em sua casa! — exclamou, em voz baixa. — Você me disse que morava sozinho.!

Ryumi sorriu e abriu a porta de acesso à cozinha.

— Deixe-me apresentá-la, Rita... — Voltando-se para a mulher de quase 50 anos que estava junto à pia, falou: — Tia Rosa, quero que conheça Maria Rita, minha namorada.

Rosa, uma negra grande, gorda e sorridente, olhou para a moça sem esconder a surpresa e, depois de alguns segundos, disse:

— Bonita, Serginho... Você tem muito bom gosto!

— Você foi uma das pessoas que me ensinaram a ser assim — retrucou Ryumi e, conduzindo Maria Rita para a sala, pediu: — Você poderia preparar um jantarzinho para nós dois, tia Rosa... Um daqueles que só você sabe fazer! — Abrindo as portas de vidro de acesso ao terraço, ele explicou: — Rosa foi minha babá. Nunca quis me deixar. Quando meus pais se mudaram para Brasília, ela ficou encarregada de cuidar de mim.

Encostando-se a Ryumi, Maria Rita perguntou:

— Ela ficou o tempo todo com vocês? Não quis se casar?
— Minha mãe conta que ela teve um namorado, aos 20 e poucos anos. Mas o homem era um malandro e, depois de engravidá-la, desapareceu.
— Então ela teve um filho?
— A criança nasceu morta. Isso a abalou de tal maneira que Rosa nunca mais quis saber de homens. Também por causa desse triste acontecimento, ela literalmente me adotou. E a recíproca é verdadeira: acho que não seria capaz de viver sem ela.
— Vou acabar com ciúme... — brincou Maria Rita. Deixando o olhar se perder na paisagem embaçada da cidade sob a chuva fina que caía, ela disse: — Talvez por causa dela você não tenha preconceito contra os negros...
— Pode até ser — replicou Ryumi —, mas conheço muitas pessoas que foram criadas com negros e por negros e que são preconceituosas... — Com uma expressão irônica, acrescentou: — Isso que você acabou de dizer, no fundo, não passa de uma manifestação preconceituosa, minha querida... Posso interpretar sua frase como querendo dizer que, pelo fato de ter tido uma negra como babá e hoje como governanta, eu teria me "acostumado" com os negros. Pois não se trata de "acostumar". Não é como um sapato que incomoda no início e, à medida que o pé se acostuma com ele, passa a ser confortável. Trata-se, pelo menos para mim, e acho que assim deveria ser para todos, de saber que todos os seres humanos são iguais e que a cor da pele, o formato dos olhos, a cor dos cabelos, apesar de serem fatores de diferenciação, jamais podem ser motivos para discriminação. E veja bem que eu disse a palavra "saber" e não "considerar". Nós somos iguais. Está errado considerar que somos iguais.
— Você é uma minoria, Sérgio. Não conheço meia dúzia de pessoas que pensam como você.
Para mudar de assunto, Ryumi levou Maria Rita para conhecer seu escritório e, enquanto ele explicava que muitos daqueles livros vinham de seus avós paternos, Rosa apareceu trazendo uma bandeja com dois copos altos, um balde de gelo, água e uma garrafa de uísque. Olhando para Maria Rita, ela falou:
— Se você quiser alguma bebida diferente, é só falar. Trouxe o uísque porque é a bebida do Serginho e achei que você também gostaria.

Maria Rita agradeceu, disse que também apreciava uísque e perguntou:

— A senhora não quer ajuda na cozinha?

Rosa deu uma risada divertida e respondeu:

— Não, minha filha... Fique com seu namorado. Um dia, se for o caso, eu lhe ensinarei a preparar algumas coisas de que o Serginho gosta.

— Ela já sabe, tia Rosa... Fique certa disso!

Rosa olhou divertida para Ryumi e voltou para a cozinha resmungando alguma coisa como "Claro que ela sabe fazer as coisas de que você gosta, safado! Mas estou falando de fogão e não de cama!".

XIII

Na manhã seguinte, depois de outra noite em que os dois jovens se amaram sem peias e sem limites, Ryumi acordou antes de Maria Rita, com a sensação de que tinha levado uma surra, os músculos doloridos, a boca seca, as olheiras pelo meio da cara e quase andando sobre os joelhos.

Levantou-se com cuidado para não despertar a moça e, vestindo um roupão, foi tomar um copo de água na cozinha.

Rosa estava lá, com o café da manhã pronto, e, assim que o viu, falou:

— Engraçado... Nunca pensei que você fosse namorar uma mulata...

— Isso a incomoda? – perguntou Ryumi.

— Não, Sérgio, mas me preocupa. Você a trouxe para sua casa, para sua cama... Apresentou-a para mim como namorada... Outras moças que você carregou para cá, nem se deu ao trabalho de me dizer o nome. – Apertando os olhos, ela indagou: – Essa moça... é mesmo sua namorada? Ou é apenas mais um caso e você resolveu dizer que está namorando?

— Maria Rita é minha namorada, tia Rosa. E, se ela quiser, será minha esposa.

— Você pensou bem no que está fazendo? Pensou no que vão dizer quando souberem que você está namorando uma mulata? Uma negra?

— Não estou nem um pouco preocupado com o que possam dizer — respondeu ele.

— Pois acho bom começar a se preocupar. Não acredito que seus pais e seu avô gostem disso...

— Ninguém tem nada a ver com minha vida, tia Rosa. Apaixonei-me por Maria Rita e vou me casar com ela!

— Mas ela é negra! — exclamou Rosa, com expressão aflita. — Ela é muito diferente de você!

— Maria Rita se formará advogada daqui a um ano. Portanto, do ponto de vista profissional, será igual a mim... Você sabe que a única diferença que poderia pesar seria uma disparidade cultural muito grande. E isso não existe. De diferente de mim, na verdade, ela só tem a cor da pele, que, na minha opinião, é bem mais bonita do que a minha.

— Não esqueça que um homem não se casa apenas com a mulher, mas sim com toda a família dela. E já pensou como é que vai ser o convívio com sua sogra, se ela for... alguém como eu, uma empregada doméstica?!

— Parece que você não me conhece, tia Rosa... Primeiro, não há nenhuma desonra em ser empregada doméstica; é um trabalho digno como qualquer outro. Segundo, ela não tem família; é órfã de pai e mãe. E, terceiro, só para seu governo, o pai dela era professor de História...

Rosa deu de ombros. Fosse a moça advogada, fosse seu pai professor de História, isso não lhe importava. Ela queria que Sérgio se casasse com uma daquelas moças bonitas e muito louras que via na televisão, sempre bem vestidas, sempre muito elegantes...

— Mas você me vai namorar uma mulata! — deixou escapar.

Ryumi riu, aceitou o café que Rosa lhe pôs na xícara e esta finalizou:

— O que salva é que eu sei que isso não vai durar. Senão, eu queria ser uma mosquinha para ver o que seu avô diria!

XIV

Durante a segunda e a terça-feira de carnaval, Maria Rita não saiu do apartamento de Ryumi. Previdente, já sabendo o que haveria de acontecer, ele lhe dissera que levasse uma valise com roupas e as demais coisas que uma mulher costuma carregar quando sai de casa, e ela obedecera.

O mau tempo não animava, de fato, a sair de casa e os dois preferiram ficar por ali mesmo, a maior parte do tempo abraçados, de vez em quando ouvindo música ou assistindo a um filme no formidável *home-theater* de Ryumi.

Já no almoço de segunda-feira, Rosa encantou-se com Maria Rita.

— A senhora pode achar ruim, tia Rosa — falou a moça, entrando na cozinha —, mas eu vou ficar aqui e vou ver o que está preparando para nós. Preciso aprender a fazer as comidas de que o Sérgio gosta!

Rosa sorriu para si mesma e pensou: "Esta, pelo menos, está mostrando boa vontade e humildade suficiente para vir conversar comigo... As outras... Deus me livre! Podiam ser brancas e bonitas, mas tinham o focinho empinado e tratavam-me como se já fossem minhas patroas!".

Mostrando a bancada de preparação de pratos da cozinha, Rosa falou:

— O Serginho não me disse que você estaria para o almoço... Por isso, espero que goste. Vou fazer carne-seca desfiada e gratinada com molho de mandioquinha-salsa.

Um sorriso iluminou o rosto de Maria Rita e ela exclamou:

— Isso eu sei fazer!

— Então, vamos ver como é sua receita — desafiou Rosa, com um indisfarçável tom de ciúme na voz. — Acho que aí na bancada tem tudo o que você vai precisar...

Maria Rita conferiu os ingredientes e reclamou:

— Falta uma pimentinha...

Com um sorriso, Rosa pegou no armário um vidro de pimenta-malagueta em conserva, pensando: "Eu tinha me esquecido dela... Parece que a danadinha sabe mesmo cozinhar! De qualquer maneira, isso só vai no fim".

Maria Rita pôs um avental e começou. Em primeiro lugar, apanhou a carne-seca, que Rosa já tinha dessalgado e cozido na véspera, e, com a ajuda de um garfo e uma faca, desfiou com habilidade, separando toda a gordura.

– Sobrou um pouco da água em que cozinhou a carne? – perguntou ela.

Rosa não respondeu, limitando-se a pegar, na geladeira, um copo com o caldo de cozimento da carne-seca.

– Vamos dar uma aferventada na carne desfiada dentro desse caldo – falou Maria Rita. – Fica com mais sabor, não é mesmo, tia Rosa?

Enquanto a panela fervia, Maria Rita descascou e picou bem miudinho as duas cebolas médias e os três dentes de alho que Rosa tinha separado. Fez o mesmo com quatro mandioquinhas-salsa. Numa caçarola, pôs um pouco de azeite e fritou a cebola e o alho até que ficassem dourados, sem queimar. Misturou a mandioquinha picada, mexeu bem, pôs um pouco de sal e tampou a panela.

– Vamos deixar assim por cinco minutos – disse ela. – É para fazer sair a água. Depois, quando começar a chiar, podemos pôr um pouco da água que aferventou a carne desfiada. Aí, é só deixar cozinhar até derreter. – Com um sorriso que a deixava ainda mais bonita, completou: – Agora, tia Rosa, é a hora do meu segredo...

Rosa franziu as sobrancelhas e Maria Rita explicou:

– Como a cebola e o alho emprestam um gosto um pouco ácido à mandioquinha, o truque é pôr uma colher de café de açúcar.

Pôs a quantidade de açúcar que dissera e acrescentou um pouco da água da carne, que ela tirou da panela com uma concha.

– Só para não deixar grudar no fundo. A mandioquinha tem de ficar bem cremosa e não um caldo líquido parecendo sopa.

Enquanto Rosa via, de beiço caído, Maria Rita trabalhar, esta prosseguiu:

– Agora, vamos picar cebolinha verde e deixar de lado. Ela será misturada à mandioquinha com a carne desfiada, que, a esta hora, já deve estar pronta.

Assim dizendo, pôs mais um pouco da água na caçarola da mandioquinha e escorreu a carne desfiada.

– Está na hora de pôr a pimentinha... – falou ela, pondo uma colher de café do caldo da pimenta na mandioquinha, misturando a carne desfiada e a cebolinha picada logo em seguida.

Rosa lhe deu três cumbucas de barro refratário, que Maria Rita encheu com a mistura, cobrindo cada uma delas com uma camada bem fina de farinha de rosca.

– É só pôr no forno bem quente – disse – e, enquanto gratina, vamos fazer o arroz...

"Agora eu quero ver!", pensou Rosa, com um sorriso. "É nas coisas simples que se vê a boa cozinheira!"

Maria Rita pôs uma panela no fogo, despejou azeite no fundo e deixou esquentar em fogo baixo enquanto lavava por três vezes o arroz e o escorria.

– O certo seria deixar o arroz secar no sol ou, pelo menos, naturalmente – falou ela. – Mas, como não fizemos isso, nós vamos secá-lo na panela mesmo.

Enquanto deixava escorrer o excesso de água, Maria Rita picou um pouco de cebola, três dentes de alho e um quarto de tomate e pôs tudo na panela, ao mesmo tempo que aumentava a intensidade do fogo. Em seguida, despejou o arroz e começou a fritá-lo.

– Você não ferveu água para pôr no arroz – disse Rosa, sem conseguir esconder uma maldosa satisfação.

– Não precisa, tia Rosa. O arroz fica mais saboroso assim.

Rosa meneou a cabeça em sinal de dúvida e pensou: "Vai grudar... Vai ficar igualzinho a arroz de japonês...".

Maria Rita, ao acabar de secar o arroz, pôs na panela água fria em quantidade suficiente para cobrir o arroz em mais ou menos dois dedos de altura.

– Ferve rápido – murmurou. – É só vigiar para não deixar secar.

– Mas você não vai tampar a panela?! – espantou-se Rosa.

– Daqui a pouco – respondeu ela, sorrindo –, quando começar a diminuir a água.

Pouco menos de dez minutos depois, ela tampou a panela e abaixou o fogo. Decorridos mais três minutos, Maria Rita abriu a panela e acrescentou um pouco de água fria.

"Mas ela é louca!", pensou Rosa. "Ninguém vai conseguir comer esse arroz!"

A bela mulata esperou mais um pouco e, molhando o dedo indicador, experimentou a temperatura do lado de fora da panela. O dedo molhado chiou como se ela tivesse feito isso num ferro de passar roupa.

— Está pronto — anunciou ela, desligando o fogo. — Agora é deixar descansar por alguns minutos, até a carne-seca terminar de gratinar. — Tirando o avental, riu e disse para Rosa: — Tome cuidado na hora de tirar o arroz da panela, tia Rosa! Ele está tão soltinho que é perigoso se espalhar...

E Maria Rita estava certa. O almoço ficou delicioso, a carne gratinada estava divina e o tão controvertido arroz... Rosa nunca tinha visto um arroz tão gostoso, tão soltinho e tão bem cozido.

Se dependesse da vontade de Ryumi, já no mês seguinte eles teriam casado, mas Maria Rita queria terminar a faculdade primeiro, dizendo que o casamento, de uma forma ou de outra, haveria de obrigá-la a deixar os estudos em segundo plano.

— Não sei fazer nada pela metade — explicou ela, quando Ryumi propôs que se casassem o mais breve possível. — Uma esposa de verdade cuida da casa e do marido, independentemente de ter uma dúzia de empregadas. Além disso, há sempre a possibilidade de filhos...

Mas o motivo principal de ela querer deixar correr um tempo maior era outro: Maria Rita receava não ser aceita pela família de Ryumi pelo simples fato de ser mulata.

Ela percebia — e não deixava de sentir mágoa por causa disso — o choque que causava nos amigos de Ryumi quando este a apresentava como sua namorada e muitas vezes, nas poucas reuniões sociais a que comparecera com ele, ouvira comentários:

— Mas uma mulata... Como é que ele foi arranjar uma namorada assim?!

— É uma mulher bonita... Mas não deixa de ser negra!

A própria Rosa, certo dia, manifestara seu receio.

— Tenho certeza de que o brigadeiro e dona Simone não vão implicar. Eles são gente boa, para eles o que importa é a felicidade do Serginho. Mas o doutor Carlos... Esse eu não sei. Ele é japonês, daquele tipo sistemático. E está muito velho, já tem mais de 90 anos... Para você ter uma idéia, quando enviuvou, mandou construir na fazenda um castelo japonês. É lá que ele vive, lidando com plantas e livros, tudo japonês! Acho que ele queria que o neto se casasse com uma japonesa, sabe?

Depois dessa conversa com Rosa, Maria Rita ficou ainda mais

preocupada. Tinha muito medo de Ryumi ser levado a preteri-la para não aborrecer o avô.

— É um receio tolo — garantiu Ryumi. — Por mais que eu respeite meu avô, ele não influenciaria minha decisão de me casar com você.

Mas ela não queria correr o risco de se tornar o pivô de um desentendimento familiar e, por isso, sempre arrumava uma desculpa para não ir à Fazenda do Forte.

Da apresentação para os pais de Ryumi, não conseguiu fugir.

Foi a própria Rosa que se incumbiu de contar para Simone o que estava acontecendo.

— É uma moça formidável — disse ela para a mãe de Ryumi, ao telefone, uma semana antes da Páscoa. — Serginho está apaixonado desta vez... Só que ela é mulata...

Foi com alívio e satisfação que Rosa ouviu Simone rir do outro lado da linha.

— E que importância isso tem, Rosa? Se a moça é bonita, simpática, inteligente e o Serginho gosta dela... Nem que fosse azul!

Ao se despedir, Simone comunicou:

— Avise o Serginho que iremos para Taubaté na quarta-feira e, na Sexta-Feira Santa, almoçaremos em São Paulo.

Quando Ryumi disse para Maria Rita que ela conheceria seus pais, a princípio ela tentou fugir, dando a desculpa de que passaria a semana santa em Bastos, pois queria visitar algumas amigas que não via fazia tempo.

— Deixe de ser boba, Rita — riu ele. — Você está achando que meus pais vão rejeitá-la e está com medo de enfrentar os dois. — Beijando-a, ele continuou: — Rosa não lhe contou o que mamãe disse ao telefone? Pois ela confirmou hoje à tarde, quando ligou para meu escritório. E falou, ainda, que eles vêm apenas almoçar aqui em São Paulo, vão dormir em Taubaté, que é para não nos atrapalhar! Com meus pais, você não tem de se preocupar.

— Mas com seu avô... — fez Maria Rita, reticente.

Ryumi parou de sorrir e, depois de refletir um pouco, falou:

— Meu avô é um caso diferente, querida... Ele está muito velho, cheio de manias... E a última coisa que quero é contrariá-lo.

— Isso quer dizer que se o doutor Carlos não me aceitar...

— Isso não vai acontecer, Rita. Tenho certeza. Porém, se ele se posicionar contra você, terei de ser muito bom diplomata para contornar a situação. – Para encerrar, puxando-a pela mão em direção ao quarto, disse: – O máximo que poderá acontecer é termos de esperar mais algum tempo para nos casarmos... Ele já está com 92 anos...

Com expressão horrorizada, Maria Rita protestou:

– Nem pense numa coisa dessas, Sérgio! Isso traz azar!

O encontro com os futuros sogros não poderia ter sido melhor. Maria Rita fez absoluta questão de preparar a bacalhoada do almoço – deixando, mais uma vez, Rosa enciumada a ponto de esta dizer para Simone que a mulata estava tomando seu lugar – e encantou os pais de Ryumi em todos os sentidos.

Durante o café, Maria Rita confessou:

– Minha preocupação é com o que vai dizer o doutor Carlos...

Nelson pensou um pouco e falou:

– Papai está muito velho... Claro que está lúcido, mas em alguns momentos fica de mau humor. Na verdade, ele seria a última pessoa a achar ruim uma ligação... inter-racial, mesmo porque ele foi um dos primeiros nisseis a se casar com uma *gaijin*. Porém, desde que minha mãe morreu, ele tem manifestado certo saudosismo das tradições nipônicas. Isso pode se refletir no que diz respeito a querer comandar o casamento de Sérgio. Numa das últimas vezes em que estive com papai, ele lamentou não ter mais ninguém na família para cuidar de um *omiai* em relação ao neto. – Com um sorriso, completou: – E reclamou não conhecer, ele mesmo, uma moça nissei para apresentar ao neto.

Ao lado do marido, Simone disse:

– Mas você não deve se preocupar, Rita. Nós vamos cuidar de preparar o terreno. Temos tempo... Você mesma nos falou que quer se formar antes de se casar, o que eu acho muito válido. – Voltou-se para o filho. – E você, Serginho... Tenha um pouco de paciência. Nas visitas que fizer a seu avô, procure não chocá-lo. Você sabe como são os velhos... E o doutor Carlos, além de tudo, é bem teimoso. Essa mania dele de retornar às raízes pode também significar que ele queira, ainda que de modo inconsciente, diminuir a porcentagem de sangue ocidental em sua descendência.

– E não querer nem mesmo ouvir falar de uma mistura com sangue de negro... – murmurou Maria Rita.

XV

— Não sei a razão de você estar tão tenso, Ryumi — disse Maria Rita. — Eu, sim, poderia estar nervosa. E, no entanto, estou bem calma, bem tranqüila...

— Você *está* nervosa. Só que está se esforçando para não demonstrar... Está fazendo o papel de japonesa e escondendo ao máximo seus sentimentos.

Maria Rita sorriu, inclinou-se para a esquerda e deu um beijo na face de Ryumi, dizendo:

— Está bem, meu amor... Ambos estamos... ansiosos. Não vale a pena disfarçar, tentar esconder o sol com peneira. E, na realidade, até acho que temos bons motivos para estarmos assim.

— É muito importante que o *Oditchan*[89] goste de você — murmurou Ryumi. — Eu o respeito muito e não quero contrariá-lo, especialmente em sua idade.

— Isso quer dizer que, se seu avô não me aprovar, você seria capaz de me abandonar? — indagou ela, forçando uma expressão de espanto.

Ryumi olhou de lado para ela e sorriu. Enquanto desviava o Mitsubishi — presente de aniversário que ganhara do doutor Fukugawa — de um ciclista imprudente que pedalava sem cuidado no meio da avenida, ele respondeu:

— Não se trata disso, querida. Já lhe disse mais de mil vezes que não há nada no mundo que me faça abandoná-la! Seria, ao contrário, muito mais fácil você me deixar... Achar que não vale a pena, imaginar alguma coisa, sei lá! Porém eu não me sentiria bem se meu avô se posicionasse contra nossa união, você sabe disso. Claro que eu não deixaria de me casar com você. Mas, se ele ficasse contra, isso levaria a um afastamento que de maneira nenhuma eu gostaria que viesse a ocorrer. — Pousou a mão sobre a coxa esquerda da namorada e acrescentou: — Acho que isso não vai acontecer... Não acredito que possa existir alguém que não goste de uma mulher como você!

Ela beijou-lhe a face direita com carinho e disse:

---

[89] Vovô.

— Bem... Pode ter certeza de que vou dar o melhor de mim. Porém, ao mesmo tempo, não posso dizer que não esteja com um pouco de medo.

— Pois não tenha nenhum receio. Meu avô é um homem culto, de mente aberta... Além do mais, ele se casou com uma brasileira! E isso, em plena época de guerra! Ele se casou com minha avó em 1941! O Japão estava lutando contra os Aliados no Pacífico e, aqui no Brasil, havia muita discriminação contra os japoneses. Apesar de tudo isso, ele se casou com uma quatrocentona! Imagine! Uma quatrocentona, filha de uma família tradicional, casando-se com um Fukugawa! Foi um verdadeiro escândalo!

Estavam chegando à Ponte das Bandeiras, na Marginal Tietê, rumo à Rodovia Ayrton Senna, e Ryumi continuou:

— É impossível dizer de que lado a discriminação e o preconceito foram maiores. Na verdade, japoneses e brasileiros apenas conviviam, não se aceitavam muito bem. Para os nipônicos, os brasileiros é que eram os estrangeiros, para você ter uma idéia... E, para os brasileiros, os japoneses formavam um povo misterioso, cheio de tradições diferentes, dono de uma cultura e de uma sensibilidade muito superiores à média dos brasileiros, melhor dizendo, dos ocidentais de modo geral. Mas o que interessa, no final das contas, é que minha avó foi bem-aceita. Demorou, mas foi aceita. — Ficou subitamente muito sério. — Só não gostei dessa idéia de meu avô... Não tem cabimento ele dizer que quer ver você desempenhar com perfeição o papel principal numa cerimônia do chá...

— Pois isso não me assusta. Nesse ponto, tenho certeza de conseguir... convencer. O que me preocupa, e bastante, é a possibilidade de ser discriminada. Você sabe que esse tipo de situação não serei capaz de enfrentar.

— Já lhe disse que meu avô nem mesmo teria moral de discriminá-la, tendo em vista que ele se casou com uma brasileira...

— Mas sua avó... ela era branca... e eu...

— Você é uma mulata sensacional! — interrompeu Ryumi. — Sensacional em todos os sentidos, tanto por sua beleza exterior quanto pela interior! E, de mais a mais, os tempos mudaram muito, nestes últimos sessenta anos! Hoje em dia, as uniões inter-raciais são rotina. — Olhou com carinho para a moça e arrematou: — Pode apostar que não seria pelo fato de você ter ascendência negra que meu avô haveria de criar qualquer espécie de caso. Tenho certeza de que esse seria o menor problema.

Maria Rita nada falou, limitando-se a fixar o olhar na estrada a sua frente. Sim, ela tinha um pouco de medo e as palavras de Ryumi não foram suficientes para afastar de sua alma a apreensão que, desde a véspera, a estava torturando.

Sem dúvida alguma, do ponto de vista físico, não haveria homem hormonalmente normal na face da Terra que a desprezasse. Era uma mulata clara alta, dona de um rosto de incomparável beleza selvagem e de um corpo muito bem-feito que emanava sensualidade por todos os poros. Formara-se advogada havia um ano, passara no exame da Ordem dos Advogados do Brasil e não tivera nenhuma dificuldade em conseguir emprego como advogada assistente num dos maiores escritórios do país, dedicando-se com afinco ao trabalho e destacando-se a cada instante. Como se não bastasse, os poucos momentos de folga que tinha – aqueles em que Ryumi, por causa do trabalho em seu escritório especializado em Direito Internacional, não conseguia estar a seu lado – ela dedicava a uma ação beneficente com crianças especiais. E fazia absoluta questão de chamá-las assim, de "crianças especiais", em vez de "excepcionais", termo que achava de um contundente eufemismo pejorativo.

— Essas crianças não são exceções – dizia. — Elas apenas são diferentes das outras. Por isso, é mais adequado dizer que são "especiais". Nunca "excepcionais"!

Portanto, Maria Rita tinha de ser considerada uma mulher de valor. Ninguém poderia negar seu esforço pessoal para galgar, à própria custa, os degraus que a estavam levando ao sucesso profissional, assim como não poderia existir quem não a achasse lindíssima, um belo exemplo do que pode fazer a miscigenação racial que tão bem caracteriza o povo brasileiro.

Durante os últimos dois meses, Ryumi vinha lhe dizendo para não se preocupar com aquele encontro. Porém, ao mesmo tempo, ele próprio se mostrava apreensivo e, em certos momentos, chegava a dar a impressão de estar querendo industriá-la sobre o que deveria ou não dizer, como deveria se portar quando estivesse diante do velho Fukugawa.

— E então... Se o fato de eu ter sangue de negro não é motivo para seu avô... me rejeitar... qual poderia ser a razão? — perguntou ela, ansiosa.

— Não haverá nenhum tipo de rejeição — garantiu Ryumi. — Não se preocupe com isso. — Com um sorriso nervoso, disse: — Além do mais, você sabe mais sobre cultura japonesa do que a maioria das descendentes diretas dos patrícios de meus bisavós! E isso, tenho certeza, vai causar boa impressão no *Oditchan*!

Ryumi tinha perfeita consciência de que, se o velho doutor Carlos Fukugawa estava querendo resgatar costumes e tradições japoneses, Maria Rita estaria muito mais capacitada a fazê-lo recordar a cultura nipônica do que a imensa maioria das jovens sanseis e *yonseis*, mesmo que não tivessem qualquer mestiçagem ocidental.

Aceitou o cigarro que Maria Rita lhe acendera e, depois de ultrapassar um pesado caminhão que se arrastava a sua direita, lembrou-se das poucas visitas que fizera ao avô durante aquele ano.

E todas as vezes que estivera na Fazenda do Forte Ryumi não tivera oportunidade — ou coragem — de contar para o doutor Fukugawa que estava noivo de uma mulata: o velho sempre tinha tanta coisa a falar, mostrava que sentia uma necessidade tão urgente de contar suas recordações para o neto que este não tinha tempo de falar de si mesmo.

Para deixar Ryumi ainda mais inibido em lhe contar a novidade, o avô parecia fazer questão de falar de velhos costumes e tradições da terra de seus ancestrais.

Sim, Ryumi tinha a impressão de que o avô não lhe queria dar oportunidade de contar sobre Maria Rita, dava a entender que ignorava o fato de ele estar namorando e decidido a casar.

No entanto, sua mãe garantira que conversara com o doutor Fukugawa sobre o assunto.

— Seu avô entendeu muito bem o que eu contei — dissera Simone. — Não disse sim nem não. Mudou de assunto, falou do reumatismo, dos pessegueiros... Reclamou que os pés de *sakura*[90] ainda não tinham florescido.

— E você não insistiu? — quisera saber Ryumi.

---

[90] Cerejeira.

— Ele não deu chance. Você sabe como ele é... Quando alguma coisa não o interessa, aí, sim, ele é surdo. Quando é para ouvir o que não deve, tem o melhor ouvido do mundo!

Já estavam chegando ao entroncamento com a Rodovia Presidente Dutra, e Ryumi seguiu em frente, pela marginal, rumo à Ayrton Senna. Seguiria por ela, pegaria a Carvalho Pinto e, em Taubaté, entraria na Oswaldo Cruz, seguindo para a Fazenda do Forte.

— Você está tão quieto... — reclamou Maria Rita. — Quase não falou desde que entramos na Ayrton Senna...

— Estava me lembrando do meu avô – falou Ryumi –, de sua surdez seletiva. Ele diz que está ficando surdo, pede para repetir o que acabamos de lhe dizer, às vezes não responde... Mas minha mãe e eu descobrimos, já há algum tempo, que isso é meio de vida. Ele escuta o que quer e consegue se abstrair de tal maneira que se torna surdo para o que não quer ouvir. Por isso, nós chamamos essa surdez muito especial de meu avô de "surdez seletiva".

Seguiram conversando sobre banalidades, Ryumi contando episódios de sua convivência com o avô, e, já em Taubaté, sinalizando que entraria na Dutra para pegar a Oswaldo Cruz, disse, voltando ao assunto da surdez seletiva de Fukugawa-san:

— Foi numa época em que ele pegou uma forte gripe. Mamãe quis ficar com ele na fazenda até que melhorasse e, no final da semana, fui visitá-los. Nós estávamos na sala e meu avô no quarto dele, com a porta semicerrada. Em certo momento, mamãe disse que achava melhor levarmos meu avô para Brasília, onde estaria perto do filho e teria sempre companhia. Ela falou isso baixo, creio que, se fosse eu que estivesse no quarto, não teria conseguido escutar nada. — Deu um sorriso. — Pois ele escutou... Menos de cinco minutos depois, estava ali ao nosso lado, bastante bravo, dizendo que não iria para lugar nenhum, que estava muito bem ali, na fazenda, e que, se meus pais o quisessem perto deles, que se mudassem para Taubaté.

Maria Rita ficou em silêncio por alguns instantes e, encostando-se em Ryumi, murmurou:

— Só espero que ele não esteja de mau humor hoje... Não sei o que vou fazer se ele fizer má cara para mim! Ou se, simplesmente, me ignorar!

Alguns minutos de silêncio mais tarde, cada um recolhido a seus pensamentos, Ryumi apontou para uma placa por trás de uma cerca, ao lado esquerdo da estrada, com os dizeres: "Fukugawa Agropecuária Ltda. – Fazenda do Forte".

– Estamos chegando, Rita. A porteira de entrada para a sede fica a três quilômetros daqui.

Maria Rita olhou para a esquerda e admirou-se:

– Mas a fazenda é imensa! Não pensei que ainda existissem propriedades desse tamanho aqui na região do Vale do Paraíba!

– São quase 1.500 alqueires, querida. Quando meu avô comprou a Fazenda do Forte, tinha pouco mais de 500 alqueires. Depois, ao contrário do que acontecia com a maioria dos proprietários da região, ele foi expandindo suas divisas, comprando as terras dos vizinhos, até que não havia mais o que comprar. Daí, direcionou seus interesses para o lado de lá do Rio Paraná. Passou a comprar terras em Mato Grosso.

– Então, ele nunca vendeu suas propriedades, mas sim comprou sempre...

– Na verdade, ele manteve as raízes da família. Quando meu avô materno, Nelson, morreu, a Fazenda Ribeirão Grande ficou para minha avó e, conseqüentemente, para o doutor Fukugawa, quando ele enviuvou. Nessa ocasião, era minha mãe que estava tomando conta de todos os negócios da família, uma vez que meu avô, abalado, não tinha condições de fazer nada. Mamãe sugeriu que ele vendesse a Ribeirão Grande, mas ele não quis. Pediu para que ela desse continuidade ao que vinha sendo feito por lá. É uma fazenda também muito grande, com mais de 2 mil alqueires, produzindo sobretudo leite e arroz. Quando o velho Nelson ainda era vivo, a fazenda também produzia café. Porém, com o encarecimento e a dificuldade de mão-de-obra, os cafezais foram substituídos por pastarias para engorda de gado, comprado em Mato Grosso, Minas Gerais e Goiás.

– Mas é uma estrutura muito grande! – exclamou Maria Rita. – Quem cuida de tudo isso?

– No princípio, era meu avô materno. Depois, durante algum tempo, o próprio doutor Fukugawa andou gerenciando a fazenda. – Rindo, continuou: – Mas o *Oditchan* jamais foi fazendeiro, embora sempre gostasse de terra e nela tivesse seu umbigo enterrado. As coisas começaram a não ir muito bem até que minha mãe assumiu o controle. Hoje em dia há uma equipe que cuida de tudo. Há um gerente-geral que é administrador de empresas, um engenheiro agrônomo que cuida de quase tudo que se relacione com a produção e que conta com a ajuda de outros engenheiros, veterinários, técnicos agrícolas, zootecnistas... sem contar o pessoal dos escritórios aqui em Taubaté, em Campo Grande e em Goiânia.

– Goiânia? – perguntou Maria Rita. – Por que não em Brasília, onde seus pais moram?

– Simplesmente porque a criação de um escritório em Brasília obrigaria minha mãe a continuar trabalhando. Minha mãe, veja bem, pois o brigadeiro é militar, apenas militar. Não entende nada de fazendas, de plantações, de gado... E ele acha que mamãe já trabalhou o que tinha de trabalhar.

– E você? É o único herdeiro... Por que não assume?

– Sou advogado. Gosto de fazendas, gosto da vida na roça... Até entendo um pouco do assunto, pode estar certa. Mas meu negócio, pelo menos por enquanto, não é esse. Além do mais, há dez anos a Fukugawa vem funcionando muito bem dentro desse sistema administrativo criado por minha mãe. Não vejo nenhuma razão para mexer num time que está vencendo.

Depois de um momento de reflexão, Maria Rita perguntou:

– Mas... Simone fez tudo isso... sozinha?

– Sim. É claro que ela teve a ajuda de meu pai e de vários amigos no que diz respeito a montar o sistema e pô-lo para funcionar. Mas a idéia foi dela e, no começo de tudo, na época mais difícil, ela esteve sozinha.

– Ela nunca teve de enfrentar seu avô, por exemplo, numa decisão em que a opinião dela era divergente?

Ryumi pensou um pouco e, por fim, respondeu:

– Acho que minha mãe sempre foi muito boa diplomata. Tenho certeza de que nunca houve tal enfrentamento, sobretudo porque ela jamais deixou que as coisas chegassem a esse ponto. E, também, porque o *Oditchan* sempre confiou cegamente na nora.

Ryumi entrou à esquerda num grande portal em cuja guarita um guarda uniformizado os cumprimentou e, dando um beijo na face de Maria Rita, disse:

— Bem-vinda à Fazenda do Forte, querida... A sede, onde nós dois vamos dormir esta noite, fica a 2 quilômetros. Um pouco mais adiante, escondida por um bosque de eucaliptos, está a casa de meu avô. E é para lá que vamos agora.

XVI

A estrada calçada de paralelepípedos que levava à residência do doutor Fukugawa passava diante da sede da Fazenda do Forte, uma construção do final do século XIX que tinha sido recuperada.

— Viremos para cá mais tarde, Rita — falou Ryumi. — A esta altura meu avô já foi avisado de nossa chegada e, se não formos direto ao seu encontro, ele ficará ofendido.

Passados mais alguns minutos, depois de terem atravessado um majestoso bosque de eucaliptos, a estrada desembocou num descampado onde, no alto de uma suave colina, estava o castelo que o médico mandara construir logo após a morte de sua mulher.

— Isso não pode ser real! — exclamou Maria Rita. — Um castelo japonês em pleno Vale do Paraíba!

— Quando eu lhe disse que o *Oditchan* é maníaco, você não quis acreditar — riu Ryumi. — Daquele *tori* para diante, você estará entrando no Japão da Era Sengoku...

Distante cerca de 300 metros do castelo, Ryumi parou o automóvel a pedido de Maria Rita, para que ela pudesse ver melhor a construção.

— Meu avô não esqueceu os menores detalhes — falou ele. — Até a *massugata*[91] mandou construir.

O castelo ocupava a parte central e mais alta de uma área de cerca de 2 alqueires cercada por uma muralha de pedras. À esquerda da *massugata*, ficava a *tenshu*[92], com mais de 15 metros de altura, e, à direita, uma torre menor, a *sumiyagura*. Quase escondidas no meio de muitas árvores podiam-se ver as cumeeiras de mais duas pequenas construções.

---

[91] Construção retangular que obriga as pessoas que entram num castelo a descrever um ângulo reto antes de passar pelo portão.
[92] Torre principal do castelo.

— O que são essas outras casas dentro do terreno? — quis saber Maria Rita.

— A mais próxima da *tenshu* é a *sukiya*[93] e a mais afastada é um pequeno *honden*[94]. — Pondo o carro em movimento, Ryumi disse: — Depois de velho, meu avô voltou a ser xintoísta...

— Meu Deus... — balbuciou Maria Rita, com expressão apavorada. — Como um homem tão conservador assim vai me aceitar?!

— *Oditchan* não é tão conservador assim, Rita — falou Ryumi, tentando tranqüilizá-la. — Ele passou a ser saudosista, isso sim. Depois que minha avó morreu, meu avô passou a direcionar todos os seus interesses para o resgate das origens da família. Talvez a discriminação manifestada pelos próprios isseis e nisseis de sua época por ter se casado com uma *gaijin* tenha feito com que ele quisesse, ainda que de modo inconsciente, provar ao mundo que nunca deixara de ser um Fukugawa e que poderia ser muito mais japonês do que qualquer outro.

Passou sob o *tori* da *massugata* e entrou no que seria o *sannomaru*[95] e que Masakazu tinha adaptado para um jardim em estilo *karesansui*[96], com muitas pedras e onde, à direita do caminho e um pouco afastado, estava o *honden*.

A bonita alameda calçada de pedras redondas e lisas seguiu na direção do *hommaru*[97], devidamente adaptado na forma de jardim em estilo *Tsukiyama* com o lago das carpas e a *sukiya*.

Desviando para a direita, Ryumi fez seu automóvel rolar até a entrada principal do castelo, onde Hideaki Maeda, motorista de seu avô, já o estava aguardando com um sorriso no rosto redondo como uma lua cheia.

— *Orraiô gozaimassu!* — cumprimentou ele, abrindo a porta do carro para que Maria Rita pudesse descer. — Fukugawa-san está esperando pelo senhor no lago...

---

[93] Casa apropriada para a cerimônia do chá.
[94] Santuário, capela xintoísta.
[95] Pátio interno do castelo. Antigamente era um pátio fortificado destinado à defesa contra invasores.
[96] Estilo de jardim que representa o espiritualismo zen.
[97] Pátio ou jardim dentro da fortificação.

XVII

Ali onde se encontrava, à beira do lago, Masakazu não podia enxergar a entrada de sua casa, mas ouviu bem quando o automóvel de Ryumi chegou. Também ouviu o ruído de duas portas fechando pouco depois de o motor ser desligado.

— Eu estava certo... Ele veio acompanhado — murmurou. — Tinha certeza de que ele traria a noiva para me apresentar.

Sorriu intimamente e pensou: "Quem será essa moça? Simone disse que eu vou gostar dela, que ela conhece bastante bem a cultura japonesa...".

Voltou os olhos um pouco para cima, viu a imponente *tenshu* de seu castelo e meneou a cabeça, com tristeza. "Tenho visto na televisão e mesmo lido nos jornais da colônia... Essa juventude de hoje não pensa mais em suas raízes, não dá valor às tradições... Acham, por exemplo, que eu sou um louco varrido por ter feito construir tudo isso! Pensam que não passa de uma mania de velho que não sabe mais onde pôr o dinheiro... Mas a verdade é outra! Alguém precisa fazer alguma coisa para preservar a tradição! Pelo menos, como é o meu caso, alguém precisa fazer algo que estimule essa preservação!"

Ouviu a voz de Ryumi, escutou uma risada feminina, cristalina, e disse para si mesmo: "O velho Harema Inoue me disse, quando eu ainda era pequeno, que é possível conhecer a mulher por sua risada... Quando o riso é claro, límpido, a mulher é boa... Talvez ele estivesse certo. Maria de Lourdes ria assim e o mesmo se dá com Simone. A risada sincera, sem disfarces, não esconde a alegria. E parece que essa moça ri dessa maneira...".

Atirou mais um pouco de pão para as carpas e virou-se para encarar o neto, que se aproximava.

— *Ohaiô gozaimassu!* — falou Ryumi, sendo imitado por Maria Rita.

O velho abraçou o neto e cumprimentou cerimoniosamente a moça, que Ryumi apresentou como sua noiva, sem deixar transparecer em sua fisionomia a menor expressão de surpresa ou de desagrado.

— Finalmente você apareceu! — exclamou ele. — Pensei que tivesse esquecido que ainda estou vivo!

— Tenho andado muito ocupado — desculpou-se Ryumi.

— Bem... Aqui vocês vão passar um fim de semana de calma, sem pensar na correria de São Paulo e sem ter de fazer outra coisa senão gozar a vida em contato com a natureza e com um pouco do Japão dos tempos dos samurais. — Voltou-se para Maria Rita. — Espero que você aprecie a cultura nipônica... — E, sem dar tempo para Maria Rita responder, disse: — Mandei aprontar aposentos para vocês. Assim, não precisarão dormir na sede e eu terei a oportunidade de estar mais tempo em sua companhia. Já é quase meio-dia, hora de comer alguma coisa. Vão indo na frente, eu demoro um pouco para andar. Estarei no jardim da *sukiya*. Troquem de roupa e venham se encontrar comigo.

Hideaki estava esperando pelo casal à porta que dava acesso à ala de hóspedes do castelo, logo abaixo da *sumiyagura*[98]. Entregou-lhes os chinelos macios para usar dentro de casa e indicou-lhes os *zoris*[99] mais rústicos, que deveriam calçar quando fossem para o jardim.

Maria Rita acompanhou Ryumi segurando sua mão, a cada passo mais e mais abismada com o que via. O castelo do doutor Fukugawa era um autêntico museu, todo decorado com peças antigas e repleto de objetos de arte, muitos com mais de três séculos de existência.

— Mas como seu avô conseguiu tudo isso? — perguntou ela.

— É o fruto de uma verdadeira garimpagem que já dura mais de vinte anos — respondeu Ryumi. — A vida do *Oditchan* tem sido essa... procurar e comprar objetos japoneses antigos, além de arrumar e conservar este castelo.

Chegaram aos aposentos que o doutor Fukugawa tinha mandado aprontar para o casal.

Era uma suíte composta por dois ambientes e um moderno banheiro onde a peça principal era um *ofurô* de madeira. O piso dos dois cômodos era forrado por tatames de junco e no primeiro, mobiliado como uma pequena sala de refeições, havia um *kotatsu*[100], duas *zaissus*[101] e várias *zabutons*[102] espalhadas pelo chão. Compunha a de-

---

[98] Torreão secundário.
[99] Chinelos normalmente feitos com palha de arroz.
[100] Mesa baixa que também pode servir como escrivaninha. Normalmente fica sobre um aquecedor ou braseiro.
[101] Pequenas poltronas.
[102] Almofadas.

coração um bonito arranjo floral onde se destacavam algumas flores de lírios-do-vale, muito brancas e perfumadas.
— Que aroma delicioso! — exclamou Maria Rita, cheirando as flores. — Chega a ser inebriante!
— Essa é a flor de meu avô — explicou Ryumi. — Desde que eu era bem pequeno, o *Oditchan* fazia questão de ter lírios-do-vale floridos dentro de casa. E minha mãe também adora esse perfume, vive reclamando que em Brasília não consegue ter essas flores por causa do clima seco demais.

Passaram para o cômodo seguinte, o quarto de dormir, com um grande *shikibuton*[103] ocupando a parte central, várias *zabutons* como na saleta e um *oshi-rê*[104] contendo *futons* e *moôfus*[105].

Os dois ambientes eram separados um do outro por um *fussumá*[106] e as paredes externas eram constituídas por delicados *shôodjis*[107] que permitiam a passagem de uma agradável e romântica luz difusa.

Sobre o *shikibuton*, dois quimonos estavam à disposição dos hóspedes e, ao vê-los, Maria Rita falou:
— Seu avô vai me testar...
Intrigado com o comentário da moça, Ryumi indagou:
— Como assim, testar? O que está querendo dizer com isso e como chegou a essa conclusão?
— Simples... Ele disse que queria nos encontrar na *sukiya*. Mandou deixar esses quimonos cerimoniais para que os vestíssemos. Veja o *mon*[108] de sua família bordado à esquerda de seu *montsuki hakama*[109]. E o quimono que foi destinado a mim é um autêntico *furissodê*[110]. — Com um sorriso, acrescentou: — Eu ficaria muito mais tranqüila se meu quimono fosse um *tomessodê*... Isso significaria que ele já estaria considerando nossa união como estável.

---

[103] Colchão.
[104] Armário.
[105] Cobertores.
[106] Porta corrediça de papel decorado, grosso e esticado em ambos os lados de uma armação de madeira.
[107] Biombos feitos de papel fino esticado sobre uma armação de treliça, mais leves que o *fussumá*, permitindo a passagem de luz difusa.
[108] Brasão familiar.
[109] Quimono masculino para ocasiões solenes.
[110] Quimono feminino para ocasiões solenes, usado por mulheres solteiras. As mulheres casadas usam o *tomessodê*.

Como Ryumi continuasse a fazer uma expressão interrogativa, Maria Rita explicou:

– Quanto ao teste... Com todo esse aparato, tenho certeza de que seu avô quer me ver preparando o *chanoyu*[111]!

Nesse momento, Kiomi, a esposa de Hideaki, bateu delicadamente na *fussumá*.

– Vim ajudar sua noiva a vestir o *furissodê* – disse ela. – Fukugawa-san deseja vê-la no *chanoyu*...

Maria Rita olhou para Ryumi e murmurou, com ar vitorioso:

– Não disse? Seu avô está querendo me testar! – E, com um sorriso, completou: – E, nesse teste, eu sei que vou passar!

XVIII

A cerimônia do chá é um dos rituais que mais caracterizam a tradição nipônica. Embora o hábito de tomar chá tenha origem na China dos dois primeiros séculos de nossa era, a unificação desse hábito com o zen-budismo foi obra de Murata Shuko (1422-1502), natural de Nara, que estabeleceu os primórdios das regras sobre as quais haveria de se desenvolver o *chanoyu* – que é, na realidade, a materialização do *chadô*[112] e o reconhecimento da verdadeira beleza por meio da modéstia e da simplicidade – com base no cerimonial das refeições dos monges zen e no código de honra dos samurais, o *Bushidô*. Foi Murata Shuko que instituiu a medida de quatro tatames, o que resulta em cerca de 12 metros quadrados, para a sala de chá. Também foi ele que introduziu a presença de um *kakemono* – rolo com um poema ou um pensamento – pendurado num *tokonomá*[113] e o *daisu*[114]. No entanto, foi Sen-no-Rikyu que, quase um século depois, estruturou a cerimônia do chá.

Sempre visando a extrema simplicidade para permitir o maior contato possível com a natureza, as regras básicas do *chanoyu*

---

[111] Cerimônia do chá.
[112] Culto do chá.
[113] Nicho na parede para pendurar um pergaminho, exibir objetos de arte ou colocar um arranjo floral.
[114] Estante de bambu usada para guardar os utensílios do *chanoyu*.

incluem exigências que abrangem desde a construção da *sukiya* até o jardim, que obrigatoriamente tem de ser em estilo *Tsukiyama*, passando pelos utensílios de ferro fundido, de cerâmica e de porcelana japoneses. Tudo tem de refletir simplicidade e pureza, de forma a abrigar com perfeição e equilíbrio os quatro elementos da essência da cerimônia, ou seja, *wa* (harmonia), *kei* (respeito), *sei* (pureza) e *jaku* (tranqüilidade), nos quais está implícito mais um, *wabi* (desprendimento).

A casa de chá, *sukiya*, deve ser construída exatamente como uma casa de camponês. É uma cabana simples de paredes toscas e teto de bambu, coberta de colmo – no Brasil, de sapé. A decoração interior tem de ser sóbria e, no jardim, são indispensáveis uma *ishidorô*[115] e uma *tsukubai*[116] alimentada de água pura que corre de um *kakei*[117].

O doutor Fukugawa, ao mandar construir sua *sukiya*, não esqueceu nenhum detalhe e foi mais além: no *roji*[118], a *ishidorô* e a *tsukubai* tinham vindo do Japão e, com certeza, datavam de mais de três séculos.

– Como pode ver – disse ele para Maria Rita, quando o casal chegou ao jardim da *sukiya* –, procurei dar a este lugar a maior autenticidade possível. – Com um sorriso como se pedisse desculpas, acrescentou: – Na verdade, alcançar esse meu objetivo acabou por sacrificar um pouco do espírito de simplicidade que deveria prevalecer...

– É muito bonito... – murmurou a moça. – Só estar aqui já nos eleva o espírito e nos faz pensar nas coisas belas da natureza!

O velho médico aproximou-se da *tsukubai*, lavou as mãos e enxaguou a boca, sendo imitado pelo casal, Maria Rita esperando respeitosamente que Ryumi fizesse o ritual da purificação antes dela.

O doutor Fukugawa sorriu e abriu a *nidjiri-gutchi*, uma porta pequena e baixa o bastante para obrigar a pessoa que entra na *sukiya* a se inclinar e, com esse movimento, a abandonar qualquer orgulho e a assumir uma postura de modéstia e simplicidade, dizendo:

---

[115] Lanterna de pedra.
[116] Bacia de pedra para a cerimônia da purificação.
[117] Canalização de bambu para alimentar a *tsukubai*.
[118] Caminho para a *sukiya*.

— Vamos passar para a *yoritsoki*[119], enquanto Kiomi acaba de ajeitar tudo na *mizu-ya*[120].

Sentaram-se sobre pequenas *zabutons* ao redor de um *chabana*[121] e o doutor Fukugawa, virando-se para Maria Rita, falou:

— Ryumi é o último pedaço de mim... Pelo menos por enquanto, uma vez que existe uma probabilidade muito grande de eu não conhecer meus bisnetos. — Com um gesto, impediu Ryumi de protestar e continuou: — Desde pequeno ele manifestou interesse pela cultura e pelas tradições de seus antepassados. E faço questão de que continue assim. Porém, para que suas raízes não sejam esquecidas, é preciso que ele se una a uma mulher que o estimule a dar continuidade a isso. Ela não pode deixar que os interesses materiais sobrepujem o espírito, sobretudo o *yamato damashii*.

Ajeitou um ramo florido de pessegueiro no *chabana* e disse:

— Simone falou sobre você, Maria Rita. Portanto, a surpresa que Ryumi quis me fazer foi só uma meia surpresa. Eu não imaginava que você fosse tão bonita. Mas já sabia de sua ascendência negra, de sua formação profissional e, principalmente, de seu interesse pelo Japão. — Deu uma risadinha e prosseguiu: — Não sou tão caduco quanto todos imaginam... Depois da primeira vez em que Simone me falou a seu respeito, telefonei para Yuji Fujiwara, um velho conhecido, que, por sorte, ainda está vivo. Ele, sim, está variando um pouco, por causa da idade. Para você ter uma idéia, não se lembrava de mim, mas de você... ele se lembrou, e muito bem. Disse-me que você era uma mulatinha esperta e estudiosa, que queria aprender e entender tudo o que acontecia a seu redor. O sobrinho de Yuji, que a adotou após a morte de seus pais, sempre fala de você e recorda-se com saudade dos pratos que você aprendeu a fazer.

Fez uma pausa com o olhar perdido no vazio e falou:

— Há anos venho pensando numa moça que pudesse ser a esposa de Ryumi e em quem eu tivesse plena confiança de que o ajudaria a continuar japonês, embora apenas com um quarto de sangue nipônico. — Balançando a cabeça, murmurou: — Não me ocorreu

---

[119] Ante-sala da *sukiya*.
[120] Sala onde se procede à cerimônia do chá.
[121] Arranjo floral na *sukiya*.

ninguém. Os jovens sanseis e nisseis pouco ou nada conhecem da cultura de seus ancestrais e parecem não fazer questão nenhuma de lembrar que são japoneses. Cheguei a pensar em "importar" uma esposa de Koti ou mesmo de Nara, regiões mais tradicionalistas no Japão. Mas as notícias que chegam de lá mostram uma juventude bastante americanizada, materialista ao extremo, voltada apenas para a competição profissional e para o dinheiro.

A sombra de um vulto apareceu e desapareceu na semitransparência do *shodji*[122] e o doutor Fukugawa, mostrando a porta para a *cha-shitsu*[123], disse:

– Mas o destino faz as coisas sozinho e, em geral, bem-feitas... Pôs você no caminho de Ryumi e, apesar de nada ter de sangue nipônico, parece ser muito mais japonesa que muitas Mieko e Mayumi por aí. E você, agora, vai me mostrar quanto é mesmo interessada na cultura de meus pais. Você será nossa anfitriã no *chanoyu*!

Apesar de já estar esperando por aquilo, Maria Rita não pôde evitar que seu coração batesse fora de compasso. Porém, controlando-se, ela fez um respeitoso *odjighiri*, murmurou "*Hai, Oditchan*" e arrastou-se sobre os joelhos para a *cha-shitsu*.

A *cha-shitsu* tinha o tamanho necessário para abrigar com conforto cinco pessoas. Como anfitriã, Maria Rita foi a primeira a reverenciar o *kakemono* pendurado no *tokonomá*. Em seguida, virou-se para o fogareiro de brasas onde repousava a chaleira e dirigiu uma meditação para o fogo, lembrando que é uma fonte de calor e de conforto. Depois desse pequeno ritual, tomou seu lugar diante do fogareiro, posicionando-se entre os dois homens, e fez um *odjighiri* respeitoso para cada um, primeiro para o doutor Fukugawa e em seguida para Ryumi.

Ficou imóvel por alguns segundos e começou a servir a *kaisseki*[124], constituída por *yakimono katsuo*, *gohan*, algumas fatias de *tsukemono*, *sushis* e *sakizuke*[125].

Maria Rita serviu os dois homens com habilidade, segurando o *hashi* com elegância pela extremidade mais grossa e em absolu-

---
[122] Biombo de papel de arroz.
[123] Local de preparação do *chanoyu*.
[124] Refeição leve que antecede a cerimônia do chá.
[125] Complementos servidos com molho de soja temperado.

to e respeitoso silêncio. Completou a refeição servindo fatias de *yokan*, *taiyaki* e *monaka*.

Quando terminaram de comer, ela se dirigiu, sempre de joelhos e em silêncio, para a *yoritsoki*, parou na porta e indicou a sala com o braço estendido, esperando que o doutor Fukugawa e Ryumi entrassem antes dela.

— Vamos para o *nakadachi*[126] – disse ela.

— Sim – concordou Masakazu. – Aqui podemos conversar um pouco enquanto Kiomi arruma a *cha-shitsu* para o *gozairi*[127]. – Voltando-se para Maria Rita, falou: – Você está se saindo muito bem! Em alguns momentos, cheguei a esquecer que estava diante de uma *gaijin*!

— Eu gostaria de ter tido a oportunidade de preparar tudo, desde a *kaisseki* – disse ela –, mas a ajuda de Kiomi foi muito... confortável.

Ficaram alguns instantes em silêncio e, por fim, Masakazu murmurou:

— Nunca sonhei que haveria de conhecer uma moça de ascendência negra que se interessasse tanto pela cultura japonesa. Você me surpreende, Maria Rita... E me assusta.

— Assusto? Por quê?

— Porque não encontrei esse mesmo interesse entre as moças *nikkeys* que conheci. Não vi nem mesmo senti interesse pelos costumes japoneses. É verdade que há divulgação, existem cursos... Mas tudo é encarado como mera curiosidade, como mais um item de cultura geral, até mesmo entre os *nikkeys*. E eles não deveriam enxergar a tradição de seus avós e bisavós dessa maneira.

— Os tempos mudam, *Oditchan* – ponderou Ryumi, tentando consolar o avô. – A sociedade evolui e a necessidade de sobreviver muitas vezes fala mais alto do que as tradições ou o espírito. A tendência para a globalização faz com que os povos se aproximem e, com isso, a miscigenação de culturas acontece. Com a mistura, é inevitável que ocorram modificações, adaptações...

— E também o desprezo, o esquecimento, a tendência à excessiva praticidade – interrompeu Masakazu. – Dentro de pouco tempo estaremos fazendo chá no microondas!

---

[126] Espécie de pausa na sala de espera da *sukiya*.
[127] Ritual da cerimônia do chá.

Nesse instante o som de um gongo interrompeu o *nakadachi*.
— Kiomi está dizendo que a *cha-shitsu* está arrumada — falou o doutor Fukugawa, levantando-se. — Vamos para o *gozairi*...

O *gozairi* é a cerimônia do chá propriamente dita e, portanto, a parte principal do *chanoyu* e o momento em que Maria Rita teria de se superar...

Enquanto os três repetiam o ritual de purificação, o gongo tocou mais quatro vezes, respeitando a praxe. Dirigiram-se, então, para a *cha-shitsu*, de onde o *kakemono* tinha sido retirado, dando lugar a um bonito *chakebana*[128].

Sempre de joelhos, Maria Rita conferiu a posição dos utensílios necessários para o *gozairi*: a *cha-irê*[129] sobre o fogareiro, o *twha-wan*[130] a sua frente, o *chassen*[131] ao lado do braseiro e a vasilha com água fresca, junto com o *tchashaku*[132], o *hishaku*[133] e o *kensui*[134].

Estava tudo em ordem e, depois de alguns instantes de meditação, ela se dirigiu para o *daisu* e apanhou a caixa de laca onde estava guardado o *matchá*[135]. Em seguida, com o *fukusa*[136], limpou o *tcha-wan*. Despejou água quente e esvaziou o *tcha-wan* no *kensui*, limpando-o com o *tchakin*[137]. Segurando o *tcha-wan* na altura do peito, com a ajuda do *tchashaku*, Maria Rita pôs em seu interior três medidas de *matchá*. Com o *hishaku*, despejou um terço de seu conteúdo de água quente no *tcha-wan* e bateu delicadamente a mistura com o *chassen* até atingir uma consistência mais espessa, quase cremosa, que é o *koitcha*.

Sempre em silêncio, ela pôs o *tcha-wan* ao lado do fogareiro e o doutor Fukugawa aproximou-se, pegando-o, depois de fazer um respeitoso *odjighiri*. Como manda a praxe, Masakazu segurou o *tcha*

---

[128] Espécie de arranjo floral.
[129] Chaleira.
[130] Tigela onde se toma o chá.
[131] Utensílio em forma de pincel feito de bambu que serve para raspar ou misturar o chá.
[132] Colher de bambu para servir o chá.
[133] Concha de bambu para água quente.
[134] Recipiente para receber a água usada.
[135] Chá especial para o *chanoyu*.
[136] Toalha especial para limpar o *tcha-wan*.
[137] Espécie de guardanapo de pano.

wan apoiando-o na palma de sua mão esquerda e sustentou-a com a direita. Tomou um gole, fez um novo *odjighiri*, dessa vez querendo significar que o chá estava bom, tomou outros dois goles e limpou a beirada que tinha tocado com os lábios, usando um *kaishi*[138]. Então, passou o *tcha-wan* para o neto, que repetiu todos os gestos do avô e passou o *tcha-wan* para Maria Rita.

O ritual se repetiu por mais duas vezes e, então, assumindo o papel de anfitrião, Masakazu fez uma reverência para o neto e para Maria Rita, agradeceu e se retirou.

Foram encontrá-lo cinco minutos depois, outra vez à beira do lago.

– Você foi perfeita, Maria Rita! – exclamou Masakazu, com um sorriso agradecido. – Não poderia ter sido melhor.

– Obrigada – fez ela. – Isso quer dizer que passei no teste?

O velho soltou uma gargalhada e respondeu:

– Não se tratava de um teste, minha querida! Apenas eu realizei um sonho que acalentava desde que decidi me casar com a avó de Ryumi. Jurei para mim mesmo que, apesar de estar me casando com uma *gaijin*, não deixaria que as tradições de meus ancestrais morressem. – Com um gesto abrangente, continuou: – Creio que, de modo geral, consegui cumprir essa minha promessa. Porém faltava uma parte que, por pequena que pudesse parecer, não deixava de ser de suma importância: a cerimônia do chá executada por um membro da família.

Maria Rita sorriu e ponderou:

– Mas ainda não sou parte da família, *Oditchan*. Pelo menos, não oficialmente!

– Não é um pedaço de papel ou um anel no dedo que fazem a união entre duas pessoas. E muitas mulheres, mesmo casadas no civil e no religioso, jamais conseguem pertencer à família do marido. E vice-versa. A imensa maioria dos homens casados não consegue fazer parte da família da esposa. Você já é uma Fukugawa, Maria Rita... E provavelmente já o era ao nascer! Estava escrito, em algum lugar, que você seria a mulher ideal para meu neto, seria a neta que me estava faltando e o anjo que viria fazer com que eu pudesse

---

[138] Espécie de guardanapo de papel de arroz.

cumprir minha promessa. – Pousou a mão sobre o antebraço de Maria Rita e disse: – Com você, eu sei que nossas tradições familiares terão continuidade. E isso quer dizer que, agora, já posso morrer em paz!

– Não fale essas bobagens, *Oditchan*! – protestou Ryumi. – Você mesmo vive me dizendo que o *oni*[139] não é capaz de ler os pensamentos, mas pode escutar o que dizemos! E as bobagens que falamos podem lhe dar idéias!

Fukugawa-san riu e falou:

– Eu apenas disse que minha missão está cumprida... Isso não significa que eu esteja disposto a... partir! Muito pelo contrário! Agora que Maria Rita faz parte da família, quero poder aproveitar ao máximo sua companhia! – Ficando sério de repente, acrescentou: – Não é minha hora, ainda. Preciso conhecer pelo menos um bisneto!

– Isso quer dizer que o senhor quer que nos casemos logo – brincou Ryumi.

– Mais uma vez, não é um pedaço de papel que vai possibilitar a vinda de um bisneto. Isso dependerá apenas da vontade de vocês dois, uma vez que meu desejo, mesmo vocês o conhecendo, não pode interferir... – Apanhou do chão um pequeno seixo, atirou-o ao lago e, observando os círculos concêntricos do movimento que provocara na água, disse: – As tradições, na realidade, derivam de regras que foram criadas para que os seres humanos ditos civilizados possam melhor gerenciar as próprias condutas. Das tradições, por sua vez, derivaram os preconceitos, que nada mais são do que as manifestações de repúdio a tudo aquilo que, de uma forma ou de outra, transgride uma tradição. – Olhou com um sorriso para Ryumi, voltou-se para Maria Rita e finalizou: – É por causa disso que muitas vezes é preferível não transgredir o que ditam as tradições. No fundo, seguir o que é tradicional, especialmente do ponto de vista ritualístico, é a melhor maneira de quebrar tabus e preconceitos.

---

[139] Demônio.

XIX

Voltaram para São Paulo cheios de projetos.

– Não é que eu seja contra ou a favor de um casamento formal – comentou Ryumi –, só acho cansativa essa história de ter de esperar correr proclamas, fazer festa, receber convidados...

– Agüentar falsidades e hipocrisias – continuou Maria Rita. – Ouvir felicitações de gente que, no fundo, está desejando tudo de ruim...

Riram. Maria Rita inclinou-se para o lado para beijar a face direita de Ryumi e disse:

– Mas a vida é feita também de coisas assim. Seu avô falou de tradições. Essa é uma. O casamento é, na realidade, uma das maiores e melhores formas de celebração de uma tradição.

– Absolutamente desnecessária – ponderou Ryumi. – O fato de casar, de alardear a união, de fazer uma festa enorme... Isso não leva à fidelidade e, muito menos, à felicidade!

– Também penso assim – concordou Maria Rita –, mas temos de lembrar que vivemos em sociedade. E é essa sociedade, com suas tradições e preconceitos, que acaba por ditar nossas condutas e, pior ainda, por determinar nossas atitudes. – Acendeu um cigarro para si e outro para Ryumi. – Às vezes chego a pensar que nós dois manifestamos essa aversão ao casamento, quero dizer, ao cerimonial do casamento, por uma simples questão de fuga. Por medo. – Olhou para ele. – Temos medo do preconceito e repudiamos a cerimônia do casamento por fuga. Em resumo, temos medo de nossa união não ser aceita pela sociedade em que vivemos e, por causa disso, fugimos da situação: dizemos que não queremos saber de festa de casamento e coisas assim. – Soprou uma baforada de fumaça contra o vidro do carro e falou: – Com isso, nós estamos alimentando o preconceito, estamos municiando aqueles que nos discriminam.

Ryumi acenou com a cabeça e murmurou:

– Foi isso que o *Oditchan* quis dizer com aquela história de cumprir o ritualismo tradicional... E ele tem toda razão! Se nós não nos casarmos de acordo com o que manda a tradição da sociedade à qual pertencemos, estaremos nos marginalizando e, com isso, alimentando preconceitos... – Virando-se para Maria Rita, sorriu e disse: – Pois vamos tratar de casar, querida...

— Você ainda não me pediu em casamento...
— E precisa?
— A tradição deve ser cumprida, segundo o que disse Fukugawa-san...

Ambos riram mais uma vez e, depois de um beijo, ele perguntou:
— Você quer se casar comigo?
— Quando? Agora? — fez Maria Rita, fingindo ansiedade.
— Agora, agora... não dá! — respondeu Ryumi. — Será preciso marcar o casamento civil, esperar correrem as proclamas... Depois, precisaremos marcar a igreja, o padre, o bufê... Será necessário mandar fazer os convites, entregá-los... Há muita coisa antes do casamento propriamente dito!
— Pois isso é que me assusta! — exclamou ela. — Toda essa burocracia... Isso me preocupa mais do que quaisquer preconceitos!
— A mim também. Mas será preciso enfrentar tudo isso e o máximo que podemos fazer é aproveitar o tempo...
— Isso, eu sei como fazer! — interrompeu a jovem com um sorriso carregado de malícia. — E sei muito bem!
— Não é sobre isso que estava falando, querida... — disse Ryumi, rindo. — Podemos aproveitar o tempo do ponto de vista macro e não apenas micro. — Ante a expressão interrogativa de Maria Rita, explicou: — Já estamos vivendo juntos... Portanto, já estamos casados. Só não damos o mesmo endereço para as outras pessoas, clientes, por exemplo, por mera questão de... preconceito de nossa parte. Você, de uma maneira ou de outra, tem sua casa e eu tenho a minha. Não importa se você só vai dormir lá na quinta-feira! É sua casa, é esse o endereço que você dá!
— Eu poderia usar as mesmas palavras que você como contra-argumento — protestou ela. — Você também mora na minha casa! Não importa se só vai para lá de vez em quando! Mas é seu endereço também! — Fez uma pausa e acrescentou: — Já seu apartamento... Não posso considerá-lo minha residência, uma vez que, no frigir dos ovos, ele pertence a seus pais e eles podem querer usá-lo de um momento para o outro!
— Você sabe que isso nunca vai acontecer — asseverou Ryumi. — Meus pais jamais mudariam para São Paulo e, se isso acontecesse por um acaso de todos os acasos, nunca me desalojariam!

— Pode ser — retrucou Maria Rita —, mas eu não me sentiria bem se eles precisassem alugar ou mesmo comprar outra residência por nós estarmos usando o que é deles!

— Pois é... — fez Ryumi, num tom contemporizador. — Eu acho que está mais do que na hora de fundirmos nossos endereços... — Jogou fora o cigarro e concluiu: — A partir da semana que vem, vamos começar a procurar uma casa para nós dois ou um terreno onde possamos mandar construir nosso ninho. Até lá, sou obrigado a aceitar que você continue morando comigo e se ausentando nas noites de quinta-feira com a desculpa de que não pode abandonar sua casa às baratas e traças!

XX

Maria Rita abriu os olhos e tentou se levantar. Entretanto, uma dor lancinante no alto da cabeça e uma tontura que lhe deu a impressão de estar num carrossel impediram-na de continuar a se mover. Soltou um gemido abafado, voltou a fechar os olhos e procurou respirar fundo. Ficou assim, imóvel, apenas respirando, durante quase um minuto.

"O que está acontecendo?", pensou. "Onde estou?"

Sentiu uma corrente de ar frio e ouviu muito ao longe algumas risadas e uma voz feminina dizendo alguma coisa que ela não conseguiu entender. Depois, escutou o barulho característico de alguém lavando louças e panelas.

Tornou a abrir os olhos, fixou um ponto no teto — um teto relativamente baixo, caiado, onde havia uma lâmpada pendurada num fio — e percebeu, aliviada, que a dor na cabeça havia passado e a tontura melhorara. Com muito cuidado e bem devagar, moveu a cabeça e olhou em torno.

Estava num quarto, deitada numa cama de solteiro. A sua direita uma porta dava para um banheiro cujo vitrô estava aberto. Era dali que vinha a corrente de ar que tinha acabado de sentir. A sua esquerda encontrava-se uma penteadeira com espelho e sobre a qual estavam uma moringa de barro e um copo de plástico. Havia uma cadeira simples em cujo espaldar repousavam um roupão de banho e uma toalha, além de um criado-mudo com um abajur. Bem a sua frente, uma janela com grades de ferro estava aberta.

Com alguma dificuldade, Maria Rita levantou-se da cama – ainda estava bastante zonza e suas pernas mal conseguiam sustentá-la – e caminhou até a janela.

A paisagem que se apresentava para seus olhos era sem horizonte, uma vez que a casa parecia estar situada no fundo de uma depressão cercada de morros bastante próximos. Era-lhe impossível observar qualquer ponto de referência que distasse mais do que 100 metros daquela janela, porém, pela luminosidade, podia deduzir que era de tarde. Consultou o relógio e constatou que passava um pouco de 4 e meia.

Aos poucos, ela foi rememorando os fatos e, como se montasse um quebra-cabeça, ligou os pedaços de recordações até conseguir formar um quadro que lhe pudesse revelar o acontecido.

Lembrou-se do homem com a pistola, dentro de sua casa; depois, de que saíra com o Vitara e de que havia outro bandido. Com dificuldade, conseguiu puxar da memória o momento em que eles a mandaram estacionar numa rua escura e obrigaram-na a tomar dois comprimidos. Um deles abriu sua boca com o cano da arma e o outro lhe enfiou os comprimidos goela abaixo... Em seguida, foi colocada no banco de trás do carro e...

As lembranças terminavam aí. Sua presença no mundo recomeçara poucos instantes atrás, quando acordara com uma brutal dor de cabeça e aquela sensação de tontura, de estar pisando em nuvens, que ainda não passara por completo.

Tinha sido seqüestrada! Disso não havia a menor sombra de dúvida, e o fato era comprovado pela porta trancada à chave e pela janela com grades, bem fixas, chumbadas no cimento do parapeito, tão firmes que jamais adiantaria forçá-las.

Foi até o banheiro e, surpresa, constatou que ele estava limpo e que havia até mesmo tampa na privada e dois rolos novos de papel higiênico. Um chuveiro elétrico atrás de uma cortina de plástico chegava a dar um toque um tanto surrealista para um banheiro de cativeiro.

– Bem diferente do que tenho visto na televisão – murmurou ela, lembrando-se das cenas de cativeiros imundos que certos programas pseudojornalísticos fazem questão de mostrar.

Já quase recuperada – pelo menos estava lúcida, conseguindo raciocinar, restando-lhe apenas um pouco de tontura –, examinou mais detalhadamente o local. Constatou que, apesar de estar num lugar limpo e com o mínimo necessário para seu conforto pessoal, seria impossível escapar: a porta estava trancada e era bastante resistente, a janela possuía grades fortes e bem chumbadas e o vitrô do banheiro era pequeno demais para que pudesse tentar fugir por ali.

"Bem... O jeito é esperar... Se eles estivessem pensando em me eliminar, não estariam preocupados com minha comodidade e teriam arrumado um cativeiro como aqueles que sempre aparecem...", pensou ela.

Nesse momento, ouviu passos do lado de fora da porta e esta se abriu. Um homem alto, de porte atlético e com um capuz cobrindo-lhe a cabeça entrou.

– Espero que esteja bem – disse ele, disfarçando a voz, tornando-a esganiçada. – Não temos nenhuma intenção de causar-lhe mal.

Maria Rita respirou bem mais aliviada. A preocupação que esse seqüestrador mostrava em esconder o rosto e em até mesmo disfarçar a voz dava-lhe a certeza de que de fato não queriam matá-la.

– Estou bem – respondeu. – Apenas bastante revoltada; não vejo qual o interesse de vocês me seqüestrarem. Não sou rica, não tenho parentes... – Forçou um sorriso e acrescentou: – Não existe ninguém que tenha motivos para pagar um resgate!

Sempre falseando a voz, o homem retrucou:

– Isso não é verdade, Maria Rita. Há pelo menos uma pessoa que pagará o que lhe pedirmos... E você sabe muito bem quem é!

O fato de ter sido chamada pelo nome destruiu a esperança que ela ainda alimentava de ter sido seqüestrada por engano. Aqueles homens a conheciam, sabiam seu nome e, pior, sabiam que Ryumi pagaria por sua vida.

– Dentro de alguns dias vamos lhe pedir que escreva um bilhete para seu noivo. Imaginamos que ele reconheça a caligrafia e que, a partir do momento em que o receber, não duvidará que você está em nosso poder.

Rita não pôde deixar de se surpreender. Dentro de alguns dias! Aquele homem não estava agindo como ela esperaria de um seqüestrador, muito pelo contrário! O normal seria o bandido ter pressa de receber o resgate, de se livrar do refém e, evidentemente, de fugir! Mas não! Ele acabara de dizer que pediria o bilhete dentro de alguns dias!

Por sua cabeça passou a lembrança de um caso de seqüestro que tinha sido dado como exemplo num curso de extensão universitária que fizera: o do Barão de Empain, no dia 23 de janeiro de 1978, em Paris. Um calafrio de terror percorreu sua coluna vertebral: no dia seguinte ao seqüestro, a família recebera um pedaço do dedo mínimo do refém.

Sem querer, ela olhou para as próprias mãos e, num movimento rápido, escondeu-as atrás do corpo.

O seqüestrador riu.

– Não tenha medo, Maria Rita... Não vamos lhe cortar um dedo ou a orelha... Temos certeza de que bastará o bilhete. No tempo certo. – Tornou a abrir a porta e finalizou: – Por enquanto, imagine que está fazendo um retiro espiritual. Aproveite para ler, dormir, descansar. Na realidade, não haverá outra coisa a fazer e eu vi que você trouxe dois livros...

Assim dizendo, saiu do quarto, fechando a porta com duas voltas à chave, e Maria Rita ainda ouviu o som de um cadeado sendo trancado.

"Ele fala bem demais e é muito bem-educado...", pensou ela, recordando-se das palavras e do modo como o seqüestrador as pronunciava. "E não notei nenhum sotaque..."

Voltou para a cama, espichou-se e murmurou:

– De qualquer maneira, não há o que eu possa fazer. Pelo menos, por enquanto. A esta altura, Ryumi já deve ter descoberto meu desaparecimento e...

Com um aperto no coração, pensou: "Coitado! Ele deve estar morrendo de preocupação!".

XXI

Ryumi desligou o telefone com as sobrancelhas franzidas.

– Estranho... – murmurou. – Ela já deveria ter chegado em casa! Será que teve algum problema com o carro?

Dirigindo-se para o barzinho da sala, preparou uma dose de uísque.

– Ela teria ligado do celular – disse, apanhando o telefone e discando o número do celular de Maria Rita.

Mais uma vez, ouviu a gravação dizendo que o aparelho chamado encontrava-se desligado ou fora da área de cobertura...

"Será possível que a bateria tenha se descarregado?", pensou ele.

Balançou a cabeça, lembrando-se de que vira a moça colocar o celular no carregador e, portanto, o aparelho teria de estar com a bateria cheia.

Deixando o copo sobre a mesa, tomou a decisão: seguiria o trajeto que sabia muito bem ser a rotina de Maria Rita e veria o que estava acontecendo.

– O carro pode ter tido uma pane e, por cúmulo do azar e da coincidência, seu celular talvez tenha quebrado...

Já descendo para a garagem do edifício, pensou em quantas e quantas vezes ele lhe havia pedido para mudar para o apartamento, mas a resposta sempre tinha sido a mesma:

– Por enquanto, é cedo. Quero, primeiro, terminar minha pós-graduação, estar casada com você e, então, sim, passaremos a viver sob o mesmo teto...

Entrando em seu automóvel e ligando o motor, Ryumi disse para si mesmo que o curso de Maria Rita terminaria dentro de dois ou três meses. O casamento seria, portanto, em breve e, daí, essa angústia de todas as noites de quinta-feira haveria de terminar.

– Semana que vem vou começar a procurar uma casa – murmurou ele, esperando o portão elétrico abrir. – Já estou farto de apartamentos e a casa dela é um pouco pequena para abrigar todas as minhas coisas, meus livros...

Além disso, Maria Rita e ele pretendiam ter filhos, e crianças, de acordo com o que ambos pensavam, precisam de espaço para brincar, de ar puro... coisas que ali em Higienópolis era impossível ter.

– O ideal é uma chácara lá para os lados de Cotia – disse Ryumi, seguindo pela Rua Piauí em direção à Consolação. – Quem sabe a Granja Vianna...

Com um sorriso cheio de saudade, lembrou-se dos momentos felizes que tivera na infância, vivendo na fazenda do avô.

"Já não posso contar com ele", pensou. "Vovô está muito velho e, com certeza, não teria paciência com um bisneto... Depois, a fazenda deixou de ter aquele encanto de roça, passou a ser um empreendimento de grande porte..."

Na Avenida Paulista, entrou à direita na Rua Maria Figueiredo procurando prestar atenção nos carros estacionados.
— Estranho... — murmurou. — Ela não está em lugar nenhum...
Entrou na Manoel da Nóbrega à esquerda e, já na vila onde ficava a casa de Maria Rita, parou diante de sua porta e falou:
— Mas será possível que ela tenha ido dormir sem me telefonar?!

Ryumi viu as compras que Maria Rita tinha deixado sobre a mesa de centro, chamou por ela e, como não obteve resposta, subiu apressado para o andar superior.
A porta do quarto de dormir estava aberta e ele acendeu a luz. Percebeu que alguma coisa estava errada ao ver os sapatos sobre a cama — Maria Rita era muito supersticiosa e jamais deixava meias, sapatos, luvas ou chapéus sobre camas, mesas ou cadeiras.
Notou o livro sobre o travesseiro e virou-o. Com um frio a lhe gelar a alma, leu o título: *L'enlèvement de Ben Barka*, de Ottavioli.
Era mais do que evidente que ela tinha procurado deixar uma pista do que lhe ocorrera. E que indício seria melhor do que um livro que tratava de um seqüestro famoso?
— Seqüestrada! — exclamou Ryumi. — Ela foi seqüestrada!
Num primeiro momento, não soube o que fazer. Pensou em telefonar para a polícia, mas talvez isso pudesse representar perigo para Maria Rita. Imaginou, em seguida, que os seqüestradores haveriam de querer fazer contato com ele, uma vez que sua noiva não tinha quaisquer parentes na cidade e a única tia-avó ainda viva morava em Tupã, na região noroeste do Estado, e já estava velha demais, além de não ter recursos para pagar nem mesmo o resgate de seu gato...
Checou seu celular. Viu que estava carregado e funcionando.
— Ora, mas que bobagem! — disse. — Eles jamais ligariam para meu celular... Correriam o risco de ser localizados!
Sem nem mesmo perceber, voltou para a sala e, deixando-se cair sobre o sofá, pensou: "Bem... Na verdade, eles estarão utilizando outro aparelho celular... Roubado! Daí não haver nenhuma importância em eu descobrir o número!".
Cogitou em ligar para seu pai, em Brasília. Nele poderia confiar, pedir-lhe que não avisasse a polícia, que o aconselhasse sobre o que fazer, como agir... Porém, quando já estava levando a mão ao apare-

lho de telefone ao lado do sofá, lembrou-se de que, se os seqüestradores de Maria Rita fossem profissionais, poderiam ter posto uma escuta em sua linha.

– E quem garante que o telefone de meus pais também não está grampeado? – perguntou-se.

Levantando-se, foi até a garagem e constatou que o Vitara de sua noiva não estava lá.

Ficou um pouco atrapalhado com isso; não conseguia imaginar seqüestradores profissionais utilizando o veículo da vítima, e um veículo que não era de seu uso habitual.

Caminhou alguns passos na garagem vazia e, de repente, compreendeu. Era óbvio! Os bandidos fizeram com que Maria Rita saísse dirigindo o jipe e esconderam-se em seu interior. Assim, não correriam o risco de ser vistos por algum vizinho curioso e nada poderia ser mais natural do que a moça saindo com o próprio carro!

– Então... – murmurou Ryumi – eles a estavam esperando dentro de casa...

Voltando para a sala e verificando que a porta não apresentava nenhum sinal de arrombamento, pensou: "Mas como entraram?".

Em passos rápidos, dirigiu-se para a cozinha e viu que também a porta de serviço estava trancada por dentro e... intacta.

– Uma chave-mestra – murmurou ele. – Devem ter usado uma chave-mestra.

Mais uma vez, pensou em chamar a polícia, talvez os bandidos tivessem deixado impressões digitais... Contudo, desistiu. Primeiro, porque não queria tomar nenhuma atitude que pudesse pôr em risco a segurança de Maria Rita e, além disso, porque sabia muito bem que localizar bandidos por meio de suas impressões digitais, aqui no Brasil, com o sistema ainda arcaico de pesquisa datiloscópica...

– Ora! – exclamou. – Será trabalho de meses! E não há tempo para esse tipo de filigrana! Tenho de descobrir para onde ela foi levada! – Disso Ryumi não tinha a menor dúvida, porém... – Mas como vou descobrir isso?! – indagou-se, quase em desespero. – Procurar alguém aqui em São Paulo, assim, sem a menor pista é impossível!

Desanimado, com a certeza de não encontrar nada, tentou imaginar o que teria acontecido.

As compras estavam na mesa de centro da sala, o que era contra a mania de ordem e organização de Maria Rita. Ela jamais deixaria pacotes de supermercado em outro lugar senão na mesa da cozinha. Assim, era de imaginar que fora abordada pelos bandidos logo ao entrar em sua casa.

— Sim... — fez Ryumi, tentando reconstituir o que imaginava terem sido os movimentos de sua noiva. — Ela entrou, fechou a porta... Estava de costas para o interior da sala. Ao se virar, viu os bandidos que a ameaçavam.

Observou o ambiente e viu que tudo estava em seus devidos lugares; apenas as compras destoavam.

— Não houve reação ou luta — concluiu. — Maria Rita pôs as compras sobre a mesa e foi obrigada a ir para o quarto.

Voltou a subir as escadas, tentando entender como ela conseguira deixar aquele livro e os sapatos sobre a cama.

Não demorou muito para perceber que estavam faltando uma das valises da moça, uma bolsa grande que ele lhe dera de presente e... dois livros na estante do quarto.

— Então eles permitiram que ela fizesse uma mala e, ainda por cima, que levasse livros! — falou, espantado. — Isso não é nada comum entre seqüestradores!

Tentou descobrir que roupas Maria Rita tinha levado, mas logo se convenceu de que era tarefa impossível: além de ser mau observador e de não conhecer todas as saias, blusas, calças e vestidos da noiva, aqueles armários repletos constituíam um universo a que ele não estava acostumado.

Recriminando-se por não conseguir sequer lembrar o que Maria Rita estava usando ao sair de seu apartamento, menos de duas horas antes, decidiu ir embora. Ali nada mais encontraria que pudesse ser de alguma ajuda, muito pelo contrário; o mínimo que aconteceria seria uma crise de angústia que em nada auxiliaria a solução do problema.

"Sou o alvo", disse para si mesmo. "Os seqüestradores estão visando meu dinheiro, nada além disso. Portanto, é natural que eles façam contato comigo e, com certeza, não demorarão muito. Se forem profissionais, devem ter conhecimento de que Maria Rita e eu nos falamos ao telefone várias vezes por dia, deduzindo que, se eu não receber uma ligação sua até 10 horas da manhã ou se eu não conseguir falar com ela, irei até sua casa. E eles provavelmente não têm interesse em deixar que isso aconteça antes de eu estar ciente do seqüestro."

Ryumi chegou a seu escritório um pouco mais cedo do que o costume e deu graças a Deus quando a secretária o avisou de que seu sócio tinha viajado para o Rio de Janeiro por causa de uma audiência. Teria sido muito difícil esconder de Silveira, que o conhecia como a palma da mão, o que estava acontecendo.

Passava um pouco de 10 e meia da manhã e Ryumi já tinha ligado três vezes para a residência de Maria Rita e duas vezes para o escritório em que ela trabalhava, sem qualquer resultado. O raciocínio que ele estava seguindo era lógico: não poderia garantir que seu telefone não estivesse com uma escuta e não poderia dar mostras de que já sabia ter ocorrido um seqüestro. Assim, teria de agir como esperavam os bandidos, ou seja, procurar por Maria Rita com a maior naturalidade possível, no máximo manifestando preocupação ou ciúme porque a moça ainda não tinha se comunicado com ele.

Precisamente às 11 horas da manhã, Ryumi foi para a Biblioteca da Faculdade, outro lugar onde – em situação normal – Maria Rita poderia estar.

Beth, a bibliotecária, cumprimentou-o e, a sua pergunta, respondeu que não tinha visto Maria Rita naquela manhã.

– Aliás, eu a vi pela última vez na sexta-feira passada – explicou. – Faz uma semana...

Ryumi sabia disso. Maria Rita estivera, desde a noite de sexta-feira até a véspera, em seu apartamento, saindo de lá apenas para ir ao escritório, porém nada comentou. Agradeceu e já ia se retirando quando Beth falou:

– O senhor parece preocupado, doutor Sérgio... Aborrecido... – Deu um sorriso sem graça. – Pois é... Namoradas e namorados só dão dor de cabeça... Na verdade, nem sei se o prazer que encontramos neles acaba por compensar o tanto de aborrecimento que temos! – Como Ryumi olhasse interrogativamente para ela, a bibliotecária explicou: – Veja o Jorge, por exemplo... Faz mais de quinze dias que não consigo encontrá-lo! Simplesmente desapareceu! – E, com um erguer de ombros que procurava dar impressão de displicência, acrescentou: – Eu estava contando com Maria Rita... Jorge e ela andaram conversando muito há algumas semanas... Parece que ficaram amigos! Por isso, estava imaginando que ela poderia ter alguma notícia, pelo menos saber para onde aquele diabinho foi!

Ryumi sorriu, disse-lhe que não se preocupasse, que era alguma arte da juventude e que, quando ela menos esperasse, Jorge estaria de volta, com aquele seu sorriso cínico e, ao mesmo tempo, cativante.

Despediu-se de Beth e, sentindo um terrível aperto no coração, voltou para seu escritório.

– Bem... – murmurou. – Eu estou fazendo minha parte. Agora, só me resta esperar que os seqüestradores façam contato e torcer para que isso não demore muito. Não sei se vou agüentar a angústia dessa espera!

Pensou, mais uma vez, em ligar para seu pai, de um telefone público. No entanto, logo desistiu da idéia, imaginando que poderia estar sendo vigiado e que não pareceria normal ele fazer uma ligação de um orelhão, se podia usar o celular.

"É melhor ter paciência e esperar. Preciso ter paciência!"

Na realidade, era o mais difícil. Ter paciência numa hora dessas era quase sobre-humano. Contudo, Ryumi estava ciente de não ter outro caminho. Claro que poderia pedir ajuda à polícia; em outros lugares – países onde pudesse confiar na polícia – ele faria isso. Porém no Brasil... em São Paulo... perde-se a conta de quantos casos de seqüestro acontecem envolvendo policiais!

"Não!", pensou. "É uma possibilidade, uma alternativa descartada, pelo menos por enquanto."

Sentando-se à escrivaninha, olhou desanimado para a pilha de documentos que estava a sua frente. Sabia que era preciso trabalhar, pôr em dia toda aquela papelada, mas ao mesmo tempo tinha certeza de que jamais conseguiria se concentrar em qualquer outra coisa que não fosse na imagem de Maria Rita, talvez sendo torturada por um bando de seqüestradores.

Um calafrio percorreu-lhe o corpo inteiro e Ryumi voltou a se levantar, inquieto, explodindo de ansiedade e angústia.

Caminhou até a janela, de onde podia descortinar o Vale do Anhangabaú, e perguntou-se, beirando o desespero:

– Onde será que ela pode estar, meu Deus?! Em que buraco desta cidade ela estará escondida?

XXII

As horas pareciam não passar para Maria Rita. Constatou, mais uma vez e não sem certa surpresa, que não estava sentindo medo. Receosa, sim, porém não mais do que isso; sabia que não estava apavorada, no limite do pânico.

"Isso é bom", pensou. "Se eu conseguir manter a calma, terei até mesmo mais possibilidades de negociar com esses bandidos."

No entanto, era obrigada a confessar para si mesma que estava revoltada. A sensação da privação da liberdade, bem como a de total impotência e impossibilidade de controlar os acontecimentos, a revoltava e angustiava.

– Não! – exclamou num murmúrio. – Não posso me deixar dominar por esses sentimentos! Não posso perder o controle sobre mim mesma!

Tentou ler, mas não foi além de meia página. Sua desconcentração era tamanha que não conseguia sequer acompanhar as linhas e tinha de reler cada frase.

Foi até a janela e procurou situar-se. Podia perceber que estava num sítio, na roça. O quarto que estava ocupando dava para os fundos da casa e seu horizonte não ia além de 100 metros e, como já anoitecia, não podia enxergar com clareza o que havia nas encostas do morro em cujo sopé a casa estava localizada. A sua direita e a menos de 30 metros de distância, uma coberta de telhas de amianto abrigava os restos de um velho trator e uma porção de quinquilharias que Maria Rita deduziu serem cacos de implementos e ferramentas agrícolas havia muito tempo ali abandonadas. Apesar da pouca luminosidade, ela pôde ver que o mato crescia por entre essa sucata toda e que o aspecto de abandono era total.

– Engraçado... – murmurou. – Parece ser um sítio ou uma fazenda abandonada e, no entanto, a casa está bem conservada... Pelo menos este quarto é limpo, foi pintado recentemente... – Olhou para o parco mobiliário que ali se encontrava. – E os móveis parecem novos! – Tornou a olhar para fora e completou: – Não há uma só galinha, não escuto o mugido de nenhuma vaca... Este local está desabitado há algum tempo... Será possível que o tenham preparado para meu seqüestro?!

Ouviu vozes e o que parecia ser o riso de uma mulher. O som

vinha de sua esquerda e, na medida em que as grades da janela lhe permitiram, Maria Rita procurou ver o que existia daquele lado. Porém já estava bastante escuro, não havia nenhum sinal de luz elétrica e ela não pôde enxergar mais do que o mato invadindo o que teria sido o terreiro dos fundos da casa.

Voltando-se para a porta do quarto, viu um interruptor de luz e acionou-o. A lâmpada nua que estava pendurada no centro do teto acendeu. Foi até o banheiro, abriu a torneira do chuveiro e constatou que este funcionava direitinho.

"Mas é incrível!", pensou. "Esses seqüestradores estão se portando como excelentes anfitriões!"

Estava decidindo se tomava um banho ou não quando ouviu baterem à porta do quarto e uma voz feminina perguntou:

– Posso entrar?

Maria Rita franziu as sobrancelhas. Aquilo extrapolava qualquer idéia que tivesse a respeito de seqüestros, seqüestradores, cativeiros e coisas assim. A troco de que um bandido – ou bandida, tanto faz – lhe pediria permissão para entrar no quarto onde estava presa?

– Sim, pode – respondeu, quase sem pensar.

A porta se abriu e uma mulher encapuzada entrou, trazendo uma bandeja com um sanduíche e um refrigerante em lata. Pelas formas de seu corpo e pela entonação da voz – que ela não procurava disfarçar –, Maria Rita pôde deduzir que se tratava de uma mulher jovem.

– Vou lhe trazer o jantar um pouco mais tarde – disse ela –, mas o chefe achou que você poderia estar com muita fome... Afinal, não come nada desde ontem à noite.

A porta ainda estava aberta e Maria Rita ouviu, com nitidez, alguém dizer:

– Acho que já podemos telefonar para o noivo dela, cara... Quanto antes a gente se livrar desse pepino, melhor!

Maria Rita sentiu o coração bater um pouco mais rápido. Havia duas razões para isso: primeiro, aquela frase levou-a a lembrar-se de Ryumi, da angústia pela qual ele deveria estar passando e, segundo, havia alguma coisa naquela voz... alguma coisa que ela conseguia reconhecer, mas que, por infelicidade, não estava ligando a nenhuma fisionomia.

— Quer mais alguma coisa? — perguntou a jovem encapuzada. — Cigarros, por exemplo?

— Não, obrigada — respondeu. — Ainda tenho cigarros...

A jovem disse que, se ela precisasse de algo, era só bater na porta e, enquanto saía, Maria Rita ouviu outra voz, esta desconhecida:

— Vou ligar agora. E você, pivete, largue esse baseado, já lhe falei que não quero isso aqui dentro, principalmente em horário de trabalho! Não era nem para você estar aqui... Sua parte era apenas dar a indicação e as informações!

Com uma expressão de desagrado, usando o polegar e o indicador da mão esquerda, o rapaz apagou o cigarro e guardou o resto no bolso da camisa. Não gostava da maneira como aquele homem lhe falava. Afinal de contas, em seu modo de ver, se não fosse por ele nada daquilo estaria acontecendo. Fora ele e mais ninguém quem sugerira seqüestrar Maria Rita, fora ele quem passara semanas a fio vigiando seus passos para que os comparsas pudessem montar um plano perfeito para a ação. Assim, achava que merecia um pouco mais de respeito e consideração.

Entretanto, não era essa a opinião do chefe da quadrilha e, segundo todos os indícios, também os outros membros do bando não simpatizavam com ele. E, embora falassem a todo instante que não deveria estar ali, não o deixavam ir embora.

— Preciso ir à cidade — arriscou ele. — Só tenho mais quatro baseados e isso é pouco, vocês sabem...

— Pode deixar que o Raimundo, quando for comprar comida, arruma alguma coisa para você. Não precisa ficar preocupado.

Contrariado, o rapaz protestou:

— É... Mas há outras coisas que eu quero fazer por lá! Estou há mais de quinze dias neste buraco, sem ver ninguém além da cara feia de vocês!

César olhou bravo para ele e rosnou:

— Você só sairá daqui quando tudo estiver terminado, quando estivermos com o dinheiro na mão e certos de que não seremos apanhados. Enquanto isso, trate de ficar bem quietinho e de obedecer... Senão, nem mesmo nossa cara feia você verá mais! — Esboçando um sorriso, continuou, num tom mais brando: — Você ainda é inexperiente nessas coisas, pivete... Pode deixar escapar uma palavra, uma indicação. E isso, com certeza, vai estragar tudo e vamos parar na cadeia. Por isso, não quero que você deixe o sítio. É uma questão de segurança para você mesmo!

— Não vou falar nada para ninguém! — exclamou o outro. — Não sou nenhum idiota!

— Pode ser que não seja — concordou César —, mas não quero correr nenhum risco desnecessário. Por isso, você fica aqui. E, se precisar de alguma coisa, fale para o Raimundo. Ele está autorizado a lhe trazer o que pedir.

O rapaz fez um muxoxo e, depois de alguns segundos, disse:

— Pelo menos vocês poderiam me devolver o celular...

— Para quê? — riu César. — Aqui o celular não pega! — Voltando a ficar sério, acrescentou, em tom ameaçador: — Quando começamos este... negócio... combinamos que você ficaria isolado a partir do momento em que terminasse de nos passar todas as informações. Não poderia falar com ninguém e isso inclui telefonemas. Portanto, você sabia das regras do jogo e as aceitou. Não insista mais se não quiser que eu me aborreça e lhe ensine a ficar quieto! — Desembainhando uma faca Bowie, arrematou: — Não vou chamar sua atenção outra vez. Vou, isso sim, cortar-lhe um dedo... Ou o pescoço, se for preciso. Não esqueça que já temos a moça e que dentro de pouco tempo teremos o dinheiro do resgate. Você escolhe: ou tem sua parte no negócio ou...

O rapaz engoliu em seco. Compreendera muito bem o que César acabara de dizer e sabia bem que ele era capaz de cumprir a ameaça. Assim, era melhor não retrucar, aceitar passivamente o que estava acontecendo e, na primeira oportunidade...

Sim, na primeira oportunidade, ele fugiria. Não estava mais interessado em seu quinhão, não queria mais saber daquilo tudo, estava farto de sentir medo. Tinha consciência de que cometera um erro muito sério quando propusera seqüestrar Maria Rita, mas naquela ocasião era sua única chance de permanecer vivo.

Acendeu um cigarro — dos comuns, não iria desafiar César acendendo o baseado — e deixou escapar um suspiro. Soprando uma baforada de fumaça para o teto, lembrou-se daquela fatídica noite de quinta-feira, quando tivera a idéia de sugerir o seqüestro.

XXIII

A discussão fora mais violenta do que das outras vezes e, mesmo depois dos dois tapas que Jorge dera em seu rosto, Beth não recuara: de seu bolso não sairia nem mais um tostão para ele.

— Pode fazer o que quiser — disse Beth, entre lágrimas e soluços. — Não adianta. Não vou lhe dar dinheiro! Nem um centavo! Não quero ter na consciência o peso de tê-lo ajudado a se afundar ainda mais na droga!

— E quem disse que eu vou comprar drogas com esse dinheiro? — perguntou ele, num tom de desafio. — Já não lhe disse que não estou mais nessa?

— Não acredito — gemeu Beth. — Não posso acreditar em você, depois de tantas mentiras, depois de tantas vezes que me enganou! — Ergueu para o rapaz os olhos vermelhos de tanto chorar e disse: — Tenho sido uma idiota, Jorge... E, pior, uma idiota consciente da própria idiotice! Acreditar que você sentia alguma coisa por mim foi uma estupidez! A única coisa que sempre quis de mim era o dinheiro! Dinheiro para comprar maconha, para se divertir com outras garotas! Só uma besta como eu para tolerar essa situação!

Passou as costas da mão na face vermelha pelo tapa que recebera e continuou:

— Eu sofria cada vez que lhe dava dinheiro, Jorge... No começo, sofria porque não tinha dúvida de que você queria meu dinheiro para se divertir com as meninas de sua idade... Sofri, sim, porém até achava que você tinha esse direito. Afinal, eu poderia ser sua mãe! Mas você, naquela época, sabia retribuir e eu me sentia feliz com seus carinhos, com as palavras que me dizia... Depois, passei a sofrer porque estava desconfiada de que você usava o dinheiro para comprar drogas. Sofri mais ainda porque você se tornou, de repente, agressivo, brigava comigo por qualquer motivo... E começou a passar dias sem me ver. Quantas noites eu o esperei em vão, quantos fins de semana combinamos de ir passear e você não apareceu. Tive a prova de que você estava usando maconha quando descobri a droga em sua maleta. Foi por acaso... Eu a abri para guardar umas meias que tinha lavado. E lá estava o pacote de maconha! Um pacote bem grande, por sinal! Tive vontade de jogar fora, mas fiquei com medo de sua reação. – Olhou com tristeza para o rapaz e perguntou: – Lembra-se de que nós conversamos a respeito disso? Lembra-se de que você me disse que aquela droga não era sua?

– Isso não interessa! – quase gritou Jorge. – Você não devia ter mexido nas minhas coisas!

Beth balançou a cabeça e disse:

– Tem razão. Se eu não tivesse lavado suas meias e não as tivesse querido guardar, não teria descoberto a maconha. – Fixando o olhar em Jorge, lançou: – Daí talvez você não viesse a sentir vergonha...

– Não tenho vergonha disso! – exclamou ele, agressivo, acrescentando, com um sorriso maldoso: – Só tenho mesmo vergonha é de sair com você, de ser visto por meus amigos... Tenho vergonha de estar saindo com uma velha, isso sim!

Beth sentiu que o sangue lhe subia ao rosto, sentiu-se tremer de raiva, mas conseguiu se controlar e, com um suspiro, retrucou:

– Na verdade, eu sempre esperei que, um dia, você me dissesse alguma coisa assim... Você não deixa de estar certo, Jorge... Para você, eu não sou mais do que uma velha... Uma velha que você podia explorar e que, a troco de meia dúzia de carícias, fazia-lhe todas as vontades! – Pondo-se de pé, falou: – Mas isso acabou, Jorge. Acabou agora. Você não terá nem mais um centavo de minhas mãos!

E, antes que o rapaz pudesse replicar ou mesmo tentar agredi-la outra vez, Beth foi para o quarto e trancou a porta.

Com a mente ainda embotada pela raiva que sentia e pela maconha que usara havia menos de uma hora, Jorge tentou raciocinar.

Sua situação não era nada boa. Tinha sido um péssimo negócio aceitar de Danilo aquela história de passar a maconha nas baladas que costumava freqüentar. Jorge nunca fora bom negociante e, em vez de vender a droga, acabava usando-a ele mesmo e distribuindo-a entre os amigos. O resultado não poderia ter sido outro: acumulara uma dívida para com o traficante de mais de 2 mil dólares... E os amigos que receberam os baseados rindo fugiram quando ele os procurou dizendo que estava em dificuldades. Nas primeiras vezes, ainda havia o dinheiro que conseguia arrancar de Beth, mas agora... A conta com Danilo estava alta demais e atrasada, e o traficante dera um prazo fatal: ou Jorge quitava a dívida em 48 horas ou...

Jorge ficara sabendo, por meio de outros pequenos "aviões", que

Danilo era conhecido na Zona Sul de São Paulo, sobretudo na região do Campo Limpo e Capão Redondo, e pela própria polícia como "Tenente Glock" pelo fato de ter sido um policial militar e usar sempre duas pistolas Glock calibre 40.

"Ele é perigoso", pensou ele. "Já me contaram que ele matou uma porção de pessoas... Não vai hesitar em me meter uma bala na cabeça!"

Precisava arranjar dinheiro. Pelo menos uma parte, talvez a metade dos 2 mil dólares que estava devendo para Danilo. Porém Beth se recusara e ele não tivera coragem de lhe dizer que, se não pagasse alguma coisa significativa para o traficante, sua vida estaria correndo sério perigo. Por outro lado, percebera que de nada adiantaria usar de mais violência: Beth não tinha dinheiro em casa, não havia como tomá-lo à força ou roubá-lo. Ela teria de lhe dar um cheque e ele vira que a mulher não assinaria coisa nenhuma, nem mesmo com a maior surra do mundo. Ao contrário, ela se deixaria espancar até morrer, mas não cederia.

Jorge estava tentando pensar no que fazer quando seu celular tocou. Olhou o visor, mas não reconheceu o número que o estava chamando e, movido pela curiosidade, atendeu.

Reconheceu a voz de Danilo, que lhe dizia:

– Olhe, Jorge... Estou ligando apenas para lembrá-lo de que amanhã à noite eu quero o dinheiro. Eu disse que lhe dava 48 horas e o tempo se esgota amanhã, às 21 horas.

– Estou tentando, Danilo – falou o rapaz enquanto caminhava para a cozinha, uma vez que não queria que Beth escutasse. – Fique sossegado...

– Eu estou sossegado – retrucou o traficante. – Mas você pode estar certo de que não terá sossego em lugar nenhum se tentar me dar um *javané*[140]. Acredite que o mundo é pequeno demais para você se esconder de mim!

– Vou arrumar, Danilo – balbuciou Jorge, a voz trêmula e suando frio. – Amanhã às 9 da noite eu levarei o dinheiro.

O outro nem sequer respondeu, limitando-se a desligar o aparelho. Jorge continuou a segurar o celular junto ao ouvido e só depois

---

[140] Golpe, malandragem visando ganhar dinheiro.

de alguns segundos conseguiu voltar à realidade. Estava em maus lençóis... Não tinha a menor possibilidade de conseguir dinheiro algum até a noite seguinte.

"Vou fugir!", pensou. "Danilo não vai conseguir me encontrar, ninguém vai conseguir!"

Contudo, uma fuga não pode ser feita sem o menor planejamento e Jorge sabia disso, assim como tinha consciência de que não iria muito longe com os poucos reais que estavam seu bolso. E, então, sim, Danilo haveria de encontrá-lo e...

O rapaz sacudiu a cabeça com energia, tentando afastar o pensamento de que não custaria nada ao marginal matá-lo, fosse com as próprias mãos, fosse por meio de um de seus comparsas.

Num movimento involuntário, apanhou o controle remoto da televisão e ligou o aparelho. Na tela, surgiu o rosto do âncora do telejornal dizendo:

— Nossa reportagem conseguiu localizar a doutora Maria Rita Pereira Bartelli, advogada assistente e...

A imagem da advogada surgiu e Jorge, os olhos fixos em Maria Rita, não mais prestou atenção ao que dizia o repórter.

— Mas eu conheço essa mulher! — exclamou. — É aquela mulata que vai sempre à biblioteca conversar com Beth! E ela também me conhece, já lhe fui apresentado pela própria Beth!

Lembrou-se, num relance, de a bibliotecária ter comentado que Maria Rita estava noiva de um dos mais conceituados jovens advogados da cidade e que estaria fazendo um excelente casamento, pois o doutor Sérgio, além de ser competente e destacado em sua profissão, era herdeiro de uma das maiores fortunas do país.

Apesar da quantidade de THC[141] que circulava em seu sangue — ou, talvez, por causa disso — teve a idéia: "Acho que ela é a solução para os meus problemas. Tenho certeza de que Danilo vai se interessar...".

Foi até o barzinho, serviu-se de uma generosa dose de uísque e, depois de tomá-la quase de um só trago, respirou fundo e bateu à porta do quarto onde Beth se trancara.

— Beth... — chamou. — Benzinho... Abra, por favor... — Não houve resposta e ele insistiu: — Abra, meu amor... Quero conversar com

---

[141] Princípio ativo da maconha.

você... Não vamos brigar por causa de dinheiro, isso não tem nenhum cabimento! -- E, depois de uma pausa, deu o golpe de misericórdia: – Olhe, benzinho... Eu não sei ficar sem você... O amor que sinto é grande demais, sem você eu não tenho nenhuma razão de viver!

Beth abriu a porta, os olhos vermelhos e inchados pelo choro.

– Você vai me enrolar outra vez, Jorge – disse ela, mal contendo os soluços. – E eu não quero sofrer mais...

Jorge segurou-a pelos ombros e puxou-a para si, sussurrando:

– Não se trata de enrolar ninguém, meu amor... Eu quero você, sabe disso! E quero agora, neste momento!

Suas mãos deslizaram pelo corpo de Beth, provocando-lhe aquele mesmo doce arrepio de sempre. A mulher não conseguiu segurar um suspiro de prazer e, apertando-se mais a ele, murmurou:

– Não adianta querer me comprar, Jorge... Não vou lhe dar dinheiro nenhum!

O rapaz sorriu e, acariciando os seios da bibliotecária, replicou:

– Não quero seu dinheiro, amor... – E, empurrando-a delicadamente para a cama, falou: – Você sabe muito bem o que eu quero... E o melhor é que eu sei que você também quer!

Beth capitulou. Já sem qualquer controle sobre si mesma, quase com violência arrancou as roupas de Jorge e entregou-se com volúpia e delícia a suas carícias, a seus beijos, às palavras que ele lhe dizia ao ouvido, mesmo sabendo que eram mentiras e que todo aquele amor não era movido a não ser pelo interesse.

Mais tarde, ainda com certo torpor por causa dos excessos no amor, ela gemeu:

– Fiquei com medo de que você fosse embora...

– Você não vai se livrar assim de mim – brincou Jorge.

– Não quero me livrar de você – protestou Beth, beijando-o. – Só não quero me sentir explorada, vendo-o usar o dinheiro que lhe dou com outras mulheres... e muito menos para comprar drogas!

– Não há outras mulheres, querida – retrucou o rapaz, fazendo-se sério. – E já lhe disse que não estou usando drogas. – Beijando-a com sofreguidão, acrescentou: – Também não quero seu dinheiro...

Exaustos, os dois adormeceram abraçados, Beth recriminando-se por ser fraca a ponto de se deixar dominar por Jorge e este ensaiando o que falaria para Danilo no dia seguinte.

Acordou com o sol entrando pela janela aberta do quarto e com o som do telefone. Era Beth, ligando da biblioteca da faculdade.

– Liguei para saber se você ainda estava em casa ou se já tinha fugido...

– Não vou fugir – respondeu o rapaz, esforçando-se para mostrar bom humor.

– Deixei alguma coisa sobre a penteadeira – disse a bibliotecária. – Assim, você não precisará preparar seu almoço. – Fez uma pausa e, com ansiedade na voz, pediu: – Mas... pelo amor de Deus, não gaste o dinheiro com... aquelas bobagens!

Jorge olhou para o canto da penteadeira, onde havia uma nota de 100 reais sob o espelho de mão, e sorriu.

– Fique descansada, querida – falou ele. – Vou gastar esse dinheiro num belo almoço... E com você! Estarei aí na faculdade para apanhá-la. Iremos a um restaurante aí perto, o que acha?

Jorge até podia ver o sorriso no rosto de Beth quando ela respondeu:

– Acho uma excelente idéia! – E, mordendo a isca que ele lançara, acrescentou: – Mas... Vamos fazer melhor... Apanhe meu carro na garagem do prédio e venha me buscar ao meio-dia em ponto. Iremos comer uma bela bacalhoada na Barra Funda. Sei que você gosta de bacalhau... Depois do almoço, você me deixa aqui na faculdade e vai abastecer o carro, pois estou com vontade de passar este fim de semana na praia... Claro que com você!

Era tudo o que Jorge queria: um troco no bolso, o carro de Beth a sua disposição para poder ir atrás de Danilo, um bom almoço e... a praia, com certeza num bom hotel, pois a bibliotecária não admitia hospedar-se em lugares que não fossem de alto nível.

Desligou o telefone sentindo o gosto da vitória. Foi para a cozinha, encheu um copo com leite gelado e ligou para o telefone de contato que Danilo lhe dera.

XXIV

Normalmente Ryumi deixava o escritório pouco antes de 7 horas da noite, mas nas sextas-feiras já tinha se tornado um hábito encerrar o expediente pouco depois de 5 da tarde, uma vez que sempre havia algo para fazer em companhia de Maria Rita. Com freqüência o casal ia viajar, passar fora os fins de semana, e cabia à moça escolher para onde iriam.

Contudo, justamente para aquele sábado e domingo, a programação tinha sido feita pelo velho Fukugawa, que exigira que o neto e sua noiva voltassem para a fazenda, em Taubaté.

– Vocês sabem que tenho poucos anos pela frente – dissera ele. – Por isso, quero aproveitar ao máximo a companhia de vocês dois. Venham para cá na sexta-feira.

As palavras do avô voltaram à mente de Ryumi no instante em que ele estava para chamar a secretária e avisá-la – como fazia todas as sextas-feiras – de que estava indo embora e que, se surgisse alguma emergência, fosse passada para Silveira ou para um dos estagiários.

"Preciso encontrar uma desculpa para dar a ele", pensou, preocupado. "Não posso contar ao *Oditchan* o que está acontecendo... E por dois motivos: primeiro, ele é velho e uma notícia dessas, com certeza, pode lhe fazer muito mal; segundo, ele também pode estar com escutas nos telefones... E não seria aconselhável eu mostrar que já estou sabendo que Maria Rita foi seqüestrada."

Apanhou um cigarro e estava acendendo-o quando seu telefone direto tocou. Com um sobressalto, Ryumi atendeu e uma voz masculina, disfarçada por um desses dispositivos eletrônicos que fazem o timbre de voz variar em modulação como se ela viesse através de ondas curtas dos rádios antigos, disse:

– Não desligue, doutor Sérgio... Isto não é um trote. Estamos com sua noiva. Se quiser voltar a vê-la, siga à risca nossas ordens. Em primeiro lugar, não comente com ninguém. Temos todos os seus telefones sob escuta. Desnecessário dizer que, se entrar em contato com a polícia, nós lhe devolveremos a doutora Maria Rita... aos pedaços. Aguarde um novo contato em seu telefone celular. Por enquanto, aja com naturalidade. Lembre-se de que o estamos vigiando de muito perto e qualquer deslize de sua parte implicará sofrimento para sua noiva.

O homem desligou. Ele falara tudo de enfiada, depressa, impedindo qualquer interrupção, porém com nitidez suficiente para que Ryumi não deixasse de entender uma só palavra.

Por um breve momento, Ryumi foi acometido por uma terrível mistura de sensações: ódio, revolta, impotência, medo... Sua vontade era desprezar as ameaças do bandido e telefonar para a polícia, mas a imagem de Maria Rita sendo torturada – talvez até mesmo mutilada – o fez desistir da idéia.

– Preciso manter a calma – murmurou. – Não posso entrar em pânico! Uma mente tomada pelo terror não é capaz de raciocinar e agora, mais do que nunca em minha vida, preciso conseguir raciocinar com clareza e ponderação! – Respirou fundo. – O primeiro passo é ligar para meu avô...

Acendeu, finalmente, o cigarro – não o fizera, momentos atrás, quando recebera a ligação do seqüestrador – e discou para a fazenda. Deu graças a Deus por ter sido uma das empregadas a atender, e não o velho Fukugawa.

– Sinto muito, doutor Ryumi – falou ela. – Seu avô não está por aqui neste momento. Ele foi à cidade, disse que precisava fazer umas compras.

– Não faz mal – retrucou Ryumi, com um suspiro de alívio. – Diga-lhe, por favor, que Maria Rita e eu não poderemos ir para aí este fim de semana. Surgiu um imprevisto em Bauru e teremos de resolvê-lo. Não é nada grave, apenas uma questão de trabalho.

A empregada disse que daria o recado e Ryumi se despediu explicando-lhe que de nada adiantaria o avô tentar fazer contato com ele, pois estaria longe de telefones e num lugar onde provavelmente o celular nao funcionaria.

Em seguida, chamou a secretária, disse-lhe que estava de saída e, apanhando sua pasta, deixou o escritório.

Sentia-se perdido. Acostumado que estava a ir se encontrar com Maria Rita depois do expediente, não tendo essa possibilidade, não sabia o que fazer.

Decidiu tomar um uísque – sentia que precisava pôr um pouco de álcool em sua circulação, talvez isso o ajudasse a manter as aparências e a calma – num bar perto da faculdade e, com passos arrastados, parecendo-lhe estar carregando o mundo às costas, dirigiu-se para lá.

Era um local bastante simpático, bem decorado, freqüentado por intelectuais e advogados – em especial os bem-sucedidos, pois os preços ali eram bastante elevados. Uma porta dupla, de molas, como nos *saloons* do Velho Oeste, abria-se para um ambiente com mesas para quatro pessoas dispostas ao redor de um pequeno tablado à guisa de palco onde, num piano de cauda, alguém executava com maestria *Midnight Rhapsody*, de J. F. Kuhn.

Ryumi cumprimentou o *maître*, que, solícito, afastou a cadeira de uma das mesas, convidando-o a sentar-se.

– Boa noite, doutor Sérgio... Que surpresa! Faz tempo que o senhor não nos dá a honra de uma visita!

Ryumi resmungou qualquer coisa a respeito de andar muito ocupado, pediu um *scotch* duplo com gelo e, enquanto o *maître* se afastava, notou, três mesas adiante da sua, uma mulher sozinha, olhando com tristeza para o cálice de conhaque que estava a sua frente.

Não teve nenhuma dificuldade em reconhecer a bibliotecária Beth, a mulher que, praticamente de forma direta, tinha sido responsável por ele ter encontrado Maria Rita.

XXV

– O negócio tem mesmo de ser muito bom, cara! – falou Danilo, com um tom de ameaça e dúvida na voz. – Se eu não gostar...

– Se você não gostar, vou arrumar o dinheiro de qualquer maneira – retrucou Jorge. – Foi por isso que eu não esperei até de noite para lhe fazer a proposta. Assim, ainda terei tempo, se você não se interessar.

Danilo nada disse e, depois de uma breve pausa, Jorge prosseguiu:

– Mas eu sei que você vai gostar. Você é um cara inteligente, vai perceber que dá para ganhar muito dinheiro.

– Qual é o negócio, afinal? – quis saber o traficante.

– Preciso lhe falar pessoalmente. Essas coisas não se dizem por telefone. Onde posso encontrá-lo agora?

– Olha, cara... Se você me fizer perder tempo...

– Você não vai perder tempo, Danilo – falou o rapaz, com impaciência. – Isso eu posso garantir. Mas eu preciso falar já.

Houve um curto silêncio do outro lado da linha e Danilo disse:

– Está certo... Vou arriscar. Venha me encontrar aqui no *flat*. Podemos conversar no bar...

– Não. O que eu tenho para lhe dizer não pode ser em nenhum lugar público. Não podemos correr o risco de alguém escutar nossa conversa – contestou Jorge.

Danilo riu e replicou:

– Acho que você anda vendo televisão demais, moleque! Isso é coisa de filme policial... – Com a voz séria, finalizou: – Venha para cá. Sabe onde moro. Conversaremos no meu apartamento.

O traficante desligou e Jorge, com um sorriso no rosto, pousou o telefone no gancho, olhou o relógio constatando que ainda não eram 10 horas e foi tomar um banho.

"Dará tempo... A conversa com Danilo não levará mais de meia hora..."

Demorou menos tempo sob o chuveiro do que para escolher a roupa que usaria. Vaidoso ao extremo, Jorge não conseguia admitir a possibilidade de estar mal-arrumado, vestindo algo que não estivesse combinando bem e – acima do que qualquer outra coisa – que não fosse "de marca". Afinal, escolheu uma camisa de seda, uma calça americana, meias inglesas e sapatos italianos. Sorriu para a imagem que o espelho lhe devolvia, lembrando que estava usando sobre o corpo alguma coisa em torno de 5 mil reais – dinheiro de Beth, é claro. Pendurou no pescoço um pesado cordão de ouro com uma placa, também de ouro, com seu nome, tipo sanguíneo e o telefone de Beth afinal, fora ela quem lhe comprara aquela jóia e, portanto, nada mais natural do que querer ser avisada em primeira mão se alguma coisa acontecesse com o namorado – e pôs o relógio, uma verdadeira jóia que Beth lhe dera como presente de aniversário e que custava quase tanto quanto um carro popular. Para finalizar, passou os dedos pelos cabelos para lhes dar um ar de estudado desleixo. Desceu para a garagem para apanhar o carro da mulher, um modelo 4x4 que ele a fizera comprar.

Da Vila Madalena, onde ficava o apartamento de Beth, até o Parque Antártica, região em que Danilo alugara havia pouco um belo *flat* num edifício elegante e caro, Jorge não demorou mais de quinze minutos. Entrou com o carro na área de estacionamento reservada aos visitantes e caminhou até a portaria.

— Tenho uma reunião com o senhor Danilo — disse para o recepcionista.

— Como é mesmo seu nome? — indagou este.

— Jorge Rodrigues. O senhor Danilo está me esperando.

O funcionário interfonou para o apartamento de Danilo e, ao desligar, sorriu para Jorge:

— O senhor pode subir. Décimo andar, apartamento 107.

O rapaz não pôde deixar de achar graça. Aquele recepcionista já o vira em várias outras ocasiões — não era sua primeira nem décima visita àquele prédio para falar com Danilo — e todas as vezes perguntava com quem ele queria falar e qual era seu nome...

Olhando-se na parede espelhada do elevador e ajeitando os cabelos, Jorge pensou: "Esse negócio de drogas deve mesmo dar um bom dinheiro... Em menos de três meses Danilo saiu daquela boca de fumo no Jardim Bonfiglioli e mudou-se para cá... E um *flat* neste prédio não deve ser barato!".

— Meu ramo não é seqüestro — disse Danilo. — Você sabe disso e conhece muito bem meu negócio.

Jorge fixou, por um breve momento, o traficante. Não havia como negar que era um belo homem. Com cerca de 30 anos de idade, tinha os cabelos muito negros cortados rente, porte atlético e rosto de galã de telenovelas. Como sempre, estava elegantemente trajado, usando roupas caras. Quem não o conhecesse poderia confundi-lo com um modelo, um atleta profissional... Mas jamais imaginaria estar diante de um traficante de drogas e, ainda por cima, bastante violento e perigoso.

Decepcionado, o rapaz murmurou:

— Então... Você não se interessa. É pena...

Danilo abriu um sorriso e, meneando a cabeça, falou:

— Não se trata disso, cara... Eu não lhe disse que não me interessava.

Outra vez cheio de esperanças, Jorge olhou com intensidade para ele, que prosseguiu:

— Apenas não é meu ramo. Mas tenho alguns amigos que poderão comprar a idéia. — Apanhou o maço de cigarros sobre a mesa, ofereceu um para Jorge, acendeu outro para si e disse: — Mas é preciso que você tenha mesmo algo para vender. Assim no vazio, apenas um nome... Ninguém pagará um centavo por isso!
— O que é preciso, então? — perguntou Jorge.
— Informações. Todas as informações necessárias para que se possa planejar o seqüestro. Lembre-se de que não se trata de um seqüestro relâmpago, como a polícia e os jornalistas gostam de falar. Esse caso é para pedir resgate, e bem gordo. Assim, você tem de dar informações. Na verdade, o que eles vão comprar será isso. — Danilo soprou a fumaça do cigarro na direção da janela aberta e continuou: — Vamos ver se eu entendi direito. Você disse que conhece uma pessoa que pode ser seqüestrada e que, com certeza, vai render um bom resgate. Isso porque essa pessoa é uma mulher e está noiva de um milionário que pagaria o que lhe pedissem para que ela não seja molestada, torturada ou morta. — Olhou para Jorge, esperou que este concordasse com a cabeça e falou: — Você disse que, a troco de dar uma mão nesse seqüestro, quer que eu perdoe sua dívida e, além disso, que lhe dê metade do valor obtido com o resgate.
— Isso mesmo — concordou o rapaz. — Acho que eu mereço isso. Afinal, vou atrair a mulher para que vocês possam seqüestrá-la...
O traficante ficou em silêncio por um momento e, apagando o toco de cigarro num cinzeiro, disse:
— A coisa não funciona dessa forma, cara. Em primeiro lugar, um seqüestro desse porte não pode ser executado por amadores, e você não é nem isso... Segundo, como já lhe falei, esse não é meu ramo. Precisarei vender a idéia para alguém que possa colocá-la em prática, e pode apostar que não conseguirei muito dinheiro... talvez apenas um pouco mais além do que você está me devendo.
Apanhou o telefone, discou um número e, depois de alguns instantes, perguntou ao aparelho:
— O César está? — Mais uma espera e disse: — César, tenho aqui um carinha que conhece uma pessoa boa de guardar... Interessa? — Aguardou um momento e voltou a falar: — Claro que ele vai fornecer todas as informações. Isso eu garanto. — Deu uma risada e acrescentou: — Não vou dizer quanto eu quero agora, meu chapa...

Primeiro você vai saber quem é a pessoa. Depois, digo meu preço. – A pessoa com quem ele estava falando disse alguma coisa e Danilo finalizou: – Então, fica assim... Na segunda-feira... Oito da noite. Eu levo o carinha para você.

Desligou e, voltando-se para Jorge, falou:

– Bem... Você está com sorte, meu... Não vai precisar pensar em me pagar até a semana que vem. – Pondo-se de pé num sinal claro de que a reunião tinha terminado, arrematou: – Esteja aqui na segunda-feira, às 7 e meia da noite. E, até lá, trate de pensar com muito cuidado no que vai oferecer para o César. Lembre-se de que ele não é de brincadeiras e que, se você estiver inventando o que quer que seja, pode acreditar que vai morrer. E vai morrer bem devagar, que é para sentir direitinho a morte chegar...

XXVI

Da cozinha vinha o ruído característico de uma panela de pressão no fogo e o delicioso cheiro de comida sendo preparada.

"Essa desgraçada da Lucila sabe cozinhar!", pensou Jorge. "Podia estar empregada em algum lugar e não precisaria estar aqui, como uma verdadeira escrava do César, cúmplice de seqüestro..."

De chofre, lembrou-se de que ele também era cúmplice... e, se aquele negócio não desse certo, ele também seria preso e pegaria uma pena bem grande... como cúmplice de um crime classificado como hediondo.

– Vou telefonar – disse César, levantando-se. Voltou-se para Raimundo e acrescentou: – Cuide de tudo. Demoro pouco mais de meia hora.

Raimundo rugiu alguma coisa em assentimento e continuou a amolar sua faca, experimentando o fio nos pêlos do braço. Segundo ele, uma faca precisava estar cortando tanto quanto uma navalha.

César deixou o quarto e Jorge deduziu que ele passaria pela cozinha, faria um carinho indecente em Lucila e sairia para a frente da casa. Em seguida, pegaria o carro para ir ao alto do morro, a cerca de 6 quilômetros dali, onde o celular poderia pegar.

Com nitidez, ouviu o ruído do motor do automóvel e, nesse instante, Lucila veio chamá-los para jantar:

— A comida está pronta. É só pegar nas panelas.

Era uma rotina que ele já conhecia bem, pois havia duas semanas que ela se repetia, desde que fora trazido para aquele lugar, na traseira fechada de um furgão, sem a menor possibilidade de saber para onde estava sendo levado. De acordo com o que lhe dissera César, por uma simples questão de segurança, apenas ele e Raimundo poderiam saber onde se localizava o cativeiro.

— Lucila também não sabe — afirmara o chefe —, tanto assim que ela estará com você durante a viagem.

E, de fato, a moça viajara a seu lado, calada o tempo todo e olhando-o de forma hostil, como se tivesse medo de que Jorge, de repente, tentasse violá-la ali mesmo, apesar de todos os solavancos e das curvas que o veículo fazia, jogando-os de um lado para o outro.

Levaram mais de três horas para chegar àquele sítio e, portanto, o rapaz não tinha a menor idéia de onde estava naquele momento, enquanto apagava o cigarro e via Raimundo se erguer da cadeira em que estivera sentado e, espreguiçando-se, dirigir-se para a cozinha.

— Você não vai comer? — indagou ele.

— Daqui a pouco — respondeu Jorge. — Acabei de fumar um cigarro, daqui a cinco minutos eu vou.

Ouviu Lucila abrir a porta do quarto onde estava Maria Rita e dizer-lhe que se quisesse mais alguma coisa era só pedir, e escutou Raimundo arrastar uma cadeira para sentar-se à mesa da cozinha.

De repente, percebeu que ali estava a oportunidade que esperava para fugir. Raimundo estaria se empanturrando de comida, como de hábito concentrado apenas em seu prato, e Lucila procurando prestar atenção num eventual chamado da refém. Ou seja, as duas pessoas que poderiam impedi-lo estavam na parte dos fundos da casa.

Jorge levantou-se sem fazer ruído, viu o celular de Raimundo sobre a mesa, apanhou-o e aproximou-se da janela que dava para a frente da propriedade. Era alta, pois naquele lugar havia uma depressão do terreno no lado de fora e a altura da janela até o chão era de mais de 2 metros.

Sem vacilar, o rapaz passou as pernas sobre o peitoril e deixou-se escorregar para o lado de fora. Tocou o chão também sem qualquer barulho e, lembrando-se de que a estrada — melhor dizendo, a trilha mal conservada – de acesso à casa ficava a sua direita, começou a caminhar naquela direção.

Aos poucos sua vista se acostumou com a luminosidade branquicenta e embaçada de uma lua escondida por trás das nuvens e, em passos apressados, Jorge foi se distanciando da casa. A trilha por onde estava andando em dado momento alargou-se um pouco, permitindo-lhe correr, e ele não perdeu tempo. Correu aproveitando o espaço de algumas centenas de metros de caminho plano e, quando começou a subir, diminuiu o passo, procurando recuperar o ritmo respiratório. O coração batia-lhe forte dentro do peito, nem tanto por causa da corrida, mas muito mais pelo nervoso e ansiedade que lhe causava a situação em que se encontrava. Sabia que estava jogando tudo por tudo, que se fosse encontrado seria um homem morto.

Chegou ao cimo de um morrote, calculou que estaria fugindo havia pelo menos quinze minutos e que aquele ponto era alto o bastante para tentar usar o celular.

De fato, o aparelho já mostrava que estava em área de operação. No entanto, ligar para quem? Para a polícia? E, de mais a mais, o que responderia se lhe perguntassem onde estava, se ele não tinha a menor idéia de sua localização?

Desistiu e desligou o celular. Não queria correr o risco de o aparelho tocar numa chamada que deveria ser atendida por Raimundo...

A trilha começava a descer, primeiro de maneira suave e depois numa escarpa íngreme que, em vários pontos, obrigava-o a se apoiar no chão com as mãos para não cair.

– Devo ter saído da estrada em algum lugar – murmurou. – Por aqui é impossível um carro andar! Mesmo que seja um 4x4!

No silêncio da noite, ouviu o som de um motor e, com esforço, avistou ao longe os faróis de um automóvel passando em sentido transversal àquele que estava seguindo. Pela velocidade, deduziu que o carro estava numa estrada asfaltada e isso lhe trouxe um pouco de esperança. Uma estrada asfaltada viria de algum lugar e levaria para outro. Tinha de ter um começo e um ponto de chegada. Portanto, estava se aproximando da civilização!

Continuou a descer a encosta, já então com um ponto de referência – a estrada –, e, depois de mais dez minutos de marcha, tentou o celular outra vez. Ali também o aparelho funcionava.

– Mas preciso descobrir onde estou! – falou ele, em voz alta. – Pelo menos, preciso saber que estrada é essa!

Ouviu outra vez o barulho de um motor, dessa vez o som característico de um motor diesel, e, pelo esforço que fazia, o rapaz concluiu que era um caminhão carregado, subindo uma ladeira. Não conseguiu enxergar os faróis, pois o local onde se encontrava naquele momento era bastante baixo e cheio de árvores.

Esbarrou numa cerca de arame farpado, atravessou-a com cuidado e continuou sua caminhada. O terreno era mais plano; pareceu-lhe estar num pasto e, assim, podia andar mais depressa. Cerca de meia hora mais tarde, viu passar a menos de 100 metros de distância um automóvel em grande velocidade. Tinha chegado ao asfalto!

Contudo, isso não resolvia grande coisa. Não sabia onde estava e, portanto, não adiantaria ligar para ninguém. Por outro lado, seria mínima a possibilidade de alguém lhe dar uma carona àquela hora. E seria muito suspeito se ele, na remota eventualidade de encontrar uma pessoa à beira da rodovia, perguntasse onde estava, para onde aquela estrada levava...

Por fim, alcançou o asfalto e começou a caminhar para a esquerda, direção decidida ao acaso.

Outro automóvel passou, vindo do lado contrário, e Jorge pôde perceber que se tratava de uma rodovia de pista dupla. Avistou mais um par de faróis e pouco depois viu que se tratava de um ônibus. Seu coração bateu mais depressa. Um ônibus, com certeza, traria seu destino e ele procurou prestar atenção.

O veículo passou rápido, mas o rapaz teve tempo de ler a placa iluminada dizendo "São Paulo". O ônibus era de uma companhia que ele conhecia muito bem e que fazia a ligação de Campinas com a capital.

– Devo estar na Bandeirantes – deduziu –, caminhando na direção de Campinas.

Já bem animado, tirou o celular do bolso e teclou o número de Beth. Não sabia o que lhe diria, mas tinha consciência de que ela era, naquele instante, a única pessoa em quem poderia confiar.

— Mas como é que vocês foram deixar que ele fugisse?! – rosnou César, esforçando-se para falar baixo o bastante para que Maria Rita, no quarto ao lado, não ouvisse.

— Ele pulou a janela – justificou-se Raimundo. – Só pode ter sido isso! E o desgraçado levou meu celular!

— Ele falou que estava querendo um baseado – arriscou Lucila. – Vai ver que ele decidiu ir até a cidade para arrumar um...

— Sim – retrucou César em tom de escárnio –, e deve ter pedido carona ao Papai Noel! Com certeza, você vai querer me dizer que, daqui a pouco, esse idiota estará de volta como se nada tivesse acontecido! – Balançou a cabeça e falou: – Não... Ele fugiu. E, se levou o celular do Raimundo, é porque estava com idéia de pedir socorro. – Aceitou o café que Lucila lhe entregava e concluiu: – Não é preciso fazer nenhum esforço para descobrir a quem esse maldito vai pedir socorro, se é que já não pediu. E por isso temos de agir rápido. Rápido, mas com total segurança. Já corremos um risco e não podemos abusar.

— O que pretende fazer? – quis saber Raimundo.

— Temos de ir embora daqui quanto antes – respondeu César. – Vamos mudar...

— Mas não estamos mais com o furgão fechado! – interrompeu Raimundo, aflito. – E também não temos mais o sonífero para fazer a crioula dormir...

— Você não me deixou terminar... – recriminou César. – Não estou falando de mudar o local do cativeiro; isso seria estupidez, mesmo porque não vamos encontrar um lugar tão escondido e seguro quanto este. – Fez uma pausa e, depois de acender um cigarro, explicou: – Nós vamos mudar de tática... Tínhamos programado ligar para o noivo dela só na segunda-feira. Temos de antecipar isso. Vamos ligar agora. E, já que temos de sair, vamos dar uma procurada por esse filho da puta que fugiu.

Um sorriso se abriu no rosto de Raimundo e ele disse:

— Boa idéia... E, quando nós o encontrarmos, pode deixar comigo... Ele vai se arrepender do dia em que nasceu!

— Mas como vocês vão encontrá-lo? – perguntou Lucila. – Já faz mais de duas horas que ele desapareceu!

— Não será muito difícil – garantiu César. – Ele só pode ter descido para a rodovia, por dentro do mato. Com certeza não seguiu pela estrada, pois eu o teria visto e ali ele não teria como se esconder.

– É... – admitiu Raimundo. – Na encruzilhada com a trilha dos carvoeiros, ele pode ter cortado caminho até a estrada. É uma caminhada boa, mas se ele andar depressa... – Ergueu os ombros em sinal de desdém. – Ora... Com um pouco de sorte, nós o encontraremos. – Mostrou a faca que estivera amolando e, com um riso mau, arrematou: – E, daí, vou tirar o couro daquele desgraçado em fatias... bem finas, que é para demorar bastante!

Voltando-se para Lucila, César disse:

– Vamos sair agora... Tome cuidado; não deixe que a crioula a leve no bico. Já chega de bobagens, por hoje.

– Não se preocupe, benzinho – ronronou Lucila, aproximando-se do bandido para lhe dar um beijo. – Você sabe que pode confiar em mim.

XXVII

– Você parece triste... – falou Ryumi, aproximando-se de Beth e puxando uma cadeira para sentar-se a sua mesa.

– E estou, doutor – respondeu a bibliotecária, a voz um pouco arrastada por causa do conhaque que já tinha bebido. – Estou pensando que eu sou a maior imbecil do mundo e que a vida não vale mesmo a pena...

O garçom veio trazer o uísque que ele tinha pedido e, dizendo que buscaria alguns canapés, afastou-se.

– Mas o que está acontecendo, Beth? – perguntou Ryumi, desejando que ela tivesse uma história bem comprida para contar, assim ele teria como distrair seus pensamentos e deixar um pouco de lado a imagem de Maria Rita seqüestrada.

A bibliotecária voltou a segurar o cálice de conhaque e estava levando-o aos lábios quando a mão de Ryumi a impediu.

– Beba depois de me contar tudo – disse ele, sério. – Pelo visto, hoje você já passou bem da conta...

Beth esboçou um sorriso triste, pousou o cálice na mesa e, depois de alguns momentos, falou:

— É meu namorado... Jorge... — Ergueu os olhos para Ryumi e indagou: — Lembra-se dele? Aquele rapaz que, mais ou menos três semanas atrás, estava conversando com Maria Rita, na biblioteca, quando o senhor chegou para apanhá-la?

Ryumi recordava-se do episódio, mas não da fisionomia do rapaz que estivera conversando com sua noiva. Contudo, lembrava-se de ela ter-lhe dito que Jorge, namorado de Beth, havia vários dias vinha lhe fazendo muitas perguntas e que ela até achava engraçado que ele quisesse saber tanto a seu respeito e a respeito de Ryumi. Maria Rita também comentara alguma coisa sobre Beth estar pressionando o rapaz para obrigá-lo a fazer alguma coisa de mais útil além de passear de carro e ir à praia surfar...

— Acho que essa curiosidade toda do Jorge é porque ele talvez esteja estabelecendo parâmetros de comparação entre seu relacionamento com Beth e outros casais — dissera Maria Rita.

— Lembro-me dele, sim, mas não com a nitidez que deveria... — confessou Ryumi. Tomou um gole de seu uísque e perguntou: — O que aconteceu? Vocês brigaram?

Beth reprimiu um soluço que Ryumi não foi capaz de definir se era causado por um princípio abortado de pranto ou se pelo conhaque e respondeu:

— Não... O pior é isso... Nós não brigamos. Ele desapareceu há duas semanas!

Embora esses assuntos jamais o tivessem interessado, Ryumi se recordava de que Maria Rita havia comentado com ele a respeito do complicado caso de Beth e Jorge. Assim, ele sabia que o rapaz era pelo menos vinte anos mais moço que a mulher e que, na realidade, não passava de um malandro explorador, um autêntico mercenário.

— Você devia saber que cedo ou tarde isso aconteceria — falou ele. — Com certeza, ele não teve coragem suficiente para se despedir, para pôr um ponto final nesse romance...

A bibliotecária meneou a cabeça e replicou:

— Não... Jorge sempre foi interesseiro demais... Ele nunca sairia do caso sem dar um jeito de me explorar um pouco mais! — Com tristeza e preocupação, murmurou: — No entanto, ele não levou nada... nem mesmo as camisas caras que eu lhe dei na última vez que fomos ao *shopping*... — Olhou para o cálice de conhaque, agarrou-o como se fosse uma tábua de salvação e disse: – Não sei... Estou com um pressentimento... Um mau pressentimento!

XXVIII

Jorge desistiu depois de tentar pela terceira vez telefonar para o celular de Beth: a mensagem dizendo que o aparelho se encontrava desligado ou fora de operação deixou-o à beira do desespero. Tentou, então, o telefone fixo da mulher e a voz gravada de Beth na secretária eletrônica foi tudo quanto conseguiu. Resolveu deixar uma mensagem e, com um último laivo de esperança, arriscou o celular mais uma vez. Em vão: Beth tinha deixado o aparelho desligado...

Escutou o som indicativo de bateria se esgotando e, com raiva, atirou o celular para longe, murmurando:

– Como se não fosse o bastante! Agora, a bateria desta merda está acabando!

Começou a caminhar na direção contrária à do ônibus que vira passar com o letreiro de São Paulo.

"Acho que estou mais perto de Campinas do que de São Paulo...", pensou.

Notou que o movimento na estrada tinha aumentado bastante e atribuiu esse fato à hora: já seriam quase 10 horas da noite e todos os motoristas que tinham parado para jantar estavam voltando para o asfalto. Pensou em pedir uma carona, mas depois da quinta ou sexta tentativa, como ninguém parasse, desistiu.

"Quem é que daria carona para um homem sozinho, no meio de uma rodovia e à noite? Só mesmo um louco que não tivesse medo nenhum de ser assaltado..."

Continuou a andar o mais depressa que podia, o pensamento perdido muito longe daquela realidade, sonhando estar de volta ao apartamento de Beth, imaginando estar sendo mimado pela mulher – aliás, como sempre o fora – e arrependendo-se por ter embarcado naquela situação.

– Nunca mais! – disse. – Nunca mais! Essa merda de droga é que me levou a isto... Foi por causa da maconha que entrei nesta fria!

Os potentes faróis de um caminhão cegaram-no por um instante e Jorge, tropeçando numa pedra da beira da estrada, resmungou:

– Aquele maldito Danilo! Mas eu vou entregá-lo! Vou denunciá-lo para a polícia e ele vai ver o que é bom para a tosse!

Lembrou-se, de repente, de que não poderia denunciar ninguém sem se auto-incriminar. Ergueu os ombros em sinal de pouco-caso.

"Ora, não tem importância... Beth conhece um milhão de bons advogados, tenho certeza de que ela dará um jeito de eu não ir para a cadeia!"

Foi nesse momento que, depois de passar por ele outro caminhão, Jorge percebeu que um carro vinha se aproximando bem devagar. Por um instante pensou que o automóvel pararia para lhe dar carona, mas de repente acordou para a realidade: era um Omega escuro... o carro de César!

Ele tentou fugir correndo para o mato na beirada da pista, porém Raimundo foi muito mais rápido e Jorge ainda escutou o estampido da 9 milímetros antes de sentir o impacto da bala em sua coxa direita.

Caiu com um grito de dor ao mesmo tempo que ouvia a freada do carro e a voz de Raimundo:

– Chegou sua hora, pivete...

O segundo tiro atingiu-o no flanco direito e o terceiro, um pouco mais acima. Começou a sentir uma terrível falta de ar e um gosto nauseabundo de sangue veio-lhe à boca. Ouviu a porta do carro bater e César falar:

– Não toque nele! Veja só se está bem morto!

– Mas... E meu celular? – protestou o outro bandido.

– Deixe pra lá! Era roubado, mesmo... Só vai servir para confundir ainda mais a polícia!

Jorge tentou se erguer, olhou para cima e viu o rosto diabólico de Raimundo.

– Vá para o inferno, desgraçado! – rugiu este, ao mesmo tempo que apertava pela quarta vez o gatilho de sua arma.

O rapaz nem mesmo sentiu o balaço que lhe entrou pelo meio da testa, atravessou seu crânio e saiu na parte de trás da cabeça, a bala de ponta expansiva levando em sua trajetória boa parte de seu occipital...

– Vamos! – gritou César. – Vamos aproveitar que não vem vindo carro nenhum!

Raimundo voltou para o Omega e César arrancou rápido, na direção de São Paulo, e, a menos de 300 metros dali, virou à direita passando por cima da guia de proteção e entrando numa estrada secundária que, naquele trecho, corria em paralelo à rodovia.

Estava com tanta pressa que não reparou que, nessa estrada, a cerca de 200 metros para trás, havia um caminhão parado e que seu motorista, assim que viu desaparecerem as luzes traseiras do Omega, saiu da cabine e dirigiu-se com passos apressados para o local onde Jorge estava caído.

O policial rodoviário olhou para o cadáver do rapaz e perguntou para o motorista do caminhão, com uma nota de decepção na voz:

– Você não anotou a placa do Omega?

– Não vi nenhuma placa, senhor – respondeu o motorista. – Acho que não tinha placa.

– E você viu o carro seguir por essa estrada?

– Sim, senhor. Ele foi em frente. Não o segui porque, primeiro, não sou nenhum louco, a troco de que haveria de arriscar minha pele? E, segundo, porque, mesmo que fosse doido e não tivesse medo de morrer, jamais conseguiria alcançá-lo com o caminhão carregado.

– E o que você estava fazendo aqui, na estrada secundária, se deveria estar na beira do asfalto?

O homem sorriu e, acendendo um cigarro, respondeu:

– Estou viajando há mais de oito horas, senhor. Estava cansado e resolvi tirar um cochilo. Como eu sei que é muito perigoso estacionar na beira do asfalto, e como não estava mais conseguindo enxergar direito de tão pregado, resolvi entrar nesse desvio. Mal tinha trancado a cabine e me ajeitado para dormir quando escutei o primeiro tiro e um grito. Aí, fiquei alerta e, pelo retrovisor, vi tudo. Vi quando o homem deu mais um tiro, vi quando desceu e atirou de pertinho, na cabeça do infeliz. – Puxou uma tragada funda do cigarro e completou: – Também vi que não roubaram nada. Apenas mataram o coitado.

– Uma execução – concluiu o policial.

– Imaginei isso – admitiu o motorista. – Daí, quando achei que era seguro, desci do caminhão e fui ver se ainda podia fazer alguma coisa... Mas ele já estava morto. Então, pelo celular, chamei vocês.

O policial fez um sinal de assentimento com a cabeça e, agachando-se ao lado do cadáver, notou o cordão que trazia ao pescoço.

– Ele tem uma placa de identificação – murmurou –, com um telefone marcado...

Com delicadeza, abriu o fecho do cordão e tentou, de seu celular, ligar para o número que ali se encontrava. A voz da gravação na secretária eletrônica se fez ouvir e o policial desligou, dizendo:

– Isso não é coisa para se falar numa secretária eletrônica... Melhor esperar que essa tal de Beth chegue em casa...

XXIX

– Não acha que já está na hora de ir para casa, Beth? – perguntou Ryumi. – Onde está seu carro?

A bibliotecária tinha bebido demais e, com voz pastosa, respondeu:

– Nunca venho de carro para a cidade, doutor Sérgio... Meu carro está em casa. E, agora que Jorge não está mais lá, há duas semanas que eu nem mesmo ligo o motor...

Segurando-a pelo cotovelo, Ryumi disse:

– Bem... Melhor assim. Venha. Vamos para casa. Acho que o melhor que tem a fazer é tomar um bom banho e tratar de dormir. No sono, esses problemas desaparecem...

Pela milésima vez naquela noite, Beth reprimiu um soluço e, depois de alguns momentos, já caminhando com dificuldade e amparada por Ryumi, murmurou:

– O difícil é conseguir dormir, doutor Sérgio... sabendo que ele não vai estar ali ao meu lado, sabendo que não terei ninguém para me fazer um carinho...

O porteiro do bar apressou-se em providenciar um táxi e Ryumi instalou-a no banco de trás do automóvel.

– Qual é seu endereço? – perguntou ele para Beth.

A mulher olhou para ele com uma expressão súplice e murmurou:

– Não... O senhor não vai me deixar sozinha hoje... Não vou agüentar! Sou capaz de saltar pela janela de casa!

O motorista sorriu e, meneando a cabeça, falou:

– Não vou levar essa dona sozinho, moço... Ela é bem capaz

de me aprontar alguma e eu não estou para encrencas!

Ryumi compreendeu. Com um suspiro desalentado, embarcou no carro, sentando-se ao lado de Beth, que, encostando a cabeça em seu ombro, disse:

– Muito obrigada, doutor Sérgio... O senhor nem calcula o bem que está me fazendo!

Ryumi não retrucou. Se tudo aquilo tivesse de ser encarado como uma boa ação que estava praticando, então, que assim fosse. No mínimo, ele tinha certo sentimento de gratidão para com a bibliotecária pelo fato de ter sido ela que o indicara para Maria Rita e isso tinha sido o princípio de tudo...

Maria Rita! A imagem da noiva seqüestrada voltou a surgir em seus pensamentos, fazendo com que seu estômago se contraísse e o coração batesse mais depressa. Onde estaria ela, naquele instante? Como estaria reagindo? O que os bandidos tinham feito para ela?

Ryumi não conseguia nem mesmo pensar nas respostas a essas perguntas... Não queria sequer imaginar que Maria Rita pudesse ter sido maltratada, violentada... humilhada!

Percebeu que Beth adormecera e até cogitou em deixá-la ali, recomendando-a ao motorista, mas desistiu. Seria indelicado, se não desumano...

Por fim, chegaram ao prédio onde ela residia e, com a ajuda do porteiro, Ryumi tirou-a do carro, pagou a corrida ao motorista e subiu para o apartamento da bibliotecária.

Àquela altura, Beth tinha se recuperado pelo menos em parte e, com mais dificuldade do que o habitual, encontrou as chaves no interior de sua bolsa e entregou-as para Ryumi.

– É melhor o senhor abrir – falou. – Acho que eu não conseguiria acertar o buraco da fechadura...

Entraram. Cambaleante, a mulher dirigiu-se para o aparelho de telefone e apertou o botão para ouvir as chamadas que tinham sido recebidas durante sua ausência.

– Nunca se sabe... – justificou-se ela. – De repente, Jorge pode ter ligado...

Houve um pequeno ruído de linha livre e uma voz feminina falou:

– Beth, aqui é a Luzia. Sua encomenda de cremes chegou. Entre em contato comigo. Tchau!

Outra voz, logo em seguida, também feminina, avisava que uma certa Júlia estaria chegando de Londrina na próxima quarta-feira.

– É uma amiga de infância – explicou Beth. – Todos os anos, por esta época, ela vem me visitar. É dona de uma loja no Paraná e vem fazer compras...

A secretária eletrônica fez um ruído de linha livre e, depois de duas chamadas, uma voz masculina disse:

– Beth... Estou numa pior... Estou em algum lugar da Bandeirantes, entre Campinas e São Paulo. Seqüestramos a doutora Maria Rita... Fugi dos caras, acho que eles iam me matar. Por favor, venha depressa!

A descarga de adrenalina foi tão grande que toda a bebedeira de Beth se dissipou como que num milagre. Já Ryumi, num primeiro instante, não conseguiu ligar o que tinha acabado de escutar com a realidade e ficou olhando, pasmo, do telefone para a bibliotecária e vice-versa, balbuciando:

– Mas... o que isso quer dizer?!

Beth pressionou a tecla de repetição da secretária eletrônica e os dois ouviram a mensagem outra vez:

– Beth... Estou numa pior... Estou em algum lugar da Bandeirantes entre Campinas e São Paulo. Seqüestramos a doutora Maria Rita... Fugi dos caras, acho que eles iam me matar. Por favor, venha depressa!

Depois de alguns segundos de reflexão, como despertando de um sonho, Ryumi murmurou:

– Então... Ele está metido nisso!

E, de súbito, veio-lhe a idéia de que Beth também fizesse parte do grupo de seqüestradores e que, por causa disso, o rapaz tivesse ligado para ela.

Como se estivesse lendo o que ia pela cabeça do advogado, a bibliotecária falou:

– Ei! Não me olhe desse jeito! Não tenho nada a ver com isso! Jorge desapareceu há quinze dias e essa ligação é a primeira que ele me faz desde então!

Ryumi ia abrindo a boca para falar que, àquela altura dos acontecimentos, todos os que rodeavam Jorge poderiam ser suspeitos quando o telefone tocou e Beth atendeu, acionando o viva-voz e murmurando:

— É melhor que o senhor escute as ligações, doutor Sérgio... Pelo menos poderá deixar de desconfiar de mim!

Uma voz masculina perguntou:

— Estou falando com dona Elizabeth? Elizabeth Moreira Brandão?

— Sim — respondeu a bibliotecária. — Quem fala?

Houve uma breve pausa do outro lado da linha e a voz disse:

— Aqui é do Comando da Polícia Militar Rodoviária... Uma de nossas patrulhas encontrou, agora há pouco, o corpo de um rapaz chamado Jorge Rodrigues. Ele tinha uma placa de identificação com seu nome e número de telefone.

Com os ombros sacudindo num pranto convulso, Beth escorregou devagar até o chão. Ryumi correu a acudi-la e, amparando-a, apanhou o aparelho:

— Alô! Estamos ouvindo... A dona Elizabeth passou mal, mas, por favor... continue!

— Ele estava à beira da Rodovia dos Bandeirantes, perto da marca do quilômetro 64. Recebeu quatro tiros e morreu dos ferimentos. Não há marcas de atropelamento ou de outras violências... — explicou o policial. — Seria importante que a dona Elizabeth viesse para o IML de Campinas o mais depressa possível. Chegando lá, ela deve procurar pelo sargento Gonçalves, da Polícia Rodoviária.

O primeiro impulso de Ryumi foi dizer ao policial que sua noiva tinha sido seqüestrada pelo bando de Jorge, porém, contendo-se e refletindo um pouco melhor, desistiu. Afinal, quem poderia garantir que aquele que lhe falava do outro lado da ligação telefônica era, de fato, um policial? E, mesmo que o fosse, que garantias poderia ter de não ser um dos muitos policiais corruptos existentes e que não fizesse parte da quadrilha de seqüestradores?

Assim, ele se limitou a dizer que iria para Campinas com a dona Elizabeth.

Mal refeita do choque inicial, Beth apenas balbuciava o nome de Jorge e chorava baixinho, dizendo que sabia que um dia isso haveria de acontecer. Foi preciso que Ryumi a sacudisse pelos ombros para que ela, por fim, respondesse onde estavam as chaves e os documentos de seu carro.

— Não vamos perder tempo voltando até a cidade, onde deixei meu automóvel – falou o advogado. – Teremos de ir em seu carro mesmo!

Beth não estava em condições de argumentar coisa nenhuma. Limitou-se a lhe entregar as chaves do carro e, como um autômato, deixou-se guiar por Ryumi até a garagem.

Foi no instante em que ele estava ligando o motor do potente Cherokee de Beth que, num gesto automático, verificou seu celular e... constatou que estava sem bateria.

XXX

— Não entendo por que você não me deixou pegar aquele cordão – queixou-se Raimundo. – É um cordão de ouro! Deve valer uma nota!

— E o que você faria com ele? – perguntou César, em tom irritado.

— Ora, é claro que eu o venderia... – respondeu o outro.

— Pois é... Por isso mesmo é que eu não o deixei fazer essa besteira! Seria muito fácil a polícia nos rastrear a partir de um cordão de ouro vendido para um picareta qualquer, não acha?

— Só se eu fosse muito besta venderia o cordão assim! – protestou Raimundo. – É claro que eu o derreteria!

— Pode ser... Mas, até você conseguir fazer isso, o cordão estaria com você, não é mesmo? E já imaginou se desse uma zebra? Como é que você explicaria para a polícia que tinha, vamos dizer, encontrado essa jóia?

Raimundo silenciou, emburrado. No fundo, César tinha toda razão, teria sido uma imprudência das maiores.

— Se alguém encontrar esse troço no pescoço do presunto e roubá-lo, a polícia vai ficar mais perdida do que cego em tiroteio – riu César. – Por isso, não fique chorando por causa desse cordão. – Bateu com a mão espalmada na coxa esquerda do companheiro e finalizou: – Além do mais, nós vamos ganhar muito dinheiro com o resgate dessa dona... Mais ainda agora, que não teremos um a mais para dividir!

Raimundo deixou escapar uma gargalhada e falou:

— Parece que eu não o conheço, meu! Você nunca pensou em dividir essa grana com o pivete! E, na verdade, nem mesmo com o Danilo!

César também riu e, estacionando o carro logo depois da entrada de um posto de gasolina, disse:

– Vou ligar para o palhaço... Vamos ter de antecipar um pouco nossos planos, mas isso não tem nenhuma importância...

Ligou para o celular de Ryumi, mas nas três tentativas que fez ouviu a mesma coisa, ou seja, a voz gravada dizendo: "O telefone chamado está desligado ou fora de área; favor tentar novamente dentro de alguns minutos".

– Mas... será possível? – fez César, desanimado. – Será possível que esse idiota tenha desligado o celular?!

– Ele não faria isso – retorquiu Raimundo. – Pode ser que ele esteja mesmo fora de área ou a bateria pode ter acabado. Desligar, isso ele não faria, está sabendo que podemos chamar a qualquer momento!

César ficou pensativo e, depois de fazer uma careta, falou:

– Olha, meu... Também pode ser que ele esteja pouco se lixando para a crioula... Vai ver, ele não estava encontrando jeito de lhe dar o fora... e nós acabamos lhe prestando um bom serviço!

Foi a vez de Raimundo ficar em silêncio, refletindo. Por fim, ele sugeriu:

– Bem... Podemos pedir o resgate para outras pessoas... Para um parente da mulher, por exemplo, não é possível; sabemos que ela não tem família... Mas aposto o que quiser que os parentes desse advogado vão pagar o resgate, mesmo que não estejam dispostos a isso! Ninguém vai querer um escândalo numa família tão rica e importante!

– Pensei nisso – admitiu César. – E acho que há uma pessoa que vai pagar até mais do que íamos pedir para o noivo dela!

Raimundo olhou para o comparsa com expressão interrogativa, e este concluiu:

– O bilionário da família, meu! O avô. O velho médico e fazendeiro Carlos Fukugawa!

Raimundo riu alto e César resmungou:

– O problema é que não tenho o telefone dele aqui... Está anotado na minha agenda e ela ficou guardada com a Lucila... Teremos de voltar para o sítio e sair para fazer essa ligação.

– Pô, meu! – protestou Raimundo. – Precisa ser já? Estou com uma fome dos diabos! Bem que podíamos ir até o Lago Azul comer alguma coisa...

César olhou para ele, consultou o relógio do painel do automóvel e, depois de alguns segundos, falou:

– É... Podemos ir... Mas eu prefiro o Frango Assado... É um pouco mais longe, mas eu gosto mais de lá. – Acelerando um pouco mais o carro, arrematou: – E quem sabe o idiota já recarregou o celular...

XXXI

O ruído do motor do Omega se afastando e o silêncio que se seguiu na casa levaram Maria Rita a concluir que os bandidos tinham saído.

"Com certeza ficou alguém para me vigiar", pensou. "E deve ter sido a moça..."

Por cerca de cinco minutos, prestou a maior atenção possível tentando localizar o som de vozes, mas o máximo que conseguiu escutar foi a voz da moça cantando alguma coisa que Maria Rita não pôde entender. Porém, com certeza, ela não estava conversando com ninguém.

– Pode ser que esta seja minha oportunidade de fugir – murmurou.

Em seguida, fez uma avaliação do físico da moça que lhe trouxera o jantar. Era pequena, parecia ser franzina e delicada. Porém... havia sempre a possibilidade de ser uma excelente e bem treinada lutadora.

Apagou as luzes e tirou a cúpula do abajur que estava ao lado da cama. Desligando-o da tomada, arrancou-lhe o fio. Segurando o pé do abajur com a mão direita, caminhou até a porta do quarto, bateu e se posicionou atrás dela, de tal forma que, quando fosse aberta, quem entrasse não a enxergaria.

Quase instantaneamente, Lucila perguntou:

– O que foi? O que você quer?

– Minha lâmpada não acende – respondeu Maria Rita, esforçando-se para manter a voz firme – e eu não consigo dormir sem ler alguma coisa...

– Vou ver o que está acontecendo – falou a moça. – Espere só um instante.

Maria Rita ouviu a chave girar na fechadura da porta e Lucila entrou.

À luz que vinha da sala, Maria Rita pôde distinguir com nitidez o vulto da moça entrando e não vacilou. Visando a cabeça de Lucila, desferiu o golpe com o pé do abajur.

Lucila deixou escapar um gemido e caiu. A advogada não perdeu tempo: saltou para cima dela e, mais uma vez, bateu-lhe com a arma improvisada.

A moça não teve qualquer reação e Maria Rita, voltando a acender a luz, viu que ela estava desmaiada, com um corte profundo e sangrando bastante no lado esquerdo do crânio.

A princípio, chegou a se assustar, imaginando que a tivesse matado, mas logo constatou que Lucila estava respirando.

– Espero que não a tenha machucado muito... – murmurou ela, enquanto amarrava as mãos e os pés da moça com o fio que arrancara do abajur. – Desculpe... mas era você ou eu...

Saiu do quarto, o coração aos pulos, temendo encontrar a qualquer instante outro membro do bando ou mesmo ouvir o ruído do Omega voltando. No entanto, nada disso aconteceu e ela, apressada, saiu da casa.

Ficou surpresa ao constatar que seu Vitara estava estacionado ali e, ao olhar pela janela aberta do carro, viu que as chaves estavam no contato.

Não pensou duas vezes: saltando para dentro do veículo, deu partida ao motor e arrancou.

Quase não podia acreditar... mas era verdade!

Se não podia se considerar livre naquele instante, ao menos estava a caminho de recuperar sua liberdade!

Estava tão excitada com o fato de estar fugindo que nem mesmo passou por sua cabeça a possibilidade de cruzar, naquela estrada de terra batida e bastante precária em que se encontrava, com os bandidos regressando para o esconderijo. Preocupou-se apenas em verificar o nível de combustível e, vendo que ainda havia mais de um quarto de tanque, tranqüilizou-se.

– Acho impossível eu ter de rodar mais de 100 quilômetros por aqui! – exclamou.

De fato, menos de dez minutos depois, ela estava à beira de uma rodovia de duas pistas, asfaltada.

Entrou à direita e, logo adiante, reconheceu: estava na Bandeirantes, seguindo na direção de Campinas.

Foi nesse momento que ela se deu conta de que não carregava

nenhum documento, uma vez que não havia apanhado sua bolsa. Isso significava que também não tinha um centavo, nem mesmo um cartão de crédito.

Rodou cerca de quinze minutos, preocupada, pensando que era sempre quando acontecia de se estar irregular que acontecia alguma coisa.

— Seria dramático — murmurou — acontecer um acidente comigo e eu estar sem documento algum...

Avistou, no alto de uma elevação, a placa na estrada avisando sobre o pedágio. Seria ali o final de sua fuga, pelo menos desse tipo de fuga. Ela seria obrigada a parar, não poderia pagar e teria de dar explicações à Polícia Rodoviária. Maria Rita sabia que, a partir desse instante, tudo viria à tona e, em seu íntimo, não conseguia dizer se era ou não um bom caminho. Além do mais, o carro parado ali com certeza chamaria a atenção dos bandidos se eles passassem pelo mesmo pedágio.

Decidiu desviar para o lado do guichê automático, o guichê Sem Parar, e, avistando uma viatura policial um pouco mais adiante, atravessou o guichê fazendo disparar o alarme de não pagamento e estacionou no acostamento.

Nem precisou chamar o policial rodoviário, pois este veio quase correndo a seu encontro.

— Acabo de escapar de um seqüestro! — disse Maria Rita.

O policial olhou para ela com desconfiança e a moça prosseguiu, já fora do carro:

— Por favor, deixe-me ir para sua viatura! Tenho medo de ficar perto de meu carro! Os seqüestradores podem me ver e, então...

Ainda que não estivesse acreditando muito nas palavras da mulher, o policial segurou-a delicada, mas firmemente pelo cotovelo e conduziu-a até a viatura.

— Muito bem... — falou ele. — Agora, conte-me direitinho essa história toda.

Ela ia abrindo a boca para começar a explicar ao militar o que tinha acontecido quando ambos escutaram, muito perto, uma violenta freada.

XXXII

Assim que entraram na Bandeirantes, Beth recomeçou a chorar e, embora quase a totalidade do álcool que ela ingerira já tivesse evaporado, ainda não conseguia raciocinar com perfeita clareza, possivelmente em decorrência do choque que levara com a notícia do assassinato de Jorge.

– Não estou levando nenhuma roupa para ele – murmurou, entre soluços. – Como será que ele está vestido?

Ryumi teve vontade de lhe dizer que, naquele instante e no estado em que se encontrava o rapaz, as roupas seriam o que menor importância teria... Porém, por uma questão de delicadeza e de piedade para com Beth, absteve-se de tecer qualquer comentário.

– Coitado...! – fez ela. – Ele tinha me pedido dinheiro... E eu não quis dar! Foi minha culpa... Foi por falta de dinheiro que ele entrou nessa! E eu poderia ter evitado!

– Não se culpe – disse Ryumi. – Lembre-se de que ninguém é levado ao crime! Quando se escolhe esse caminho... é porque houve uma escolha, uma opção!

– Ele era bom... – choramingou Beth. – Tinha um coração de ouro! Como pôde fazer isso?!

Ryumi permaneceu em silêncio, pensando que alguém que é capaz de participar de um seqüestro não pode ser tão bom assim

Beth continuou:

– O problema é que ele sempre foi muito influenciável... e estava andando em más companhias! – Acendeu um cigarro e disse: – Não foi por falta de aviso; pelo menos nesse ponto, tenho minha consciência tranquila... Eu cansei de dizer para Jorge que um dia ele veria que essas pessoas jamais poderiam ser consideradas como amigos. – Voltou-se para Ryumi e falou: – Tenho certeza de que foram esses falsos amigos que o levaram para a droga e, agora, o induziram a participar de um seqüestro, para conseguir dinheiro! – Balançando a cabeça, concluiu: – Não, ele não pensaria numa coisa dessas! Não Jorge, meu Jorginho! Ele era puro demais, ingênuo demais para um golpe assim!

Os dois ficaram calados e, depois de alguns segundos, Beth perguntou, a voz esganiçada, desesperada:

— Mas o que foi que aconteceu, meu Deus?! Por que ele foi morto?!

— Na mensagem que ele deixou em sua secretária eletrônica, Jorge disse que tinha fugido — ponderou Ryumi. — Deve ter sido assassinado por causa disso. Bandidos desse quilate não perdoam, Beth... Você sabe disso. Descobriram que o rapaz tinha fugido, foram atrás dele... Jorge teve tempo de lhe telefonar... antes de ser encontrado. — Fez uma careta e acrescentou: — Foi um azar sem medida para ele e para mim... Se Jorge estivesse vivo, eu teria mais possibilidades de encontrar Maria Rita...

Estavam se aproximando do segundo posto de pedágio e, como no anterior, Ryumi tirou a carteira para pagar a taxa.

— Vá pela fila da direita — recomendou Beth. — O guichê está vago...

Ryumi obedeceu e dirigiu-se para o guichê vizinho ao Sem Parar. Pagou, recebeu o troco e acelerou para continuar a viagem.

Foi nesse instante que ele viu o Vitara estacionado e, sem vacilar, meteu o pé no freio, dizendo:

— Mas... É o carro de Maria Rita! O Vitara! O que ele está fazendo aqui?!

A primeira reação, tanto de Maria Rita quanto do policial, foi de verdadeiro susto, e este levou a mão direita à coronha da arma. Porém, no instante seguinte, Ryumi já saltava do carro e corria para a noiva.

Abraçaram-se, beijaram-se, Maria Rita chorou, sentindo-se amparada e segura nos braços do noivo.

— Meu Deus! — disse ela, em prantos. — Estava com tanto medo!

— Não mais do que eu, meu amor... — retrucou Ryumi, beijando-a mais uma vez. — Já estava entrando em desespero!

Mostrou com o olhar a bibliotecária, que se debulhava em lágrimas, e falou:

— Agora, temos de consolar Beth... Jorge foi assassinado. — Ante o olhar espantado de Maria Rita, explicou: — Ele estava envolvido com seu seqüestro. Fugiu, não se sabe por quê, e foi morto. Encontraram seu corpo agora há pouco; estávamos indo para o IML de Campinas para que Beth pudesse reconhecer o corpo.

Maria Rita balançou a cabeça e murmurou:

– Então aquela voz era dele... Bem que eu tinha percebido alguma coisa conhecida! Mas jamais poderia associá-la com Jorge, namorado de Beth!

O policial se aproximou e, cheio de respeito, pediu:

– Será que vocês poderiam explicar o que está acontecendo? De que assassinato estão falando?

Ryumi respirou fundo, refletiu por alguns segundos e, por fim, respondeu:

– A história é um pouco longa... Mas creio que seja meu dever de cidadão contar o que sei para a polícia. Vamos para um lugar onde possamos conversar em segurança. Na verdade, o que vamos fazer será uma troca de informações. Eu falo o que sei, Maria Rita conta o que lhe aconteceu e como veio parar aqui e você nos fala o que aconteceu com respeito ao assassinato de Jorge.

O policial concordou e, em passos rápidos, Ryumi, Maria Rita e Beth acompanharam-no para uma saleta da administração do posto de pedágio.

Um funcionário, solícito, ofereceu-lhes café e biscoitos e, depois de acender um cigarro, Maria Rita contou o que tinha lhe acontecido desde a noite de quinta-feira, quando chegara a sua casa.

Quando ela terminou, Ryumi olhou para Beth e perguntou:

– E quanto à participação de Jorge nisso tudo? Você não tinha nenhuma desconfiança sobre o que ele poderia estar fazendo, em que tipo de negócio ele poderia estar metido?

– Como eu já lhe disse, fazia duas semanas que ele tinha desaparecido – respondeu a bibliotecária. – E ele sumiu sem motivo aparente. Nós não discutimos, não brigamos... Simplesmente desapareceu! Numa manhã, quando saí de casa, ele estava lá e, quando voltei, não estava mais. Saiu sem levar as roupas, suas coisas...

A mulher deixou escapar um suspiro doído e, reprimindo as lágrimas que insistiam em voltar, falou:

– Na verdade, imaginei que ele tivesse resolvido ir passear com alguma menina de sua idade... Não seria a primeira vez que Jorge agiria assim.

– Mas você falou que ele estava andando com... maus elementos – ponderou Ryumi. – Conhece algum?

– Jorge não costumava me apresentar seus amigos, pois sabia

muito bem que eu não aprovava a imensa maioria deles. Sobretudo um deles, um certo Danilo... Não cheguei a conhecê-lo, mas ele ligou diversas vezes e eu atendi. Não gostava da maneira como esse homem falava e gostava menos ainda do jeito que Jorge ficava todas as vezes que atendia um telefonema dele.

— Sim? – fez Ryumi, mostrando interesse. – Jorge ficava nervoso?
— Muitíssimo... Chegava a ficar histérico.

Beth fez uma pausa e, aceitando mais uma xícara de café, murmurou:

— Engraçado... Agora é que estou valorizando isso... Mas Jorge deixou de ficar nervoso com as ligações de Danilo, de uns dois meses para cá! – Esboçou um sorriso triste e corrigiu: – De uns dois meses até duas semanas atrás, bem entendido...

Ryumi olhou para a bibliotecária, depois para o policial e comentou:

— Pode ser que esse Danilo seja uma boa pista... – Voltando-se para Beth, indagou: – Sabe como localizar esse tal de Danilo?

XXXIII

Era mais do que evidente que alguma coisa muito séria tinha acontecido, pois a porta da frente da casa estava escancarada, Lucila não tinha aparecido para recebê-los e – o pior de tudo – o Vitara de Maria Rita não estava mais ali.

Empunhando as armas – embora tivessem certeza de que nada mais ameaçador do que um rato haveriam de encontrar no interior da casa –, os dois homens entraram.

Lucila, sentada no chão, tinha tirado a blusa e, com ela, segurava o ferimento na cabeça.

— O que aconteceu? – perguntou César.
— Ela me atacou – respondeu Lucila. – Não sei com o que me bateu, mas conseguiu me deixar desacordada... e fugiu!
— Há quanto tempo foi isso?
— Não sei... Não consigo me lembrar de quase nada que tenha acontecido depois que vocês saíram – disse a moça.

César olhou o ferimento, constatou que o sangue já estava coagulado, fez uma careta e resmungou:

— Temos de ir embora, e depressa... Ela está com pelo menos duas horas de vantagem, já pode ter entrado em contato com a polícia! – Virando a cabeça para Raimundo, ordenou: – Junte tudo que possa nos comprometer... E vamos tratar de dar o fora daqui.
— E as coisas da advogada? – inquiriu Raimundo. – Pego?
— Não – respondeu César. – Deixe onde estão. Levar conosco pode ser perigoso.
Menos de dez minutos depois, os três já estavam no Omega rodando, por uma estrada secundária, na direção contrária à da Bandeirantes, com Raimundo ao volante e César amparando Lucila no banco de trás.
— Siga para Monte-Mor – falou este. – Temos de seguir por estradas menos importantes para o mais longe possível desta região.
Apanhou o celular, viu que ali já havia sinal de serviço e chamou o número de Danilo.
— Entrou areia, cara – disse, quando o traficante atendeu. – A mulher fugiu...
— Como, fugiu? – vociferou o outro. – Como é que vocês deixaram que isso acontecesse?
— Lucila estava vigiando a crioula. Não sei como, mas ela conseguiu bater com um pé de abajur na cabeça de Lucila e fugiu...
— Mas a pé? E vocês não a encontraram?
— Ela não fugiu a pé... – resmungou César, constrangido. Depois de uma pausa, explicou: – Ela fugiu no próprio carro.
Do lado de lá da ligação, Danilo soltou um palavrão de fazer corar um carregador do Mercado Municipal e exclamou:
— É isso que dá achar que um bando de principiantes é capaz de agir como profissionais! Como é possível que ela tenha fugido no próprio carro?!
Com raiva, César respondeu:
— Olha, Danilo... Não adianta ficar nos recriminando agora. O que aconteceu já aconteceu e não dá para refazer. Lucila está ferida, precisa fazer um curativo na cabeça. Tivemos de matar aquele idiota do Jorge, porque ele resolveu dar no pé antes da hora... Nós estamos fugindo para qualquer lugar no centro ou no norte do Estado e precisamos de dinheiro.
— E daí que vocês precisam de dinheiro? – perguntou, agressivo,

Danilo. – O que eu tenho com isso? Não é minha culpa se vocês não souberam trabalhar!

– Pode ser... Mas é certo que nós podemos fazer com que a Federal corra um pouco atrás de você, sabia? Por isso, trate de arrumar 50 mil, no mínimo. Deposite nas três contas que eu lhe dei. Vou retirando o dinheiro à medida que precisar até atravessar para a Bolívia ou para o Paraguai.

– Mas só poderei depositar dinheiro na segunda-feira! – exclamou Danilo. E, não dando tempo para que César retrucasse, falou: – Vou levar o que eu conseguir... Depois deposito o resto. Diga para onde estão indo e como faço para encontrá-los.

César refletiu por alguns instantes e perguntou:

– Quanto você pode arrumar agora?

– Uns 30 ou 35... Acho que dá para vocês ficarem fora de circulação até que a poeira assente.

– Está certo – admitiu o bandido. – Estamos indo para Monte-Mor. Não iremos para nenhum hotel, seria perigoso por Lucila estar ferida. Raimundo vai nos deixar perto da entrada da cidade e comprar algumas coisas para que eu possa fazer um curativo na cabeça dela. Você virá com que carro?

– Com o BMW. Você conhece...

– Sim. Entre em Monte-Mor pela estrada que vem da Anhangüera. Logo junto às primeiras casas, estacione. Nós o encontraremos ali.

Assim dizendo, desligou o celular, atirou-o pela janela do carro e falou para Raimundo:

– Você ouviu... Assim que chegarmos à cidade, você nos deixará e irá a uma farmácia. Preciso de gaze, esparadrapo e anti-séptico. É bom trazer, também, uma ou duas faixas de crepe e analgésico.

– Não sei por que não vamos todos juntos – protestou Raimundo. – Não gosto dessa história de nos separarmos... e, de qualquer modo, não há como nos reconhecerem. Ninguém nos viu e a própria crioula não viu nosso carro e muito menos nossa cara!

– Mas ela viu Lucila, com certeza – retrucou César –, e pode fazer uma descrição dela. Além disso, sabe que a feriu e que será preciso tratar esse machucado. Talvez até mesmo dar alguns pontos. – Muito sério, completou: – Por isso, não é muito complicado a polícia nos rastrear, se não tomarmos cuidado.

— E o que vamos fazer? — indagou Raimundo. — Se Lucila precisa de cuidados médicos...

— Vamos fazer o que eu acabei de dizer: você nos deixa, vai a uma farmácia, compra o material necessário para fazer um bom curativo em Lucila, compra alguns comprimidos para dor e volta para a entrada da cidade, para esperarmos juntos a chegada de Danilo.

— Será que não seria bom dar uns pontos? — perguntou Lucila, aflita.

— Não é possível nem mesmo pensar em ir a um médico ou a um hospital — retrucou César. — Seria o mesmo que saltarmos para dentro da boca do lobo.

— Mas estou sangrando muito — protestou a moça —, e está doendo!

— A pancada não lhe quebrou essa cabeça dura — riu César. — O sangue vai acabar parando. Só precisa de um curativo e de analgésico. E nós três precisamos ficar escondidos! Isso, sim, é o mais importante!

XXXIV

Poucas cenas podem ser mais patéticas do que a do reconhecimento de um cadáver, sobretudo quando o morto é jovem, foi assassinado e quem faz esse reconhecimento é justamente a pessoa que o amava.

Jorge lá estava, sobre a mesa fria de aço inoxidável, nu, mostrando, como que num gesto acusatório, os ferimentos que causaram sua morte. Tinham-lhe limpado o sangue, mas nem por isso o cadáver deixava de ser impressionante, e Beth, como seria de esperar, entrou em tamanha crise de histeria que Ryumi foi obrigado a segurá-la com energia e levá-la para fora. Foi só depois de tomar um copo de água açucarada e um valente gole de conhaque, trazido do armário de um dos auxiliares de necropsias, que ela conseguiu raciocinar com um pouco mais de lógica, falar e enfim assinar o termo de reconhecimento do cadáver.

— Ainda há algumas formalidades — explicou o legista. — Só vou poder liberar o corpo para sepultamento amanhã de manhã. — Virando-se para Beth, sugeriu: — A senhora deveria ir para um hotel... Eu lhe telefono quando tudo estiver pronto.

— Não! — exclamou a bibliotecária, com veemência. — Vou ficar aqui! Nem me interessa se vou estar ao lado do corpo ou não! Mas vou ficar pelo menos perto dele. Quando puder, providenciarei para que ele seja sepultado decentemente.

— Não há ninguém da família para ser avisado? — perguntou Maria Rita.

— Não — respondeu Beth, com expressão dolorida. — Ele nunca me falou a respeito de nenhum parente. Acho que era sozinho no mundo. — Mal contendo um soluço, arrematou: — Na verdade... Ele só tinha a mim!

Para Maria Rita e Ryumi, nada mais havia a fazer ali. No entanto, a advogada tinha de prestar seu depoimento à polícia e os dois, acompanhados pelo sargento Gonçalves, rumaram para o Distrito Policial.

Ali, depois de mais de uma hora de espera e de outro tanto de perguntas às quais Maria Rita não tinha a menor condição de dar qualquer resposta, Ryumi perdeu a paciência.

— Estamos perdendo tempo, delegado — falou ele, irritado. — Enquanto estamos aqui nesse interrogatório inócuo, os seqüestradores estão fugindo. E isso sem contar que uma pista fornecida pela dona Elizabeth não está sendo investigada.

O delegado olhou com desprezo para Ryumi e perguntou:

— E qual seria essa pista, doutor? Por que não foi mencionada até agora?

Controlando-se para não alterar a voz, Ryumi respondeu:

— Simplesmente porque não foi dada à doutora Maria Rita a oportunidade de fazer quaisquer conjecturas próprias sobre o ocorrido. Até este momento, só foram feitas perguntas de caráter genérico e burocrático, em nenhum momento lhe foi indagado sobre o que ela poderia pensar a respeito desse seqüestro e de quem o praticou. — Deu um sorriso irônico e disse: — Pode parecer incrível, mas até este instante não lhe foi perguntado se ela chegou a ver o rosto de pelo menos um dos seqüestradores. Da mesma maneira, parece que não houve interesse em procurar saber se ela, de alguma maneira, conhecia o rapaz assassinado...

O delegado ficou vermelho e, depois de alguns instantes tentando encontrar uma desculpa para aquelas falhas, ergueu os ombros numa displicência forçada e perguntou:

— A senhora chegou a ver algum dos seqüestradores?
— Apenas a mulher. E sei que ela está com um belo ferimento no lado esquerdo do crânio. Além disso, acho que posso fazer até um pouco mais do que estar aqui falando: posso levar a polícia ao cativeiro onde estive. Se tiverem um pouco de paciência, creio que conseguirei me lembrar do caminho.

XXXV

— Quer que chame os rapazes? — perguntou Paulo para Danilo.
— Não. Só vamos nós dois. Eu dirijo e você faz o serviço.
— Mas eles são três — ponderou o outro.
— Lucila não conta — retrucou Danilo. — Ela está ferida.
Paulo deu de ombros. O chefe era Danilo e, se ele achava que apenas dois dariam conta, por ele, tudo bem.
Contrariando o que Danilo dissera ao telefone para César, os dois embarcaram numa picape, deixando o BMW na garagem.
— Vamos pegá-los de surpresa — falou Danilo. — Será muito menos arriscado. — Deu uma palmada na perna de Paulo e disse, numa risada: — César está esperando receber uma grana... Mas a única coisa que vai ganhar será um rebite! — Balançou a cabeça e rosnou: — Imagine... Que incompetência! Deixar a garota escapar! E, ainda por cima, mataram Jorge! Isso só vai servir para encrencar ainda mais a situação. A namorada daquele bestinha é importante, conhece um monte de advogados famosos... Muitos delegados são amigos dela.
Ficou em silêncio por alguns momentos e, pegando o maço de cigarros, continuou:
— Bem... No mínimo eles já nos fizeram esse favor. Tirar Jorge da jogada teria de ser feito, cedo ou tarde, e foi melhor assim, foi melhor eles o terem matado por nós. Agora, será uma simples queima de arquivo. Esses três se tornaram perigosos para nós. Se eles forem apanhados, não duvido nada que abram o bico e contem tudo para a polícia! Por isso, é preciso que sejam eliminados.
— Mas e o prejuízo que você teve? Além da dívida que Jorge não pagou, você pôs dinheiro nesse negócio! — falou Paulo. — E eu sei que não foi pouco!

Danilo sacudiu os ombros com indiferença e disse:
— A vida é assim mesmo, Paulo... Tem altos e baixos, ganhos e perdas. Apostei num bando de idiotas, essa é a verdade. Eu devia imaginar que caras acostumados a seqüestros relâmpago não conseguiriam segurar as pontas num negócio mais sério, mais demorado. Além disso, eles deveriam ter seguido meu conselho: matar a moça logo de cara, esconder bem o corpo ou destruí-lo e depois pedir o resgate.

Paulo acendeu o cigarro de Danilo e este prosseguiu:
— É complicado ter de guardar um refém. É um peso morto, uma mala sem alça que se é obrigado a carregar, esconder, dar comida... E sempre existe o risco de uma fuga. Foi o que aconteceu: eles relaxaram a guarda e bastou um instante! A moça não é besta, soube aproveitar a oportunidade... E, agora, tudo está perdido! — Riu com raiva e falou: — Perdido para eles, meu! Para nós, foi apenas um pequeno prejuízo... Mas isso não faz mal. O dinheiro, ganha-se de novo... Mas a vida, esta é uma só e, uma vez perdida...

Enquanto Danilo e Paulo rumavam para Monte-Mor pela Via Anhangüera, Raimundo estacionava o Omega diante de um terreno baldio logo na entrada da cidade.

— No centro, bem na praça da matriz, tem uma farmácia que fica aberta a noite toda — disse César, descendo do carro acompanhado por Lucila. — Vá comprar o que eu lhe pedi, traga duas ou três garrafas de água mineral para eu poder lavar o ferimento de Lucila e volte para cá. E tome cuidado! Preste atenção às viaturas policiais, veja se estão procurando alguém... E, se desconfiar da mínima coisa que seja, volte para cá, mesmo sem comprar coisa alguma.

Raimundo resmungou um "Pode deixar, sei o que tenho de fazer" e arrancou com o carro.

— Vamos nos esconder — falou César para a moça. — Ali no mato alto desse terreno baldio é um bom lugar. Poderei ficar vigiando para ver se o Danilo chega. — Com expressão preocupada, acrescentou: — E ver se ele chega bem de acordo... Se eu suspeitar de alguma coisa, pode apostar que eu o queimo!

Com a movimentação, o ferimento de Lucila recomeçara a sangrar e ela queixou-se de sentir tonturas, náuseas e de estar com muito sono.

Danilo fez uma careta. Não era médico, mas sua experiência de vida dizia-lhe que náuseas e sono, depois de uma pancada na cabeça, eram sinais claros de que o golpe tinha sido forte o bastante para afetar também a parte interna. Em resumo, Lucila precisaria de algo mais além de um simples curativo.

– Tenha um pouco de paciência. Raimundo chega logo com o material para que eu lhe faça um curativo. Você vai se sentir melhor.

Esperaram por mais de meia hora e, finalmente, Raimundo apareceu, explicando que tivera de enfrentar uma espera na farmácia, pois uma mulher que estava na sua frente exigiu do balconista que este lhe dissesse nos mínimos detalhes a ação e os efeitos colaterais de três medicações que estava comprando.

– O balconista me fez muitas perguntas – falou Raimundo. – Queria saber a razão de eu comprar tudo aquilo. – Olhou para Lucila, riu e acrescentou: – Mas eu despistei dizendo que o material era para fazer um curativo numa cadela que tinha se machucado...

Lucila estava se sentindo tão mal que nem sequer sorriu do que dissera o comparsa. Tentou erguer um pouco a cabeça – ela estava deitada no chão, a cabeça apoiada em sua bolsa –, mas desistiu, com uma careta de dor e uma nova crise de náuseas.

– Na verdade, ela precisaria de um médico... – murmurou Raimundo.

– Não podemos – retrucou César. – Seria o mesmo que nos entregarmos à polícia.

Começou a limpar o ferimento na cabeça de Lucila e, nesse momento, escutaram um carro se aproximar.

Raimundo se espichou um pouco para fora do mato e disse:

– Nao e o BMW de Danilo... É uma S-10 prateada...

César balançou a cabeça em sinal de dúvida e murmurou:

– Ele tem uma S-10... De repente, resolveu vir com ela, em vez de com o BMW... – Olhando para Raimundo ao mesmo tempo que tirava a arma do coldre para deixá-la mais à mão, indagou: – Onde você deixou o Omega?

– Nesta mesma rua, um pouco mais à frente.

César ia abrindo a boca para recriminá-lo quando ouviram a

picape parar e, logo em seguida, ambas as portas baterem.

— Aposto o que quiser que é Danilo... — rosnou César, pegando a arma. — E também aposto que ele não trouxe o dinheiro!

Raimundo levou a mão ao coldre axilar, onde sempre trazia uma pistola 45, mas não chegou a sacá-la.

Com um ruído surdo, parecido com um livro caindo sobre um tapete espesso, ele, girando violentamente sobre si mesmo, caiu no chão, os olhos esbugalhados e voltados para cima, como se quisesse enxergar o buraco feito por uma bala no meio de sua testa.

César não perdeu tempo. Jogou-se ao solo e rolou para o mais longe possível de Lucila, já se aprontando para reagir ao ataque. Viu as pernas de um homem que se aproximava e, logo em seguida, o corpo inteiro. Reconheceu Paulo, o braço direito de Danilo, e notou que ele empunhava uma pistola munida de silenciador.

Não hesitou. Erguendo o braço armado, mirou a cabeça do bandido e disparou. Paulo foi atingido na têmpora esquerda, a cabeça chicoteada para o lado, e ele desabou, morto antes mesmo de tocar o chão.

— Maldito! — exclamou Danilo, bem a suas costas. — Filho de uma puta!

César ouviu o disparo e sentiu o impacto da bala penetrando-lhe na barriga. Curvou-se, numa tentativa vã de se proteger, e, mais uma vez, Danilo atirou, o projétil sibilando a poucos centímetros de sua cabeça.

Danilo preparou-se para o terceiro tiro, mas César, apesar de ferido, foi mais rápido. Seu dedo puxou o gatilho da pistola 9 milímetros, e a bala que disparou alcançou Danilo no centro do peito, empurrando-o para trás com os braços abertos.

César arrastou-se até onde estava o traficante caído e nem mesmo se deu ao trabalho de verificar se estava morto ou não. Encostou a arma em sua cabeça e disparou mais uma vez.

E, então, ao tentar voltar para perto de Lucila, percebeu que não o conseguiria. Sua visão começou a se toldar e ele, ao mesmo tempo, sentiu-se leve, parecia que estava flutuando.

— Meu Deus! — exclamou, com dificuldade. — Não posso desmaiar agora...

Sentiu, de repente, um gosto de sangue na boca, tossiu e uma dor lancinante atravessou seu abdome. Ainda tentou se erguer, gritar, pedir socorro... Porém não conseguiu mais que um sopro débil e mergulhou nas trevas.

Epílogo

Hideaki Maeda, o fiel motorista e faz-tudo, empurrou a cadeira de rodas de Fukugawa-san até a beira do lago e, com cuidado, ajudou o velho médico a sentar-se em seu banco predileto, ao lado de Maria Rita e do carrinho de bebê onde dormia seu bisneto, o pequeno Carlos Ryutaro Bartelli Fukugawa.

— Seu filho é lindo — falou Masakazu. — Um digno Filho do Dragão. — Deu um sorriso e, pousando a mão trêmula e encarquilhada sobre a cabeça da criança, disse: — Espero que tenha compreendido a razão de eu ter sido contrário ao nome que você queria dar a ele. Ryoshi pode soar bem, mas nós, os japoneses, não gostamos do número quatro...

Maria Rita concordou com a cabeça e murmurou:

— Sim, *Oditchan*... E sua sugestão foi muito boa. Ryutaro é um nome muito bonito. É forte, sonoro...

— E veja você que a história se repete — continuou Fukugawa-san. — Ryumi veio para cá quando pequeno, viveu aqui muito tempo. O mesmo já tinha acontecido com Nelson... E, agora, é a vez de Ryutaro. São quatro gerações, se contarmos comigo! — Olhou para o lago, atirou alguns pedaços de pão para as carpas e prosseguiu: — Achei que a decisão de vocês foi a mais acertada. Ryumi e você mudarem-se para cá em definitivo me traz tranqüilidade. Aqui vocês três estarão em absoluta segurança. – Sorriu e acrescentou: – Além disso, faz com que eu me sinta realizado. Todo o meu esforço para reconstruir um pedaço do Japão aqui no Vale do Paraíba passa a fazer sentido!

– Desde a primeira vez que vim para a Fazenda do Forte, amei este lugar – confessou Maria Rita. – Aqui eu me sinto bem, não apenas por saber que estou em segurança, assim como meu filho e meu marido, mas porque tenho a sensação de estar de volta ao lar.

O pequeno Ryutaro mexeu-se no carrinho, ameaçou um choro, e Maria Rita apanhou-o no colo para amamentá-lo.

– E não é apenas uma casa que eu quero dizer. A palavra "lar" tem um significado mais amplo, quase como o de "pátria" – falou ela.

– Talvez você, numa vida anterior, tenha vivido no Japão... – disse Fukugawa-san, com expressão séria.

– Não duvido! – exclamou Maria Rita. – Eu me sinto à vontade aqui, vestindo-me e vivendo como uma japonesa! E só lamento não poder ir de quimono para Taubaté, dar minhas aulas na faculdade!

– Fico feliz ao ouvir isso. Assim como fico feliz vendo que Ryumi se adaptou perfeitamente a seu novo trabalho como diretor-presidente da Fukugawa. Na verdade, a empresa estava necessitando de um presidente verdadeiro, ativo e presente... E eu nunca o fui.

– Mas a Fukugawa sempre andou bem! – ponderou Maria Rita. – Tenho certeza de que Ryumi não fez mais do que dar continuidade ao que encontrou.

– Pode ser – admitiu Fukugawa-san –, mas é bem verdade que é o olho do dono que engorda o boi... E Ryumi é o dono de tudo isso!

O doutor Carlos Masakazu Fukugawa morreu uma semana depois que seu bisneto completou 1 ano de idade. A vida do velho médico se extinguiu como a chama de uma vela que chega ao fim, sem agonias, sem sofrimento. Ele morreu enquanto dormia.

Obedecendo a sua vontade – expressa em conversas com Ryumi e Maria Rita, em inúmeras ocasiões –, seu corpo foi cremado e suas cinzas espalhadas ao longo do trajeto que ia de sua casa até o banco à beira do lago.

E, quando o pequeno Ryutaro ia brincar naquele local, sempre levava uns pedaços de pão para dar às carpas.

Exatamente como fazia o bisavô.